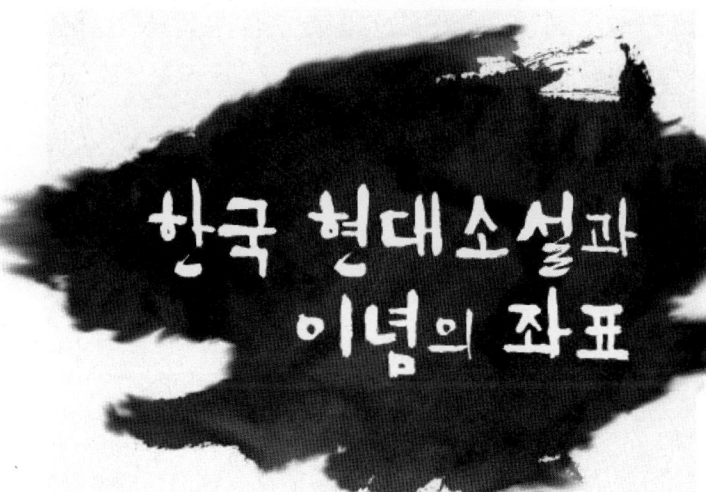

한국 현대소설과 이념의 좌표

한국 현대소설과 이념의 좌표

서 동 수 지음

1950년대의 문학행위란 일종의 '생에 대한 맹목적 의지'이다. 작가들은 죽음 대신 삶을 선택했고 그것의 문학적 형상화가 곧 1950년대의 작품이었다. 반공이든 친공이든 아니면 이념의 거세든 작가는 온몸으로, 가슴으로, 영혼으로 시대를 밀고 올라갔다. 생을 향한 그들의 궤적을 그리고자 한 것이 이 책의 목적이다.

한국학술정보[주]

‖ 머리말 ‖

　‘대한민국’이라는 이름을 떠올릴 때마다 ‘이데올로기’가 함께 떠오르는 것은 지나친 망상일까? 이념의 순례자들에게 대한민국의 정통성은 무엇일까? 그렇다면 도대체 이데올로기란 무엇이며, 이념의 폭풍 한가운데 있었던 1950년대 사람들이 취했던 역사적 선택은 무엇이었을까?

　대한민국의 근현대사는 이념의 역사라 해도 과언이 아니다. 항상 이념의 문제는 근현대사의 뜨거운 감자였으며, 그 행태 또한 극렬했다. 일제 강점기가 그랬고, 해방 공간이 그랬고, 한국전쟁과 군사독재 시절도 그랬다. 지금, 이데올로기의 임종을 보았다는 포스트모던 시대의 이 땅에서도 이데올로기의 힘은 여전히 꿈틀거리고 있다.

　이념의 태풍이 몰아치던 역사 가운데, 그것도 폭풍의 핵에 해당하던 1950년대를 향한 응시는 중요한 의미를 가진다. 남한의 정통성을 세워줄 반공이데올로기가 자신의 정체성을 깨우치기 시작하던 당시 작가들은 무슨 생각을 했을까? 그들의 포즈를 그리고자 한 것이 이 책의 목적이다.

　1950년대 이념을 대하던 작가들의 양상은 크게 3가지로 구분할 수 있다. 이념에의 복종형, 이념으로부터의 탈주형 그리고 이념을 제거한 채 사회현실이나 자의식에 주목한 이념진공형이 그들이다. 이념의 복종형은 반공이데올로기를 향한 친화력이 높다. 주로 전시소설이나 반공을 표방한 작품들이 여기에 속한다. 전시소설은 그 존재론적 근거가 반공과 멸공에 있다. 전시소설은 공산주의에 대한 환멸과 분노의 언어를 생산하고 유통시킨다. 하지만 전시소설은 유통기한이 정해져 있다. 전쟁이 끝난 후에는 새로운 서사가 필요하며 반공의 생산 역시 변해야 했다. 그 역할을 대표한 자가 바로 선우휘다. 서북출신의 월남지식인이자 한국전쟁 당시 정훈장교요, 서북청년의 지도자 선우기성과 일가를 이루는 선우휘의 반공지향성은 어찌 보면 자연스러운 현상이다.

반면 탈이념형은 그것이 공간적 이동이든 피안의 세계이든 한결 같이 탈주의 의지로 가득 차 있다. 그들을 지배하는 것은 '비명'과 '절규'이다. 비명과 절규의 끝은 '죽음'이라는 공식이 기다리고 있다. 제3세계로의 망명은 이념으로부터 자유를 꿈꾸는 자들의 마지막 카드였다. 「광장」의 대사처럼 '쓸 수 있는 카드가 몇 장 안 남은 것'이다. 하지만 결말은 다르지 않다. 이념의 세계에서 이념을 포기하는 것은 곧 존재에 대한 포기이기 때문이다.

마지막으로 이념진공형이다. 이들 작가들이야말로 가장 현명한 자들이다. 동시에 가장 쉬운 길(?)을 선택한 자들이기도 하다. 예민한 부분을 건드리지 않으면서도 예술을 지향할 수 있기 때문이다. 차라리 저 막연하고도 추상적인 이데올로기보다는 부조리와 모멸로 가득 찬 현실을 응시하는 것이 바람직하다. 그만큼 시급히 요청되던 문제였기 때문이다. 그들은 현실을 풍자하거나, 유아기로 퇴행한다. 양상은 달라도 원인은 하나다. 현실이 부조리하기 때문이다. 각기 견딤의 방법이 다를 뿐이다.

1950년대의 문학행위란 거칠게 말하자면, '생에 대한 맹목적 의지'이다. 작가들은 죽음 대신 살아가는 방식을 선택했고 그것의 문학적 형상화가 곧 1950년대 작품이었다. 반공이든 정반대든 아니면 이념의 거세든 작가는 온몸으로, 가슴으로, 영혼으로 시대를 밀고 올라갔다. 생을 향한 그들의 궤적을 그리고자 이제 작은 출발을 했다.

고마운 분들이 있다. 박용식 교수님, 신춘호 교수님, 조세용 교수님, 조평환 교수님, 박혜숙 교수님, 허원욱 교수님께 감사드린다. 학자로서의 엄격함과 관용을 일러주신 김영철 교수님께 감사드린다. 스승님이신 강인숙 교수님께서는 일흔을 넘기셨음에도 펜을 놓지 않으신다. 학문에

의 열정을 일깨워주시는 강인숙 교수님께 깊은 감사를 드린다. 부모님
과 가족에게 고마운 마음이다. 책이 나오는데 수고를 아끼지 않으신
출판사 직원 여러분과 사장님께도 감사드린다.

2007년 4월

필자

목 차

한국 현대소설과
이념의 좌표

|제 1 부|

반공에의 친화력과 내면화

제 1 장
반공주의와 죽음의 정치학

1. 서 론

1950년대 문학에 대한 연구는 그리 새로운 것이 아니다. 그만큼 이 시기에 관한 연구들이 양·질에 걸쳐 일정한 성과를 거두고 있기 때문이다. 그럼에도 여전히 문제시되어야 하는 이유는 1950년대라는 역사적 시공간이 갖고 있는 의미적 빈칸들이 여전히 존재하며, 이 괄호들을 채우는 작업들이 곧 1950년대 문학의 맨얼굴을 만날 수 있는 방법이기 때문이다. 그간의 연구들은 주로 문학사적 측면이나 실존주의를 앞세운 사상적 측면 혹은 주요 작가들의 연구에 집중되어 왔다. 이러한 연구들을 통해 우리는 1950년대 문학의 전체적 윤곽을 볼 수 있었다. 하지만 좀더 세밀하고 또렷한 모습을 보기 위해선 그 골격에 입힐 근육과 신경 그리고 피부가 필요한 데, 여기에 해당하는 것이 바로 전시소설에 대한 해명작업이다.

전시소설은 전쟁이 시작된 1950년 6월말부터 1953년 7월말 사이에 발표된 작품을 지칭한다.[1] 전시소설은 그것이 갖는 공리적 성격과 이데

---

1) 전시소설을 규정하는데 있어 곽종원은 1953년 5월 『신천지』에 발표한 「육이오 동란 이후의 작단개관」에서 6·25 이후 전란을 제재로 한 40여 편의 소설을 네 갈래로 제시하고 있는데, 첫째로 일선 전투상황을 제재로 한 것과 둘째로 적치하에서 겪은 기록, 셋째로 일선과 후방이 연계적으로 취재된 것 마지막으로 피난생활의 실태를 기록한 것이 그것이다. 곽종원과 달리 백철은 『한국문학의

올로기 표출방식 등 역사적 장르로서의 역할뿐만 아니라 이후 한국문단
의 이념적 스펙트럼을 결정짓는 중요한 단서가 된다는 점에서 중요한
위치를 차지한다. 그럼에도 전시소설은 그동안 50년대 연구에서 소외되
어 왔다. 일찍이 곽종원은 그 이유에 대해, "戰亂의 過中 싸여있는 벅
찬 現實을 그대로 消化하지 못하고 料理하지 못"[2]한 것이라 밝힌 바
있다. 이러한 평가는 이후 "사병들의 사기를 높여주고 애국심을 고취하
여 전후방 군민의 이해를 도모하는 성질의 문학행위에 불과"[3]한 것으로
취급되면서 결국엔 "미학적 소화불량"[4]의 "잃어버린 문학의 시대"[5]를
대표하는 영역으로 이어졌다. 그런데 문제는 이러한 평가가 전시소설에
대한 강한 선입관에서 비롯되었다는 데 있다. 즉 전시소설이 가지고 있
는 목적성이 평자들의 선입관을 형성했으며, 그 선입관으로 인해 단정
적 평가에 그치게 되었던 것이다. 이러한 탓에 전시소설에 관한 본격적
인 연구는 다른 전후소설에 비해 매우 영성한 편이며[6] 아직도 자료정

이론』(정음사, 1964.)에서 이 3년간의 문학을 전시문학과 전쟁문학으로 구분하
고 있다. 백철은 전시문학의 모델로 1951년 부산에서 창간된 문예지『신조』의
편집내용을 들고 있다. 즉 전쟁을 측면이나 후방에서 보고자 한 소설, 부산 피
난생활을 그린 소설 등이 여기에 해당한다. 이와 달리 전쟁문학은 일선으로
종군한 문인들이 목격한 전쟁의 생생한 관찰과 감정이 전달된 것으로 이는 일
종의 르포르타주 문학이라 칭할 수 있다고 지적하였다. 여러 논자들의 견해를
종합해 볼 때, 전시소설은 전쟁 기간에 발표된 작품들로서 전장과 후방 등 전
쟁을 제재로 하고 있다. 내용적 측면의 경우 전쟁의 참상에 대한 기록으로 채
우고 있지만 이면에는 반공주의가 깊숙이 자리하고 있었다. 특히 종군작가의
작품이나『전선문학』과 같이 일정한 목적을 위시한 잡지에 발표된 작품들의
이념적 노골성은 매우 선명했다. 이러한 면이 전시소설을 선전문학, 보고문학
의 범주에 포함시켜 문학사적으로 무가치한 평가를 받게 했던 것이다.
 2) 곽종원, 「육·이오동란이후의 작단개관」, 『신천지』, 1953.5, p.182.
 3) 정한숙, 『현대한국문학사』, 고대출판부, 1988, pp.255~257.
 4) 이재선, 『현대한국소설사』, 1991, p.83.
 5) 권영민, 『한국현대문학사』, 민음사, 1994, p.100.
 6) 전시소설에 관한 주요 연구들로는 다음을 들 수 있다.
    조남현, 「한국전시소설연구」, 『한국현대소설의 해부』, 문예출판사, 1994.
    박신헌, 「한국전쟁기 전후기 소설의 현실인식 연구」, 경북대 박사논문, 1992.
    신영덕, 「한국전쟁기 종군작가 연구」, 고려대 박사논문, 1993.
    이은자, 『1950년대 한국 지식인소설 연구』, 태학사, 1995.
    김문수, 「한국전쟁기소설연구」, 『우리말글』27, 우리말글학회, 2003.4.

리나 개괄적 수준을 넘지 못하는 등 기초작업에 머물고 있다.

이에 본고는 전시소설의 '역사적 장르'[7]로서의 역할, 특히 전시소설에서 가장 빈번하게 등장하는 죽음의 기능적 층위에 대해 밝히고자 한다. 전시소설의 존재이유가 목적성에 있음은 이미 지적된 바이다. 그러나 많은 지적에도 불구하고 정작 이데올로기의 선전적 기능을 위해 어떠한 문학적 장치가 활용되었으며, 그중에서도 전시소설에서 가장 많이 볼 수 있는 죽음의 기능적 층위에 대해서는 논의된 바가 없다. 이에 죽음의 처리방식이 어떻게 반공과 멸공의 이데올로기에 봉사하는가와 동시에 전시소설이 일종의 고해성사, 즉 고백적 글쓰기의 하나임을 밝히고자 한다.

2. 고해성사로서의 문학행위와 전시소설

1950년대 전시소설을 쓴다는 것은 작가들에게 어떤 의미로 다가오는가. 순수한 문학적 행위인가, 아니면 그 이상의 다른 의미를 지니는가. 이 질문은 전시소설의 목적성에 비추어 볼 때 너무나도 자명한 것으로 보인다. 하지만 그 목적성의 방향에 따라 전시소설의 의미는 분화된다. 일반적으로 전시소설의 존재론적 명제는 "유일무이의 무기인 철필을 들고", "전선과 후방을 연결하여 寸毫의 乖離도 許諾지 않는 堅快한 紐帶로써의 連結兵"[8]이 되어 국민과 장병들에게 반공과 멸공의식을 고취하는 데에 있다. 이러한 목적성은 전시소설의 기능적 효용성 이상

---

7) '역사적 장르'는 폴 헤르나디의 개념으로서 특정한 역사적 상황에 의해 생성되었다가 그 역사적 임무를 다한 이후에 소멸한 장르를 뜻한다. 우리 문학사에는 개화기 당시 언문풍월과 같은 역사적 장르가 존재했으며, 전시소설도 여기에 속하고 있다. 전시소설, 혹은 전시문학은 1951년도를 기점으로 우리 문단에서 널리 통용되기 시작했으나 1953년 휴전과 함께 효용가치의 상실로 점차 소멸의 길을 걷게 되었다. 전쟁이라는 역사적 조건에 의해 탄생한 전시소설은 휴전조인이라는 역사적 조건에 의해 그 생명을 그치게 된 것이다.

8) 최독견, 「창간사」, 『전선문학』1호, 1952.4, p.9.

은 아니다. 그러나 이념적 목적성이 작가에게로 초점이 맞추어지는 경우 이는 전혀 새로운 의미를 지니게 된다. 다시 말해 작가들에게는 텍스트 자체의 목적성 외에 또 다른 중요한 목적이 있는데, 바로 고백적 기능이 그것이다.

1948년 8월, 남한 단독정부가 수립된 후 냉전적 반공체제는 하나의 제도로서 자리를 굳혀가기 시작하였고, 특히 1948년 12월 국가보안법 제정과 1949년 6월 국민보도연맹의 조직 이후 남한 사회에서 공산주의는 억압과 금기의 대상이 되었다. 이러한 상황은 조선문학가동맹(문맹) 회원들의 공개적인 문학 활동을 더 이상 보장할 수 없게 만들었다. 단정 이후 단행된 문맹 맹원에 대한 체포령9), 좌익문인에 대한 등급화10), 저작활동과 저서 판매금지(1949.11.8.), 전향작가 작품 사전 심사(1949.11.29.), 중등교과서의 좌익작가 작품 삭제 등 견고한 탄압의 시대였기 때문이다. 게다가 국민보도연맹이 결성되면서 작가들은 국가기구에 의해 직접적으로 간섭받고 살 수밖에 없는 형편에 이르게 된다. 국가보안법 제정이 당시 '문맹' 출신의 문학가들에게 사상적 제약을 가하여 어떤 특정한 사상을 갖지 못하도록 한 것이라면, 1949년 6월에 출현한 국민보도연맹의 조직은 특정사상을 선택하도록 강요하는 것이었다. 당시에는 좌익이라면 그 가족, 친지까지 무조건 검거, 처형당하고, 무수한 사람들이 '빨갱이', '동조자', '앞잡이'의 누명을 쓰고 테러, 학살당하였으며 심지어 마을 전체가 사살되고 완전히 소각되기까지 하는 상황에서 사람들은 반공만이 유일한 생존의 길임을 터득하게 된다.11)

---

9) 1949년 6월 20일 안기성, 우종령, 백인수, 채성하, 유순자가, 동년 8월 8일에는 인천지구 소설부장 송종호가, 9월 27일에는 문맹 서울시 위원장 조익규, 부위원장 신용태, 조직부장 박유상 등 19명이 체포로 이어지는 지방분회까지의 소멸 현상은 1949년 10월 18일 군정법령 55호에 의한 정당 사회단체 중 133개소에 대하여 등록취소령을 내리기에 이른다. (임헌영, 『분단시대의 문학』, 태학사, 1992, p.100~101 참조)

10) 1949년 11월 5일 좌익문인을 3등급화 하여 1등급은 이미 월북한 자, 2등급은 29명, 3급은 22명으로 분류하여 자수를 권유하였다. (임헌영, 위의 책, p.101)

11) 대표적인 사건으로는 49년 6월 국회프락치사건, 반민특위 습격사건, 4·3항쟁,

이제 문인들이 할 수 있는 방법은 크게 세 가지이다. 첫째 반공이데 올로기를 전면적 수용하거나, 둘째 비합법적 지하운동을 벌이거나, 셋 째 월북이 그것이다. 이는 좌익문인뿐 아니라 중간파나 우익문인에게도 동일하게 적용되는 주사위였다. 미군정 수립과 한국전쟁으로 인한 반공 이데올로기의 강화는 더 이상의 변수를 허용하지 않았으며, 이 가운데 선택의 문제는 곧 생사의 선택과도 직결되기 때문이다. 이중 남한에 정착을 원하던 작가들에게 주어진 선택은 단 하나, 즉 자신이 반공주 의자임을 천명하는 것이다. 이는 해방 이후 우익의 입장을 대변했던 '문총'의 문인들도 예외가 되지 않았지만 특히 '문맹'출신이거나 부역 문인들의 경우에는 더욱 특별한 의미를 지닌다. 그렇다면 이제 그들이 과거의 모든 전력을 벗어버리고 새롭게 태어나 스스로 반공주의자임을 증명하는 방법이란 무엇인가. 그것은 문인들이 가장 잘 할 수 있으면 서도 가장 효과적인 방법이어야 했다. 결국 문인들이 선택한 방법은 글쓰기를 통해 반공주의자임을 고백하는 것이었다. 그들은 글쓰기를 통 해 과거의 죄에 대한 고해성사와 반공과 멸공을 선언했던 것이다.

우리 문학사에는 두 번의 고해성사적 글쓰기가 있었는데 해방 후와 50년대가 그때이다. 그러나 동일한 고해성사의 방식임에도 이 둘의 성 격은 전혀 다르게 나타나는데, 해방 후에 이루어진 고해성사가 일종의 식민지 시대에 대한 자기반성적 성격을 띤다면, 50년대의 그것은 쇼펜 하우어가 말한 '생에 대한 맹목적 의지'에 가깝다. 특히 '조선문학가동 맹'에 가입했던 문인이나, 부역문인 혹은 조금이라도 의혹의 눈길을 받 았던 자들에겐 더더욱 그럴 수밖에 없었는데, 당시 이승만이 보여주었 던 반공포로 석방이야말로 '반공은 모든 것을 용서한다.'라는 것을 상 징적으로 보여주었기 때문이다. 이후 그들의 고해성사적 글쓰기는 반공 텍스트라는 새로운 담론을 생산하게 된다.[12)]

거창양민학살사건 등이 있으며, 문단의 경우 국민보도연맹과 문학가동맹 여기 에 해당한다.

12) 반공 텍스트란 "한국전쟁의 의미와 발발을 주체를 두고 공산주의 국가의 사주

문인들이 생산한 반공 텍스트에는 두 종류가 있는데 작품 창작과 '수필적 이론'[13]이 그것이다. 특히 수필적 이론에 해당하는 것으로는 『문예』, 『신천지』, 『전선문학』, 『코메트』 등의 문예지에 발표된 각종 평론과 체험기, 종군기 등의 수필 그리고 김팔봉의 『나는 살어 있다-인민재판 당한 자의 수필』(출판사 미상, 1950.), 유진오, 모윤숙, 이건호, 구철회(공저), 『고난의 90일』(수도문화사, 1950.), 오제도(편), 『적화삼삭구인집』(국제보도연맹, 1951.), 박남수, 『적치6년의 북한문단』(중앙문화사, 1952.) 등이 있다.

그런데 특이한 점은 이 당시 문인들이 작품 창작보다 수필적 이론의 발표에 더욱 많은 시간과 양 그리고 지면을 할애했다는 것이다. 왜 문인들은 이처럼 비문학적인 영역에 더 많은 공을 들여야 했는가. 여기에는 문인들의 말할 수 없는 절박함이 그대로 노출되어 있는데, 당시 남한의 상황이 문인들로 하여금 형상화에 치중할 만한 여유를 제공하지 못했기 때문이다. 즉 반공이 아니면 곧 죽음이라는 현실은 그들에게 창작보다는 거친 숨결의 직접적 고백과 토로를 요구했던 것이다. 당시 문인들이 쏟아놓은 무수한 공산주의 비판의 목소리는 그대로 '나는 빨갱이가 아닌 반공주의자'임에 대한 고백이자 항변이었던 것이다. 이러한 고백들은 위에서 언급한 것처럼 '의심'의 꼬리를 단 문인들을 중심으로 더욱 활발히 이루어지고 있었다.[14] 여기서 '활발히' 이루어진

를 받은 북한 정권의 침략전쟁으로 규정하는 한편, 전쟁의 주체로 소련의 사주를 받은 김일성을 지목한다. 이를 통해 전쟁의 의미를 확장시켜 민족과 자유를 수호하는 반공의 성스러운 전쟁으로 기억하고자 하며 사회와 개인들에게 반공이데올로기를 유통"(유임하, 「이데올로기의 억압과 공포」, 『현대소설연구』제25호, 2005.3, p.57)시키는 이데올로기적 장치에 해당한다.

13) '수필적 이론'이라는 용어는 조지훈의 「정치주의 문학의 정체: 그 허망에 항(抗)하여」(『백민』, 1948.5.)에서 빌어 온 것이다. 여기서 조지훈은 한국에서 정치주의 문학의 계보를 나누면서 특히 미군정기 좌익문학을 3기로 나눠 설명하던 중 2기의 김동석과 김병규가 "약간의 교양과 지성을 예비한 보람으로 순정한 독자를 유인코자" 한 것을 수필적 이론이라 칭하고 있다. 1950년대 초에 나온 반공텍스트 역시 이러한 목적과 크게 다르지 않다. 당시 작가들이 썼던 체험기나 증언록 등은 모두 '수필적 이론'의 목적성을 띠고 있었기 때문이다.

다는 표현은 '반공의 철저성'이 그 고백의 양에 비례함을 뜻한다. 그래서 더더욱 시간과 고뇌를 요구하는 창작보다는 직접적 토로의 방식을 선호했던 것이다.

그런데 이러한 고백은 글쓰기라는 개인적 차원과 함께 조직적으로도 이루어지고 있었다. 한 예로 육군 정훈대계에 보고 된 「육군종군작가단」의 일선종군 220회, 종군연일수, 924일, 종군보고강연 8회, 문학과 음악의 밤 14회, 문인국공연 2회, 시국강연 1회, 육군의 밤 방송 6회, 벽시운동 및 시화전 2회, 부대가 및 군가작곡 작사 수십 회 등의 활동은 그대로 고백의 양이자 철저한 반공주의자임을 천명하는 것이다. 이러한 '참회와 반공대열로의 동원은 좌우 사상의 넓은 이데올로기 스펙트럼이 반공이데올로기 안에 통합되고 이념의 검증을 거쳐 균질적인 국민으로 귀속되는 절차'15)였던 것이다. 결국 전시소설을 포함한 반공텍스트들은 일종의 이념적 고백서였으며, 문인들을 남한 사회의 주체로 불러 세우는 '호출기제'16)였던 것이다.

3. 혈연 대 이념의 대결구도

전시소설 중 죽음을 통해 반공주의를 강조하는 대표적인 형태로는 혈연(형제) 간 살해 모티프를 통한 혈연 대 이념의 대결구도를 들 수 있다. 이러한 상상력은 한국전쟁의 성격, 즉 냉전 대립의 이념전쟁이자 같은 민족끼리 싸우는 동족상잔에서 그 기원을 찾을 수 있다. 대표적

---

14) 『적화삼삭구인집』의 경우 적치하에서 활동한 문인들에게 일종의 고해성사의 기회로서 활용되었다. 오제도 검사에 의해 주도된 이 책은 공산주의의 악행에 대한 비판을 앞에 세우고 있지만 사실은 부역문인들의 자기 해명이 중심이었다. 양주동, 백철 등의 일관된 주장은 '살기 위해 어쩔 수 없는' 행위였으며, 특히 '문맹' 활동은 모두 '일시접촉'에 그쳤음을 표나게 강조하고 있다.

15) 유임하, 앞 글, p.59.

16) '호출기제'는 알튀세르(Louis Althusser)의 용어로서, 개인을 사회(국가)의 주체(구성원)로서 인식하게 하는 이데올로기의 역할을 지칭한다.

인 작품으로는 박영준의 「암야」(『전선문학』, 1952.4.), 「삼형제」(『협동』, 1953.4.), 김송의 「폭풍」,(『해병과 상륙』), 방기환의 「골육」(『코메트』4, 1953.5.) 등이 있다.

이들 작품은 한결같이, 동일한 모티프만큼이나 정서적 환기를 위한 장치들의 유사성을 보이고 있다. 먼저 형제살해의 경우 모든 작품에서 "형=남=반공주의=프로타고니스트, 동생=북=공산주의=안티고니스트"[17]라는 도식으로 나타나는데, 이는 남한의 이데올로기적 우월성을 가계구성원의 계보(장자우선)에 그대로 연결하고 있는 것이다.

다른 하나는 이념이 다른 혈연(형제)이 남과 북으로 나뉘어 전쟁터에서 만나 서로를 죽음에 이르게 한다는 구조이다. 이들 작품들은 구조적 유사성에도 불구하고, 혈연(형제) 살해라는 타부적 주제를 통해 반공과 멸공이라는 정서적 반응을 고조시키는 장점이 있다. 그런데 이러한 모티프가 반공과 멸공을 극적으로 제시하기 위해선 해결해야 할 난제가 있는데, 바로 혈연(형제) 간 살해의 정당성을 확보하는 것이다. 왜냐하면 이 문제가 해결해야 혈연(형제)살해라는 타부적 주제가 극복되며 동시에 반공과 멸공이라는 정서적 승화를 배가시킬 수 있기 때문이다.

전시소설에서 나타나고 있는 정당성 확보의 주된 방법은 공산주의의 '괴물 만들기'이다. 공산주의를 괴물로 치환시키는 것은 이념 대 혈연의 대결구도를 인간 대 괴물, 정상 대 비정상, 이성 대 광기의 대결구도로 위치 지움으로써, 혈연(형제) 살해에서 오는 죄의식을 소멸시킬 뿐만 아니라 도리어 반공의 우월성을 강조·확대하는 장치로 활용하는 것이다. 공산주의를 괴물로 표상하는 과정이란 언어적 전환, 즉 괴물의 언어로 치환하는 것에 다름 아니며, 이렇게 치환된 모습이 전시소설에서 보이는 '괴물'의 모습이다.[18] 그렇다면 괴물은 어떠한 모습으로 그

17) 김문수, 앞 글, p.212.
18) 괴물의 생산은 전시소설뿐만 아니라 그 이후 남한의 중심 담론이 된다.
    "크레믈린의 늑대소굴에서 기른 새빨간 늑대들을 남파……지금의 간첩은 바로
    여러분의 가장 가까운 친구, 하물며 사랑하는 부인, 존경하는 남편일 수도 있
    고……찢어죽여도 시원찮고……때려죽여도 시원찮은……"(행사교육연구회, 『학

려지고 있는가. 그것은 "독살스럽게 생긴 눈알"[19]을 뜨고 "살인귀같이
살기를 먹음고"[20] 있는 "피에 주으린 야수"(「폭풍」), "부모두 형제두 민
족두 모르는 빨갱이"[21](「암야」), "죄없는 사람을 죽이고 남의 쌀과 돈
을 뺏어 가고 집에 불을 놓고"[22], 귀순을 종용하는 동생 해봉에게 "방
아쇠를 찰싹 하고 잡아당겼다" 놓는 존재로 그려지고 있다. 이러한 괴
물이 야기하는 감정 상태는 공포와 혐오로 집약된다.

> (가) 몸이 오싹했다.[23]
> (나) 해봉은 온몸이 부들부들 떨리었다.(p.115)
> (다) 해봉은 가슴이 뜨끔했다.(p.116)
> (라) 또 다시 몸소름이 끼치었다.(p.117)
> (마) 해봉은 머리가 아찔했다.(p.117)

위의 인용은 「삼형제」 중 막내 해봉이가 빨갱이가 된 둘째 형 해철
을 보거나 떠올릴 때마다 느끼는 반응으로 공포와 두려움, 혐오의 연
속으로 나타난다. 이처럼 전시소설에서 공산주의는 괴물처럼 기형·혐
오·공포를 속성으로 하고 있다. 괴물에 대한 이러한 묘사는 푸코의 담
론[24]을 연상케 한다. 담론의 역할이란 곧 "사물과 언어를 재단하는 방
법"[25]으로, "시대감각에 맞는 언표는 포함하고 그렇지 않은 것은 배제

교행사사전』, 1978, 문화자료 참조.) 특히 5·16 쿠데타 이후 「반공교육강화를
위한 교사용 지침서」가 제작되어 도덕 교과서를 개편, 반공에 대한 내용을 대폭
강화한다. 반공의 내용은 북한 공산군의 침략성, 잔인성, 만행, 흉계, 험상궂고 위협
적인 모습, 비참한 생활상 등이다. 반공교육의 대부분은 북한을 "쳐부수고 때려잡고
무찔러야 할 존재"로 가르쳐왔다.
19) 김송, 「폭풍」, 『해병과 상륙』, 계문사, 1953.3, p.64.
20) 위의 책, p.67.
21) 박영준, 「암야」, 『전선문학』, p.27.
22) 위의 책, p.117.
23) 「삼형제」, 『협동』, 1953.4, p.114.
24) 푸코에게 담론이란 "볼수 있는 것과 볼 수 없는 분할하는 분절의 체계며, 그 위에
서 대상을 정의하고 설명하게 해주는 규칙의 체계"이다. (미셸푸코·홍성민(역), 『
임상의학의 탄생』, 인간사랑, 1993, p.20.)

하는" 분절의 규칙이다. 즉 어떠한 대상도 담론이 허용하는 한에서만 볼 수 있고, 언표 될 수 있으며, 설명될 수 있는 것이다. 따라서 이러한 담론은 다양한 사람들의 인식을 특정한 방향으로 계열화시켜 사람들의 사고방식을 '동일한 형태'로 방향지우는 표상체계를 형성한다. 이렇게 볼 때 1950년대에서 동일한 형태란 바로 공산주의를 괴물이자 공포와 적개심의 대상으로 인식케 하는 것이다. 이렇게 형성된 공산주의와 괴물의 등가는 공산주의를 공포와 두려움의 존재이자 동시에 처리해야 할 무엇으로 규정하기에 이른다.

이제 혈연을 괴물로 대치시킨 만큼 여기에는 도덕적 윤리적 죄의식은 존재하지 않는다. 그들은 혈연으로 맺어진 친족이 아닌 조국을 위해 반드시 제거해야 하는 '원수'일 뿐이다. 「암야」에서 동생 살해에 대한 명분은 대대장의 언설을 통해 완성된다.

> "임 대위, 우리는 확실히 불행한 시대에 살고 있소. 부자의 의리와 형제의 의리마저 빼앗겼나 보오. 인간성을 무시하는 공산주의의 잔인한 선물이 아니겠소. 너무 서러워 말구 다 잊어버리시오. 다만 우리에게 이 비극의 시대를 극복시켜야 하는 의무가 있다는 것만 생각합시다. 그것만이 우리의 의무입니다. 청년의 의무인 동시에 세계적 의무입니다. 아우도 이제 깨달을 날이 있을 것이요."(p.57)

「암야」가 전달하려는 주제는 이 언설 속에 고스란히 들어있다. 혈연의 의리와 인간성을 무시하는 공산주의의 극복만이 청년의 의무이자 세계적인 의무라는 논리는 다음의 명제-"부하들의 사랑이 곧 민족의 사랑이요, 개인의 사랑보다 더 위대한 사랑"-으로 이어진다. 이 대목에서 임 대위는 감격에 겨워 "자기도 모르게 거수경례"를 하고 "대대장이 말한바 맡은 의무를 다함으로써 모든 것을 잊자."고 결심을 한다. 이러한 결심이야말로 동생을 사살할 수 있는 완벽한 이데올로기의 무

---

25) 미셸푸코, 위의 책, p.28.

장인 셈이다. 이제 동생은 "부모도 형제도 민족도 모르는 빨갱이"[26]이기에 "동생이라기보다는 원수로서 대하면 그뿐"[27]이다. 그렇기에 사살의 순간에도 "쏘지를 않는다면 그것은 군기를 위반하는 일이다."라고 말할 수 있었던 것이다. 결국 이 작품은 두 개의 원리에 의해 임대위의 행위를 애국심의 발현으로 선전하고 있는데, 자유주의의 우월성이라는 한 축과 "아무리 형제간이라도 사상이 다르면 할 수 없으니까"[28]라는 대대장의 말처럼, 이데올로기는 본질(혈연)에 우선한다는 명제가 그것이다.

「삼형제」역시 큰형 해산, 막내 해봉 대 둘째 해철의 이데올로기적 대립을 보이는데, 해철이가 어머니를 죽이는 장면이 나온다.

> 해봉은 지금이라도 둘째 형이 어머니의 말을 듣고 나와 주었으면 하고 속으로 빌었다. (······중략) 그러나 해봉은 뜻 아니 한 총소리를 들었다.
> "악!"
> 하고 쓰러지는 어머니의 비명도 들었다.
> "이놈아, 그래, 네가 에미를······."
> 어머니는 피를 토하고 아주 쓰러진 모양이다.(p.126)

해철은 생포되어 나오면서 어머니를 죽일 수밖에 없었던 이유를 말한다. 이유인 즉 군 당국 간부의 명령 때문에 어머니를 죽일 수밖에 없었다는 것이다. 명령 하나로 부모를 죽일 수 있는 공산주의야말로 패륜적 사상이라는 메시지를 이 장면은 극명히 보여준다. 결국 이 작품은 어머니의 죽음을 공산주의의 비인간성을 드러내는 가장 극적인 문학적 장치로 활용함으로써 선전적 효과를 강화하고 있는 것이다.

그런데 여기서 주목을 요하는 부분은 죽음의 분류 기준이다. 주지한 바 「암야」와 「삼형제」는 매우 유사한 구조를 가지고 있다. 그럼에도 불

---

26) 「암야」, p.56.
27) 위의 책, p.55.
28) 위의 책, p.54.

구하고 전자는 애국심 고양을 위한 죽음으로, 후자는 공산주의의 비인
간성을 선전하기 위한 죽음으로 대별된다. 「암야」에서는 형인 임 대위와
의용군 포로인 동생의 갈등을 중심으로 전개되다가 국군인 형이 동생을
죽이는 반면, 「삼형제」는 공비가 된 둘째 해철과 나머지 가족 간의 갈등
속에서 공비인 해철이 어머니를 죽이게 된다. 사실 이 두 작품은 반
공주의와 공산주의라는 이데올로기를 기반으로 한 동일한 서사구조를
갖고 있다. 즉 이데올로기로 인해 가족 간의 갈등이 증폭되고 결국엔
가족에 의해 가족의 한 구성원이 죽임을 당한다는 구조이다. 그러나 죽
음의 주체(혹은 살인의 주체)에 따라 죽음의 의미는 분명하게 구분된다.
반공주의를 표상하는 군인이나 민간인의 죽음(살해의 주체=공산주의자)
은 공산주의의 비인간성을 선전하는 죽음으로, 공산주의자들의 죽음(살
해의 주체=반공주의자)은 애국심의 발로로 표현되는 것이다.

　　그러나 아이러니컬하게도 이들의 살해 동기는 사실 동일하다. 「암야」
에서 임 대위가 동생을 죽인 이유는 비극적 시대를 극복하기 위한 ‘의
무’에서이다. 이때의 의무란 군인으로서의 임무를 충실히 수행하는 것이
다. 따라서 도망치는 동생을 쏘지 않는 것은 ‘군기를 위반하는 일’이 된
다. 그래서 임 대위는 동생을 사살한다. 이러한 살해 동기는 「삼형제」의
해철에게서도 동일하게 나타난다. 왜냐하면 해철이가 어머니를 죽인 이
유 역시 ‘명령’이기 때문이다. 즉 임대위의 ‘의무’와 해철의 ‘명령이행’
은 동일한 의미를 갖는다. 군인으로서의 ‘의무’를 거부하는 것이란 곧
‘명령’을 거부하는 것이고 이는 모두 동일하게 ‘군기위반’에 해당하기
때문이다. 결국 「암야」의 임 대위나 「삼형제」의 해철은 모두 자신의 ‘임
무’를 충실히 수행했을 뿐이다. 그런 의미에서 이 둘의 행위는 사실 동
일한 것이다. 그러나 여기에 각기 다른 이데올로기의 명명(命名)이 더해
지면서 완전히 다른 의미작용을 일으켰던 것이다. 이러한 모습은 비단
전시소설 뿐만이 아니라 이데올로기적 대립을 모티프로 했던 전후소설
에도 동일하게 적용되고 있다.

4. 이념적 순결성과 자살

전시소설에 나타난 죽음의 양상 가운데 적지 않은 비중을 차지하는 것이 자살이다. 표면상 자살은 적치의 공포로부터 벗어나기 위한 방법으로 나타나지만, 그 이면적 모습에는 반공주의에 대한 순결을 표상하고 있다. 대표적인 작품으로는 최인욱의 「목숨」(『문예』, 1950.12.), 박영준의 「용초도근해」(『전선문학』, 1953.12.), 곽하신의 「피난삽화」29)(≪신작로≫, 희망출판사, 1955.) 등이 있다. 김송의 「두개의 심정」(『문예』, 1952.6.) 등이 있다.

최인욱의 「목숨」은 조병기의 죽음을 통해 애국심을 선전하고 있다. 6·25가 터진 그날 서울 한강로 K병원 원장 조병기는 라디오를 통해 현재 상황을 살피고 있다. 그렇게 사흘을 보낸 후 가족들과 피난에 대해 고민 하던 중 군인인 둘째 아들 창기가 작전 수행 중 집에 찾아온다. 창기는 자신이 타고 온 트럭을 이용해 피난 갈 것을 종용한다. 그러나 조병기는 군인의 트럭을 사소한 개인을 위해 쓸 수 없다며 아들을 돌려보낸다. 아내와 며느리만 피난을 보낸 지 몇 시간 후 자신도 피난을 가려하지만 한강다리가 폭파되는 바람에 다시 병원으로 돌아온다. 결국 서울은 인공치하가 되고, 인공기를 매달라는 청년들의 모습을 보면서 결코 그럴 수 없다며 약을 먹고 자살한다. 이 작품을 가장 감동적으로 만드는 부분은 조병기가 아들의 청을 물리치는 장면이다.

> 자식에 대한 애정을 이때처럼 뼈저리게 느껴본 적은 일즉 없었다. 오직 귀엽고 귀여운 생각뿐이었다. 생각만 같아서는 와락 달려들어 부둥켜안고 언제까지든 놓지 말았으면 싶은데, 외부에 나타나는 표정은 그와 정반대로 성낸 표범처럼 위엄을 띠고 종시 일관 정중한 태도로 굳어졌다. (……중략) 아버지는 백번을 고쳐 생각해도 창기가 가지고 온 자동차를 타고 피란길을 떠날 마음은 나지 않았다. 지금 조국의 운명이 최후의 일전에

---

29) 「피난삽화」는 1953년 작품임.

달린 이 엄숙한 시각에 군부의 공용차를 일 개인의 사용에 돌려 가족과 살림을 실어 내다니, 생명도 귀하고 재산도 중하지만, 한 계단 초월해서 잠시 내드린 발은 멈추고 다시 한 번 냉정히 생각해야 할 일이었다.[30]

'마련된 죽음의 장소'라는 전쟁의 현장에서 개인의 안위를 위시한 보신주의 대 소명의식 간의 갈등은 이 작품을 절정에 이르게 한다. 아들 창기는 자신이 가져온 트럭으로 피난을 종용한다. 죽음을 뚫고 아비를 찾아온 자식의 사랑을 봐서라도 트럭에 탈수 있지만, 조병기는 "조국의 운명이 최후의 일전에 달린 이 엄숙한 시각에 군부의 공용차를" 쓸 수 없다고 단호히 거절함과 동시에 "창기야! 너는 군인이다. 지금 곧 군부로 달려가서 최선을 다 해 싸워라."[31]라고 오히려 창기의 신분을 일깨워 주고 있다. 이렇게 한층 끌어 올려진 감동은 조병기의 죽음으로 완성된다.

이것이 모다 불과 몇 시간 전의 일인데 목전의 현실은 자기가 지레죽지 않으려면 인공기를 달아야 하는 굴욕의 세상으로 변해버렸다. 내 손으로 인공기를 만들어서 내 짐[32] 문전에다 달아야 하다니 그것은 자기로서는 백번 죽었다 깨나도 될 일이 아니었다.

"에잇! 적의 손에 굴욕을 당하느니 보다는 차라리……"

일순간 그에게는 비장한 각오가 섰다. 다시 더 망설일 것이 없었다.

그는 약장 앞으로 다가서서 핸들을 잡아 재치고 엄지손가락 크기만한 약병 하나를 골라내었다. 그리고 태연한 자세로 옷깃을 바루고 창 넘을 바라보았다. 하늘은 언제 보나 고왔다.(p.98)

위 장면은 한강다리의 폭파로 다시 병원으로 돌아온 조병기가 인공치하가 된 상황에서 자살하는 장면이다. 표면상 조병기의 자살은 적치

---

30) 최인욱, 「목숨」, 『문예』 전시판, 1950.12, p.94.
31) 위의 책, p.94.
32) 원문에 '짐'으로 인쇄되어 있으나 '집'의 오기로 보임.

의 수난을 견딜 수 없다는 공포심과 굴욕감의 산물이며, 이를 통해 공산주의의 잔혹성을 부각시켜 반공주의를 강화하는 것으로 나타난다. 그러나 「목숨」에서 반공주의를 강화하는 본질적 차원은 다름 아닌 '반공주의의 순결 지키기'이다. 반공주의를 일종의 순결의 표상으로 바라보는 것은 반공을 인식론이 아닌 존재론적 차원으로 인식함을 뜻한다. 즉 전쟁을 거치면서 반공은 국민적 강령, 국민적 이념, 국민적 생활신조, 도덕과 가치의 중심이 되었고, 그러한 기준은 과거에도 그랬듯이 앞으로도 영원히 타당할 것이라는 일종의 종교적 의미로 받아들이고 있는 것이다.[33)]

마치 조선의 여인이 죽음을 불사하고 지켜야했던 순결처럼 반공주의를 존재론적 차원에 놓는 것은 그 대칭점에 공산주의를 부정적인 의미로 놓는 것인데, '질병'으로의 치환이 그것이다. 공산주의는 반공의 순결을 해하는 불결한 대상이기에, 반공에 대한 순결 지키기란 곧 공산주의의 감염으로부터 벗어나는 것이 된다. 순결 대 질병이라는 이분법적 수사는 당시 많은 영역에서 나타나고 있다.

> (가) 그때였다. 어떤 한 사람이 발작을 일으키듯 입었던 옷을 벗어 내던지었다.
> "더러운 놈의 옷-."
> 침을 뱉듯이 말하자 모두가 일시에 옷을 벗어 버렸다. 병균이 붙은 옷을 처리하기나 하듯 그들은 벗은 옷을 될 수 있는 대로 멀리 내던지거나 그렇지 않으면 벗은 옷을 발로 내려 밟았다.
> (……중략)
> 깨끗한 옷을 입고 정연하게 서서 기운 있게 음악을 불고 있는 국군들이었다.[34)](밑줄: 필자·이하동일)

---

33) 전시부터 출간된 출판물에는 다음과 같은 문구가 국민적 강령으로 구체화되어 학생을 비롯한 모든 국민에게 교육되었다.
「우리의 맹세」
우리는 대한민국의 아들딸 죽음으로써 나라를 지키자.
우리는 강철같이 단결하여 공산침략자를 쳐부수자.
우리는 백두산 영봉에 태극기를 날리고 남북통일 이룩하자.

(나) 知性人들이 民族과 함께 呻吟과 恍惚의 아슬아슬한 生命의 絶頂에
    서 直接하고 目睹한 것을 卓越한 描寫로써 一貫한 本書는 하나의
    산 歷史로써 價値가 있을 뿐만 아니라 새로이 感染되기쉽고 때와
    곳을 따라 方法을 달리하여 浸透의 機會를 노리고 있는 敵共産黨
    을 排擊하는데도 좋은 參考가 될 것으로 믿는 바이다.35)

(다) 나는 今次 共匪의 九十日間의 禍을 一種「마마」와 같은 疫病에 비
    긴다. 이 疫病이 大體로 比較的 文化水準이 낮은 나라에 一時 流
    行하는 것도 近似하거니와, 疫病에 依한 一時的 死傷者는 비록 많
    다하여도 一次 流行을 겪은 뒤에는 大部分 疫免性을 얻어 今後는
    다시 共産疫病에 걸릴 念慮가 매우 減少된 것이 또한 近似하다.36)

  (가)은 박영준의 「용초도근해」이다. 여기서 반공주의는 철저히 수사
적 이분법에 의해 그려지고 있는데, '더러움' 대 '깨끗함'의 대결이 그
것이다. 공산주의란 일종의 "병균이 붙은 옷"이기에 "발작을 일으키듯"
벗어버려야 할 것으로 "될 수 있는 대로 멀리 내던"져야 할 그 무엇이
다. 반면 대한민국으로 표상된 자유주의는 "저주받을 나의 운명"과는
반대로 "불행하지 않고도 살아 온 사람들"의 세계이다. 그것은 병균이
붙은 더러움이 아닌 깨끗함, "자유의 문", "모자에서 양복, 양말, 구두
할 것 없이 모두 새것"의 레테르이다. '더러움' 대 '새것'의 수사야말로
자유주의의 우월성을 그대로 드러내는 것이다.37) 이러한 비유는 "단순
논리 즉 공산주의는 악이고 민주주의는 선, 공산주의는 비순수이고 민
주주의는 순수라는 식의 도식적인 결말을 낼 수밖에 없는 것"38)이다.
당시 반공주의에 대한 수사적 이분법은 문학 외에도 나타나고 있었다.

34) 박영준, 「용초도근해」, 『전선문학』, 1953.12, 『박영준전집』2, 동연, 2002, p.170.
35) 오제도(외), 『적화삼삭구인집』, 국제보도연맹, 1951, 서문.
36) 양주동, 「共亂의 敎訓」, 위의 책, pp.6~7.
37) 졸고, 「1950년대 소설에 나타난 탈주 모티프와 망명의 상상력-포로수용소 소
    재 작품을 중심으로」, 『우리말글』31, 우리말글학회, 2004.8, p.298.
38) 전혜자, 「전시문학과 작가의식」, 『한국의 전후문학』, 태학사, 1991, p.98.

(나)와 (다)에서 보듯 『적화삼삭구인집』에서 오제도와 양주동은 공산주의를 '감염'되기 쉬운 '마마'나 '역병'으로 인식하고 있는 것이다.

당대의 이러한 인식은 「목숨」에서도 그대로 이어지는데, 밤거리를 활보하며 인공기를 달라고 외치는 '빨갱이'들의 모습은 마치 병을 옮기러 다니는 세균들처럼 묘사되고 있다. 따라서 그들의 위협에 못 이겨 집집마다 걸려있는 인공기란 공산주의라는 세균 감염에 다름 아니다. 여기서 조병기의 공포심의 본질이 드러나는데, '접촉 공포증'이 그것이다. 마치 '강박성 금지'[39] 환자처럼 조병기에게 공산주의라는 질병은 접촉해서는 안 될 일종의 타부적 대상이다. 타부의 접촉이 "어떤 사람이나 사물을 통제하거나 사용하려는 모든 시도의 첫걸음"[40]이듯, 접촉으로부터 시작된 감염은 "불과 몇 시간"만에 서울을 인공치하로 만들만큼 속도가 빠르다. 그래서 접촉을 강요하는 '빨갱이'들의 대문 두드리는 소리는 조병기의 공포심을 배가시킨다. 접촉으로 인한 감염은 죽음을 불사한 자식의 사랑마저 뿌리치고 얻은 소명의식마저 무위로 돌아가게 만든다. 따라서 소명의식을 지킨다는 것은 곧 반공주의를 지키는 것이며, 이는 공산주의라는 세균의 접촉으로부터의 벗어나는 것이다.

그렇다면 접촉을 막는 방법이란 무엇인가. 시시각각 조여 오는 세균으로부터 벗어나는 유일한 방법이란 스스로 전염이 불가능한 상태로 만드는, 즉 생물학적인 정지인 자살이다. 성공적인 자살이 되기 위해선 감염 이전의 상태에서 이루어져야 한다. 이러한 순결에의 강박은 조병기의 자살 직전의 언술 "하늘은 언제 보나 고왔다."에서도 드러나고 있다. 이처럼 「목숨」은 조병기의 자살을 통해 반공주의의 선전성을 강화

---

39) 강박성 금지는 타부와 명백하고도 두드러진 일치점을 보이는데, 이 금지들은 언제인지 모르지만 어느 순간 등장한 것으로 억제할 없는 두려움으로 인하여 어쩔 수없이 지켜진다. 어떤 외적 처벌위협은 전혀 불필요하다. 왜냐하면 금지를 어기면 견딜 수없는 재앙이 따른다는 내적 확실성이 있기 때문이다. 신경증 환자가 지키는 금지의 핵심은 타부의 경우와 같이 무엇을 접촉하는 것에 대한 금지이다. 그래서 그것은 때로 '접촉 공포증' 또는 '접촉 착란'으로 알려져 있다. (G. Frued, 김종엽(역), 『토템과 타부』, 문예마당, 1995, pp.54~55.)

40) 위의 책, p.63.

하고 있는 것이다.

곽하신의 「피난삽화」 역시 자살을 반공에 대한 순결의 표상으로 다루고 있다. 서울은 이미 "어디로 가려는 스스로도 모르면서, 그래도 한 걸음인들 밑지려고 하지 않"[41])으려는 피난민들의 행렬로 가득하다. "한 걸음의 값어치가 목숨보다 더한 저울질"이기 때문이다. 이렇게 절박한 상황 아래 어느 집에서 남편과 아내가 실랑이를 벌이고 있다. 산후 하혈로 인해 "움직이기만 해도 흥건히 피가" 흐르는 아내는 남편 먼저 떠날 것을 재촉한다. 하지만 남편 역시 아내와 함께 갈 수 없다면 가지 않겠다고 실랑이를 펴고 있다. 남편의 고집에 결국 아내는 내일 아침 함께 떠날 것을 약속하고 잠자리에 든다. 잠자리에 든 아내는 남편과 아이들을 위해 "어서 죽어지기를" 바란다. "며칠 더 살고 싶다는 욕심 때문에 남편과 애들의 삶을 줄이라고"[42]) 할 수 없었기 때문이다.

> (가) 아내는 눈을 감는다. 남편도 눈을 감는다. 서로 보지 않으면서 서로 상대가 눈속에 가득하였다. 남편의 눈에는 자기까지 합친 일곱 개의 시체가 떠올랐고 아내의 눈에는 공산 괴뢰군에게 잡혀가는 남편의 모양이 떠들어 왔다.(pp.78~79)

> (나) 문을 열고 밖으로 나간다. 방안을 다시 한번 들여다본다. 문새로 스며드는 바람결에 걸쳐있는 젖먹이의 기저귀가 흔들린다. 아내는 못 볼 것을 본 사람처럼 눈을 악감는다. 문을 닫아버린다.
> 부엌으로 내려온 아내는 허리끈으로 젖먹이의 목을 조르고 자기의 목을 졸라맨다.(p.81)

여기서도 아내의 자살은 표면상 남편과 자식에 대한 사랑으로 비치고 있다. 즉 가족을 살리기 위한 희생으로서의 자살인 것이다. 그러나 정작 아내를 자살로 몰아간 또 하나의 중요한 요인은 공산주의의 잔인

---

41) 곽하신, 「피난삽화」, 『신작로』, 희망출판사, 1955, p.72.
42) 위의 책, p.75.

성이다. 사실 아내를 죽음으로까지 몰고 간 공산주의의 잔혹성은 구체적으로 나타나 있지는 않다. 단지 아내의 상상 속에서만 이루어지고 있을 뿐이다. 그러나 상상만으로도 죽음을 선택하게 만든다는 설정은 공산주의의 잔혹함을 더욱 부각시키는 전략에 다름 아니다. 이러한 잔인성의 공포 때문에 피난민들은 "앞서 가던 사람이야 짐을 내려뜨리거나 신발이 벗어지거나 몰려가는 뒷사람들은 밟고라도 넘어가야" 했던 것이다. 이에 공포로부터 벗어나는 것은 공산주의와의 접촉으로부터 벗어나는 것이며, 그 방법으로 선택한 것이 자살이었던 것이다. 아내는 남편과 나머지 아이들만이라도 살리기 위해 젖먹이 아기를 목 졸라 죽이고 자신도 자살을 한다. 결국 그녀의 자살은 공산주의로부터의 감염을 피하는 것이자 동시에 반공주의의 순결성을 지킴으로써 이데올로기의 선전에 기여하고 있는 것이다.

5. 클라이맥스 지향과 죽음의 종결법

죽음을 다루고 있는 전시소설의 공통점은 바로 클라이맥스의 지향과 죽음의 종결이다. 전시소설이 반공과 멸공의 정신을 통해 애국심의 발로를 목적으로 하는 문학이라는 점에서 이는 자명한 것으로 보인다. 따라서 작품은 항상 클라이맥스를 향해 구조화되어야 하며, 이를 위해 삶 아니면 죽음이라는 극한상황을 전제로 하고 있는 것이다. 일종의 작위적이며 도식적인 구도를 형성하지만 독자의 감정을 최대한 지연시키면서 정점으로 이끄는 데는 이 같은 고전적 방식이 가장 효율적이기 때문이다.43) 혈연 대 이념의 대결을 그린 작품들의 경우 공통적으로

---

43) 이러한 원인을 설명하는데 있어 조남현 교수의 지적은 매우 시사적이다. 조남현 교수의 지적에 의하면 종군작가라는 지위는 일상적인 작가와는 상충되는 정신적 지향점을 동시에 지닌 존재이다. 이 말은 '종군작가'라는 명칭의 모순성에서도 엿볼 수 있는데, 즉 '종군'은 적개심 · 애국심 등 뜨거운 감정을 부추기는 것이라면 '작가'는 사실과 진실을 일깨워준다는 명분에 맞추기 위해 이

혈연의 우세에서 시작하여 인간적 번민과 고뇌를 거쳐 결국에는 이념
이 승리하는 구조를 보이고 있다. 특히 형제간의 우애의 깊이에 따라
이념적 대립과 긴장이 비례하는 모습을 보인다.

박영준의 「암야」의 구조는 만남에서 시작하여 이별(죽음)로 이루어져
있다. 이데올로기와 혈연의 대결 구도의 첫 모습은 혈연의 우세 속에서
시작한다. 이념의 절대성 - "공산주의와 민주주의가 절대로 타협할 수 없
는"44) - 속에서도 인민군포로인 경준을 구출하겠다는 혈연의 우세에는
다음과 같은 합리화의 조건들이 설정되어 있다. 첫째, 비자발성이다. 동
생은 자발적이 아니라 괴뢰군에 끌려 의용군으로 나갔다는 점 그리고
당시 많은 젊은이들이 그렇게 해서 붙잡혀갔다는 점이다. 적군인 동생
을 혈연으로서 포용할 수 있는 조건이란 바로 상황에 의해 어쩔 수 없
이 괴뢰군이 된 동생의 비자발성 때문이다. 둘째, 형제애이다. 단둘밖에
안 되는 형제로서 유년시절의 추억은 아름답기만 하다. 게다가 "자기는
훌륭한 실업가가 되고 동생은 유명한 법률가가 되어 서로 성공을 하자
고 철이 들 때부터 맹세한 형제"이다. 그러나 아버지의 사업 실패 후
법과대학 진학이 소원인 동생을 위해 임 대위는 학업을 포기하고 취직
을 해 여태 결혼도 못한 처지이다. 게다가 동생이 의용군으로 끌려갔다
는 소식을 듣고 눈물로 날을 지새웠던 것이다. 그러나 혈연의 우세는
마지막 상황에서 극적 반전을 함께 정반대로 치닫고 있다. 어느 날 동
생을 포함한 포로 두 명이 산 아래로 탈출을 한다. 마지막 장면은 임
대위가 자신의 손으로 동생을 사살하는 것으로 끝을 맺는다. 점점 사정
권 안으로 들어오는 포로가 동생임을 확인했을 때도 "죽일 자식! 무엇
때문에 이리로 도망을 온담."이라고 마지막까지 혈연에 대한 심리적 갈
등을 겪지만 결국엔 사살을 하고 눈물 몇 방울로 위로한 채 "빨리 가

렇듯 뜨거운 감정을 냉각시켜야 하기 때문이다. 그러나 전시라는 상황은 아무
래도 '종군'쪽에 악센트를 줄 수밖에 없다는 점에서 전시소설의 계몽적 성격
은 이해되어야 하는 것이다. (조남현, 『현대소설의 해부』, 문예출판사, 1994,
p.26.)

44) 위의 책, p.51.

자"라고 임무 수행을 재촉하는 임 대위의 모습을 통해 결연한 반공정신과 애국심을 드러내고 있다. 이러한 구도는 「삼형제」, 「폭풍」, 「골육」에서도 동일하게 나타나고 있는데, 긴장의 고조는 대부분 힘의 방향이 '혈연→의심→확신'으로 진행된다. 즉 혈연의 우세는 작은 사건으로 인해 의심으로 전환되고 급기야는 빨갱이로 확신하여 사살에 이르게 한다. 여기서 '확신'은 중요한 역할을 하게 되는데, 최고조에 이른 혈연 대 이념의 갈등(살해의 순간)에 혈연의 살해를 조국을 위한 대승적 차원으로 승화시키기 때문이다.

그래서 정점에서 얻은 생은 건강성과 밝은 전망을 담보하는 반면 죽음은 반공과 멸공, 그리고 공산주의의 비인간성을 가장 극명하게 드러내는 지점에서 이루어진다. 즉 극한상황 속에서 마지막 죽음의 순간에 외치는 반공의 메시지야말로 가장 강렬한 심리적 반응을 불러일으킬 수 있기에 이러한 결말구조는 전시소설이 목적한 바를 가장 효율적으로 이루게 한다. 따라서 죽음은 작품의 구조상 매우 필연적일 수밖에 없는 것이다. 이렇게 볼 때 전시소설의 죽음이란 선전적 효과를 위한 기능적이며 동시에 필연적 장치임을 알 수 있다.

그러나 죽음의 기능적 강화는 전시소설의 한계인 전쟁·이데올로기·존재론적 천착에 대한 부재를 부각시키는 결과를 야기한다. 전시소설이 선전성이 강한 목적문학이었던 만큼 예술적 조탁을 거치지 못한 한계를 지니는데, 인위적인 극한상황의 설정, 우연성의 남발, 지나친 작가개입의 표출 등이 그것이다. 이는 "예술적인 형상을 갖추기보다는 애국심이나 전투의식의 강조라든지 민족의 위기를 호소하는 구국적인 열망의 형식에만 그쳤"[45]던 것에 기인한다. 결국 시대적 요청에 의해 탄생한, 일종의 역사적 장르인 전시소설은 죽음의 전시적 효과를 통해 애국심의 발로를 추구했던 것이다.

───────────

45) 조연현, 「한국전쟁과 한국문학」, 『전선문학』5호, 1953.5, p.20.

6. 결 론

전시소설은 한국 근현대사 중 가장 중요한 역사적 사건의 한 가운데서 탄생했음에도 불구하고 문학사에서는 가장 소외받는 위치에 서 있다. 시대적 요청에 의해 필연적으로 목적성을 지닐 수밖에 없었으나 그 목적성으로 인해 문학사에서는 거의 도외시되어 온 것이다. 그러나 전시소설은 그 목적성으로만은 평가할 수 없는 중요한 의미가 내재되어 있다. 가장 극렬했던 역사의 가운데 있었다는 것은 역사의 예민한 부분을 가장 많이 기억하고 있다는 것을 의미하기 때문이다. 전시소설을 위시한 당시 전시문학의 의미가 바로 여기에 있는데, 문단사적으로는 이념적 고백의 글쓰기가 시작되었다는 것과 문화사적으로는 반공텍스트의 기원과 유통이 시작되었다는 것 그리고 정치적으론 논리를 넘어선 반공주의가 철저하게 강화되었다는 것이다.

당시 쏟아져 나온 무수한 기록들이란 사실 스스로 반공주의자임을 고백하는 글들이었다. 작가들은 - 사상적으로 의심을 받았건 관계없이 - 스스로 친공이 아닌 반공주의자임을 알려야 했고 그 방법으론 그들이 가장 잘 할 수 있는 방식인 글쓰기를 통해 이루어졌다. 이들이 생산한 반공텍스트는 대략 두 가지로서, 하나는 적치의 체험담, 증언록 등이며 다른 하나는 전시문학이었다. 반공텍스트를 통해 생산된 반공주의는 여러 방식을 통해 표면화되는데, 이중 전시소설은 특히 죽음의 처리방식을 통해 반공주의의 강화시키고 있었다. 반공을 유통키 위해 죽음은 다음 세 가지 형태로 나타나는데, 혈연 간의 이념적 대결구도의 설정, 반공주의의 순결성을 위한 자살 그리고 클라이맥스의 지향과 죽음의 종결법이 그것이다. 혈연 간의 이념적 대결구도는 혈연이 이념에 우선함을 정당화하기 위해 공산주의자를 괴물로 치환시킨다. 이러한 구도는 이제 혈연 간의 대립을 인간 대 괴물, 이성 대 광기 등으로 전환시켜 반공의 논리를 강화시킨다. 이념적 순결성을 고수하기 위한 자살의 경우 공산주의를 일종의 질병, 그것도 전염이 강한 병균으로 그림으로써 대중들의 무의식 속에 공산주의를 일종의 타부, 즉 접촉해서는 안 될 그 무엇으로 각인시키고 있다. 죽음의 종결은 대부분 클라이맥스와 결합하여 그 효과를 극대화시키는 지점에서 이루어진다. 이러한 일련의 방식들은 죽음을 단순한 생물학적 정지나 공포의 대상이 아닌 조국과 이념을 위한 숭고의 대상으로 전환시키는 역할을 담당한다. 이러한 방식은 뒤에 공산주의에 대한 인식을 추상화시키는 중요한 요인으로 작용하게 된다. 결국 전시소설은 그 내용의 획일적 성격보다도 이후에 벌어질 영향관계에 있어 중요한 역할을 담당했던 것이다. 이처럼 전시소설은 목적문학이라는 단순한 규정과는 달리 목적문학의 기능적 층위를 밝힘으로써 글쓰기를 통한 반공주의의 유통 방식뿐만 아니라 당시 문인들의 이념의 선택행위라는 내면풍경을 바라볼 수 있는 귀한 자료에 해당하는 것이다.

제 2 장
제3의 길 찾기와 반공의 내면화

선우휘의 작품세계는 전후문학에 있어 장용학과는 다른 자리를 차지하고 있다. 작가 스스로가 밝히고 있듯이 1950년대 문학에 나타난 관념적이고 병적인 태도에 반기를 들고 문학을 시작했다는 점에서나, 인간의 행동적 의지나 앙가주망적 경향이 두드러진다는 점에서 이런 사실들을 확인할 수 있다. 따라서 그의 소설에는 50년대의 지배적 흐름인 손창섭이나 장용학류의 개아(個我)의 분열된 자의식이나 현실도피적 경향 대신 6·25의 시대적 상황이나 전후의 혼란상, 이념의 갈등 등의 사회문제가 집요하게 추적[1])되고 있다.

그러나 선우휘의 작품을 이처럼 긍정적으로만 평가하기에는 많은 문제점들을 노정하고 있는데, 반공이데올로기의 옹호 및 강화이다. 이는 휴머니즘의 담론이 어떻게 현실 순응적으로 전이되어 가는지에 대한 문제이다. 하나의 담론이 우위를 점유하기 위해서는 그에 대립된 담론의 형성이 필수적이다.

그럼에도 불구하고 선우휘의 작품 속에는 오직 하나의 담론, 즉 당시 남한의 이념인 반공주의를 주장하는 인물만이 등장하고 있다. 이러한 형식은 담론 구성체의 갈등 요소를 제거함으로써 편파적인 논리만을 드러내어 정당성을 상실한다. 그럼에도 불구하고 선우휘의 작품이

---

1) 강진호, 「전후현실과 행동주의 문학의 실체-선우휘론」, 송하춘·이남호(편), 『1950년대의 소설가들』, 나남, 1993, p.113.

공감을 형성하는 것은 인물들을 역사의 한 가운데 위치시킴으로써 '체험자'라는 지위를 부여함과 동시에 당대를 경험한 독자들의 공감을 불러일으키기 때문이다. 그러나 정작 「불꽃」이나 「테러리스트」의 인물들에게 역사란 단지 자신의 "눈앞을 지나가는 한낱 영화의 화면"에 지나지 않은 것이다. 그들은 역사의 주체가 아닌 방관자, 또는 역사의 흐름을 전도시키려는 자들인 것이다. 이러한 인물들은 긍정적인 측면에서 서술되어 가는 과정을 통해 동정심을 얻고 그들의 발화는 설득력과 정당성을 확보한다.

이로써 선우휘의 작품이 휴머니즘이라는 평가는 재고의 필요성을 확보한다. 휴머니즘이라는 주제를 전달하기 위해 어떻게 서술과정이 이루어지고 있는 가를 살핌으로써, 작가의 이데올로기와 작품의 본질을 밝힐 수 있는 것이다.

1. 두 개의 모델

선우휘의 「불꽃」은 주인공 고현의 삶을 통해 일제 식민지부터 한국전쟁에 이르기까지 굴곡진 역사적 공간 속에서의 삶의 방식을 그려나가고 있다. 반세기에 가까운 시공간적 배경의 설정과 할아버지부터 손자인 고현에 이르기까지, 삼대에 걸친 이 작품은 거시적인 관점 속에서 이루어지고 있다.

삼대에 걸친 서사의 중심은 현실을 향한 고현의 자세 형성에 있다. 고현의 성격 형성과정이란 역사 혹은 현실에의 응전방식과 동일하다. 고현을 둘러싸고 있는 부친과 할아버지의 삶의 방식은 역사의 장에서 고현이 선택해야 하는 모델에 해당한다. 대립적인 현실인식과 응전방식을 보여주는 부친과 할아버지의 태도는 고현이 직면한 현실적 상황과 갈등과 타협을 거쳐 하나의 모델을 선택하는 계기를 마련한다. 우선 고현의 성격형성 과정을 살펴보기 위해서는 영향을 준 아버지와 할아버지의 가치관을 고찰해야 한다.

> 이 때아닌 만세소리에 문을 열고 내다보는 군중들의 눈은 휘둥그레졌다. 어떤 사람은 저도 모르게 밖으로 뛰어나와 뒤를 따라가며 마구 미친듯이 만세를 불렀다. 창백한 얼굴과 얼굴. 찢어진 입부리. 휘청이는 다리와 다리. 감동과 공포에 찬 눈. 눈. 눈. 경찰서 가까운 싸전가게 앞에 군중들이 밀려갔을 때 목에서 째진 만세소리는 마치 울음처럼 들렸다. 경찰서 담장 위에는 밀물 같은 이 군중들을 기다리는 싸늘한 총구가 햇빛에 번쩍이고 있었다. (p.147)

위의 서술 시점은 1919년 삼일운동 때의 상황으로 매우 엄숙하고도 감동적으로 묘사되고 있다. 군중들은 그동안의 식민지의 억압에 분연히 떨쳐 일어서, 왜경의 총칼에도 굴하지 않은 채 만세를 부르는 등 매우 신성하게 표현되고 있다.

> 그것은 삼색으로 물들여진 태극의 기폭이었다. <u>한 젊은이가 싸리로 깎은 한 묶음의 댓가지를 가져왔다.</u> 모두 말없이 그 댓가지에 기폭을 달았다. 어떤 교인은 그것을 좌우로 가만히 흔들어 보고 어느 젊은 여인은 기폭을 손으로 꼭 쥐어 보았다. 일행은 조용히 밖으로 나갔다. 교인들의 경건한 얼굴에 갑자기 긴장의 빛이 떠올랐다. <u>교회를 나와 거리에 나서자 깃대를 나눠주던 키 큰 젊은이가 선두에 섰다. 결의의 얼굴이 핀 젊은이는 번쩍 두 팔을 들며 만세를 절규했다. 삼십여 명이 그 뒤를 따랐다.</u>(p.147, 밑줄: 필자, 이하동일)

위의 서술은 삼일운동의 긴장감과 신성함의 상황을 한 젊은이의 행동 속에서 보여주고 있다. 그는 주인공 고현의 아버지로써 그에 대한 언급은 대사가 제외된 행동 묘사 속에서만 이루어지고 있다. 그는 거리에서 흔들리는 태극기의 "깃대"를 준비했으며, 사람들이 "말없이 그 댓가지에 기폭"을 다는 장면이 나온다. 사람들은 "모두 말없이" 그 댓

가지에 기폭을 달고 경건한 얼굴에 긴장감이 돈다. 거리에 나오자 "깃
대를 나눠주던 키 큰 젊은이가 선두"에 서고 결의에 찬 얼굴로 만세를
부르자 "삼십여 명이 그 뒤를 따른다." 이러한 서술 방식에서 우리는
다음과 같은 사실을 볼 수 있다. 즉, 일제 식민지에 대한 역사적 저항
인 3·1운동에서 선우휘는 고현의 아버지를 역사적 사건의 중심에 설
정하고 있으며, 이는 그가 준비한 깃대에 말없이 태극기를 달고 있는
사람들의 모습과 선두에 서서 만세를 부르자 군중들이 그 뒤를 따른다
는 서술 속에서 분명해진다. 결국 고현의 아버지는 불의에 온몸을 던
져 저항하는 행동주의적 인물로 그려지고 있다. 이처럼 행동만의 묘사
를 통한 간접적 인물제시 방법은 작가의 서술적 개입으로 인한 주관적
평가와 상상력의 제거와는 달리 묵시적인 방법으로 인물의 성격을 효
과적으로 제시하고 있다. 이러한 효과는 작가의 동정적 서술이 개입함
으로써 배가된다.

> 일행의 선두에서 만세를 절규하던 젊은이는 총에 맞은 다리를 간신히
> 끌며 친구 두 명의 부축으로 그곳서 사십 리 떨어진 부엉산 산마루 동
> 굴 속에 몸을 감췄다. 출혈이 심했다. 사십 리 길에 염증이 생겼다. 몽롱
> 한 정신 속에 고통을 견디는 젊은이의 얼굴에는 차차 죽음의 빛이 짙어
> 갔다. 한 밤을 신음으로 지낸 젊은이는 날이 밝자 친구가 떠다준 골짜구
> 니의 얼음같이 찬 냇물을 마시고 죽었다.
> 다음 날은 비가 내렸다.(p.148)

"일행의 선두에서 만세를 절규하"는 고현의 아버지, 그리고 왜경의
잔혹함과 그에 당당히 맞선 흔적인 총탄의 상처, 그러한 그가 고통을
견디며 죽음에 가까이 간다는 화자의 서술은 고현의 아버지에 대한 동
정적 표현이다. 그처럼 위대한 인물의 죽음에 대한 심정을 화자는 "다
음 날은 비가 내렸다."라는 표현으로 애도를 나타내고 있다. 그리고 그
의 죽음은 친구가 가져온 "골짜구니의 얼음같이 찬 냇물"을 마시고 죽

는데, 이는 앞에서 다루었던 "손목이 끊길 것 같은 차디찬 냇물"로써, 그의 죽음이 바로 비참한 우리의 역사에 의한 것임을 표상하고 있는 것이다. 결국 고현의 아버지는 화자에 의해 불의에 온 몸으로 저항하는 역사적인 인물로서 그려지고 있다.

그렇다면 고현의 할아버지는 어떠한 모습으로 그려지고 있는가.

주인의 눈에 총을 맞고 피를 흘리며 저편 가게와 골목으로 뛰어드는 군중들이 보였다. 총알이 그 뒤를 쫓았다. 주인은 버쩍 정신을 차렸다. 벌떡 일어나 버선발로 뛰어 나가자 가게 문에 덥석 손을 대었다. 그리고 미친 듯이 문짝을 뜯어 밖으로 내동댕이치기 시작했다. 마지막 한 장을 밀어 던지고 몸을 날려서 방안으로 통하는 문짝에 손을 대었을 때 덩그래진 가게 안에 총에 몰린 몇 사람이 뛰어 들었다. 경악에 눈 꼬리가 찢긴 주인은 쌀 되는 글대를 들고 깨악하고 짐승 같은 소리를 지르며 덤벼들었다. "나가아. 썩 나가아."(p.148)

고현의 할아버지인 고 노인은 자신의 아들이 독립운동을 위해 목숨을 바치고 있는 이 상황에서, 만세를 부르며 왜경의 총칼을 피해 고 노인의 가계로 피하는 군중을 사정없이 내쫓고 있다. 이러한 고 노인의 모습은 현실 순응적인 자로서 표상되고 있는데, 이러한 고 노인의 태도에는 다음과 같은 자신의 논리가 있다.

"나라라구, 그래 그놈의 나라가 뭘 하는 나라랬다든, 벼슬하는 놈들만 버티고 앉아서 백성들 것 모조리 훑어가기질이나 하구. 안내면 잡아다 볼기나 치구 그런 놈들의 나라가 뭣이 아쉬워서 도루 찾느니 뭐이니 야단이냐 말이다. 나라를 판 놈들도 바로 그놈들인걸, 그래 그렇지 않다 치고 나라를 찾는다니 뭐라고 제가 나서서 야단을 했다는 거냐."(p.151)

이 말에 담겨져 있는 역설적 분노는 구한말에서 식민지시대 그리고 해방에 이르는 역사의 흐름 속에서 모든 것을 상실한 할아버지 세대가

체험한 비극의 극대화이다.[2] 이처럼 역사적 현실에 근거한 고 노인의
순응주의와 개인주의는 현실을 단지 불평과 괴로움을 안고 살아가야만
하는 체념적인 인물을 파생시킨다. 그러나 고 노인의 성격은 단순히
현실 순응적인 것에 멈추지 않는다. 그는 미신을 믿는 전근대적인 사
고와 봉건적인 가치관을 가지고 있다.

> 영선이 무사했고 현이 목숨을 건져 돌아온 것은 선친의 묘를 이장했
> 던 탓이라고 더욱 풍수원리에 대한 믿음을 굳게 했다. (p.163)

> 그러나 며느리에게는 엄격했다. 첫째 아들이 죽은 책임이 절반은 며느
> 리의 타고난 팔자에 있었다는 것, 둘째 젊은 과부가 어느 때 어떻게 될
> 것인지 믿을 수 없다는 것이었다. 고 노인은 본시 여자란 것에 한 푼의
> 가치도 두지 않고 있었다. (p.149)

고 노인은 자신의 아들이 죽은 것이 선친의 "묏자리" 탓이라는 어느
풍수쟁이의 말을 들은 후 선친의 뼈를 부엉산 건너편 양지바른 곳으로
이장한다. 그 후 징병으로 끌려갔던 고현이 돌아오고 후처의 자식인
영선이가 무사히 귀가하자 이는 모두 풍수원리를 따른 탓이라고 믿는
다. 게다가 죽은 아들의 죽음은 며느리 탓으로 돌리고 여성을 무가치
한 존재로 바라보는 모습은 현실 순응적인 개인주의와 함께 봉건적 가
치관의 존재임을 알 수 있다. 하지만 이러한 고 노인에 대해 작가는
동정적 태도를 취한다.

> 기념품인 놋상을 들고 돌아오던 갈림길에서 현은 할아버지의 눈에 빛
> 나는 것을 보았다. 주름지고 늘어진 눈시울 밑에 가득히 고인 눈물. ―험
> 구의 할아버지는 그실 아버지의 죽음을 마음속에서 슬퍼한 것인지도 모
> 른다. (p.164)

---

2) 이상진, 「1950년대 선우휘 문학에 나타난 현실대응양상」, 조건상(편), 『한국전
   후문학연구』, 성대출판부, 1993, p.74.

위의 서술에서 알 수 있듯이, 고현의 아버지가 죽었을 때 "이것은 내 아들이 아니오."라고 냉정하게 말하던 고 노인의 모습은 찾아 볼 수가 없다. 대신 자식의 죽음을 아파하며 속울음을 우는 '인간적'인 노인의 모습이 그려지고 있다. 작가의 동정적인 묘사는 이미 고 노인을 긍정적으로 수용해야 할 인물로 설정하고 있는 것이다.

2. 모델 간의 작용과 반작용

고현은 할아버지의 손안에서 자란다. 고 노인은 현을 냉정하게 대하는 듯하면서도 남모르게 귀하게 여기는데, 이는 현이 여자가 아닌 사내이기 때문이다. 즉 자신의 대를 이을 수 있기 때문이다. 할아버지의 손안에서 자라난 현은 서서히 할아버지의 속성을 이어받기 시작한다.

> 어느덧 현은 할아버지가 말없이 옷고름에 매어주고 가는 동전(銅錢)냄새를 그리워하도록 자랐다.(p.149)

현실 순응적이고 개인주의인 고 노인은 자신의 대를 이을 수 있는 현을 은밀하게 위하고 있다. 아버지의 부재로 인한 현의 불안정한 심리상태는 할아버지의 보이지 않는 손길 위에서 보상받는다. 가끔씩 현에게 다가와 옷고름에 매어주는 할아버지를 통해 현은 아버지 부재에 대한 대리만족을 느낀다.

아버지에 대한 희미한 기억은 고현을 할아버지의 속성에 가깝게 한다. 아버지에 대한 기억은 어머니가 들려주시는 이야기인 "푸른 하늘과 흐르는 구름과 은하수"가 있는 "하늘나라"에만 존재하는 추상적인 것뿐이며, 이처럼 아버지에 대한 리얼리티의 결여는 고현이 할아버지에게 경도되는 중요한 원인이 된다.

현이 네 살 되던 해 할아버지의 혹을 갖고 놀리는 싸전 근처의 아이

들과 싸움을 벌인다. 현은 "할아버지의 명예"를 위해 싸웠다는 마음에
서 자랑스럽게 오늘 있었던 일을 할아버지에게 이야기한다.

> "뭐? 혹 얘기? 그래-그렇다고-이런 꼬락서닐 하고 누구하고? 뭐? 김
> 주사 아들 녀석을? 이런! 야 이 녀석아 웬 말썽이냐, 제발 네 애비처럼!"
>   할아버지의 뒷모습을 바라보는 어린 현의 가슴에 예기치 않았던 불안
> 이 밀려들었다. 할아버지에게 가해진 모멸.(p.150)

이번 일은 고현에게 아버지와 할아버지 속성이 함께 발로된 결과이
다. 할아버지에 대한 동경과 아버지의 행동적 속성이 발로해 일어난
사건인 것이다. 고현은 은근히 자부심을 느끼고 있다. 스스로 "분연히
일어선 행동의 동기"이자 "용감했던 대결"로 인식하고 있는 것이다. 그
러나 할아버지의 반응은 다르다. 남에게 피해를 주었으며, 그것도 김
주사의 아들을 때렸다는 것은 현실 순응적이며 개인주의자인 고 노인
자신에게 그만큼 피해가 올 것이기 때문이다. 정의로운 행동이라고 믿
었던 현은 할아버지의 예상치 못한 반응에 혼란과 "모멸"감에 빠진다.
그것은 마치 "주인에게 대드는 사람에게 덤벼들다 도리어 주인의 몽둥
이를 맞고 꼬리를 내리는 개"와 같은 "의혹과 환멸의 감정"이다.

의혹과 환멸의 감정이란 곧 아버지와 할아버지의 속성 간의 갈등을
의미한다. 고현은 할아버지의 예상치 못한 반응에 '정의로운 행동(아버
지의 속성)'에 의혹을 갖는다. 한편으론 주인을 위해 싸운 개가 도리어
주인에게 맞는 환멸로 인해 할아버지의 속성에도 의혹을 갖는다. 이
두 속성의 갈등은 그대로 아버지와 할아버지 간의 힘의 대결이자, 현
실 응전방식의 모델 찾기가 된다.

어머니의 발화를 통해 인식되는 아버지의 기억은 긍정적이다. 하지
만 부친에 대한 할아버지의 생각은 정반대이다.

> <u>"그러나 아버지는 훌륭한 일을 하시다 돌아가신 것이라고 저번에 선</u>

생님도 말씀하시던데요."

고 노인은 버럭 화를 내고 소리를 질렀다. 성성한 흰 수염이 떨렸다.

"어떤 놈이 그런 소릴 하든, 훌륭한 일을 했다구, 애비 두고 죽은 불효가 훌륭하다든, 네 어미를 청상과부 만든 것이 훌륭하다든."

"그러나 나라를 찾으려고 한 일이 아닙니까?"

"나라라구, 그래 그놈의 나라가 뭘 하는 나라랬다든, 벼슬하는 놈들만 버티고 앉아서 백성들 것 모조리 훑어가기질이나 하구. 안내면 잡아다 볼기나 치구 그런 놈들의 나라가 뭣이 아쉬워서 도루 찾느니 무이니 야단이냐 말이다. 나라를 판 놈들도 바로 그놈들인걸, 그래 그렇지 않다 치고 나라를 찾는다니 뭐라고 제가 나서서 야단을 했다는거냐?"

"그러나 할아버지!"

"글쎄 그때보다야 지금이 살기가 낫고 사람들도 많이 깼지. 네 애비 죽은 생각을 하면 나도 가슴이 아프다만 그래 어리석은 짓을 했지 뭐이냐, 그 총칼 가진 놈들 앞에 무슨 수가 있겠다구 맨손으로 덤벼들었단 말이냐, 죽으려고 환장을 한 것이지."

"……"

(중략)

"그래 네 애비 훌륭한 일을 했다니, 그놈들은 어째서 번번이 살아서 너한테 쓸데없는 귀뜨임을 한단 말이냐, 고을놈들도 봐라, 네 애비가 죽은 뒤에 무어 들어주는 놈 하나 있느냐, 이런 놈의 세상이니라. 네 애비를 쏜 놈도 일본놈이 아닌 같은 조선종자 보조원 녀석이었느니라. 네가 공립중학엘 못가고 사립을 가게 된 것도 그 때문이 아니냐."(pp.151~152)

현이 17세가 되던 어느 날 고 노인은 아들의 묘에 현을 데리고 간다. 그곳에서 현에게 절을 시키고 신학문을 배운 젊은이들을 향해 비판을 가하기 시작한다. 고 노인은 "글은 제 이름만 쓰면 족한 것"이라고, 그리고 예의범절은 "명심보감" 하나면 충분하다는 주장을 한다. 계속해서 그는 아버지의 죽음이 '야소교'를 믿었기 때문이라고 주장한다. 고현의 부친은 묘에 가서 간신히 절을 했지만 "음복은 절대 하지"안했기 때문에 그런 비참한 일이 발생했다는 것이다. 이때 현은 아버지에 대한 궁금증을 할아버지에게 묻기 시작한다. 현은 아버지가 훌륭한 일을 하다가 돌아가셨다는 주위의 말에 자부심을 갖고 있었다. 이는 할아버지의 속성에 대항하는 아버지의 속성을 표상한다.

그러나 고 노인과의 대화 속에서 아버지의 속성은 힘을 잃어 가는데, 현의 발화가 고 노인의 발화 속으로 잠식되어 가는 것에서 알 수 있다. 처음에는 주변 사람들의 말을 빌어 아버지의 정당성을 주장하지만 곧 이은 할아버지의 주장에 현의 주장은 한층 힘을 잃은 모습이다. 국가무용론을 주장하는 할아버지 앞에 현은 "그러나 할아버지"처럼 거의 체념조로 넘어가다 일제의 힘의 논리를 내세우는 할아버지의 말에 결국은 말을 잃어버린다. 짧아져가다 결국에는 묵음이 되는 고현의 반론 길이에서도 알 수 있듯이 현과 할아버지와의 대화 과정이란 할아버지의 속성에 동화되는 과정인 것이다.

할아버지의 속성에 동화된 고현에게 삶의 지표로써 설정된 것은 다름 아닌 할아버지의 이 한마디이다.

① 사람은 순리대로 해야 하느니라. 나라 뺏긴 것이 좋을 리야 있으랴만 종자가 원래 제구실을 못하는 말종이니 말이다. 그리구 언제는 나라가 사람 살렸다든, 그저 세상 형편에 따라 제 주먹으로 제 일 처리를 해야지. 믿을 것은 자기밖에 없느니라. 딴 녀석을 위해 손가락 하나 까닥거릴 것도 없고, 손톱만큼이라두 남의 도움을 바랄 것도 없이 제 몫으로 제 살림을 해야지.(p.152)

② 네, 남을 괴롭히지 않고 그저 저는 저대로 살아간다는 것, 저는 그것뿐입니다.(p.153)

①의 예문은 고 노인의 속성을 직접적으로 드러내는 부분이다. 삼일운동 당시 총알을 피해 고 노인의 가게로 들어오는 군중을 몰아내거나 아들의 행동을 비판한 것도 모두가 그로 인한 자신의 피해를 두려워한 까닭이다. 이러한 고 노인의 속성은 현실에 순응하는 개인주의의 표상

이며 고현에게도 영향력을 미치고자 한다. 세상은 "형편에 따라 제 주먹으로 제 일을 처리"하는 것만이 최선이라는 논리가 그것이다.

②의 예문은 고 노인의 속성을 고현이 그대로 이어받고 있음을 보여주는 단적인 예이다. 고현이 학교를 졸업할 때 담임선생님은 진학을 권유한다. 하지만 현은 "남을 괴롭지 않고 편히 살겠다는 생각에 집에 돌아가 어머니를 모시고 편히 살겠다."고 말한다.

오학년이 되던 해, 수업 시간에 암시적인 이야기를 하던 젊은 M선생은 불온한 독서모임과 과격한 행동을 했다는 혐의로 일본 경찰에게 끌려간다. 하지만 M선생은 학생들에게 하나의 "우상"이 되었고, 옥중에서 학생들에게 격려의 편지를 보내기도 한다. 현은 어느 날 한 친구로부터 함께 행동하자는 권유를 받지만 "시험만 해도 자신에게는 과중하다."는 이유로 거절하며, "어쩐지 그 도가니 속에 혼연히 몸을 담글 수 없는 주저"를 느낀다. 이러한 고현의 모습은 다름 아닌 할아버지의 속성의 발현이다.

① 현은 중학교에서 수영선수를 지낸 일이 있었다. 그것은 현이 운동에 특별한 관심을 둔 때문은 아니었다. 알몸으로 혼자 물속에 몸을 담그고 마음대로 헤엄칠 수 있는 것이 번잡한 어느 운동보다도 현의 성격에 맞았던 것이다.(p.152)

② 그 후 현은 식물채취에 취미를 붙이기 시작했다. 산과 들을 헤매 다니며 가지각색의 화초를 채취하는 데는 특별한 즐거움이 있었다. 허리가 굽은 식물학 선생과 함께 들을 헤매는 한 나절, 한마디 대화도 교환 않는 것이 예사였다. 지쳐서 누우면 높고 푸른 하늘에 흐르는 구름이 눈을 시울게 했고 말 없는 꽃과 풀줄기에서 흐르는 생명의 소리를 들을 수 있었다.(p.153)

①은 현이 할아버지로부터 영향 받은 개인주의적 가치관이 행동으로 나타나고 있는 모습이다. 현이 수영을 하는 것은 "특별한 관심" 때문이

아니다. 그것은 단지 남을 괴롭히지 않고 그저 저대로 "혼자 물속에 몸을 담그고 마음대로 헤엄"을 칠 수 있기 때문이다. 그러나 현은 곧 수영에 싫증을 느끼기 시작한다. 그것은 혼자만의 방식을 억압하는 "규정에 얽매인 조직생활, 한 초를 다투는 경쟁의식" 때문이다. 조직의 삶이란 개인의 존재에 우선권을 두는 것이 아니라 전체의 목적을 위해 존재한다. 전체의 목적을 달성하기 위해선 규칙이 필요했으며, 그러한 규칙은 "손톱만큼이라도 남의 도움을 바랄 것도 없이 제 몫으로 제 살림"을 해야 하는, 즉 그저 저대로 살아간다는 현의 삶의 기준에 억압적 요소이기에 수영을 포기하게 만든다.

②는 그러한 조직생활에 염증을 느낀 후 다시 시작한 행동이다. 여기서는 고현이 바라는 삶의 방식이 그대로 표면화 되어 있다. 식물채취에 관심을 갖는 것은, 수영처럼 마음 놓고 혼자서 할 수 있는 것이기도 했지만 무엇보다도 조직에서 갖는 '규율'이 없기 때문이다. 즉 "허리가 굽은 식물학 선생"이라는 서술은 그가 그 어떤 규율을 강요할 만한 자가 못됨을 표상하며, 그러한 선생과 한나절을 돌아다녀도 "한마디 대화도 교환하지 않는 것이 예사"인 것이 그에겐 더욱 매력적이다. 이처럼 사람과의 관계를 맺지 않음으로써 그는 예기치 않은 "모멸"로부터 해방될 수 있는 것이다.

이렇게 볼 때 고현은 할아버지의 속성과는 차별성을 지닌다. 고 노인의 경우, 그는 현실에 맞춰 적극적으로 살아가고자 하는 순응적 개인주의자인 반면에 고현의 경우 적극성이 제거된 소극적 개인주의자로서 나타나고 있는 것이다.[3]

아버지와 할아버지의 속성이 혼재되어 있던 고현이 4살 때 표출한 아버지의 속성은 할아버지로부터 받은 모멸감으로 인해 내면화되는 반면 할아버지의 속성이 외면화된 것이다. 그러나 할아버지의 속성은 변형된 형태로 수용되는데, 이는 어머니로부터 받는 또 다른 모멸감으로

---

3) 이러한 모습은 후에 고현의 앙가주망적 포즈가 관념적, 추상적이었음을 밝히는 중요한 요소가 된다.

인해 아버지의 속성이 다시 표면화되었기 때문이다. 고현이 대학을 포
기하고 어머니 곁에서 농사일과 꽃밭일을 하며 지내던 어느 날 어머니
는 대학에 대해 이야기를 시작한다.

> "너는 그대로 집에서 농사나 지을 테냐?"
> "네?"
> 현이 고개를 휙 돌려 쳐다보자 어머니는 시선을 땅에 떨구었다. 현은
> 손을 털고 일어서서 어머니 옆에 와서 앉았다.
> "저는 어머니 모시고 이렇게 지내면 됩니다."
> 부엉산 쪽을 바라다보던 어머니는 한참 있다 입을 열었다.
> "나는 조금만 일삯을 사면 농사를 지을 수 있으니 할아버지 보고 얘
> 기해서 너두 대학에 가도록 하렴."
> 현은 벙어리처럼 한참 말을 못했다. 이 일년이 넘는 기간 어머니의 힘
> 을 덜게 했다는 자위가 하나의 착각이었다는 것을 현은 이 일순에 느낄
> 수 있었던 것이다.(p.155)

현이 담임선생의 권유에도 불구하고 진학을 포기한 것은 다름 아닌
남에게 피해를 주지 않고 그저 그대로 살아가겠다는 가치관 때문이었
으며, 그에 대한 구체적 생각이 어머니를 편히 모시고 살겠다는 것이
었다. 이것만이 섣부른 행동으로 인한 모멸감을 피할 수 있으며, 자신
과 어머니 모두 만족할 수 있는 삶이라 생각해 1년이 넘게 어머니를
도우며 지내온 것이다. 그러나 어머니의 말속에서 고현은 4살 때 느꼈
던 "모멸"감이 다시 찾아온다. 실상 어머니는 현이 진학하길 바랐던 것
이며, 이를 확인한 순간 현은 또 다시 알 수 없는 "모멸"감을 느끼며
남에게 피해를 주지 않으려는 삶의 방식에 좌절한다.
현은 "남에게 피해를 주지 않기 위해", 즉 어머니의 마음에 '피해'를
주지 않기 위해 일본으로 떠난다. 일본에서 그가 느낀 것은 "어딘지 빈
틈없이 빡빡한 것"이다. 소극적 개인주의자에게 있어 "빈틈"이 없다는
것은, 수영선수 생활을 중도포기하게 만든 조직의 "규율"과 다르지 않다.

3. 제3의 길 혹은 충동의 행동주의

이처럼 현의 성격형성 과정은 표면상 할아버지의 속성을 수용하는 것처럼 보이지만, 그 이면에는 아버지와 할아버지 간의 대결국면 양상을 띤다. 하지만 두 번의 모멸감은 '할아버지와 같은 무원칙적 순종'과 어머니의 '이유 없는 원리'로부터 탈주하고픈 의지를 형성한다.

① 자신이 없는 자기의 미래에 한 사람의 남을 끌어 들일 수는 없었다. 나 자신이 그러하거늘 더욱 남의 생애에 대한 자신이란-(p.165)

② "그것은 할 사람이 따로 있겠지요. 저는 남의 일에 이러니저러니 할 입장에 있지 못합니다."

"소극적일지는 몰라도 저는 남의 일에 흥미도 없거니와 남의 한계를 침범하는 생각은 더욱 없습니다."

"싸움을 말리려다 더 큰 싸움을 만드는 일이 있지요, 자기 하나도 가누기 힘든 형편에 남의 일 참견이란."

"되어가는 것이야 제가 어떻게 하겠습니까."

"아무 특징도 없는 일개 속인에 지나지 않는다는 것을 그래서 기껏 자기만을 지키고 이처럼 살아가면 됩니다."(p.167)

③ 너희는 너희고 나는 나다-(p.169)

고현은 할아버지에게도 그리고 어머니, 그 밖의 자신과 관련된 사람들에게 피해를 주지 않기 위해 할아버지의 속성도 아버지의 속성도 아닌 제 3의 속성인 '소극적 개인주의'를 선택한다. 소극적 개인주의자의 모습은 학병으로 끌려갔다가 "남을 괴롭히는 선민의식과 값싼 영웅주의"에 환멸을 느껴 탈출하거나, 방관적인 태도를 취하는 교사 생활로 나타난다. 해방에 대해서도 "앉아서 얻어진 것, 그러므로 나서서 호통을 칠 이유도 없다"는 소극적인 태도를 보인다.

한국전쟁이 발생했을 때 옛 친구인 연호가 북한군이 되어 돌아온다. 고현을 설득하던 연은 오히려 현에게 "청부업자"라는 굴욕을 당하자 복수를 위해 죄 없는 주민들을 학살하기 시작한다. 현은 무자비한 살육에 몸을 떨고 "살인이다"를 외치고 산속으로 대피한다. 고현을 찾기 위한 연호는 고 노인을 인질로 삼아 산으로 올라왔을 때, 자신을 살리기 위해 죽은 할아버지를 보며 그 동안의 소극적 개인주의에서 행동주의로 변화한다.

> 이미 꽃밭의 시대는 끝난 것이다. 살아서 먼저 청부업자들을 거부하자. 떠들어대어야 인생은 더욱 무의미할 뿐이라는 것을 뼈저리도록 가르쳐 주자. 꺼리고 비웃는데 그치지 말고 정면으로 알몸을 던져 거부하자. 나 같은 처지의, 아니 나 이상의 경우의 무수한 인간들.(p.180)

위의 서술은 표면상 고현이 세계의 모든 부조리에 맞서 저항하는 앙가주망적 포즈를 취하고 있다. 인간의 욕망으로 인해 거침없이 자행되는 살육과 그를 정당화 시켜주는 전쟁에 대해 그는 외치고 있는 것이다.

그렇다면 이러한 소극적 개인주의자인 고현이 행동주의로 나아가게 되는 원인은 어디에 있는가. 이는 세 가지로 볼 수 있다. '충동'과 '생존본능'에 대한 전쟁의 두려움 그리고 현실로의 편입에 대한 그리움이 그것이다.

> ① 현은 자리에 앉으며 벌써 자기의 행동을 후회하고 있었다. 교수가 불쾌히 생각한다는 것은 문제가 아니었다. <u>공연히 충동을 받고 발끈하고 일어선 자기의 멋이 싫어졌던 것이다.</u> ……중얼거리는 교수의 얘기가 귀에 들리지 않았고 그는 다만 자기혐오 속에 깊숙이 잠겨들어 가고 있었다.(p.157)

② 직원회의가 열렸을 때 교장은 점잖은 어조로 유감의 뜻을 표하며 세 명의 교원이 경찰에 끌려간 것은 참으로 안된 일이라고 했다. 현은 아연했다. 교활과 비열이 뒤섞인 교장의 얼굴을 쳐다보다 <u>저도 모르게 불쑥 일어섰다.</u>(p.165)

③ 그때의 충동. 그렇게 하지 않고는 견디지 못한 마음의 충동은 무엇이 었을까. ……그리고 그 아픔에서 벗어나려고 했다.(p.174)

①은 현이 일본의 "대동아경영권건설"을 주장하는 일본인 교수를 향한 저항의 포즈이다. 고현이 견딜 수 없었던 것은 누구도 원치 않음에도 불구하고 스스로 나서서 남을 괴롭히는 "선민사상과 값싼 영웅주의"이다. ②에서는 교활한 교장 선생에 대한 거부의 포즈이다. 교사를 증축하는 일에 있어 공사비 문제에 교장이 연루되어 있자 교사들은 규탄대회를 가진다. 하지만 교장은 학생들의 선동을 문제 삼아 교사들을 경찰에 신고한다. 교장의 비열함에 현은 비판을 한다. ③은 다름 아닌 사회주의 추종자가 된 연호가 고현으로부터 청부업자라는 비난을 듣고 고현의 의식을 깨뜨리겠다는 생각으로 죄 없는 주민들을 살육하자 고현이 거부의 외침을 지른 뒤 산으로 도망친 상황이다.

위에서 보이는 고현의 행동에는 공통의 요소를 가지고 있는데, 바로 "충동"이다. 기존의 평자들은 고현의 이러한 행동지향적 태도를 '전쟁의 비인간성과 반윤리성에 대한 비판적 성격'[4]이라고 지적하고 있지만, 다른 견해가 가능하다. 문제는 고현의 행동 모티브가 고현의 부친처럼 역사적인 의식하에 이루어진 것이 아니라 순간적 흥분에서 나온 "저항의 충동"에 있다는 것이다. 순간적 흥분으로 인한 "충동"은 지속성을 갖지 못한 채 결국 자신의 행동을 부끄러워하거나 회피하게 만든다. 따라서 고현의 행동주의는 역사의 부조리 앞에 비판의식이나 저항의

---

4) 강진호, 「전후 현실과 행동주의 문학의 실체」, 『1950년대의 소설가들』, 나남, 1993, p.123.

포즈가 아닌, 순간적 "충동"의 발현인 것이다.

　행동주의의 두 번째 원인인 전쟁에 대한 두려움은 일제의 군국주의에 대한 인상에서부터 시작한다.

　　엄지발가락을 겹쳐 놓은 앉음앉음에서 정신을 가다듬는다는 자학. 칼질하는 것조차 도(道)로써 불려지고 부정을 탄다는 지붕 밑에 무리하게 기를 쓰는 육체의 힘. 일본은 그때 이미 전 중국을 석권하고 있었으나 현은 놀라움보다 어딘지 요기(妖氣)가 감도는 인상을 받았다. (p.155)

일본의 군국주의 정책은 이미 세계 정복야욕에 불타고 있었으며, 이러한 힘을 발휘할 수 있는 근거를 그는 "자학"과 "육체의 힘"에 몰두하는 일본의 "요기"스러움에 두고 있다. 이러한 전쟁에 대한 구체적인 느낌은 두려움 바로 그것인 것이다.

　① 현에게 있어서 가장 고통스러웠던 것은 모두를 두 줄로 마주 세워 놓고 서로를 두드리게 하는 일이었다. 개인적으로 손톱만한 원한이 없는 인간끼리 서로의 육체에 고통을 가한다는 것은 견디기 어려운 일이었다. 치면 때리고 때리면 치고 한참 그것을 반복하고 있으면 차차 서로에 대한 '근거 없는 증오심'이 끓어올랐다.(pp.160-161)

　② 그동안 쏘련군이 진주한 만주에서, 현이 목격하고 느낀 것은 인간이란 개 이하가 될 수 있다는 것이었다. 약탈, 강간, 파괴, 살인. 현은 그 책임을 전쟁에서 돌려버리는 의견에 찬동할 수가 없었다. 문제는 그러한 행동을 저지를 수 있는 본질적인 것이 인간에게 잠재해 있다는 데 있었다.(p.163)

　③ "나는 싸운다는 건 질색이니까. 내놓기 전에 도망을 치고 말겠지 ……."(p.172)

①은 현이 일본의 징병에 이끌려 <나고야> 부대에 있을 때이다. 현

은 어느 일요일 일본인 친구를 따라 밖에 나가 오랜만에 포식을 하고
돌아온다. 그러나 곧 배탈이 나 화장실에 갔다 오자 관물 몇 가지가
분실된 것이다. 이에 대한 상관의 말은 "남의 것을 훔쳐오라"는 것이
다. 결국 이러한 것은 "손톱만한 원한"도 없는 자들의 것을 훔치는 것
이며, 이로 인해 "근거 없는 증오심"을 불러일으키는 것이다.

②는 해방 후 소련군의 침입으로 인한 전쟁의 잔학상을 고발하고 있
다. 모든 살육을 정당화하는 전쟁의 거대함은 다름 아닌 인간의 몫이라
는 점을 비판하고 있다. 그러나 전쟁에 대한 현의 비판적 시각이 허위
적임은 ③에서 나타난다. ③에서 고현이 싸움이 질색이라고 그리고 싸움
이 나면 자신은 도망치겠다고 한다. '아무에게도 피해를 주지 않겠다.'
는 명제는 곧 자신도 아무 피해 없이 조용히 살아가겠다는 것 이상은
아닌 것이다. 이처럼 고현의 속성에서 나오는 전쟁에 대한 비판은 본질
적인 것이 아닌, 자신의 생존 본능에서 기인한 것이다. 전쟁의 거대한
물리력은 혼자 조용히 살아가려는 그에게는 두려움의 존재인 것이며,
따라서 전쟁에 대한 비판은 두려움에 대한 소멸과 동시에 자신의 생존
을 위한 하나의 변명에 해당하는 것이다. 따라서 자신의 생존을 위협하
는 전쟁은 그로 하여금 행동주의로 나아가게 하는 동기가 된다.

① 현이 웅크리고 있는 껍질도 그들의 날카로운 눈길에서 빠져날 수는
   없는 듯싶었다.(p.173)

② 도피할 수 없도록 절박한 이 처지. 정면으로 대하도록 기어코 상황은
   바싹 내 앞으로 다가온 것이다.(p.180)

③ 쿵! 하고 또 멀리서 포소리가 들려왔다. 다가왔고 또 멀어졌다. 그리
   고 또 되돌아오는 저 소리. 차라리 한번 스쳐가고 영영 돌아오지 않
   았으면, 그렇다면 고 노인은 설령 지옥 같은 참혹속이라도 어떻게든
   지 비벼대려고 애를 썼을 것이다. ……또 한 번 쿵 하는 저 소리. 저
   포소리만 없었어도 고 노인은 현을 불러내는 데 다시 한번 애를 썼을

는지 몰랐다. 그러나 다가오는 저 소리. 삶과 죽음, 그 어느 하나의 선택을 재촉하는 저 소리.(p.178)

①과 ②는 고현의 생각이며 ③은 할아버지의 생각이다. 이 둘의 생각은 상당히 유사점을 가지고 있는데, 우선 현재의 상황을 보면 다음과 같다. 북쪽의 앞잡이가 된 연호에게 인질로 붙잡힌 고 노인은 손자인 현이를 살리기 위해 도망치라고 소리친다. 그러나 고 노인의 행동적인 모습은 고현의 모습과 일치하고 있다. 고현의 경우 행동주의로 나아가게 된 경위가 "그들의 날카로운 눈길에서 빠져날 수 없"는 절박한 상황으로 인해 "정면으로 대하도록" 된 것이듯이 고 노인의 경우도 다가오는 포 소리만 없었다면 고현을 살리려고 하지 않았을 것이라는 것이다. 고 노인은 전쟁이 끝날 것 같지 않는 "저 포 소리"에 결국 자신은 죽임을 당할 것이며, 그럴 바에야 차라리 손자를 살리겠다는 것이며, 고현도 자신의 속성대로 살 수 없는 이 상황 속에선 비행동적인 모습은 결국 자신의 죽음을 초래하는 것이기에 행동주의로 나아가는 것이다. 결국, 고현과 고 노인의 행동주의는 각각 앙가주망이나 휴머니즘의 입장에서 나온 것이 아니라 자신의 생존본능을 유지하기 위해 또는 임박한 죽음 앞에서 이루어진 또 하나의 "충동"인 것이다.

결국 고현에게 행동주의로의 전환은 역사적 의식 또는 부조리의 거부에서가 아닌 자신의 생존본능에 대한 불안감과 순간적 "충동"에서 출발한다. 이처럼 거대한 역사의 흐름은 "그의 눈앞을 지나가는 한낱 영화의 화면에 지나지 않았"던 것이다.

4. 반공의 내면화 방식

선우휘의 「불꽃」은 찬반의 논란의 많은 작품인데, 특히 행동의 문학이라는 축과 현실순응의 문학이라는 대립이 그것이다. 따라서 여기서는

이러한 입장의 차이를 조율하면서 이 작품의 숨은 의미를 찾아보고자
한다. 더불어 휴머니즘 담론이 서술방식 속에서 어떻게 이데올로기에
기여하는지 살펴보고자 한다.

> <u>멀리서 보면 북에서 남으로 흐르는 이 골짜구니가 마치 푸른 모포를
> 드리운 것 같이 부드러운 빛깔로 보였다.</u> 그러나 골짜구니를 뒤덮고 있
> 는 관목의 가지와 잎사귀에 가리어, 험한 바위가 짐승처럼 엎드리고 담
> 그면 <u>손목이 끊길 것 같은 차디찬 냇물이 그 밑을 흐르고 있다.</u>(p.146)

 위의 서술은 현재 고현이 있는 동굴 주변의 배경 묘사이다. 남과 북
을 가로지르는 골짜기는 매우 평화롭고 아름다운 모습으로 묘사되고
있다. 그러나 "손목이 끊길 것" 같은 골짜기는 아름답고 평화롭게 묘사
된 그 아래에 숨겨져 있는데, 이러한 묘사는 전쟁을 주제로 하는 이
작품의 상황을 설명해주고 있다. 즉 멀리서 보면 평온한 곳이지만 좀
더 가까이 보면 그 이면엔 평온과 대립된 그 무엇이 있음을 보여준다.
이는 우리의 역사를 조명하고 있는 것으로 표상적인 것에서 보이는 것
과는 달리 비참한 우리의 역사를 암시하고 있는 것이다.

> 그곳, 검푸르게 우거진 솔밭 가운데 현의 증조부의 산소가 보였고 거
> 기서 눈길을 북으로 돌리면 보이지 않는 오욕(汚辱)의 날(刃)이 영겁의
> 산줄기를 끊어놓고 있었다. 아니 지금은 그 흔적뿐. 포성과 함께 피를
> 뿜고 남쪽으로 옮겨진 오욕의 날. 오욕, 인간이 땅과 인간에게 가한 오
> 욕.(p.146)

 1부의 서두에 해당하는 위의 서술은 한국전쟁으로 인해 '고현'이 동
굴에 피신하여 있는 중이다. 고현은 일제 강점기부터 한국동란에 이르
는 역사는 "인간이 땅과 인간에게 가한 오욕"으로 바라보고 있는 듯하
다. 하지만 위의 서술은 합리화된 살육을 가능케 한 오욕인 '전쟁' 일
반에 대한 비판이 아닌 공산주의 이데올로기 비판이 배면에 깔려 있다.

즉 반공주의의 시선에 입각한 서술에 지배되고 있는 것이다. 반공주의자의 시선은 "오욕의 날"에 대한 해석에서 확인할 수 있다. '오욕의 날'이란 "포성과 함께 피를 뿜고 남쪽으로 옮겨진"에서처럼 전쟁이 북쪽에서 시작됐으며 따라서 가해자가 북한임을 강조하고 있는 셈이다. 작품 서두부터 반공의식은 내밀한 방식으로 이루어지고 있으며, 이는 주인공 고현의 성격 형성 과정과 이에 영향을 준 할아버지 그리고 어머니 등의 인물을 통해 정당화된다.

이러한 소극적 개인주의자를 한국의 근대사 전반에 걸친 체험을 통해 삶의 방식에 대한 전형으로 정당화시킴으로써 고현의 발화가 설득력을 갖게끔 하고 있다. 이는 다름 아닌 정당화된 고현의 위치를 통해 반공의 논리를 옹호하고 있으며, 이는 작품의 곳곳에 드러나고 있다.

① 어떻든 일본을 대신해서 인민의 해방자로 나선 청부업자 쏘련인들은 처음부터 그처럼 으리으리했던 것이다.(p.163)

② 사회의 혼란이 반영되어 학생들이 동요하기 시작하고 몇몇 교원은 거기다 불을 지르는 역할을 했다. ……교원과 연기자의 차이. 학생들에겐 손을 대지 말고 그대로 두어야 한다.(p.164)

③ 북에서 남으로 흘러가는 인간의 행렬은……으리으리한 청부업자의 입찰을 거부한 사람들.(p.164)

④ 저 북에서 쏟아져 나오는 사람들……그 무수한 눈동자에 그토록 분노의 불길을 부어 넣은 으리으리한 신흥청부업자들. 그들은 한 가지 공사를 끝냈다고 그대로 있을 그런 절제 있는 업자가 될 수 있을 것일까. 악착같은 이윤의 추궁. 그들이 즐겨 퍼붓는 기성업자에 대한 욕설. 그것은 그대로 그들이 이어받은 것.(p.165)

⑤ 청부업자……그러한 인간이란 폐품불하에 눈치 빠르게 달려들어 낙찰시키려는 사치와 다름이 없다고. 자기가 나서야 이 사회를 건질 수

있다는 무엄을 자기가 그 폐품을 맡아야 소비자들이 헐값으로 쓰게
된다는 장사치의 헛소리나 다름이 없거든.(p.172)

⑥ 청부업자들은 하나의 잔치를 베풀었다. 이글거리는 태양은 처참한 이
잔치에는 너무나 강력한 조명이었다. ……인민들에게 산 제물을 도륙
함으로써 그들의 손에 인간의 피를 발라놓고 가슴마다에 결정적인 공
포와 증오의 씨를 심어 놓아야 했다.(p.174)

위의 서술은 공산주의에 대한 증오의 표출이다. 고현이 이러한 의식
을 갖게 되는 때는 좀더 거슬러 올라가야 한다. 현의 일본유학 시절
당시 학생들은 맑시즘에 대해 열의를 가지고 있었다. 그러나 현은 맑
시즘을 "도식화한 관념으로 역사를 판단"하고 "집단의 위력"을 통해
인간을 압박하는 "병적 흥분"이라고 생각했기에 "본능적인 혐오"를 느
낀다. 반면에 "이상주의 철학에 관한 서적이 그를 매료" 시켰으며 "불
타는 정열"을 느끼게 하였다. 이러한 현의 이념적 선택은 불구적인 형
태를 띠고 있는데, 자신이 공산주의 사상에 염증을 느낀 것이 단순히
"본능적인 혐오"에 의해서라는 것은 그의 공산주의 비판에 치명적인
한계를 드러내는 것이다. 그럼에도 불구하고 작품 전체를 걸쳐 드러나
는 반공 옹호의 입장은 대립된 담론이 삭제된 가운데서 드러나며, 긍
정적인 의도로 묘사됨으로써 현의 발화는 설득력을 갖게 된다.

결국 이 작품이 드러내는 휴머니즘의 담론은 이 시대의 다양한 담론
들을 통합, 분리, 배제함으로써 본질적인 담론을 가리고 있다. 사실 모
든 담론들은 위계화시켜 놓고 진위를 가름한다. 그러고는 교묘하게 지
배적 이데올로기에 안착한다. 이는 마치 고현이 할아버지와 아버지의
대립 항으로 놓은 것처럼 휴머니즘과 반공이데올로기 간의 은밀한 교
합이 이루어진다.

결국 이 작품에서 드러나는 휴머니즘의 지향점은 본질적으로 반공에
대한 옹호의 목소리를 역사적 체험을 통해 동정 받을 수 있는 고현이

라는 인물로 드러내고 있는 것이다. 게다가 고현의 역사의식은 해방이
전까지를 "꽃밭의 시대"로 인식하는 등 역사적 의식의 결여를 보여주
는 곳에서 그가 추구하는 총체성이 허위임을 보여주고 있다.

제 3 장
우익 테러리스트의 영웅 만들기

1. 영웅의 전조

「테러리스트」는 선우휘의 초기작에 속한다. 당시 「불꽃」이 '동인문학상'을 받았을 때, 작가는 오히려 「테러리스트」에 더욱 애착이 간다[1]고 했을 정도로 작가의 사랑을 받은 작품이다. 그러나 대표작 「불꽃」 등의 작품에 가려 본격적인 논의의 대상이 못된 채, 다만 작가론 등의 글에서 삽화식으로만 다루어져 왔다.

작품 「테러리스트」는 정확하게 보자면 두 개의 구조, 즉 표층구조와 심층구조로 나눌 수 있다. 이러한 분석 방식은 표층구조에서 드러난 결론적 의미와 이렇게 드러날 수 있었던 기능들을 심층구조에서 찾아냄으로써 작품이 갖는 정확한 주제를 발견할 수 있다.

우선 표층구조에서 나타나는 주제의식을 보면 다음과 같다. 36년간의 식민지라는 굴레를 벗어난 해방공간은 좌·우 세력의 첨예한 대립으로 매우 혼란스런 상태이다. 혼란스런 정치상황 속에서 자생했던 우익테러리스트들인 '걸'과 '학구' 그리고 '길주'는 자신들의 역할이 사라져가는 시대적 변화 속에서 소외되어 간다. 심층구조는 표층구조의 의미에 새로운 주제를 덧붙이는데, 바로 '걸'로 대표되는 우익의 시대적

---

1) 선우휘, 「처녀작의 처녀성」, 『한국전후문제작품집』, 신구문화사, 1964, p.415.

역할과 이승만의 강력한 반공정책 이후 소멸되어 가는 그들의 모습을 연민의 시선과 영웅화 작업을 통해 동정적 시선을 보내는 것이다. 이러한 결론의 도출은 '걸'이라는 우익 테러분자를 시대의 영웅으로 묘사하고 '걸'의 발화를 정당화하는 서술방식을 통해 이루어지고 있다. 이에 대한 분석을 위해 우선 표층구조의 의미를 구체적으로 살펴보면 다음과 같다.

① 해방 후, 우익 테러분자인 '걸', '학구', '길주'가 만나 지난 시절의 영웅담을 이야기한다.

② 그들은 주변 친구의 소식과 용수의 죽음을 이야기하다 그 덕에 국회의원이 된 김가를 비난한다.

③ 술에 취한 걸은 폐인이 된 성기형님을 만나 빨갱이들과 싸우던 옛날로 돌아가자고 종용한다.

④ 걸은 시장에서 물감장사를 하는 삼봉이, 양복장사를 하는 택일이를 부러워한다. 이때 사촌 조카인 옥순이가 노상에서 양담배를 팔다 경찰의 단속에 걸린다.

⑤ 옥순을 단속한 경찰이 다름 아닌 옛 친구 덕배임을 알게 되자 걸과 학구 셋이서 술을 마신다.

⑥ 술자리에서 김가를 비난하다가 걸은 때마침 김가를 만나고 그 옆에 길주가 있음을 보고 분노를 느낀다.

⑦ 걸은 농장에서 일을 하는 돈수 형님을 만나 빨갱이가 사라진 지금의 현실에서 오는 고민과 김가에게 붙어 다니는 길주에 대해 이야기한다.

⑧ 농장에 가기로 한 걸은 거리에서 선거유세 장면을 목격한다. 그는 평화적 통일을 외치는 연사에게 빨갱이와 싸우지 않고 어떻게 통일을 할 수 있느냐고 반문한다.

⑨ 그러나 상황은 도리어 자신이 빨갱이로 몰려 그곳의 젊은이들과 싸움을 벌이다 문득 그들에게서 자신의 옛 모습을 보고 깊은 고

민에 빠진다.

⑩ 그때 김가의 부하들이 걸을 테러하여 위기에 몰리자 부하들과 함께 왔던 길주가 마음을 바꿔 걸을 구해낸다.

「테러리스트」의 스토리 구조는 위와 같다. 표층구조에서만 볼 때, 이 작품의 주제는 그간 평자들의 논의-역사의 희생양인 우익분자들의 소외현상-와 크게 다르지 않다. 그러나 심층구조의 측면에서 바라볼 때는 새로운 의미가 가능해진다. 즉 역사적 부산물인 테러리스트를 전면에 내세워 영웅을 만들고 긍정적 인물로 포장하는 반공문학인 것이다.

　담배 연기가 좀처럼 빠지지 않고 안개처럼 자욱해진 방안에 연달아 뿜어내는 연기가 그치지 않고 피어올랐다. 낡은 포터불은 삐걱삐걱 소리를 내며 연방 오리엔탈 곡만 틀어내고 있었다.(p.167)[2]

서두의 서술방식은 디테일보다는 철저히 관찰자적 입장을 취하고 있다. 대상과의 거리를 유지하는 서술방식은 주관적 관념이 배제된 객관적 묘사와 더불어 작품의 전체적 분위기를 나타내주고 있다. 연달아 피어오르는 담배연기와 그로 인해 "안개처럼 자욱해진 방안"의 모습은 무언가 명료하지 않은, 즉 현실의 불확실성을 표상하고 있다. 그리고 "낡은 포터블"로 표상되는 과거의 흔적들은 여전히 "삐걱삐걱" 자신의 존재를 알리려 애쓰며 "연방" 음악을 틀어대고 있는 것이다. 이처럼 불안한 현실과 과거의 흔적에 대한 미련의 묘사는 이 작품의 결미에서도 드러난다.

　저 편에 사람들이 오가는 화려한 거리가 보이고, 악기점의 노래소리에 뒤섞여 악을 쓰고 있는 선거 운동의 스피이커 소리가 들려 왔다.(p.179)

---

2) 선우휘, 「테러리스트」, 『한국대표문학전집』, 삼중당, 1979.
　이하 인용된 글은 이 책에서 인용함을 밝히며 각주는 생략한다.

여전히 서술은 대상과의 거리를 유지하며 이루어지고 있다. "저 편"이라는 단어가 주는 인식의 거리감은 그곳을 지나가는 사람들과 화자 사이에 동질화되지 못함을 보여주고, 서두에서 보였던 "낡은 포터블"과 동질의 성격인 악기점의 노랫소리는 현재의 불안한 상황을 표상하듯 "악을 쓰고 있는 선거운동의 스피커 소리"에 묻혀버린다. 위와 같은 서술의 분위기는 불확정적인 현실 속에서 현실의 대상과 동질화되지 못한 채 과거의 흔적들을 쫓는 작품의 주제와 일치한다.

이 작품은 과거의 흔적인 세 명, 즉 빨갱이를 '때려눕히던' 과거의 시절을 쫓는 우익 분자인 걸, 길주, 학구, 이들 세 사람이 주요인물로 설정되어 있지만, 좀 더 깊은 구조 속에는 길주, 학구 그리고 그 외의 인물들은 철저히 소외되고 걸만이 영웅적으로 서술되고 있다. 앞에서 논한 것과 같이 이러한 서술 방식은 걸의 발화내용을 정당화 또는 설득적인 것으로 만든다.

　　　한 구석에 자리잡은 걸(傑)은 호주머니에서 담배꽁초를 끄집어내어 불을 붙이고 연신 입구를 내다보았다.(p.167)

걸의 현실적 소외는 작품의 등장에서부터 나타난다. "한 구석"에 자리 잡고 있는, 그리고 "담배꽁초"를 피우면서 연신 입구를 바라보고 있는 걸의 모습은 현실에 적응하지 못하고 있는 단적인 모습이다. 이러한 상황은 영웅 서사에서 흔히 보이는 시련의 전조와 비슷하다.

　　　레지가 찬 것을 가져다 저 편 손님에게 주고 돌아가는 길에 걸을 힐끔 보고는 그대로 지나가 버렸다.(p.167)

위 서술은 두 가지를 의미하고 있는데, 첫째는 다방 레지로부터도 무시를 당하는 걸의 현실적 소외감과 둘째는 걸을 제외한 모든 인물의 묘사가 사물로 대체되고 있는 것이다. 걸을 제외한 인물들은 제유법에 의해 기능적인 등가물로만 남는다. 사물로 대체되는 모습은 "돌아가는 길에 걸을 힐끔 보고는 그대로 지나가 버렸다"라는 묘사에서도 확인되는데, 그녀의 위치는 "그대로 지나가 버"리고 마는 것이다. 이는 다음 상황에서도 동일하다.

레지가 고개만 돌리고 물었다.(p.167)

기능적인 등가물로써의 레지의 역할은 일회용의 메커니즘으로 나타난다. 그들이 수행하는 기능은 획일적이고 탈개성화이다. 그녀의 존재감이란 단지 차를 나르고 무엇을 먹겠냐는 주문 이상은 없다.

마담은 무표정한 얼굴로 성냥갑을 주어 레지에게 주었다.(p.167)

다방 마담과 종업원 레지는 이 작품에서 아무런 의미를 갖지 않는다. 그녀들은 얼굴 표정도 갖고 있지 않다. 마침내 그녀들의 존재는 사물 속으로 사리지고 만다.

날라온 찻잔을……(p.167)

주목해야 할 점은 작가가 부수적인 인물들뿐만 아니라 주요 인물로 여겨지는 사람에게도 동일한 방식으로 처리한다는 점이다. 이는 주인공인 걸의 위치를 상대적으로 상승시키는 효과가 있다.

걸은 이런 시선쯤에 무감각해진 지 오래다. 그는 시선을 천장에 달린 먼지 앉은 전등에 보내고는 주먹으로 턱을 고였다. 눈을 감았다. 퍽 시장했다. 연기를 뿜어 올리며 무엇을 망연히 생각했다. 별다른 신통한 궁리는 하는 것이 아니라 조각조각 떠오르는 기억의 토막을 이으려고 애쓰는 것이다.(p.167)

걸에 대한 묘사는 레지나 마담의 경우와는 달리 세밀하다. 화자는 길주와 학구를 기다리며 해방 후 빨갱이들을 소탕하던 시절을 회상하는 걸을 동정적인 입장에서 그리고 있다. 이러한 묘사는 걸을 단순 과격한 테러리스트에서 끊임없이 생각하고 고민하는 인물로 전환시키는 기능을 한다.

> 길주가 걸을 보고 손으로 잔을 들어 마시는 시늉을 했다. ……(중략) 흐뭇한 표정을 감추지 못하고 <u>엄지손가락으로 학구를 가리켰다.</u> ……(중략) 학구는 <u>팔꿈을 들어 길주를 겨누었다.</u>(p.169, 밑줄: 저자, 이하동일)

반면에 걸과 함께 이야기의 주요 인물인 학구와 길주에 대해서도—마담이나 레지보다는 났지만—묘사의 불균형이 이루어지고 있다. 그들은 "흐뭇한 표정"을 지을 만큼 생명력을 지니고 있다. 하지만 엄지손가락으로 학구를 가리키거나 팔꿈치를 들어 길주를 가리키는 등 신체의 일부분으로서만 존재할 뿐이다. 이들 역시 걸의 영웅화 작업을 위한 매개일 뿐이다.

2. 인물의 긍정적 서술

걸과 길주 그리고 학구는 오랜만에 만나 지난 시절의 일들을 이야기한다. 그 당시 셋은 평북 시골서 공산당 본부를 습격했으며 월남 후에는 성기형님과 함께 "공산당과 싸웠"다. 그러나 이승만 정권이 권력을 장악한 후 공산당에 대한 대대적인 축출작업이 이루어지자 남과 북은 완전히 각각의 체제를 유지하게 되었다. 이렇게 되자 그들은 자신들의 설자리를 잃게 되고, 그들이 따랐던 성기 형님도 기독교에 귀의하면서 좌익과 싸우는 일을 그만둔다. 게다가 그 당시 같이 일을 했던 봉수 형님은 모 박사의 일을 돕다가 국장자리에 앉게 되고, 병두 형님은 도

지사를 하게 된다. 그러나 자신들이 모시던 성기 형님만이 거의 폐인처럼 변하자, 학구와 길주는 성기 형님에 대한 태도가 예전 같지 않다.

  "뭐 한 자리 안 된다던?"
  "한 자리? 말 말아. 데려가주구 뭘이 한 자리야, 글세 될 게 뭐이가, 이 다방에 나터렁 한 군데 붙어 있었대문 또 모르디. 자 봐."(p.168)

길주와 학구는 자신들이 모시던 형님이 다른 형님들처럼 성공하지 못하자 의리를 저버리는 모습을 보이지만 걸은 이들과 반대의 태도를 보인다.

  <u>그러나 걸은 길주나 학구처럼 성기 형님을 탓할 수 없었다.</u> 물론 그를 믿고 따라다니던 친구들은 현재 보잘 것 없이 되고 말았다. 그러나 그것이 성기 형님 탓이라고 생각되지는 않았다. 분명히 알지는 못해도 성기 형님이 하는 일이 옳다는 생각이 들어 여태까지 따라 다닌 것은 사실이다. 물론 <u>잘됐다는 놈들이 번드르르 하게 지내는 것을 보면 무엇인지 석연치 못한 것을 느끼기는 했다.</u>(p.168)

  "그 새끼 내가 들었는데 국회의원 하면서 돈 가지구 지금은 무슨 회사 사장인가 하문서 대단하대. 그리구 거기다 배때기가 불러서 무슨 정티 운동 한 대나. 글세 그 따우 새끼가 자되는 판이래두 그래."(p.174)

  "요좀엔 암만 생각해두 모를 일이 많아시오. 학구가 그룹디다. 한데 피난민덜은 담배 팔아 먹다가두 떼우구 녹아나는데, 글쎄 김가 같응 건 돈 벌구 잘되시야 됩네까 어디."(p.175)

표층구조상 이 작품은 걸, 길주, 학구를 중심으로 이야기가 전개되고 있지만, 사실상 걸을 제외한 인물들은 부정적이거나 조력자이다. 성기 형님에 대한 해석에서도 나타나듯이 길주와 학구는 자신들이 번듯하게 살지 못하는 이유를 성기 형님에 두고 있다. 반면에 걸은 성기 형님을 탓하지 않는다. 비록 자신과 친구들의 몰락이 결코 형님 탓이 아니며, 이는 성기 형님이 하는 일은 언제나 옳다는 '생각' 때문이다. 하지만 성기 형님이 하던 일이란 사실 "빨갱이들을 테는", 우익테러분자 이상은 아니며 이점에서 번듯하게 사는 다른 형님들과 차이가 나지 않는다. 그럼에도 걸의 주장이 설득력을 지니는 것은 반대편의 담론이 삭제되어 있기 때문이다. 오직 걸의 입장만이 정당성으로 포장된 채 전달되고 있는 것이다.

걸이, 죽은 용수 덕에 국회의원이 되어 잘 살고 있는 '김가'와 제도의 틀에 벗어난다고 "떼 우는" 성실한 민중들 사이에서 고민하는 장면은 걸을 미화하는 기능을 한다. 게다가 다른 인물들 – 테러리스트라는 명명이 가져다주는 폭력성 – 과는 달리 걸은 의리를 지키며 사색적이며 합리적이라는 인식을 갖게 하는 것이다. 이러한 모습은 다음에서 더욱 확연해진다.

> 다방을 나오면서 성기 형님에게 인사를 드렸다. 길주와 학구는 굽실 허리를 굽히고 지나갔으나, <u>걸은, "형님 나오셨습네까?"하고 공손히 인사를 하여 그 악수를 받았다.</u> 쥐어진 손이 퍽 메마르고 찬 것을 느꼈다.(p.168)

걸을 다른 인물들과 구별 짓는, 즉 길주와 학구와의 차이점은 그들이 성기 형님을 만나면서 헤어지는 순간까지 지속된다. 더욱이 걸은 학구와 길주와는 달리 의리를 지키며 "잘됐다는 놈들이 번드르르 하게 지내는 것을 보면 무엇인지 석연치 못한 것을 느끼기"도 하는 현실 비판적 태도까지 보이고 있다. 자신들과 같이 "빨갱이를 패던" 그들이 현실 속에서 버젓이 사는 모습이 정당하게 보이지는 않는다는 것이다. 그러나 걸의 비판적 의식은 "오직 공산당놈들의 탓"이라고 확신한 데서 알 수 있듯이 맹목적 신념에 기인한 것이다. 그럼에도 걸의 모순적인 태도가 설득력을 갖는 이유는 전체적으로 다른 테러분자들과는 확연히 구별되는 서술 방식 때문이다. 이는 성기 형님과 헤어지는 장면

속에서도 길주와 학구는 형식적인 인사를 하고 지나가는 반면 걸은 "공손히 인사를"하고 "악수를 받았다"라는 서술을 통해 화자가 걸과 그 외의 인물들을 이미 주관적으로 구분을 짓고 있는 것이다.

3. 다성성의 거세와 우파의 독백

위와 같이 화자는 우익 테러분자인 걸을 다른 이들과 차별을 두면서 그를 긍정적인 인물로 위치를 상승시키고 있다. 걸에 대한 점진적인 긍정적 묘사를 진행해 가면서 그 사이 사이에 반공을 옹호하는 걸의 발화를 삽입시키고 있다.

> 그러나 걸은 아직까지 이처럼 덜 떨어진 자기의 꼴을 두고 누구를 원망해 본 일이 없었다. 가끔 창피를 느낄 때는 있었으나 그럴 때도 그것이 오직 공산당놈들의 탓이라고 생각했다. <u>그 자신의 문제뿐만 아니라 모든 좋지 못한 일의 근원은 빨갱이 공산당놈들에게 있는 것이라고 굳게 믿고 있는 것이다.</u> 그 위에 걸은 그의 머리로 어떻게 해석해야 할는지를 몰랐다. 다만 한 가지 분명한 것은 <u>공산당이 없어진 지금에 와서 누구를 보고 주먹을 내둘러야 할는지 그 주먹질의 대상을 잃어버린 것이다.</u>(p.168)

위의 서술은 걸이 모든 문제의 원인을 공산당에 두고 있음을 보여주고 있다. 자신을 비롯한 친구들이 사회적으로 소외를 느끼고 있는 것도, 그리고 성기 형님이 폐인으로 살아가는 것도 오직 "공산당" 놈들 때문이라는 것이다. 그러나 해석의 과정이 텍스트 전체의 유기성을 강조하기보다 어느 한 국면에 편중되어 일원화되는 것은 다른 한쪽을 일방적으로 제거하는 것으로 정당성을 얻기 힘들다. 그럼에도 위의 서술은 양극단의 평가를 오직 걸의 발화만을 통해 나타내고 있다. 이는 작품의 속성에서 기인한다. 우익의 인물들을 작품의 전면에 내세움으로써 대립된 인물의 사고를 무화시키고 다양한 담론구성체의 갈등[3]을 삭제시킨다. 따라서 작품을 통해 인식되는 것은 걸의 긍정적인 묘사 속에서 이루어지는 걸의 발화뿐이다. 그렇다면 걸이 이토록 공산당에 적대감을 느끼는 이유는 무엇인가.

> "……빨갱이 아니구두 나쁜 놈덜이 있긴 합두다. 틸 놈두 있긴 합두다. 그른데 형님."
> 걸의 취한 눈동자가 멀거니 <u>성기 형님을 쳐다보았으나 그 시선은 초점을 잃고 있었다. 성기 형님은 그저 말없이 앉아서 걸을 건너다 볼 뿐이었다.</u>
> ……(중략)
> "형님 난 <u>원수를 가푸야 하디 않소? 나 이남으루 온 댐에 우리 아바지 잡아다 가두와서 죽게 한 놈덜 난 그대루 둘 수 없수다.</u> 형님, 일케 오래 가문 니북에 두구 온 동생새끼 빨갱이 다 되디 않갔소."(p.172)

걸이 공산당을 증오하는 이유가 나타난 곳은 이 한 곳뿐이다. 평양에서 공산당 본부를 습격하고 이남으로 내려와 테러 활동을 계속하던 당시, 공산당에 의해 아버지가 죽임을 당한다. 당대 상황으로 볼 때 이

---

3) 알튀세르는 담론에서 단어와 의미의 정치학이라는 것을 보여주고 있다. 담론은 서로의 충돌에서 발전하며 그렇게 때문에 말과 글에서 사용되는 단어들과 어구들은 정치적 차원을 갖게 된다. 이는 단어들이 담론에 따라 그 의미가 바뀌며, 심지어는 외견상 일상적인 언어에서도 갈등을 일으키고 있는 담론들이 발전한다. 결국 실제적 의미는 이데올로기의 영역에 속하는 것이며, 담론은 이데올로기의 특수한 형식 중의 하나이다. 여기서 페쇠는 알튀세르의 논의를 이으면서 담론의 의미가 궁극적으로는 대립적인 관계, 즉 이데올로기 장치들을 가로지르며, 비록 즉각적은 아닐지라도 결국에는 다양한 경제적, 정치적, 이데올로기적 형태의 계급투쟁 속에서 성립된다는 노선을 취한다. 따라서 이 투쟁이 담론의 의미를 구성하는 '외부'인 것이다. 이는 좌파와 우파의 헤게모니 장악을 위한 투쟁과 그의 희생자인 걸이 우파의 입장을 고수하고 있는데, 이러한 입장이 설득력을 갖는 것은 담론의 의미를 구성하는 외부, 즉 서술의 방식이 좌파와 우파의 투쟁을 제거한 체 테러리스트인 걸을 긍정적으로 서술하는 것에서 기인하는 것이다. (다이안 맥도넬, 임상훈(역), 『담론이란 무엇인가』, 한울, 1992, pp.57~60.참조)

러한 심정적 차원으로 인해 이승만 정권의 반공 이데올로기는 정책적 차원 이상으로 국민의 호응을 받게 된다. 게다가 1946년에는 남로당이 이끈 9월 총파업과 10월 대구 무장항쟁의 사건이 발생, 4·3사건, 여순 반란 사건 등으로 반란군이 입산하게 됨으로써 사실상 남한 내에서 좌·우익 간의 전쟁이 시작되었고, 그때부터 반공이 아닌 것은 모두 용공이라는 도식이 자리잡기 시작했다.

그러나 심정적 차원에서 비롯한 증오감은 정확한 의미의 대립구도를 설정하지 못한다. 게다가 우익분자의 말을 통한 공산당의 비판은 설득력이 상실됨에도 불구하고 당대를 겪었던 사람들의 심정적 분노를 일깨우는 이러한 서술방식으로 말미암아 공감을 회복하는 것이다. 결국 결의 논리는 담론의 갈등이 제거된 일방적인 우파의 입장을 '심정적'으로 접근하여 의미를 획득하고자 하는 것이다.

여기서 또 하나 주목해야 할 점은 성기 형님의 위치이다. 걸은 성기 형님에게 "빨갱이 티두룩 해주우"하고 종용하고 있다. 그러나 이러한 발화는 아무 효과를 얻지 못한다. 왜냐하면 이러한 명명진술은 아무에게나 가능한 것이 아니라 집단에 의해 위임된 개별 행위자만이 이러한 진술을 성공리에 마칠 수 있기 때문이다. 성기 형님이 "초점을 잃은" 시선으로 "말없이 앉아 걸을 건너다 볼 뿐"이라는 서술 안에는 예전 같은 권력은 보이지 않는다. 따라서 보통사람에 의해 발화된 이러한 명명진술은 화용론적 차원에서 볼 때 비문(非文)이거나 발화의 효율성을 확보하지 못한 것이 된다. 그러므로 위의 대화는 대상에게 전혀 영향을 끼치지 못하는 독백에 불과하다. 수행적 발화의 효율성이 제도의 존재와 완전히 분리되어 있기 때문이다. 이처럼 일방적인 혹은 다성성이 거세된 독백 형식의 발화방식은 주변 인물들에도 나타난다.

① "그 무식한 새끼가 공산당한테 니용만 당하구는 쬐쬐나서 안주 탄광에 들어 갔다가 눅이오(육·이오) 딕전에 도망테 나왔데."
"흐응, 내가 그 새끼 쬐께난 니유 알디. 그 치가 적위대장 할 때 무슨 대

회에서 연설을 하다가 실패했거덩. 뭐이라구 했나 하문, 여기 붉은 꽃, 푸른 꽃, 흰 꽃, 꽃이 많이 있수다.이 꽃으루 꽃다발을 만들어서, 즉 공산당, 청우당, 민주당이라구 하는 여러 가지 꽃으루 만둥 거 올시다. 이 꽃다발을 우리덜이 바틸 사람은 누군가 하문 그것은 니승만 박사 올시다, 했거덩. 하하하……."(p.169)

② "고 빨갱이덜은 거저 티야디요, 테 깔리야디오."(p.170)

③ "거 함부루 사람 티디 말라우."
길주는 학구의 어깨에 기대 걸으면서 거의 혀가 굳어진 입으로 중얼거렸다.
"걸아! 네 말이 옳다 옳아-그런데 내가 안 틸 걸 텐-틸 놈을-텠디."
"틸 놈이 무슨 틸 놈이야. 빨갱이두 아닌데 그르케까지 틸 건 뭐이야."
"그래 그래 네 말이 옳아-빨갱일 티야디, 티야디. 빨갱이 이놈우 빨갱이 나오나라아."(p.171)

위의 글은 길주, 대포집 아줌마, 그리고 학구의 발화 내용이다. 발화의 인물들은 모두 우파의 입장을 고수하고 있는 자들로서 한결같이 공산당에 대해 부정적으로 대하고 있다. 학구와 길주가 우익분자이기에 그들의 발화내용이 불균형하다면, 대포집 주인의 발화는 마치 당대 서민들의 입장을 대변하고 있는 태도를 보인다. 이처럼 어느 한 편의 인물들을 통해 극단적으로 주장하고 있는 우파의 논리는 사실상 그들의 논리적 타당성을 획득할 수 없음에도 작품의 전체적 분위기에 의해 설득력을 얻고 있는 것이다.

그때 열 여섯 살 난 성희는 륙작을 메고 그 아버지와 어머니, 그리고 동생과 함께 걸의 앞장으로 38선을 넘었다. 어슬어슬 해진 저녁에 숨을 죽이면서 38선을 넘는 고개에 다다랐을 때 일행은 따발총을 든 소련병에게 발견되고 말았다. ……걸은 무표정한 얼굴로 따발총을 든 소련병이 가까이 오자 슬금슬금 다가서며 얘기를 붙이는 체하다 그대로 머리로 떠받아 버렸다.

그리고 재빠르게 발로 따발총의 탄알판을 걷어차 떼어 던지고는 쓰러진
소련병의 얼굴을 몇 번 밟아 놓고 그 길로 단김에 38선을 넘어 청단으
로 내달았던 것이다.(p.169)

위의 서술은 영웅이야기의 한 대목과 유사하다. 월남 당시의 상황은
매우 긴박하고도 영웅적인 모습으로 나타나고 있다. 우선 월남을 하기
에는 무리인 여섯 살 소녀와의 동반과 어둠으로 인한 두려움, 그리고
당당히 앞장 서는 걸의 모습은 영웅과 닮아 있다. 영웅의 탄생은 소련
병의 등장으로 극대화 된다. 걸은 전혀 떨림 없는 행동으로 간단히 소
련병을 물리치고 사촌 일가를 구해낸다. 물론 걸이 테러리스트라는 신
분으로 볼 때 소련병 하나쯤은 문제없는 것으로 볼 수도 있으나, 총을
가진 상대라는 점, 그리고 소련병이 경계선을 넘으려는 자의 이야기에
쉽게 응해준다는 부분은 과장되어 있다. 과장된 몸짓이 영웅의 모습에
밀착함으로써 자연스럽게 동화된다. 적대적 인물인 소련병에 의해 사촌
의 일가가 위험에 처해있고, 그 상황을 멋지게 극복한다는 식의 이야
기는 폭력으로 살아가는 테러리스트를 영웅화하고 있는 것이다. 이렇게
긍정적으로 걸을 서술하는 과정 사이사이에 공산당에 대한 증오의 감
정이 삽입된다.

"학구두 취직했다구 합두다만 나는 시원하게 네기디 않습무다. 길주
니야기는 공당에서 시사한 놈덜 까부신다구 합두다. 근데 주먹을 내두를
테야 따루 있디 안갔소. 빨갱이 아닌 사람 티능 건 난 찬성 안합무다."
…… "빨갱이부팀 없에야 하디 않소? 국제 정세니 UN이니 난 모르갔수
다. 거저 빨리 그 새끼들 까구만 싶수다래."(p.172)

걸을 비롯한 그의 친구들은 자신들의 행위에 대해 신념을 갖고 있
다. 그것은 현재의 암담한 상황은 다름 아닌 빨갱이 때문이며, 따라서
빨갱이들만 쳐부순다면 모든 문제는 해결될 것이라고 믿고 있는 것이

다. 이러한 신념은 이데올로기로써 설명되어 질 수 있다. "어떤 신념이 이데올로기가 되기 위해서는 일정 종류의 많은 경우나 대부분의 경우 대다수의 사람들이 의지하는 신념이어야 한다."4) 물론 바다에서 조난을 당한 사람들이 구조될 것이라는 믿음에 집착하는 것까지 이데올로기라고 말할 수는 없다. 대부분의 신념 체계나 이론 체계는 이데올로기적이며 또한 규정적인 것이기도 하다. 따라서 이데올로기적인 것이 되기 위해서는 공동체나 사회집단이 특정 상황 속에서 일반적으로 의거하고 있는 신념 체계여야 한다. 그런 면에서 당시 우파의 신념은 설득력을 갖고 있었으며, 대부분의 사람들에 의해 심정적 동조를 얻고 있었다는 점에서 이데올로기적이라 할 수 있다.

그러나 우파 중에서도 헤게모니를 장악하기 위한 것이 아니라 권력자의 하수인으로서 발생한 우익 테러분자의 신념은 왜곡된 것이다. 냉전이라는 거대한 흐름 속에서 당대적 흐름을 읽지 못한 체, 자신들의 모든 문제점을 빨갱이에게 돌리는 것이 바로 그것이다. 그로 인해 현재 자신들의 사회적 소외 원인 역시 추상적 범주로 돌리는 것이다.

그들 앞에 하나의 사건이 벌어진다. 길주가, 용수를 죽게 하고 그 덕에 국회의원이 된 '김가'의 하수인으로 전락을 한 것이다. 더 이상 성기 형님에게 기대할 것이 없는 상황에서 자신과 함께 일했던 주위 동료들이 "버젓이"사는 것을 보자 길주는 더 이상 참지 못하고 '김가' 밑으로 들어간다. 길주의 변절에 학구는 분노를 터뜨리고 걸 역시 못 마땅해 한다. 걸은 돈수 형님을 찾아가 자신의 고민을 털어놓는다.

> "걸인 육이오 대 특수부대에 참가했었지?"
> "예."
> "그때 어떻던가? 차고 받고 때리는 것처럼 되지는 않지?"
> "안되갔읍두다. <u>주먹보다는 총알이 더 빠르디 않소.</u>"(p.175)

---

4) J. 플라메나츠, 진덕규(역), 『이데올로기란 무엇인가』, 까치, 1982, p.113.

돈수 형님을 찾아간 걸의 태도는 테러리스트가 아닌 현실을 인정하려는 모습이다. 즉 "시대의 상황이 불가피하게 요구했던 필요악의 에너지가 지금 타성을 벗어나려고 꿈틀거리는 몸부림"처럼 걸은 역사의 희생양처럼 그려지고 있다. "주먹"으로 상징되는 개인의 힘과 "총알"로 상징되는 권력집단의 물리력 간의 차이를 이해하는 서술로 이제 사건은 걸이 역사의 희생양이 될 수밖에 없음을 보여준다. 여기서 이들을 위한 또 한 번의 영웅화 작업이 나타난다.

> "……새로운 평화적 통일 방안을 수립함으로써 이 숨 막히는 현실을 타개하고……"
> 걸은 예의 괴로운 표정을 지었다. ─평화적? 싸우지 않고 가만히 하자는 뜻일 게다. 그러면 빨갱이들하구 싸우지 않고 될 수 있다는 뜻이 아닌가? 그럴 수가 있나─
> "잠깐만."
> 걸은 불쑥 손을 들고 한 거름 나서며 연사의 애기를 가로챘다.
> "물어볼 말이 있수다. 평화적 통일이랑게 뭐입네까?"
> 모든 청중의 시선이 일제히 걸에게 쏠렸다. <u>연사는 약간 당황한 빛을 보였다.</u>(p.176)

걸은 돈수 형님과의 대화 중 자신도 어쩌면 역사의 희생양일지도 모른다는 자각의 출발점에 선 듯 했으나 선거 유세를 하는 연사로부터 '평화적 통일을 수립하자'는 말을 듣자 다시 원점으로 돌아온다. 걸은 "빨갱이들하구 싸우지 않고"는 통일이 될 수 없다는 의문에 연사에게 질문을 던진다. 연사는 "약간 당황한 빛을 보였다"라는 서술에서 알 수 있듯이 연사의 "평화적 통일론"은 허구이며 반면 걸의 주장은 설득력 있는 것으로 나타난다. 이런 와중 걸의 이야기를 듣던 옆의 청년들이 걸을 향해 "빨갱이"라고 소리를 치자 걸을 지지하던 사람들과 시비가 붙는다. 그러던 중 걸과 청년사이에는 싸움이 붙고 걸은 가볍게 그들을 제압한다. 저 멀리 도망가는 청년들 틈에 걸은 길주를 본 것 같은 느낌을 받는다.

> -확실히 그것이 길주였을까? 그리고 연사를 힐난하던 청년들의 욕설,
> 뛰어들던 그 자세, 그것은 나와 학구와 길주와 또 그리고 친구들의 그 옛
> 날의 모습과는-몸이 화끈 불같이 달아올랐다.
> -그럴 리가 없디-그 따우덜 하능 것과야 달랐디-무엇이-그때야 어디구
> 지금터렁 펜안했나, 결사덕이댔디-그루구 빨개이하구는 말이 안되거덩. 그러
> 니까 티야디, 거주뿌리만 하거덩-그루구-그치는 발갱이 아니거덩, 말로 하
> 야디 그루구(p.177)

걸은 길주를 본 것 같은 생각과 아울러 자신을 공격하던 청년들의
모습에서 자신의 옛 모습을 본다. 사건은 계속 이어져 얼마 후 걸은
테러를 당한다. 좀 전에 자신을 공격했던 자들은 다름 아닌 "김가"의
하수인이었던 것이다. 걸은 갑작스런 공격과 수적 열세를 이기지 못하
고 죽음의 위기에 처한다. 그러나 배후에 서 있던 길주의 도움으로 걸
은 위기를 모면하는 것으로 이 작품은 끝을 맺고 있다.

결국 이 작품은 국가권력이나 사회체제, 혹은 현실의 광범위한 폭력
으로부터 소외된 대다수 민중들을 향한 것이 아니다. 분단의 체제를
공고히 하기 위한 과정에서 일시적으로 이용당한 테러리스트에 대한
동정과 그들 활동의 정당성에 대해 피력한 면모는 외곽으로 밀려난 이
들의 삶에 대한 문제의식에서 출발한 것이 아니라 도리어 반공 이데올
로기의 관점을 적극적으로 드러내면서 체제구축의 변을 더하고 있다.[5]
이는 단순 과격분자인 걸을 심사숙고하는, 그리고 폭력의 과정을 영웅
화하는 과정을 통해 반공의 입장을 공고히 하고 있는 것이다.

---

5) 이화진, 「1950년대 선우휘문학에 나타난 현실 대응양상」, 조건상(편), 『한국전
후문학연구』, 성대출판부, 1993, p.83.

한국 현대소설과
이념의 좌표

제 2 부

탈이념의 지향과 용전방식

제 1 장
탈주의 욕망과 망명의 상상력

1. 서 론

1950년대는 고은의 지적처럼 '아'[1]라는 감탄사 없이는 명명할 수 없던 '주어 없는 비극'[2]의 시대였다. 불연속성의 세계에서 '주어'를 찾아 헤매는 인간들의 모습이란 길을 잃고 헤매는 미아의 모습에 다름 아니다. 50년대 미아의식은 피난민의 '거처 찾기', 제대(상이)군인의 '직업' 찾기에서부터 실존의 의미 찾기까지 중요한 문학적 주제가 되어 왔다. 또 하나의 중요한 미아의식은 이데올로기 사이에서 방황하는 개인의 모습에서 찾을 수 있다. 당시 이데올로기에 대한 인식은 이론적 혹은 논리적 형태보다는 경험을 통한 감정적 차원에서 받아들여졌다. 전쟁과 거기서 빚어지는 무자비한 살육의 경험은 그대로 이데올로기의 경험으로 이어졌기 때문이다. 이로 인해 이데올로기는 전후소설에 있어 가장 예민한 주제이자 동시에 해결되어야 할 문제가 되었으며, 포로수용소 소재의 작품이야말로 이를 가장 압축적으로 보여주고 있다.[3]

---

1) 고은, 『1950년대』, 민음사, 1973, p.22.
2) 이어령, 『저항의 문학』, 예문관, 1965, p.21.
3) 50년대에 발표된 포로수용소 소재의 작품은 다음과 같다.
   박영준의 「용초도근해」(『전선문학』, 1953.12.), 곽학송의 「녹염」(『현대문학』, 1955.2.), 장용학의 「요한시집」(『현대문학』, 1955.7.), 오상원의 「죽음에의 훈련」(『사상계』, 1955. 12.), 이호철의 「나상」(『문학예술』, 1956.1.), 서기원의 「안락사론」(『현대문학』, 1956.6.), 한남철의 「강설」(『사상계』, 1959.1.), 김중희의 「목숨」(『자유문학』, 1959.10.), 강용준의

1950년대 소설에서 '포로수용소'는 소재적인 측면과 함께 주제론적으로도 중요한 위치를 차지하고 있다. 우선 전장과 포로군인들을 통해 당대의 리얼리티를 획득하고 있다는 점, 더불어 포로수용소라는 공간이 의미하는 이데올로기적 대립과 갇힌 인간의 존재론적 문제의식이 그것이다. 포로수용소 소재의 작품들은 안과 밖의 공간적 대립 구도와 경계에 대해 긴장감을 지니고 있으며, 이는 이데올로기적 대립에 의해 유지되고 동시에 강화된다. 이러한 까닭에 이들 작품에서는 공통적으로 탈주가 중요한 사건으로 다뤄지고 있다. 전후 소설에서 탈주의 문제가 중요시 되어야 하는 이유는 이데올로기가 지배했던 50년대 속에서 개인의 응전방식을 보여주기 때문이다. 즉 한국전쟁이 서구 열강들의 이데올로기 대리전이었다는 점, 나의 의지와 무관하게 발생한 전쟁이 이념의 양자택일을 강요했다는 점, 게다가 이념의 선택이 곧 생사의 선택이었다는 점은 탈주야말로 가장 50년대적 문제였음을 보여주고 있는 것이다.

이에 본고는 탈주의 방식을 통해 이데올로기에 대한 인식 및 응전방식을 고찰하고자 한다. 더불어 조남현 교수가 지적한-50년대 소설들 가운데는 「광장」의 이명준처럼 "월북-신문기자활동-참전-포로-중립국행선택-자살의 과정을 밟은 주인공을 거의 찾을 수가 없다"[4]-바에 대한 원인을 밝히고자 한다. 즉 왜 50년대 소설에서는 탈주의 방식에 '망명'의 상상력이 선택되지 못했는가, 다시 말해 왜 60년대 「광장」에 와서야 망명의 상상력이 가능하게 되었는가에 대한 대답이 될 것이다.

「철조망」(『사상계』, 1960.7.)등이 있다. 이호철과 김중희의 작품은 탈주 모티프가 드러나지 않기에 논의에서 제외하였다.

4) 조남현, 「최인훈의 「광장」」, 『현대소설의 해부』, 문예출판사, 1994, p.246.

2. 탈주의 방식과 죽음의 의미

1) 반공주의의 선택과 죽음

포로수용소라는 공간은 그 상징적 의미로 인해 이데올로기의 문제를 본격적으로 고민할 수 있는 계기를 형성한다. 휴전회담의 지연과 전쟁의 장기화는 포로수용소를 축소된 전쟁의 현장으로 만들었으며, 특히 거제도 포로수용소는 전쟁포로들 간의 이념분쟁 및 감정대립의 비극적 참상을 상징하는 대명사가 되었다. 이렇게 거제도 포로수용소는 한국전쟁의 압축도라고 할 수 있을 만큼 온갖 모순과 잘못된 성격을 가장 집약적으로 드러낼 수 있는 소재 중의 하나였다.[5] 그래서 장용학은 "한국에 있어서 거제도는 한국이 가질 수 있는 유일한 세계대의 소재였고, 역량만 있으면 얼마든지 큰 작품이 나올 수 있"[6]음을 지적한 바 있다.

이러한 상징적 가치에도 불구하고 직접 체험한 작가가 드문 까닭에 작품의 편수는 미미한 편이다. 게다가 대부분의 작품들은 반공주의의 선전 혹은 공산주의의 비인간성을 고발하는 데서 멈추고 말았다. 대표적인 작품들로는 박영준의 「용초도근해」(1953), 곽학송의 「녹염」(1955), 서기원의 「안락사론」(1956) 등이 그것이다. 이들 작품을 압도하고 있는 반공주의는 수사적 이분법에 의해 그려지고 있다.

① "더러운 놈의 옷-."
침을 뱉듯이 말하자 모두가 일시에 옷을 벗어 버렸다. 병균이 붙은 옷을 처리하기나 하듯 그들은 벗은 옷을 될 수 있는 대로 멀리 내던지거나 그렇지 않으면 벗은 옷을 발로 내려 밟았다.
(……중략)
깨끗한 옷을 입고 정연하게 서서 기운 있게 음악을 불고 있는 국군들이었다.[7]

5) 이은자, 『1950년대 지식인소설연구』, 태학사, 1995, p.98.
6) 장용학, 「실존과 「요한시집」」, 『한국전후문제작품집』, 신구문화사, 1964, p.401.
7) 박영준, 「용초도근해」, 『박영준전집』2, 동연, 2002, p.170.

② 우리 국군과 유엔군이 멀지 않아 들어온다고 다들 눈이 빠지도록 기
   달리고 있는 데 하고 속으로 순구를 깔보아 주었다.
   (……중략)
   덕보는 인민군 부상병이 구데기처럼 뒤끓는 대학병원으로 옮겨갔다.8)

「용초도근해」의 반공이데올로기는 '더러운'과 '깨끗한'의 수사적 이분
법에 의해 강화된다. 공산주의란 일종의 "병균이 붙은 옷"이기에 "발작
을 일으키듯" 벗어버려야 할 것으로 "될 수 있는 대로 멀리 내던"져야
할 무엇이다. 반면 대한민국으로 표상된 자유주의는 "저주받을 나의 운
명"과는 반대로 "불행하지 않고도 살아 온 사람들"의 세계이다. 그것은
병균이 붙은 더러움이 아닌 깨끗함, "자유의 문", "모자에서 양복, 양
말, 구두 할 것 없이 모두 새것"의 레테르이다. 더러움 대 "새것"의 수
사야말로 자유주의의 우월성을 그대로 드러내는 것이다. 이러한 방식은
다른 작품에서도 동일하게 적용되고 있는데, 「녹염」에서는 국군과 유엔
군 앞에 "우리"라는 수사를 덧붙이고 있으며 음식도 "인민군에서 주는
것보다 맛이 좋고 양도 엄청나게 많"은 반면 공산주의의 레테르는 "구
데기"이며 북한의 자연은 "빛깔조차 다른 산"으로 묘사되고 있다. 이러
한 수사적 이분법은 공산주의에 대한 거부감과 자유민주주의의 우월성
을 무의식의 차원에서 자연스럽게 형성시키는 기능을 담당한다. 이들
작품이 표방하는 이데올로기로부터의 탈주는 한쪽을 선택함으로써 다
른 한쪽이 거부되는 방식을 취하고 있다. 즉 반공주의를 선택하기 위
해 공산주의로부터 탈주하는 것이다. 다시 말해 공산주의로부터 탈주한
후에 반공을 수용한 것이 아니라 반공을 선택하기 위한 통과제의적 행
위였다는 것이다. 이러한 이유로 이들 작품의 이념적 스펙트럼은 단선
적이며 1차원적 이상을 넘어서지 못하고 있다. 구체적으로 살펴보면
다음과 같다.
   곽학송의 「녹염」은 포로수용소 내 친공 대 반공포로들 간의 잔혹한

---

8) 곽학송, 「녹염」, 『현대문학』, 1955. 2, p.178.

학살행위를 다루고 있는 작품이다. 특히 덕보라는 순박한 인물을 통해
반공·친공 포로간의 잔혹한 살육과 보복을 폭로하고 있다. 갈등은 분
산사건에서 시작한다. "오천 명의 집단을 오백 명 단위로 분산"시키려
는 사건으로 인해 친공 포로들은 동요하기 시작한다. 그들에게 분산이
란 곧 "자치력의 상실"을 의미함과 동시에 지금의 자유를 보장받을 수
없기 때문이다. 이에 그들은 분산에 찬성하는 포로들을 제거하기 시작
하며, 이것이 탈주의 계기를 형성하는 요인이 된다.

> ① "이대로 잠잣고 있다간 우리 다 놈들의 손에 죽고 만다!"(p.174)
> ② "우리는 어서 여길 빠져나가야 합니다. 살 길을 찾아야 합니다. 놈들
>   의 일용물이 되어 죽을 수가 없는 것입니다."(p.182)

「녹염」에 나타난 탈주의 1차 목적은 생존을 위함이다. 덕보의 완력과
윤선생의 감화로 비교적 안전하게 지냈던 49호 천막도 계속되는 테러
와 살인으로 "어서 여길 빠져나가야" 하는 절박한 상황에 직면한 것이
다. 그러나 생존을 위한 탈주란 사실 표면적 의미에 지나지 않는다. 「
녹염」이 말하고자 하는 탈주의 본질이란 바로 반공과 멸공의 의지에
다름 아니기 때문이다. 여기서 생존은 단순히 목숨의 연장이 아닌 이
데올로기의 선택과 거부라는 의미를 띠고 있다. 즉 덕보를 비롯한 49
호 천막 사람들의 생존에는 이념의 선택이 필연적으로 결부되어 있는
것이다. 왜냐하면 그들의 생존을 위협하는 세력이란 곧 친공 포로들이
며, 따라서 탈주란 곧 친공 포로로 표상된 공산주의의 거부를 의미하
기 때문이다. 이제 생존을 위한 탈주는 반공과 멸공의 등가물이 된다.
이는 반공사상에의 경도, 특히 "학교 같은 곳이라곤 문밖에도 가보지
못한 무식꾼" 덕보가 "단순한 생리"와 "천성"을 내세워 반공에 대한
절대적 신념을 내보이는 것과 지배와 종속의 논리를 순박함으로 위장
하는 모습은 탈주의 목적을 순순히 생존으로만 볼 수 없게 만드는 요
인이 된다.[9] 이러한 형상화 방식은 이데올로기에 대한 논리 부재의 감

정적 대응을 그대로 노출하고 있는 것이다.

이제 생존과 멸공의 등가성 원리는 "어떠한 이유에서든 간에 사람을 죽이고, 죽고 하는 것이 싫은" 덕보에게 살인과 그 행위를 정당화하는 기능으로 작용하게 한다. 공산주의 잔혹한 폭력성에서 유발된 덕보의 적개심은 살인으로까지 이어진다.

어느덧 불길은 『캠프』안을 온통 덮어 버렸다. 불바다였다. 천막마다 무수한 사람을 토해 놓는다. 이제 덕보는 여기 무수한 사람의 피가 흐르고 있다는 사실과, 자기가 사람을 죽였다는 것이 조금도 참혹하게 생각되지 않았다. 윤선생의 시체를 등에 업고 선채 오십여 개의 천막을 훨훨 태우며 하늘로 찌르는 푸른 불길을 바라보는 그의 마음은 오히려 더 없이 평화스러웠다.(p.190)

공산주의의 거부가 곧 생존을 위한 것이자 반공주의의 선택이라는 등식관계는 결국 탈주를 친공 대 반공의 대결구도로 만든다. 이러한 대결구도는 덕보와 친공 포로간의 차이를 소멸시킨다. 즉 덕보의 잔혹

---

9) 덕보의 순박함은 인정론적 차원을 넘어 공산주의가 비판하는 지배와 종속의 논리를 옹호하고 있는데, 이는 주인과의 관계에서 드러나고 있다. 덕보는 십여 년을 한마디 불평 없이 여관에서 심부름을 하였으며, 주인내외는 이러한 덕보를 "고마운 소처럼 여기"고 있었다. 주인내외는 서울이 적치가 되기 전날 덕보만 남겨둔 채 피난을 간다. 돌아올 때까지 여관을 지키라는 것이다. 열쇠뭉치까지 맡기는 것이 이상했으나 덕보는 도리어 떨어져 있는 것에 서글퍼한다. 적치가 된 서울은 "남의 집에 사는 그와 같은 사람을 위하는 세상"이 되었다고 흥분되어 있지만 덕보는 "한결같이 무의미"하게 느낀다. 공산주의 세상이 되어 "집도, 이 집에서 고용사리를 한" 덕보가 주인이 된다는 것은 "천벌을 내릴 수작"이기 때문이다. 게다가 "국군에는 나에게 누구보다도 고맙게 해주던 주인의 맏아들이 장교로 들어가"있기 때문에 반드시 "우리 국군과 유엔"이 승리한다는 것이다. 이처럼 지배와 종속의 논리를 생리적으로 받아들이는 덕보야말로 필연적으로 공산주의자가 될 수 없는, 즉 자유민주주의의 전형적 인물임을 강조하는 있는 것이다. 이는 「녹염」이 서두에서 말하고 있는 전제, 즉 "지배자의 의사를 무시하고, 반항하는 수인(囚人)"과 "지배자의 의사를 존중하고 순종"함으로써 "창살을 의식하지"않고 수인이 아니라고 생각하는 것에 대한 해답을 보여주는 것이다. 당시 50년대 작품에서 덕보와 같은 인물을 만나는 것은 어렵지 않은 일이었다.

한 살인행위 역시 친공 포로들처럼 동일한 폭력의 모습을 띠고 있기 때문이다. 그럼에도 덕보는 자신의 행위에 대해 "조금도 참혹하게 생각"하지 않는다. 그것은 어디까지나 "생존"을 위한 행위였기에 "그의 마음은 오히려 더 없이 평화스러"울 수 있었다는 것이다. 이데올로기에 대한 일차원적 인식은 「녹염」의 탈주를 생존과 멸공의 등가물로 만듦으로써 이념적 대결구도로 몰고 감과 동시에 탈주의 방식을 살인으로 한정시키는 결과를 가져온 것이다.

2) 양자택일의 거부와 자살

두 번째 탈주의 방식인 이데올로기의 거부로서의 자살은 장용학의 「요한시집」을 들 수 있다. 「요한시집」은 토끼의 우화에 나오는 어둠과 밝음의 구도를 붉은색과 푸른색의 대조와 연결시키면서 이념적 대립을 형상화하고 있다. 우화에서의 어둠과 밝음의 대립 항은 토끼로 하여금 선택의 유혹과 갈등을 유발시킴으로써 죽음으로 몰아간다. 이는 붉은색과 푸른색으로 표상된 이데올로기의 대립과 택일의 강요 속에 죽게 되는 누혜와 동일한 모습이다. 누혜는 아홉 살이 되면서 소학교에 들어간다. 그곳에서 누혜는 "公民社會의 한 分子가 되는 과정"을 자신도 "모르는 사이에" 배워간다. 그것은 50초 지각과 60초의 지각의 차이를 인식하는 과정이며 동시에 안과 밖의 구별을 말한다.

> 그러는 사이에 중학생이 되었다. <u>소매 끝에와 모자에는 흰 두 줄이 둘렸다. 그 줄 저쪽으로 나서면 안 된다는 것이다.</u> 그 대신 그 이쪽에서는 아무 짓을 다 해도 좋다는 것이다. 나는 二重으로 매인 몸이 되었다.[10] (밑줄: 저자, 이하동일)

이데올로기적 국가장치 중의 하나인 학교는 그 사회의 구성원을 재

---

10) 장용학, 「요한시집」, 『현대한국문학전집』4, 신구문화사, 1971, p.324.

생산시키는 기구이다. 사회질서의 정당화는 사회 행위자로 하여금 사회
세계의 객관적 구조에서 발생한 지각과 감상을 적용함으로써 이 세계
를 당연한 것으로 보이게 만드는 것이다.[11] 이데올로기는 "자율"의 이
름하에 보이지 않는 강요를 요구한다. 소매 끝과 모자에 그려져 있는
두 개의 "흰 줄"은 그들의 존재 가능한 공간이다. 그들은 그 줄의 안쪽
에서만이 정당화되며 합리적 주체가 된다. 그것은 마치 60초의 지각(흰
두 줄 밖의 행위)은 처벌의 대상이 되지만, 50초 지각(흰 두 줄 안쪽의
행위)은 처벌이 면제 되는 것과 같은 이치이다. 누혜는 아침 조회시간
에 "천명이나 되는 학생들의 가슴에 달려 있는 단추가 모두 다섯 개
씩"이라는 "무서운 사실투성이"를 발견함과 동시에 그것이 자발적으로
이루어지고 있음을 알게 된다. 누혜 스스로도 이유도 모른 채 경례의
메커니즘에 반해 상급생만 보면 신이 나서 "팔이 아프도록 경례를" 하
는 무의식적 순종 즉 '아비투스(habitus)'[12]를 보이고 있다.

누혜는 2차대전이 끝나고 재생하기 위해 인민의 벗이 되기로 한다.
그러나 그곳에서 누혜가 본 것은 "人民은 거기에 없고 人民의 敵을 죽
임으로써 人民을 만들어"내는 것이다. 이는 자신의 자발적 선택마저도
진정한 자유인이 아닌 또 다른 노예임을 증명하는 것이다. 자유인과
노예 그리고 "不自由를 自由意思로 받아들"여야 하는 역설적 상황은
이데올로기의 허위의식에 다름 아니다.

허위의식의 메커니즘은 "처음부터 끝까지 있는", "말"에 의해 작동된
다. 누혜의 존재는 그가 태어난 지 닷새 만에 지어진 "이름"에 의해 규
정되고, 이는 사회적 "연대책임을 지게 되는 계약"이 된다. 게다가 의
용군들로 하여금 "한 손에 닭다리를, 한 손에 수류탄을 움켜쥐고 오십
년 전의 자본주의를 향하여 만세공격을 되풀이"하게 하는 것도 다름
아닌 "말"이다. 베르나르 앙리 레비(B.H.Levy)의 지적처럼 언어는 "권
력의 형태 그 자체"[13]이다. 그래서 롤랑 바르트(Roland Barthe)는 공

11) 피에르 부르디디, 정일준(역), 『상징폭력과 문화재생산』, 새물결, 1997, p.27.
12) 위의 책, pp.61~62.

적·사적인 모든 생활을 지배하는 권력이 언어, 즉 억압적이고 강제적이며 배제적인 약호를 갖는 랑그에 '새겨진다'라고 주장한 것이다. 모든 이데올로기는 말을 장악하려하며 동시에 말을 몰수하려 하는 것이다. 결국 "처음부터 끝까지 있는 것은 말 뿐이었으며" 인간은 허위의식의 메커니즘인 말을 반복하는 "입에 지나지 않았던" 것이다. 이데올로기에 대한 허위의식의 자각은 누혜로 하여금 선택불가능의 상황에 직면하게 한다.

> 여전히 대답이 없다. 대답은 두 가지 중에 하나여야 한다. 그런데 그는 그 두 가지가 다 자기의 대답이 되지 않는 것으로 보고 있는 것 같았다.(p.321)

여기서 대답은 대단히 중요한 의미를 지니고 있다. 그들이 누혜를 구타하는 것은 바로 자신들의 체제 속으로 편입을 강요하는 것이다. 여기서 누혜가 그들과 맞서 대항한다면, 이는 그들과 반대의 이데올로기를 옹호하는 것이 될 것이다. 그러므로 "대답은 두 가지 중에 하나"가 되어야 하는 것이다. 그러나 누혜의 태도는 어느 곳에도 가담을 하지 않는다. 이는 양 이데올로기에 대한 거부인 것이다. 결국 누혜는 철조망에 목매 자살한다. 이데올로기는 인간을 주체로 불러 세운다. 즉 하나의 호출기제로서 작용하는 이데올로기는 개인으로 하여금 국가의 제도 속에서 합법적으로 기능할 수 있게 해준다. 50년대라는 상황에 비추어 볼 때 공산주의의 선택은 말할 필요도 없으며, 반공주의의 거부는 현실 속에서 존재 가능성을 포기하는 것과 같은 것이다. 따라서 개인을 사회적 주체로 불러 세우는 이데올로기를 거부한 누혜에게 죽음은 필연적인 것으로 다가온다. 이렇게 볼 때 누혜의 죽음은 이데올로기의 압박에서 비롯된 타살인 것이다. 이는 토끼의 우화에서도 동일하게 나타난다.

---

13) 올리비에 르블, 홍재성·권오룡(역), 『언어와 이데올로기』, 역사비평사, 1994, p.42.

토끼의 죽음은 일차적으로 햇빛으로 인한 것이다. 그러나 동시에 바로 어둠에의 익숙함 때문이기도 하다. 토끼는 강한 빛에 대한 저항력이 존재하지 않았던 것이다. 빛은 안정된 어둠의 질서에 균열을 일으키고 토끼에게 바깥 세계에 대한 유혹과 동경을 일으키는 기능을 한다. 특히 "프리즘"을 통과한 빛은 "일곱 가지의 고운 빛"으로 어둠 속의 토끼로 하여금 바깥 세계를 욕망하게 만든다. 호기심 많은 사춘기의 토끼 앞의 일곱 가지의 "고운 빛깔"은 이데올로기의 허위의식을 표상한다. 결국 토끼의 허위에의 욕망은 죽음으로 끝을 맺는데, 죽음의 모습이 누혜의 그것과 닮아있다.

> ……그는 가다듬었던 목을 바위 틈 사이로 쑥 내밀며 최초의 일별을 바깥 세계로 던졌습니다. 그 순간이었습니다. 쿡! 십 년을 두고 벼르고 기다리고 있었다는 것처럼 홍두깨가 눈알을 찌르는 것 같은 충격이었다. 그만 자리에 쓰러졌다.(p.305)

토끼의 죽음은 동굴 밖으로 머리를 내민 상태로 묘사되고 있는데, 이는 바로 철조망에 끼인 누혜의 죽음과 일치하고 있다. 즉 토끼의 목이 동굴 안과 밖 사이에 끼인 채 죽음을 맞이했다는 것은 누혜처럼 이데올로기의 압박으로 인한 죽음을 의미한다. 토끼가 죽은 그곳엔 버섯이 탄생하는데, 사람들은 "무슨 까닭으로인지" 자유의 버섯이라 부른다. 이는 이데올로기의 정당화, 합리화의 속성을 보여주는 것이다. 이데올로기의 이중성은 의미를 왜곡한다. 의미의 왜곡을 위해서는 상황으로 가득 차 있는 개념을 요구한다. 개념은 의미를 왜곡하지만 의미를 제거하지는 않는다. 의미를 소외시키는 것이다. '자유의 버섯'은 자유를 상징하지만 사실 그것은 위장된 개념이다. '자유'라는 명칭이 가해짐으로써 그것은 힘을 가지게 되며 각각의 동물들이 '덩달아' 절을 하게끔 만드는 허위의식에 다름 아니기 때문이다.[14] 이는 누혜가 '敵을 죽임으

---

14) 이처럼 위장된 영웅은 김송의 「墓標」에서도 보이고 있다. 대학교수 출신인 허

로써 人民을' 만들고, 그리하여 '인민의 영웅'이 되는 과정과 일치한다. 결국 「요한시집」은 50년대라는 당대의 이데올로기의 압박과 구속의 현실 속에서는 어떠한 거부의 포즈도 취할 수 없음을 누혜와 토끼의 죽음을 통해 보여준 것이다.

3) 바깥 세계에의 동경과 탈옥

한남철의 「강설」은 포로수용소가 배경이나 수용소 밖을 주된 서사공간으로 다루고 있으며, 탈주의 욕망보다는 탈주 후의 이야기가 중심을 이루고 있다. 학교 교사를 개조해 만든 수용소엔 감금실마다 백여 명의 포로들이 수용되어 있다. 그들은 한 겨울의 추위를 서로의 체온으로 견디던 와중 태두는 탈주를 꿈꾼다.

① "답답해. 난 답답해."15)

② "창호야 가자. 한번 나가 보잔 말야. 나가서 하늘이나 마 실컷 보다 죽어두 이거보담은 덜 억울하잖어."(p.115)

③ "나두 살아야겠어. 나두 살아야겠어."(p.116)

④ "왜 날 죽이지? 난 살고 싶어. 뭣이 어떻게 됐든지 간에 난 살고 싶단 말야. 왜 날 죽이지? 내가 뭘 잘못했다구. 난 살고 싶은데 ……."(p.124)

은은 아들 인식을 데리고 시골로 낙향한다. 부모가 남겨준 과수원을 경영하던 허은은 마을 처녀 정임이와 결혼을 한다. 그러나 정임은 사자바위 동굴에 피신 중이던 인민군과 정을 통하고 있었고, 이는 삼만환 도난 사건으로 인해 소문이 나기 시작한다. 어느 날 인식은 정임을 미행하다 인민군에게 발각되 그 자리에서 총을 맞고 죽는다. 경찰은 인식의 주검을 놓고 "충용소년"이라 칭한다. 이데올로기의 대립이 만든 비극적인 죽음임에도 경찰들은 "충용소년"이라는 명명을 통해 허위의 신화를 만들고 있는 것이다.

15) 한남철, 「강설」, 『사상계』, 1959.1, p.114.

이 작품은 이데올로기의 대립을 노골적으로 표면화 하지는 않고 있다. 대신 작품의 대부분을 탈주 후의 과정, 즉 산속을 헤매는 세 명의 포로들이 벌이는 혹한과의 사투에 포인트를 두고 있다. 게다가 탈주의 동기 역시 이념의 문제보다는 감금실 하나에 백여 명씩 몰아넣는 제한된 삶의 '답답함' 때문에 '한번 나가서 하늘이나 실컷 보다가 죽겠다.'는 본능적인 욕망에서 비롯된 것으로 그리고 있다. 이런 면에서 볼 때 「강설」은 이데올로기의 문제보다는 생존의 문제에 더욱 집중하고 있는 것처럼 보인다. 그러나 포로수용소라는 공간이 이데올로기적 대립을 상징한다는 점에서 탈주의 동기 역시 이데올로기적 입장을 갖고 있음을 알 수 있다. 이념적 대립이 함축하고 있는 구체적 상황은 다음과 같다.

① "쓸데없는 소리야. 결과는 뻔한 걸 뭐. 죽는 거야. 어데를 가더라도."(p.116)

② "가나 있으나 마찬가지다. 지금 처지가 그럴 상태가 아니래두. 결국은 죽어. 다 죽어. 죽어……"(p.120)

태두가 함께 탈옥하자고 부추기던 창호의 입에서 나온 말이다. 창호에게 있어 탈옥은 곧 죽음을 의미한다. 비록 탈출을 하더라도 "산에서 얼어 죽는 게 고작"이기에 죽음의 귀결은 "모든 건 운명"임을 증명하는 것이다. 이는 이데올로기로부터의 탈주는 곧 죽음을 뜻하며 이는 50년대가 낳은 "운명"임을 보여주는 것이다. 그럼에도 태두는 형철, 영태와 함께 탈주를 감행한다. 일단 포로수용소를 벗어나는 데는 성공했지만 그들에겐 가야할 목적지도 정해진 바 없다. 오직 "숙명의 노예"처럼 산을 타고 기어 올라가는 것뿐이다. 그러나 그들을 기다리는 것은 무릎까지 빠지는 눈과 배고픔 그리고 혹한의 추위였다. 그들은 매서운 눈보라 속에서 도토리 몇 알로 허기를 채우며 산속을 헤맨다. 또 점점 가까이 들려오는 총소리에 "지금 당장으로 눈앞에 죽음이 다가들 것만 같은 초조감"에 휩싸인다. 게다가 다리를 다친 영태는 태두와 형철이가 자신을 버릴까 두려워 그들의 다리에 자신의 다리를 묶어 놓고 잠을 잔다. 혹한과 배고픔 속에서 그들은 죽어가고 있는 것이다.

> "말을 해, 전우들. 작별인사쯤은 해야지. 울구 싶다. 그렇지? 힘껏 욕이나 퍼붓고 싶지 않아? 깡그리 사그라져 가도록. 아아, 왜 이리 삭막하냐. 전우들. 여유는 없지만 눈물의 작별쯤은 해야지. 마구 때려부수구 싶지 않이. 아아, 원통해. 원통하단말야. 음, 원통해. 그렇구나. 아주 원통해……창호야, 창호야……원통해16)……"
>
> 바람은 그치질 않았다. 강설은 빗발처럼 무겁게 어디에고 간에 때리기만 했다.
>
> "갈 테야. 갈 테야."
>
> 그런 대로 태두는 눈 속에서 버르적거렸고 영태는 울음을 흐느끼고 있었다.
>
> "아아 삭막해"
>
> 형철이 최후의 기력을 다 모아서 외치는 듯이 허공을 향해 크게 소리쳤다. 뒤미처 형철의 전신에 바르르 떨리는 경련이 일어났다.
>
> 영태의 흐느낌도 태두의 버르적거림도 종식된, 거의 같은 무렵에 형철의 몸도 뻣뻣하게 얼어 있었다. (p.126)

처음의 생각과 달리 수용소 밖의 모습은 추위와 배고픔 그리고 시시각각 가까워지는 인민군의 총소리뿐이다. 이제 추위와 배고픔으로 죽어가는 그들에게 이 모든 상황은 '원통함'뿐이다. 이 원통함이야말로 이데올로기적 대립의 무의미와 그 속에서 죽을 수밖에 없는 '운명'과 "왜

---

16) 50년대 소설에서 이데올로기적 죽음의 인식은 한결같이 '원통함'으로 압축되고 있다. 「요한시집」, 「안락사론」, 「사지연습」, 「철조망」, 「녹염」 등에서 볼 수 있듯이, 죽음의 주체들은 이데올로기에 대한 정확한 이해도 없으며 자신들의 삶과 무슨 관련이 있는지도 모르는 자들이다. 즉 원통함이란 이데올로기에 대한 몰이해와 함께 무관계함 속에서 당하는 죽음이라는 것과 감정의 차원에서 이데올로기를 인식하고 있음을 보여주는 것이다. 이데올로기에 대한 감정적 인식은 작품의 현실 인식을 추상화시키는 원인으로 작용한다.

날 죽이지? 난 살고 싶은데"라고 말할 수밖에 없는 비극적 상황에 대
한 압축이다.[17] 결국 그들은 그렇게 죽어가고 다음날 세 구의 시체를
발견한 인민군들은 확인 사살을 한다. 밖의 세계인 '산속'은 이데올로
기가 작용하지 않는 일종의 이념의 무중력 상태를 표상하는 공간이다.
그래서 포로들에게 있어 산속은 이념적 대립으로부터 벗어날 수 있다
는 희망의 공간이었던 것이다.[18] 그러나 포로들의 죽음은 이데올로기
로부터의 탈주이자 동시에 이데올로기가 작동하지 않는 세계에서는 삶
이란 존재할 수 없음을 보여주는 것이다. 즉 50년대라는 시대적 상황
은 이념의 선택이 목숨을 담보로 하듯이, 이념의 무선택 역시 죽음이
운명임을 말해주는 것이다.

　주지한바 「강설」은 50년대 소설 속에서 중요한 분기점에 해당하는 작
품이다. 그동안 거의 언급된 바 없는 이 작품을 문제작으로 주시해야
하는 이유는 '산'이 갖고 있는 공간적 의미의 중요성 때문이다. 포로수
용소를 배경으로 한 여타의 작품의 경우 수용소 밖보다는 안의 문제에
집중하였다. 이는 포로수용소의 철조망이 이데올로기의 경계이자 생과
사의 경계라는 이중적 의미를 부여하는 계기가 되었다. 그래서 철조망
안쪽은 이념적 강요와 억압 그리고 죽음이, 철조망 밖은 이념적 자유와

---

17) 이봉일은 「강설」의 한계에 대해 북한포로수용소의 참상이나 전쟁의 처참한 모
　　습을 담아내지 못했다는 점, 탈출의 공간이 지나치게 협소하다는 점, 생에 대
　　한 강한 애착만 보인다는 점, 그래서 죽음의 공포만이 작품전체를 지배하여 그
　　래서 역사를 추상화하고 전쟁의 비극을 보여주지 못했다는 점 등을 지적하고
　　있다.(이봉일, 「전후소설과 이데올로기의 상관성연구」, 경희대 박사, 2000.2,
　　pp.98~99.) 그러나 전쟁의 비극성이 전쟁 현장이나 수용소 안의 참상에만 있
　　다는 주장은 일종의 도식적 평가로 흐를 수 있는데, 이미 후방의 모습을 다룬
　　작품에도 전쟁의 비극성을 충분히 전달하고 있기 때문이다. 그런 면에서 위의
　　장면이야말로 전쟁의 비극성을 가장 명확하게 보여준다 할 수 있다.
18) 이봉일이 비판한 '탈출 공간의 협소성'은 리얼리티에 대한 이해의 부족에서 기
　　인한다. 이 작품의 시공간은 눈보라가 몰아치는 혹한의 겨울산을 중심으로 한
　　나흘이다. 이 같은 시공간의 설정이야말로 리얼리티에 충실한 모습이다. 왜냐
　　하면 추위와 배고픔 게다가 길도 모르는 산속을 벗어나 공간을 확대하는 것이
　　야말로 오히려 이봉일이 지적한 "전쟁의 비극을 치밀하게 그려내지 못"하는
　　이유가 될 수 있기 때문이다.

해방 그리고 삶이 있는 곳으로 그려지고 있었다. 그래서 많은 작품 안의 포로들은 죽음을 무릅 쓰고서라도 그 경계인 철조망을 넘기 위해 애썼으며, 결국엔 그 철조망 아래서 죽음을 맞이함으로써 이데올로기적 대립의 비극성을 고조시켰다. 그러나 「강설」은 포로들이 그토록 넘고자 했던 철조망 너머, 즉 생의 공간이자 자유의 세계로 믿어왔던 '밖'의 세계도 냉혹한 죽음의 세계임을 처음으로 보여주고 있다.

여기서 '밖'의 세계는 두 가지로 구분할 수 있는데 '관념적 밖'과 '현실적 밖'이 그것이다. 물론 죽음의 공간을 표상하는 '현실적 밖'은 이미 많은 작품들, 예를 손창섭을 위시한 여러 작가와 작품에서 보여준 바 있다. 그러나 이데올로기의 문제를 다루는 작품들 중 포로들에게 희망의 근거였던 '관념적 밖'마저도 철조망 안쪽의 세계처럼 냉혹한 죽음의 공간임을 표상한 작품은 한남철 이전에는 없었다. 즉 안과 밖의 무차별성은 1959년에 발표된 「강설」에 와서야 가능해진 것이다. 이는 강용준의 「철조망」에서 더욱 분명해진다.

강용준의 「철조망」은 거제도 포로수용소를 배경으로 좌·우익 간의 갈등과 탈주를 다루고 있는 작품이다. 흥미로운 점은 「철조망」이 포로수용소를 배경으로 한 작품들을 하나로 합쳐놓은 일종의 종합세트의 모습을 지니고 있다는 것이다. 우선 거제도포로수용소라는 공간과 철조망에서 주인공이 죽는 모습은 장용학의 「요한시집」을, 둘째 취조실에서의 잔혹한 고문장면은 서기원의 「사지연습」을, 셋째 마지막 장면의 인민군의 대사는 한남철의 「강설」의 결말을, 넷째 수용소 내의 좌·우익 간의 헤게모니 갈등과 박교수의 모습은 「녹염」의 '분산' 사건과 윤 선생을 닮아있다. 이러한 현상은 「철조망」이 전후소설의 끝자락인 1960년에 발표되었다는 점과 작가 강용준의 포로체험에서 비롯된 것으로 보인다.[19]

---

19) 강용준은 평양사대(平壤師大) 재학 중 6·25를 맞이해 재학 중 괴뢰군으로 끌려가 참전했다가 포로신세가 된다. 종전될 때까지 근 3년간 동래, 거제도, 광주 등의 포로수용소를 전전하다가 1953년 반공 포로로 석방되어 공병 소위로 국군

　　날이 밝으면 이미 딴 세상이 될 것이다. 괴뢰기는 보이지 않을 것이다. 대신 태극기가 날릴 것이었다. (……중략……) 놈들의 전세기적적인 살인은 이제 종지부를 찍게 될 것이고 사람들은 자유 속에 안도의 숨을 누릴 것이었다. 그리고 나는 자유의 영웅으로 한껏 추대되리라. 아하, 참 맹랑한 수작이다.20)

　　우리에게 목적이 있었던가? 있었다면 그것은 무엇이었나? 메스꺼운 구역 외에 무엇을 남겼나……?(p.283)

　　민수가 비밀결사대를 조직한 목적은 비인간적인 공산주의의 제거 및 자유의 획득에 있었다. 민수는 "결사대의 책임자라는 자부심"으로 자유를 위한 희생이야말로 "참된 인간의 기록으로 새겨 길이 남"21)기는 것이라 생각한다. 그러나 동료의 배신으로 인한 실패와 잔혹한 고문으로 인한 죽음의 공포는 자유주의에 대한 회의를 일으킨다. 이념을 앞세운 좌익무리들의 무수한 살육을 보았던 민수는 공산주의를 혐오하기 시작했고 그래서 자유주의 이념을 고수하기 위해 좌익캠프를 습격하려 했던 것이다. 그러나 죽음의 주체가 된 지금은 이념에 대한 신념도 "참된 인간의 기록"도 무의미하다. 오직 "소름이 돋치는 공포와 떨쳐버릴 수 없는 불안과 덮쳐누르는 것 같은 강박관념"만이 있을 뿐이다. 죽음의 공포 앞에서는 "누구를 위한다는 그 인류의 숭고(?)한 사상은 애초에 없"는 "맹랑한 수작"일 뿐, 결국 "정의를 위하여 피"를 바치겠다는 "거사"란 사실 "주착없는 망념"이자 이념적으로도 "종이 한 장의 차이" 밖에 나지 않는 것이다. 결사대의 본질이란 "가만히 앉아서 개죽음을 할 수는 없었다는 것"에 다름 아니다.

　　참 모든 것이 꿈만 같다. 이 지구, 그리고 오늘, 이 五〇년대의 한국

_____

에 입대 복무하면서 소설을 쓰기 시작하며 그 첫 작품이 「철조망」이었다. (윤병로,
「전쟁소설의 본류」, 『한국현대문학전집』35, 삼성출판사, 1978, p.422. 참조)
20) 강용준, 「철조망」, 『사상계』, 1960.7, pp.279~289.
21) 위의 책, p.278.

> 땅떵이, 전쟁, 포로, 전쟁, 포로, 전쟁, 포로, 포로, 전쟁……전쟁 포로……
> 아, 좀더 시원히 뚫린 출구는 없는가.(p.302)

반복되는 전쟁과 포로가 만들어 내는 무의미로부터 벗어나는 방법이
란 "五〇년대의 한국 땅떵이"로부터 탈주할 수 있는 "시원히 뚫린 출
구"를 찾는 것이다. 그리고 출구를 찾는 것은 곧 이념으로 위장된 생
이 아닌 "인간인 한에서" 살고 싶은 본연적인 생의 욕망으로 "복사꽃
이 하얗게 핀 포근한 고향에 첫애를 배고 몸 풀러 오던 화사한 누이의
얼굴"과도 같은 것이다. 유일한 출구는 철조망이며 이를 넘는 것만이
이데올로기와 인간 존재의 무의미로부터 벗어나는 것이다.

> 이제 저 철조망만 무사히 넘기면 된다. 그러면 그것으로 일은 끝난다.
> 그 뒤의 일은 자기로서는 관여할 바가 못 된다. 아마 무한한 시간이 열
> 려 있을 것이다. 그리고 그 무한한 시간 속에 인간의 갈등은 또 계속될
> 것이다.
> 그러나 그것은 아무래도 좋다. 그 침 뱉을 인간의 갈등도 어쩔 수 없
> 는 인간의 한 편모라면 그것도 또한 그런대로 내버려 두자.
> 내게는 단지 철조망이 있다. 철조망 앞에서 나는 단지 초초할 따름이
> 다.(p.306)

여기서도 철조망은 경계로서의 의미를 갖지 못한다. 「강설」처럼 철조
망의 안과 밖이 차이를 갖지 않기 때문이다. 철조망 너머의 세계 역시
도 "인간의 갈등은 또 계속될 것"이기 때문이다.

> "양놈이 털도망은 잘 테 뒀디."
> "참 이런 때 털도망은 희한하대니끼니."
> "하하하하……"
> "하하하하……"
> 어둠은 여전히 깔려 있었다.
> 항량한 폐허처럼 여기 철조망은 그렇게 둘러쳐져만 있는 것이었다.(p.307)

게다가 철조망을 넘는다하더라도 "놈들의 동초에게 붙잡혀 다시 놈들의 밥이 될지도 모르는 것, 혹은 또 불의의 탈영자로 간주되어 국군 동초의 총에 맞아 죽을지도 모르는 것"[22]이기 때문이다. 철조망을 넘던 민수는 감전사로 죽고 만다. 철조망이 경계로서의 의미를 소멸한 이상 안과 밖의 세계는 동일하게 죽음의 공간이다. 따라서 어떠한 결론이든 민수의 죽음은 예정되어 있었던 것이다. 그럼에도 민수가 철조망을 넘으려했던 것은 무엇을 말하는가. 강용준이 당선소감에서 밝힌 바 있듯이 "자기들이 파 논 함정도 아닌데 그들은 그 속에서 한없이 몸부림치다가 끝내는 싸늘한 鐵條網을 붙잡고 죽어갔던 것"[23]의 의미는 50년대 남한의 땅에서 탈이념적인 공간은 결코 존재할 수 없으며, 이로부터 탈주하는 유일한 방법이란 죽음 외에는 없음을 역설적으로 보여주는 것이다. 특히 민수가 그토록 신봉하던 미군이 만든 철조망에서 감전사로 죽는다는 것은 이데올로기의 허구성을 극명하게 보여주는 것이다.[24] 게다가 민수의 죽음 후에도 여전히 둘러쳐져 있는 철조망의 모습은 이데올로기적 대립의 견고성을 보여주는 것이다.

1959년 작 「강설」에서 보여줬던 안과 밖의 무차별성은 1960년 작 「철조망」에서도 재현되고 있듯이 그 이후로도 계속 나타난다. 이러한 모습은 이데올로기에 대한 인식 및 그로부터 벗어나려는 탈주의 방법에도 새로운 방식이 등장하는 계기를 이룬다. 사실 1950년 작품에서 보이는 탈주는 죽음 이외는 없었다. 즉 그들은 한결같이 철조망 너머를 동경하였고 그것은 철조망에의 강박증으로 이어지고 결국엔 그 아래에서 죽음을 당하는 것으로 끝을 맺어야 했다. 그러나 「강설」에서 보여준 탈옥은 동경의 세계였던 철조망 밖의 세계마저도 안쪽의 세계와 동일하게 냉혹

---

22) 위의 책, p.306.
23) 박영준, 「所感」, 『사상계』, 1960. 7, p.279.
24) 이 장면에 대해 이은자는 기지촌의 양공주를 통해 비극성을 부각시키던 작가들과 달리 강용준은 미국과 한국의 국제 정치적인 역학관계를 인식하고 있는 근거로 보고 있다. (이은자, 『1950년대 한국지식인 소설연구』, 태학사, 1995, p.102) 비약된 감이 없지 않으나 중요한 지적으로 여겨진다.

한 죽음의 공간임을 보여줌으로써 탈주에 대한 다른 차원의 고민을 요구하게 만들었으며 그것이 바로 최인훈의 「광장」에서 나타난 제 3세계로의 '망명'이었던 것이다. 더불어 「강설」에서 안과 밖의 무차별성과 그로 인한 죽음은 「광장」의 이명준이 망명 도중의 자살을 선취하고 있다.25) 이명준이 추구하고자 한 제 3세계란 바로 탈이념적 세계를 표상하는 밖의 연장이며, 이념의 무중력 상태는 곧 죽음임을 「강설」에서 보여준 바 있기 때문이다.

3. 1950년대 소설에 나타난 탈주의 의의

1950년대 소설에 나타난 탈주에는 몇 가지 흥미로운 특징들을 보이고 있다. 발표 연대를 기준으로 나열하면 다음과 같다.

「녹염」(1955.2.) → 「요한시집」(1955.7.) → 「죽음에의 훈련」(1955.12.) → 「강설」(1959.1.) → 「철조망」(1960.7.) → 「광장」(1960.10.)

우선 공간적 층위의 경우, 55년도에 발표된 「녹염」, 「요한시집」, 「죽음에의 훈련」 모두 예외 없이 수용소 '안'의 상황만을 그리고 있다. 그러던 것이 1956년 1월에 발표된 「나상」이후의 작품부터는 또 예외 없이 "밖"의 공간이 중심이 되고 있다. 즉 56년도를 기점으로 포로수용소의 중심 공간이 전환되고 있는 것이다. 이러한 공간의 이동은 탈주의 방식에도 중요한 영향을 미치고 있다. 수용소 안의 세계에 집중하던 55년도

---

25) 평자들 가운데는 이명준의 자살을 박영준의 「용초도근해」의 용수에서 기원을 찾고 있다. 특히 바다라는 공간적 배경과 갈매기 그리고 바다로의 투신자살 등을 근거로 언급하고 있다. 그러나 엄밀히 보았을 때 그 둘은 연관성이 적어 보인다. 용수의 자살은 이념의 선택에서 오는 문제의식 보다는 사랑하는 여인과 친구에 대한 죄의식에서 비롯된 것이다. (졸고, 「1950년대 소설에 나타난 죽음의식 연구」, 건국대 박사논문, 2004.8, pp.103~110. 참조)

작품들인 「녹염」과 「요한시집」의 탈주 방식은 살인과 자살이라는 죽음
에 귀결되고 있다. 그런데 55년 12월에 발표된 「죽음에의 훈련」부터는
더 이상 죽음으로 끝맺는 비극적 종결법이 아닌 생의 의지가 나타나고
있다. 흥미로운 점은 「죽음에의 훈련」이전에는 생의 의지가 보이지 않았
다는 것과 여기서 시작된 생의 의지는 그대로 「강설」과 「철조망」의 탈
옥 의지로 이어지고 있는 것이다. 이렇게 볼 때 하나의 의문점이 발생
하는데, 왜 50년대 소설에서는 망명의 방식이 선택되지 못 했는가이다.
이는 곧 왜 60년대 「광장」에 와서야 망명의 상상력이 가능했는가의 다
른 물음이다. 망명의 상상력이 문제가 되는 것은 이데올로기와 분단에
대한 사유의 폭을 확장·심화시키는 데 있다. 마치 간도문학이 한국문학
의 공간적 확대에 기여한 것과 같이 망명의 상상력은 제3세계라는 새로
운 공간을 설정함으로써 그만큼 이데올로기와 분단에 대한 새로운 입장
을 취할 수 있기 때문이다. 여러 요인이 있겠으나 가장 근본적인 것은
전쟁의 원체험으로부터의 거리이다.

　50년대 작가들의 경우 전쟁의 현장 속에서 전쟁과 이데올로기를 그
려야 했다는 점에서 객관적 거리를 확보할 수가 없었다. 먼저 전쟁과
의 근접성은 모든 것을 한계상황의 극단으로 귀결시킴으로써 경직된
현실인식을 가져온다. 특히 멸공·반공이 곧 생존이라는 등가의 원리는
경직성을 강화시킨다. 「녹염」에서 덕보와 친공 포로 간의 일촉즉발의
상황이나, 현재 눈앞에서 포로들의 대량 학살이 일어나는 「안락사론」의
현실이야말로 지옥 그 자체이다. 죽음이 지금 여기(here and now)의 문
제로 다가온 그들에게 망명의 상상력을 기대하는 것은 불가능한 문제
였던 것이다.

　두 번째 원인으로는 이데올로기 인식의 추상화를 들 수 있다. 「요한
시집」에서 본격화되기 시작한 이데올로기 문제 역시 추상적 차원을 넘
어서지 못하고 있다. 동호와 누혜를 통해 비판되고 있는 것은 남과 북
의 이데올로기가 아니다. 즉 동호와 누혜가 비판하고 회의하는 이데올
로기 안에는 '우리'의 특수한 역사적 상황이 포함되어 있지 않다. 대신

그 자리에 보편적이고 추상적 개념의 이데올로기만이 있을 뿐이다. 단적인 예로 동호와 누혜 누구도 한국전쟁에 대한 규정을 내리고 있지 않다. 그들은 왜라는 문제의식보다는 그들의 의지와 무관하게 벌어진 전쟁과 이데올로기의 대립 앞의 억울함뿐이다. 객관적 거리의 부재로 인한 현실인식의 결여는 결국 "안 세계와 밖 세계뿐"이라는 경직된 인식으로 이어져 망명과 같은 제 삼의 방법은 원천적으로 봉쇄될 수밖에 없다. 따라서 양자택일을 강요하는 현실 속에서 자살이라는 탈주방식은 필연적이 될 수밖에 없는 것이다. 「강설」에서는 탈옥이라는 새로운 탈주의 방식을 보이고는 있지만 역시 결말은 죽음으로 끝을 맺는다. 이렇게 볼 때 50년대 탈주의 결말은 모두 죽음이라는 비극적 종결법을 보이고 있는데, 이러한 죽음이야말로 가장 50년대적인 죽음의 모습이다. 이념이 지배하던 시대에 이념의 거부란 곧 죽음을 뜻하기 때문이다. 이는 광장」에서도 결코 다르지 않다. 이러한 한계에도 불구하고 50년대에서 보여준 탈주는 60년대를 열고 있는 「광장」의 상상력을 선취하고 있다는 의의를 지닌다. 「광장」에서 보여준 망명의 상상력은 결코 새로운 사건은 아닌 것이다. 망명이라는 사건이 발생할 수 있었던 배경에는 50년대 소설에서 시도된 여러 유형의 탈주의 방식의 축적된 결과물인 것이다. 50년대 소설에서 보인 살인, 학살, 자살을 거쳐 59년에 「강설」에서 보인 탈옥과 안과 밖의 무차별성으로 인한 죽음 등이 실험된 이후에 나올 수 있었던 것이다. 결국 이명준의 망명은 어느 날 갑자기 도출된 최인훈의 독점적 상상력이 아니라는 것이다. 망명이라는 사건은 이미 하나의 순수사건이라는 가능성으로 잠재되어 있었으며, 「광장」에 와서 하나의 현실태로서 나타난 것이다.

4. 결 론

이제 두 번째 물음, 왜 「광장」에 와서야 망명의 상상력이 가능했는가에 대한 대답이다. 여러 가지 요인들이 있을 수 있겠지만 크게 3가지 차원에서 설명할 수 있겠다.

첫째, 4·19의 경험이다. 4·19의 의의는 모든 것을 죽음으로 종결짓는 무차별적 세계에서 "저 빛나는 4월이 가져온 새 공화국"[26]이라는 차이의 세계를 경험하게 해 준 것이었다. 4·19의 경험은 그동안 이념의 경직성에서 벗어나는 계기를 이룸과 동시에 탈주의 방식에도 유연한 사고를 가능케 했던 것이다.

둘째, 이데올로기에 대한 논리의 회복이다. 「광장」이전의 작품에서 이데올로기는 경험을 통한 감정적 차원에서 수용·인식되었다. 감정적 차원의 극단적 모습은 「녹염」의 반공주의와 「요한시집」의 양자택일의 거부와 자살이었다. 이들 작품에서 이데올로기는 맹목적 신념이거나 추상적 관념 이상은 아니었다. 이러한 한계는 「광장」에 와서 극복되고 있는데 이데올로기에 대한 논리의 회복이 그것이다. 「광장」에서 남과 북은 추상적 존재가 아닌 리얼리티를 확보하고 있다. 리얼리티의 확보야말로 추상적 관념을 넘어 논리의 밀도를 가져오는 근본조건이 되는 것이다. 이러한 논리의 확보는 이명준의 망명을 단순한 도피의 차원이 아닌 남과 북 그리고 제3세계의 논리구조 즉 정·반·합의 변증법적 사유의 산물로 바라볼 수 있도록 해주는 것이다.

셋째, 월남작가들의 월남시기이다. 위의 언급에서처럼 「광장」에서 다루어지는 이데올로기는 추상적 차원을 벗어나 구체성을 획득하고 있는데, 이는 작가 최인훈의 월남시기와 관련지을 수 있다. 최인훈은 전쟁 발발 이후에 월남하여 휴전 이후인 1959년에 문단에 데뷔한 작가이다. 한수영의 지적에 의하면 대다수의 월남작가들은 최인훈과 달리 전쟁 이전에 월남하였는데, 해방 이후 북한의 사회주의 개혁프로그램에 동의하기 어려웠기 때문이었다.[27] 전쟁 전·후에 따른 월남시기가 문제가

---

26) 최인훈, 「광장」, 『현대한국문학전집』16, 신구문화사, 1971, p.11.
27) 한수영, 「월남작가의 작품세계에 나타난 반공이데올로기와 1950년대 현실인식」, 『역사비평』, 1993, 여름, pp.298~299.

되는 것은 50년대 초 북한의 모습을 구체적으로 형상화하는데 있어 결정적 기준이 되기 때문이다. 적어도 전쟁 발발 후에 월남한 작가들은 해방 이후의 5년간의 북한사회의 경험이 축적되어 있었던 것이다. 서울 출신인 한남철을 제외한 곽학송과 장용학도 월남작가이면서도 반공에의 맹신 혹은 관념으로 흐를 수밖에 없었던 것은 전쟁 이전의 월남 때문이다.28) 반면에 흥남철수 때 월남한 최인훈은 다른 작가들에 비해 좀더 구체적인 경험의 시간이 가능했으며, 이것이 「광장」이 추상성을 극복하는 요인이 되었던 것으로 보인다. 특히 최인훈이 이북출신의 월남작가라는 점은 그의 정체성 문제와 망명 모티프 간의 연결점을 설명해 준다. 이북출신의 월남작가가 남한의 토착민들 사이에서 경험했을 유목민 의식은 두 체제의 비판을 가능케 하였지만 그 어느 쪽에도 정착할 수 없는 태생적 한계가 망명 모티프를 가능케 했던 것이다.

이외의 많은 요인들이 겹쳐 60년대를 열었던 문제작 「광장」과 망명의 상상력을 가능케 했던 것이다. 결국 50년대를 거쳐 「광장」에 이르기까지 탈주의 과정이란 무의미한 이데올로기의 양자택일에 맞서는 처절한 몸짓의 역사였던 것이다.

---

28) 곽학송은 이미 1944년에 용산철도학교를 졸업한 것으로 보아 일찍이 월남한 것으로 보인다. 장용학은 1947년에 월남했으나 이미 1942년부터 와세다 대학에 다니고 있었던 만큼 해방 이후 북한의 경험은 미미하다고 할 수 있다. 황해도 출신인 강용준은 1950년도까지 북에 있었으나 1950년 10월부터 53년 6월까지 3년간 포로생활을 했기 때문에 전쟁 기간의 북한에 대해서는 역시 경험이 부족하다고 할 수 있다.

제 2 장
이데올로기의 압박과 죽음

1. 장용학과 실존주의

영도(零度)의 좌표1)라 불리는 전후사회에서 손창섭과 함께 신세대의 기수로 떠오른 장용학에 대해 거의 입버릇처럼 나오는 수식어는 '가장 난해한' 작가라는 것이다. 그의 난해함에 대해서는 여러 평자가 지적했듯이 추상적 언어로 점철된 관념어의 나열, 비소설적 구성, 철학적 사색 등을 지적할 수 있다. 그러나 이러한 지적들이 작가와 작품의 평가를 폄하 또는 상승시키고자 하는 의도를 안고 있겠지만, 우선은 그 난해함이 형식적이든 내용적이든 작가의 의식과 함께 작품을 이루어 나가고 있다는 것이다.

장용학에 대한 연구물들은 다방면에서 이루어져 왔으며, 주로 실존주의 관점에서 많이 다루어져 왔다. 대부분 공통되는 논의는 장용학의 작품이 본격적인 실존의 작품으로 대우하기엔 '함량미달'이라는 것이다. 그러나 이는 어찌 보면 필연적인 결과가 아닌가 생각된다.

그러던 내가 實存主義作品을 읽게 된 것은 釜山避難地에서, 千九五十三年 봄 어떤 학생이 寶水山인 나의 하꼬방에 싸르트르의 「嘔吐」를 들고 들어와서 外國에서는 이런 것이 大流行인데 小說을 쓴다면서 어떤

---

1) 김윤식, 『한국현대문학비평사』, 서울대출판부, 1988, p.271.

것인가 하는 것쯤은 알아야 할 것이 아니냐고 하면서 두고 갔다. 그런 說教를 받고서도 며칠 방구석에 내버려 두었다가 無聊한 틈틈에 한장 두장 구경해 보다가 모르는 사이에 사로잡히게 되었다.

　　生理的으로 趣味가 맞았고 안개 속에서 희미하게 느끼고 있던 것을 길은 여기라고 具體的으로 짚어서 말해주는 것 같았다. 그때 내가 느낀 「實存主義文學」을 式化해서 말하면 「도스토이엡스키 - 神性 = 싸르트르」가 되었다.2)

우리 문학에서 실존주의 수용은 그리 온전치 못 했다. 철학적이기 보다는 문학 도서로 그리고 저널리즘의 성격으로 유입된 실존주의는 체계적 수순을 밟지도 못한 채 심정적 동조로 흐르고 만 것이다. 위 글은 그러한 예의 모범이 되고 있는데, 그는 실존주의 작품의 영향을 통해 작품을 집필하게 되었다라고 주장하고 있지만, 작가의 수용방식과 고민의 깊이에 대해 의심을 품게 하는 것이다. 우연한 기회에 얻은 실존주의 작품 「구토」는 '무료한 틈틈에' 읽었으며, 이는 장용학에게 '생리적'으로 그리고 '취미'로써 맞았던 것이다. 그렇게 해서 그가 느낀 것은 神性을 제거한, 즉 무신론적 실존주의인 것이다. 실상 실존주의가 역사 속에서 인간주체를 다시 회복하는 것임에도 불구하고, 장용학의 인물들이 보여주는 것은 요한이 죽어야만 구세주가 나타나는 것처럼, 자유가 죽어야만 그 무엇이 나타난다는 인식은, 누혜를 자살로 이끌어 주체의 회복이 아닌 주체의 상실, 소멸을 보여주는 것이다. 이러한 실존에 대한 엉성함은 「大關嶺」에서도 드러나고 있는데, 주인공이 이방인을 잘 몰랐으면서도 "어떤 대학생에게서 약간의 강의를 들어가지고 그 흉내를 좀 내본"3) 것이며, 이에 대한 당시의 반응은 '이 땅에도 마침내 무슨 開明바람이 분 것처럼' 대단했으니 작가로서는 '시시하기도 했지만 한편 은근히 신이 나지 않을 수밖에' 없던 것이다. 우리는 장용학의 이러한 말들이 하

---

2) 장용학, 「실존과 요한시집」, 『한국전후문제작품집』, 신구문화사, 1992, p.400.
3) 장용학, 자유문학, 1959.1, p.58.

나의 겸손으로 받아들일 수도 있다. 하지만 겸손의 말이라 하기엔 그의 작품이 실존주의의 본질과는 상당한 거리가 있음을 발견할 때, 결국은 하나의 반성을 하게 한다. 좀더 거칠게 표현한다면, 프랑스의 실존주의 탄생은 오랜 동안 신에 대한 고민과 양차 대전을 통해 인간 소외에 대한 고민 끝에 탄생한 것이라면, 우리의 경우는 이러한 고민이 삭제된 채 전쟁의 상처를 통한 하나의 포즈를 배워왔을 뿐이라는 것이다. 이는 '전쟁 이후의 허무주의가 실존주의라는 외피를 쓴 것'4)이며, '흉내내기'의 다름 아닌 것이다. 이처럼 평생을 실존에 대한 고민으로 일관한 사르트르나 카뮈 등의 작품이나 이론과 이를 바탕으로 단순히 책 한 두 권으로 실존을 알게 되고, 그것이 '생리적'으로 또 '취미'에 맞아 쓴 작품의 비교는 이미 그 깊이에 있어 비교 기준을 상실한 것이라 할 수 있다. 따라서 단지 실존의 영향을 통해 썼다는 작가의 말을 근거로 실존주의 해석을 하는 것은 결국 장용학의 작품이 서구 실존주의에 비해 '함량미달'이라는 결론으로 이끌 수밖에 없는 것이다.

이러한 결론은 우리의 50년대 문학을 회의적으로 생각하게 만들지 모르지만, 좀더 명확한 연구를 위해 우리의 시선을 이제는 과감히 전환하는 계기를 이루어 줄 것이다. 50년대는 반공 이데올로기의 사회였으며, 실존주의 역시도 이 테두리를 벗어날 수 없었던 것이다. 따라서 본 장에서는 전후사회의 핵심은 전쟁, 실존이 아니라, 전쟁이 가져온 여파, 그중에서도 반공이데올로기에 시선을 둠으로써, 이것이 어떻게 작품 속에서 형상화되며 기능하는지에 대해 논의하고자 한다.

2. 색채의 이분법 논리와 허위의식

장용학의 「요한시집」은 일반적인 논의에서 설명하고 있듯이 두 개의

---

4) 김철, 「냉전체제의 고착과 50년대의 문학」, 『민족문학사강좌』하 창작과 비평사, 1995, p.230.

구조로 이루어져 있다. 첫 번째 구조에 해당하는 '토끼의 이야기'는 알
레고리적인 수법을 통해 이루어져 있으며, 두 번째 구조에 해당하는
'동호'와 '누혜'의 이야기는 첫 번째 구조의 구체화로써 작용하고 있다.

　소설의 시작은 텍스트 전체의 의미를 이어가는 첫 발자국이자, 「요한
시집」의 담론을 분석하는데 커다란 시사점을 던져준다. 즉 텍스트는 세
상과 말, 필요와 자유가 서로 교환되는 곳이며, 여기 이곳과 저기 다른
곳이 동시에 결정되는 곳이며, 한 의미가 드러나기 위해 다른 의미들
은 중단되는 곳이기도 하다.[5]

　　　한 옛날 깊고 깊은 산속에 굴이 하나 있었습니다.(p.303)[6]

　이러한 서술은 우리에게 중요한 두 가지의 주제를 제공한다. 하나는
"옛날"이라는 추상적인 시공간과 "깊고 깊은 산속의 굴"로써 표현되는
어둠의 주제이다. 소설의 마지막 문장도 이 주제에 대응한다.

　　　과연 내일 아침에 해가 동산에 떠오를 것인가……(p.328)

　"과연"으로 대표되는 미지의 상황과 어둠을 극복하여 해를 기다리는
상황은 중요한 대립점을 제시하고 있는데 바로 어둠과 해, 즉 어둠과
밝음의 대립이다. 이는 소설 전체에 걸쳐 미지의 상황과 함께 선택 불
가능이라는 서술 속에서 이루어지고 있다.

　좀더 명확한 구분을 위해 작품의 서술 층위가 두 개의 대립 항으로
이루어 졌음을 먼저 밝히고자 한다. 이 대립 항은 텍스트 전체의 구조
속에서 크게 어둠과 밝음이라는 대립 항을 통해 논리와 비논리, 질서
의 세계와 역전된 세계의 양상을 보여주고 있다.

---

5) C. 뒤셰, 조성애(역), 『사회비평과 이데올로기 분석』, 백의, 1996, p.54.
6) 장용학, 「요한시집」, 『현대한국문학전집』4, 신구문화사, 1971, p.303.
　이하 인용된 장용학의 모든 작품은 이 자료를 중심으로 하며 각주는 생략한다.

밝 음	어두움
일곱 가지 색……(p.303) 흰 대리석……(p.303) 가느다란 햇살……(p.303) 고운 빛……(p.303) 태양광선……(p.305)	깊은 땅속……(p.303) 돌 집……(p.303) 감옥의 벽……(p.303) 방안이 새까매졌던 것입니다……(p.304) 소경……(p.305)

우화 속에서 보이는 어둠과 밝음의 대립은 알레고리의 형식을 갖춤으로써 명확한 의미를 드러내지 않지만 대립요소들은 토끼를 사이에 두고 압박해 들어가는 모습을 보여주고 있으며, 이는 토끼의 갈등 요인이 된다. 갈등의 내용이란 어둠과 밝음이라는 양자 사이에서 '선택'의 문제이다. 어느 날, 어둠 속에 익숙해 있던 토끼에게 '밝음'이라는 것이 침투해 온다. 이로 인해 토끼는 곧 선택이라는 갈등상황이 발생한다. 그러나 '밝음'의 선택은 그리 쉽지 않은 앞날을 예고하듯 "손만 가져갔어도 세계는 새까맣게" 변해버리고 "심한 열병"이 일어난다. 우화에 나타난 어둠과 밝음의 추상성은 두 번째 구조 속에서 좀더 구체화 된다.

붉은 색(黑)	푸른 색(白)
붉은 기, 검은 덩어리 토색 담요, 꺼먼 돼지 빨간 돼지, 까맣던 문명이 검은 그림자, 붉은 광장 새빨간 꽃	푸른 기, 푸른 입김이 푸른 싹이 움트던가 저 푸른 하늘, 녹음이 짙어가는 흰 돼지, 푸른 돼지 허연 배, 파란 요기 흰 두줄, 파란 두 눈 파란 요귀

제2장에서는 우화에서 보였던 흑백의 색채 대립이 좀더 구체적인 색채로 나타나는데, "붉은 기"와 "푸른 기"가 그것이다. 1950년대의 양 이데올로기를 대표하는 청색은 자유주의 이데올로기를, 적색은 사회주

의 이데올로기를 각각 대변한다. 따라서 청색은 밝음의 이미지, 적색은 어둠의 이미지와 각각 짝을 이룬다. 이는 우화에서 보였던 어둠과 밝음의 추상성을 구체화이자 「요한시집」의 전체 구도가 양 이데올로기의 대립이라는 상황에서 이루어지고 있음을 보여주는 것이다. 따라서 본 장에서는 「요한시집」의 두 번째 구조를 먼저 살펴본 후 그것이 갖는 구체적인 의미가 알레고리의 형식인 우화와 어떤 관계를 갖는가를 밝혀 보겠다.

「요한시집」에서 두 번째 구조 중 上은 동호에 대한 서술로 진행된다. 동호는 허위의식으로 가득 찬 현실 속에서 선택불가능의 심리상태를 보이고 있으며, 의식은 논리와 비논리 사이를 헤매고 있다. 동호의 심리상태는 바로 전쟁을 가능케 했던 이데올로기에 원인이 있다. 지난 "몇 세기 동안 자기의 전쟁을 가져보지 못한 이 겨레"에게 6·25는 또 다시 '우리의 전쟁이 아닌 남의 전쟁'이며, "내 살이 뜯겨 나가고 내 피가 흘러내린 이 전쟁은" 바로 내 나라, 내 민족을 위한 것이 아닌, "사상의 이름으로, 계급의 이름으로, 인민이라는 이름으로" 벌어진 전쟁이기 때문이다.

> 남해의 고도에는 붉은 기와 푸른 기가 다시 바닷바람에 맞서서 휘날리게 되었다. 살기 위하여 그들은 두 깃발 밑에 갈려 서서 피투성이의 몸부림을 쳤다……(중략) 사상의 이름으로, 계급의 이름으로, 인민이라는 이름으로! 그들의 생이 장난감인 줄 안다. 인간을 배추벌레인 줄 안다. 이것을 어떻게 하면 좋단 말인가. (p.320. 밑줄: 필자, 이하동일)

"푸른 기"와 "붉은 기"의 대치는 "남해의 고도"에서 벌어지고 있는 남·북 간의 이데올로기 전쟁을 표나게 강조하는 것이다. 모두에게 전쟁은 진정한 자유를 위한 것이라고 생각하였으며, 이는 전쟁에 대해 명분을 실어주었다. 이처럼 신념들의 복합체인 이데올로기는 인간의 경험을 표현케 하고 인간의 행동을 정당화시키고 인간에게 공통의 계획을 부여한다. 이데올로기는 자연스럽고 피할 수 없으며 무의식적이기 때문이다.

그러나 자신이 "하나의 나사못"으로 취급되고 있음을 인식한 순간, 그들은 이데올로기의 명분보다 자신의 삶에 대해 애착을 느끼기 시작한다. 그때부터 그들은 명분, 또는 이름이 아닌 또 하나의 싸움을 시작한다. 그것은 "어떻게든 살아야" 하고, 그래서 "남을 죽여야 내가 살" 수 있는 싸움인 것이다. 이제부터 싸움은 철저히 생존을 위한 것이 되고 만다. 이러한 전쟁은 동호로 하여금 전쟁의 합법적 살육의 상태에 분노케 한다. 그것은 "아무리 악하고 미워서 견딜 수 없는 적이라 해도 죽음 이상의 벌을 주지 못하는 것이 인간"이며 또 "죽음 이상의 벌을 받지 않는 것이 인간"이기 때문이다. 이데올로기로 인한 분단은 동호에겐 의미가 없으며, 이러한 태도는 양 편을 모두 그리워할 수밖에 없으며 그래서 선택불가능의 상황으로 이끈다.

① 그 저쪽에 무엇이 있다는 말인가. 여기와 같은 언덕이 질펀하게 경사를 이루고 있을 뿐이 아니겠는가? 거기서는 또 누가 이리를 그리워하고 있을 것이 아닌가. 같은 하늘 아래에서 이 무슨 시늉인가. ……(중략) 수평선을 들어서 옆으로 치우고 탁 트이게 해야 한다. 그렇지 않으면 아주 담을 쌓아서 막아 버려야 한다. 결국 따지고 보면 질펀한 것만이 태연해질 수 있는 오늘 저녁이 아닌가. ……(중략) 무엇보다도 성실하게 살아야한다. 진리를 찾는다고 하여 애매한 제스처를 부려서는 안 된다. 차라리 그 진리를 버려야 한다. 그런 제스처 때문에 이 공기가 얼마나 흐려졌는지 그것을 정확하게 계량해 낼 수 있다면 우리는 살아있는 것이 시시해질 것이다. ……(중략) 나는 여기 이 나무 아래를 그리워해야 할 것이다. ……(중략) 그런데 지금은 벌써 수평선 저쪽을 그리워하고 있다.(p.308)

② 파도를 헤치고 몸이 본토의 품으로 안겨들어도 반가와지는 것이 없었다. 섬에 무엇을 두고 온 것만 같았다.(p312)

동호는 밝음과 어두움이라는 이분법의 논리가 허위의식임을 깨닫고 있다. 무의미한 이데올로기적 구분은 동호에겐 양편을 모두 그리워할 수밖에 없게 한다. 그러나 선택은 불가능하다. 선택은 곧 그가 부정하는 이데올로기로의 편입을 의미하기 때문이다. 이러한 선택불가능은 그리움을 더욱 배가시킨다. 따라서 동호는 "성실하게 살아야한다"라는 구호를 외치며 "애매한 제스처"를 경계한다. 그 애매한-생존을 위한, 또는 권력을 위한-이데올로기적 제스처가 이 세계를 두 개의 덩어리로 갈라놓았기 때문이다. 이러한 인식은 나무로 상징되는 분단의 기준점으로부터 양편을 모두 그리워할 수밖에 없는 것이다.

그러나 현실은 이러한 태도를 원치 않는다. 왜냐하면 이데올로기는 모든 사회의 본질적 요소이기 때문이다. 당시 남한에 거주하는 자들의 절대 조건은 '나는 반공주의자'임을 만인 앞에 증명해야 했으며 동시에 그렇게 행동해야 했다. 이는 남한에서 생존하기 위한 기본조건이자 절대조건이다. 반공이데올로기의 영역 속에서 동호의 애매한 태도는 결코 용납될 수 없다. 인간사회는 "이데올로기를 마치 호흡하는 데 필요 불가결한 요소와 공기"[7]처럼 받아 들여 모든 사회적 총체성의 유기적 부분을 구성한다. 그러나 성실히 살려는 동호 앞에 나타난 것은 "이방의 어린애"였다.

> 가슴에 걸린 「P·W」라는 꼬리표를 턱 아래에 보았을 때 동호의 눈에서는 서러운 눈물이 수없이 흘러 떨어졌다. 턱받기, 침을 흘리던 어린 시절의 그리운 눈물이 그 꼬리표를 적시고 있었다. 거기에 서 있는 것은 어린애였다. 턱받기를 한 어린애였다. 이방의 어린애가 거기에 멍하니 서 있었다.(pp.311~312)

남북은 처음부터 다른 핏줄로 태어난 것이 아니었다. 그들은 처음부터 동일한 역사를 가지고 있는 단일한 민족이었다. 그러나 이데올로기

---

7) 루이 알튀세르, 「맑스주의와 인간주의」, 앞의 책, p.279.

로서의 전쟁은 그들을 적으로 만들어 놓았다. 이데올로기는 공적인 재건 계획을 가져오며, 그 신봉자들에게 이 계획의 완성을 적극적으로 지지하도록 하는 한편, 이를 거부하는 사람에게 대항하기를 요구한다.8) 이는 한국전쟁이 이데올로기 전쟁이었으며 이를 통해 각 체제를 새롭게, 또는 확고히 하려는 행동에의 요구였다. 그러나 이데올로기라는 이름의, 명분의 차이는 그들을 남남으로, 또는 죽여야 하는 대상으로 만들어버린 것이다. 하지만 이러한 구분의 필요성을 느끼지 못하는 동호는 결국 "이방의 어린이"가 될 수밖에 없는 것이다. 세계에 대한 진단을 내리고 그 진단이 옳다는 것을 주장하는 이데올로기적 효과가 동호에게는 통하지 않은 것이다.

3. 양자택일의 강박과 분열증

동호가 스스로를 '어린이'라고 표현한 것은 그러한 이데올로기로부터 벗어나고픈 심정을 나타낸다. 어린아이들은 일반적으로 이데올로기를 갖지 않고 있는데, 이는 지적인 미숙함과 더불어 공적인 영역에 충분히 접할 기회가 없기 때문이다.9) 그래서 동호는 선택의 강박으로부터 떨어져 있는 '철없는 어린이'라는 퇴행의 심리로 남고자 하는 것이다. 그러나 어린이는 성장한다. 성장은 동호의 의지와 무관하다. 성장은 "연대책임"이라는 것을 느끼게 하며, 판단을 강요한다. 이러한 의식은 동호로 하여금 끊임없이 "성실한 태도"에 대한 해답을 강요함과 동시에 양자택일 속에서 선택 불가능이라는 강박적 심리로 나타난다.

곳에 따라 시간이 이렇게도 느껴지고 저렇게도 느껴진다. ······(중략)

---

8) 앨빈 굴드너, 김쾌상(역), 『이데올로기』, 한벗, 1982, p.50.
9) "이데올로기를 가진 자의 정상적 표현은 공적인 영역에서 행해지는 행동이다."(앨빈 굴드너, 위의 책, p.41.)

이 두 개의 시간 사이에 가로놓여 있는 빈터. 그것이 얼마나한 출혈을 강요하든, 우리는 이러한 빈 터에서 놀 때 자유를 느낀다. 우리에게 두 개의 시간을 품게 한 이러한 빈 터가 결국은 나를 두 개의 「나」로 쪼개 버린 실마리였는지 모른다.(p.306)

위에 나타난 동호의 서술은 양 이데올로기의 사이에 갇힌 상태를 보이고 있다. "시계가 가리키는 시간"과 "위치가 빚어내는 시간"의 이원적 구도는 남북의 이데올로기로, 동호에게 "갇혀있는" 압박된 시공간이다. "곳에 따라" 이렇게도 느껴지고 저렇게도 느껴지는 시간관념은 "들어오는 것은 나가는 것이 된다.[10]"는 안과 밖의 무차별성으로 이어져 양자택일의 순간에 선택불가능의 의식에 이른다. 즉, 자유주의와 공산주의 이데올로기는 이미 동호에게 부정의 대상이며 무차별의 대상이기에 선택은 의미가 없다. 따라서 동호가 유일하게 자유를 느낄 수 있는 세계는 "빈터"이다. '빈터'는 이념적 대립이 존재하지 않는 중립지대이다. 하지만 이념적 중립지대란 현실적으로 존재할 수 없다. 이 세계란 단 하나만의 이념적 틀을 강요하며 그것이 곧 존재의 출발점이기 때문이다. 결국 '빈 터'는 양 이데올로기의 경계에 지나지 않으며, 그 경계는 두 개의 카드 중 하나를 강요한다. 그 사이에 끼인 동호는 두 개의 이데올로기에 의해 두 개의 나로 분열되고 있는 것이다.

① 나는 나의 일부분을 살고 있는 셈이 된다. 나는 나의 일부분에 지나지 않는다. 그림자에 지나지 않는다. 그래도 동호는 나인가? 나는 나인가? 아까 동호를 불렀는데도 내가 끝내 대답하지 못한 것은 이 때문이 아니었을까.(p.309)

② 이 나와 저 나를 같은 나로 느낄 확고한 근거는 없었다. 나는 나를 나라고 서슴지 않고 부를 수가 없었다. 발도, 손도, 기쁨도 슬픔도 나의 것 같지 않았다. 나의 몸에 붙어 있으니까 마지못해 나의 것으로 해두고 있는

10) 장용학, 「實存과 요한詩集」, 『韓國戰後問題作品集』, 신구문화사, 1992, p.400.

것에 지나지 않는 것 같았다. 그래서 <u>나의 집에서 나는 손님에 지나지 않았다</u>. 나의 옷을 입었으면서도 나는 내가 아니었다. 누가 내 대신을 하고 있는 것이었다.(p.312)

하나의 이념적 틀 속에 편입하지 않은 채 남아있는 동호는 현실 속에서 자신의 존재를 찾지 못하고 있다. 냉전구도의 제물로 제 민족을 살육하는 이 전쟁은 "이 나와 저 나", 즉 이데올로기로 이분된 민족은 더 이상 같은 민족이라고 부를 수 없게끔 하고 있다. 따라서 이데올로기 대립을 무화시키려는 나는 내 나라에서 "손님"에 불과한 것이다.

이데올로기가 사회적 결속이라는 측면에서, 인간은 이념 혹은 이론을 가진 것 때문에 의무를 가질 수 있다. 맑스에게 있어서 이데올로기는 허위의식으로써, 부르주아의 기득권을 유지하기 위한 부정적인 수단으로 인식되지만, 알튀세르에 오면 단순히 부정적인 개념으로 끝나는 것이 아닌, 사회 속에서의 기능을 설명하고 있다. 그의 유명한 테제를 빌자면, 이데올로기는 그들의 실재 존재조건에 대한 개인들의 상상적 관계의 표상이다. 하나의 이데올로기 체제를 구축한 국가는 그것을 유지할 국가기구들을 생산하며, 이 기구는 엄연히 각 개인들에게 영향을 미치고 있음에도 불구하고 개인들은 그것을 단지 상상적인 관계 속에서만 인지한다. 이러한 관계는 그들을 하나의 주체로 불러 세우는데, 즉 각 개인들을 그 제도에 맞는 인간으로 재생산한다. 그 제도가 인정한 공간 속에서 그들은 자신의 역량을 발휘하는 것이다. 그러나 본질이 아닌 단지 명분으로, 이름으로 이데올로기를 인식하는 동호로서는 선택을 할 수가 없으며, 그러한 자신을 인정하지 않는 현실 속에서 동호의 존재는 아무것도 할 수 없는, 즉 주체로서 서지 못하고 있는 것이다.

하늘은 저렇게 가깝다. 그렇게 멀리 보이는 것은 그렇게 가깝기 때문이다. 「그것」은 그렇게 가까운 존재이다. 그러나 내 손은 좀체로 머리 위에 든 우산을 놓으려고 하지 않는 것을 어쩌랴……돌아서니 본토의 중압은 내 이마 위로 덮어들고 있었다.(p.313)

동호가 마지막으로 할 수 있는 것은 양자택일과 아니면 이 둘을 완강히 거부하는 것이다. 푸른 하늘은 동호의 가까운 곳에 있으며, 그 하늘 사이로 내려지는 밝은 햇빛은 세상을 물들이고 있다. 그런데 동호는 비도 오지 않는 날에 우산을 들고 햇빛을 거부하고 있으며, 이러한 행동은 본토로부터 다가오는 중압감을 느끼게 한다. 이는 자유주의로 둔갑한 반공주의에 대한 거부를 표현하고 있는 것이다.

동호가 현재 발을 디디고 있는 곳은 남한으로 자유 이데올로기를 표방하는 곳이다. "푸른 하늘"이 표상하는 자유주의는 매우 가깝게 자신의 주의를 떠다니고 있다. 그토록 무의미하게 느껴지던 양 이데올로기 중의 하나인 자유주의가 마음만 먹으면 얼마든지 선택할 수 있는 근저의 거리에 있었던 것이다. 자유 이데올로기의 세례인 밝은 햇빛은 푸른 하늘을 통해 남한의 곳곳을 비춤으로써 이념적 틀을 견고히 하고 있는 것이다. 그러나 동호는 자유주의 이데올로기의 세례를 우산이라는 방패막이를 통해 거부하고 있다. 이는 무의식적인 행동이 아니라 그 "손"이 좀체럼 놓아지지 않는 것을 "어쩌랴"라고 말하고 있는 것처럼 의지적인 행위인 것이다. 그러나 하나의 대상을 거부함으로써 선택의 폭은 그만큼 좁아지며 반대쪽의 강요는 더욱 강한 중압감으로 다가온다. 그것이 바로 본토로의 편입을 강요하는 이데올로기적 강요이다. 결국 동호가 할 수 있는 것은 이제 "모든 것을 留保해 두면서 따라다니고 기다리고 하는" 것 외에는 없는 것이다.

그렇다면 주체로서 서지 못하는 동호에게 현실은 어떠한 상황이며, 어떠한 자세를 보이고 있는가.

　지상에서 시간이 거꾸로 흐르는 것이 보인다. 과거 쪽으로 흘러가는
사건의 흐름이 보인다. 거기서는 밥이 쌀이 된다.(p.306)

　밤이 낮이 되는 薄明과 낮이 밤이 되는 薄明과……어느 歷史가 創造
의 길이고, 어느 歷史가 滅亡의 길인가?(p.307)

현재의 상황이 그에게는 실재로서 느껴지지 못하고 전도된 상태 속
에서 혼란을 일으키고 있다. 현실에 있어 이념의 이분법적 대립에 대
한 거부는 시간에 있어 과거 대 미래, 또는 밤과 낮, 창조와 멸망 등과
같은 상대적 개념에 대한 거부로 이어지며, 이 또한 무의미한 대립으
로만 존재하고 있는 것이다. 이미 지상의 모든 것들은 동호에게 무의
미하며 이름뿐인 이데올로기들의 잔재일 뿐이다. 동호의 내적 분열은
정신적 원인에만 있는 것이 아니라, 외적 원인과 동시에 서로 작용하
고 있다. 동호의 내적분열과 일상의 질서에 대한 불확실성은 진실의
부재에서 나온 것이다. 그는 "진실은 사실을 가지고 고칠 수 있지만,
사실은 천 개의 진실을 가지고도 하나 고치지 못하는 게 현재 우리가
살고 있는 이 세계"로 인식하고 있다.

　있는 모든 힘을 손가락 끝에 집중시켰다. ……(중략) 달걀은 깨어지지 않았
다. 그러나 깨어지지 않은 것은 내가 깨어지는 것을 사실은 두려워하고 있기
때문인지도 모른다. 그것이 깨어지면 내가 서 있는 이 세계가 깨어져 버리는
것이다.(p.310)

동호는 손에 쥐고 있는 달걀을 깨뜨리려 한다. 그러나 이마에 땀이
배이도록 힘을 써 보았지만 달걀은 깨지지 않는다. 그것은 "내가 깨어
지는 것을 사실은 두려워하고 있기 때문"이다. 대립된 이념의 질서가
구축되어 있는 이 세계는 달걀은 깨어지지 않는다고 이미 정의를 내려
버렸다. 동호는 그 질서를 깨뜨리려 했지만 실은 두려워하고 있는 것
이다. 질서가 깨지는 순간은 곧 자신의 소멸을 뜻하는 것이기 때문이

다. 이처럼 "오늘날까지 있는 모든 힘을 내어 본 사람은 아무도 없었기 때문에" 달걀은 그저 쥐기만으로는 깨어지지 않는다는 "말"이 이루어질 수 있었던 것이다.

　그러나 동호의 의식은 여전히 폐쇄적인 현실로부터의 탈출을 기도하며 그것은 환영으로 나타난다.

> 꿀꿀 꿀꿀. 돼지 우는 소리가 들려온다. 꺼먼 돼지, 흰 돼지, 빨간 돼지, 푸른 돼지. ……(중략) 도살장을 부수고 쏟아져 나온 돼지의 대군이 하늘 아래를 까맣게 덮었다.(p.317)

> 소리 없는 행진이 나타났다. 나무의 행렬. 나무들이 進駐해 온다. 대추나무, 회나무, 잣나무, 느릅나무, 이깔나무, 소나무, 보리수, 계수나무……辭典에서 해방된 모든 나무들이 천천히 걸어들어 온다.(p.317)

　이데올로기의 압박 속에서 현실을 벗어나고자 하는 심리는 동물성과 식물성의 묘사로 나타난다. 연약한 초식성의 돼지와 식물이지만 "하늘을 까맣게 덮"은 "소리 없는 행진"으로 집단화된 힘은 그들을 압박하는 도살장과 사전(辭典)을 붕괴시킨다. 각기 이데올로기의 옹호자를 상징하는 흑, 백, 적, 청색의 돼지와 온갖 나무의 행위란 이념 대립의 무의미와 거부를 표상한다.

4. 지배의 메커니즘

　다른 이념을 선택한 자들은 모두 적으로 규정되기에 그들의 죽음은 합리화된다. 여기서 '도살장'과 '사전'은 모두 국가를 유지시키는 장치들인 억압적 국가기구와 이데올로기적 국가장치의 은유이다. 도살장이란 말 그대로 폭력이라는 물리적 힘을 통해 이루어지는 죽음의 장이다.

반면 '사전'은 사회적 의사소통의 바이블이자 규범화되고 체계화된 언어들이 질서 있게 배열되어 있는 장이다. 사전은 사회적 의사소통에 필요한 의미를 규범화시키며 동시에 체계화시키는 역할을 한다. 이질적인 것들을 통일시키며 질서화 시키는 모습이란 이데올로기에 의해 사회적 틀을 형성하는 모습과 닮아있다.

　　나뭇가지를 타고 침입해 들어오는 猿人. 아직 쭉 펴지 못하는 허리에 차고 있는 것은 그 돌도끼고 손에는 횃불이다. 그가 배운 재주는 그것밖에 없다는 말인가? ……(중략) <u>呪文을 몇 번 뇌까리면 땅이 움직이기 시작하고 자아가 눈을 뜬다.</u> ……(중략) 그 共和國은 만세를 부르는 시민들에게 자유를 보장하는 鑑札을 나누어 준다.(p.318)

　현실은 원시적인 방법으로 개인들에게 강요를 한다. 때론 도끼를 사용하는 폭력으로, 때로는 횃불로 상징되는 계몽, 그리고 몇 번의 "주문(呪文)"인 허위의식을 통해 개인들을 유인하여 체제의 편입, 순종을 요구한다. 이에 거부하는 사람은 도살장과 같은 포로수용소로 보내며, 그곳에서의 죽음은 합법적인 죽음이 된다. 반면에 체제의 편입을 따르는 경우 그들은 반공주의자라는 이데올로기의 호출을 통해 전후사회라는 질서화 된 "사전"의 구성원이 된다. 자유를 보장하는 "鑑札"은 바로 그들이 이데올로기를 선택했음을 증명하는 표식이자 그 질서 속에서 주체가 되었음을 의미한다.

　　<u>자유는</u> 무거움이었다. 설레임이었다. 그것은 다른 섬에의 길이요, <u>또 다른 포로수용소에의 門에 지나지 않았다.</u>(p.313)

　하지만 그렇게 얻어진 자유는 또 다른 구속에 다름 아니다. 자신이 속한 질서와 반대되는 질서가 존재하는 한 그 자유는 여전히 다른 체제의 '포로수용소 문'이 존재해야 하는 이유가 되기 때문이다. 동호는

이처럼 허위의식으로 가득 찬 현실을 끊임없이 벗어나고자 한다. 즉, 도살장과 辭典으로부터의 탈출은 탈이데올로기의 세계이다. 이처럼 불안을 잠시나마 진정시킬 수 있는 탈출의 메커니즘에 동호는 의존한다. 비극은 없으며, 돼지와 나무가 폐쇄의 공간으로부터 탈출하여 낙원을 이루는 환상을 잠시나마 꿈꾼다.

1) '주문'으로서의 언어

그러나 현실은 여전히 콜럼버스의 "달걀"을 깨뜨릴 수 없으며, 몇 마디의 "呪文"으로도 허위의식을 유포할 수 있다. 말의 힘, 즉 개념은 모든 개인들을 하나의 질서 속에 위치 지운다.

> 여기저기에 흩어져 있는 레이션 상자 속에는 먹다 남은 칠면조의 찌꺼기가 들어 있는 것도 있었다. 정치 보위국 장교는 그것을 '일요일의 선물'이라고 하였다. 그들은 뭐든지 어떤 한 가지를 모든 것에 결부시켜 종내는 그것을 말살시켜 버리는 것이었다. '일요일의 공세', '승리의 일요일', '일요일의 후퇴'……'일요일 휴가'……(중략) 우리 義勇軍 孤兒들은 한 손에 닭다리를, 한 손에 수류탄을 움켜쥐고 '五十年前의 資本主義'를 향하여 만세공격을 되풀이 하였다.(p.311)

과학과는 반대로 이데올로기는 알게 만드는 것이 아니라 행동하게 하며, 권력에 봉사하는 본성을 지니는 집단적이고 지속적인 실천을 실행하게끔 부추기는 것을 주된 목표로 삼고 있다. 그럼에도 불구하고 이데올로기적 담화는 순전히 선동적일 수만은 없다. 권력은 스스로 정당화되어야 하는 것이다.[11] 그러나 군대처럼 엄격히 서열화 된 권력 속에선 이런 것은 필요치 않다.

전쟁에 있어서 대화는 존재하지 않는다. 바흐친의 용어를 쓴다면 그

---

11) 올리비에 르블, 『언어와 이데올로기』, 역사비평사, 1994, p.65.

것은 "독백", 즉 명령이 되는 것이다. 그러나 일방적인 힘의 논리만으로는 해결이 되지 않는다. 따라서 목적을 달성하기 위해서는 지시적 차원의 담화를 필요로 한다. 즉, 동원된 개인들로 하여금 주체로 느낄 수 있도록 해주어야 하며 동시에 '명명화'를 통한 하나의 개념 속에 조직되어져야 한다. 따라서 보위국 장교는 동원된 인원들의 목적의식과 사명감, 성취감 등을 위해 그에 맞는 이름을 결부시킨다. 동원된 그들은 그 명명화 된 하나의 이름에 종속되면서 목적의식을 갖게 된다. 그것은 한 손에 닭다리와 다른 손엔 수류탄을 쥐고 적지로 달려갈 수 있는 명분을 제공하는 것이다. 바르트는 이러한 명명화 또는 개념을 신화라는 이데올로기로 설명하고 있다.

> 신화는 무엇인가를 의미하는 동시에, 그것을 강제적으로 명시하며, 우리가 무엇인가를 이해하도록 하는 동시에 우리에게 그 무엇을 강요하는 것이다.[12]

개념은 신화를 발화시키는 원동력으로 작용한다. 「일요일의 선물」은 하나의 개념으로써 신화, 즉 이데올로기를 발생시킨다. '일요일의 선물'이라는 개념은 상황으로 가득 차 있다. 하나의 개념에는 여러 다양한 의미들을 가지고 있는 것이다. '텅 빈 형식'으로서의 선물은 있는 그대로 어떠한 대가로 주어지는 것이다. 그러나 우연적인 사건들과 결부된 경우에는 신조어가 불가피하다. "그들은 뭐든지 어떤 한 가지를 모든 것에 결부"시키기 때문이다. 따라서 선물은 그냥 선물이 아닌 '일요일의 선물' 된다. 이는 새로운 의미를 부여한다. 즉 군대가 원하는 목표를 달성한 것에 대한 대가이자 동시에 다음의 임무를 수행케 하는 사명감으로 의미가 변질된다. 이렇게 새로 조작된 개념은 의미를 왜곡시킨다. 처음의 순수한 의미를 소외시키는 것이다. 이로써 '일요일의 선물'은 하나의 힘을 가지면서 의용군 고아들로 하여금 전장의 중심으로

---

12) 롤랑 바르트, 『신화론』, 현대미학사, 1995, p.29.

달려가게 만든다. 이러한 자연스러운 인과성으로 인한 정당화는 "신화가 순진무구한 빠롤인 것처럼 경험하게"[13]되는, 즉 개념의 자연화로 나타난다.

이처럼 "말"의 힘은 동호의 서술 속에서도 그대로 드러난다.

> 공기 속에 살고 있다는 것은 '말' 속에 살고 있다는 것과 마찬가지다. 처음에만 '말'이 있는 것이 아니라 처음부터 끝까지 있는 것은 '말' 뿐이었다. 人間은 그 입에 지나지 않았다. 입으로서의 運動, 이것이 인간 行爲의 전체였다. (p.310)

말에의 복종이 여기서는 지상의 가치로, 세계를 구성하는 것으로 규정된다. 공산주의자와 자유주의자를 구별하는 것은 '나는 ○○주의자이다'라는 자발적 명명화이며, 이를 통해 이데올로기를 갖게 된다. 말이 힘을 갖기 위해서는 대주체의 호출이 필요하다. 국가라는 대주체는 이데올로기적 국가장치를 통해 상상적 관계 속에서 맺어진 개인들에게 '말(규범화된 의식)'을 부여한다. 이제 개인들은 상상적 주체로서의 임무를 맡는다. "인간은 그 입에 지나지 않았다."는 것은 국가의 대변인적 역할을 의미하는 것으로, 그들은 기쁜 마음으로 '일요일의 선물'을 한 손에 쥔 채 수류탄을 들고 적지로 달려든다. 이데올로기는 말을 통해 구속력 있는 의무를 부과할 수 있음을 보여준다.

2) 은폐성 혹은 감시망

여기서 산기슭에 위치한 "성곽 같은 큰 집"은 카프카의 '성'처럼 권력의 은유이자 이데올로기의 은폐성을 말한다. 이데올로기는 필연적으로 은폐적이다. 그것은 스스로 오류임을 보여주는 사실들이나 적대자들의 합당한 이유를 감추어야 할 뿐 아니라, 또 무엇보다도 자신의 본색

---

13) 위의 책, p.50.

을 감추어야 하는 것이다. 따라서 산기슭에 위치하고 있다는 서술은 이데올로기가 공개적이 아닌 보이지 않는 곳에서 조종의 역할을 하고 있음을 보여주는 것이다. 그런데 이 은폐적 성격은 신비화, 또는 신성화의 성격을 생산한다. 공간적으로 은폐된 성곽과 같은 큰집에서 살고 있는 사람은 단 한 사람이다. 동호도 이에 대해 의문을 가지고 있다.

① 산기슭에 자리 잡고 있는 저 <u>성곽 같은 큰 집에도 주인은 한 사람이</u>라는 것은 좀 이해하기 곤란하다. 우리는 무슨 <u>숨바꼭질을</u> 하고 있는 셈이다.(p.307)

② 여기에 올라오는 길에, 한 노인이 문간에 앉아……(중략) <u>白髮이 原色을 골라낸다.</u>(p.307)

은폐되고 신성화된 권력의 표상인 큰 집을 지키는 노인은 현 질서의 동태를 살피는 감시자이다. 주지한바 색채의 대비가 이념적 대립의 은유임은 앞에서 지적한 바 있다. 여기서의 백발은 단순히 노인의 머리 색깔을 넘어 남한의 이데올로기를 말한다. 따라서 "白髮이 原色을 골라낸다"라는 묘사는 50년대 한국사회 속에서 적색분자를 색출하는 것에 다름 아니다.

백발이 원색을 골라내듯, 적색분자를 색출하는 과정 속에서 동호의 무선택적 행위는 적색분자와 똑같이 현 질서에 대한 거부이므로 색출의 대상자가 된다. 그러기에 동호는 "우리는 무슨 숨바꼭질" 놀이를 하듯 그들의 감시망을 피해야만 하는 것이다. 그러나 그들의 감시망은 그곳에만 존재하는 것이 아니다. 당대 남한사회의 전역이 하나의 거대한 거미줄과도 같은 감시망에 쌓여있다.

이것도 문이기는 하다. ……(중략)밀어서 좋을지 당겨서 좋을지 망설이다가 보기에는 안으로 밀게 된 것 같았으나 보통 하는 버릇으로 당겨 보았다. 삐이, <u>역시 밀게된 문짝이었으나 당겨도 괜찮았다.</u> ……(중략) 해는 지고, 지상에는 또 <u>고양이의 세계</u>가 있었다. 세계의 일원(一員)으로서의 나의 존재를 또 느껴야 했다. <u>여기저기서 거미줄</u>이 쳐져 있다.(p.313)

동호는 누혜의 어머니를 찾아간다. 이미 현실은 거대한 감시망이 구축되어 있었음에 반해, 가정은 이데올로기의 힘이 가장 덜 미치는 곳이었다. 그러나 위의 서술을 통해 볼 때 이데올로기 침투의 첫 번째 방어기제인 문은 매우 불안하게 묘사되어 있다. "밀게 된 문짝이지만 당겨도 괜찮"다는 묘사가 표상하는 의미는 이데올로기로부터 가장 안전하다는 집의 본래적 기능을 상실함을 나타낸다. 문은 밀거나 혹은 당겨야 한다. 그것은 외부 침입자로 하여금 안으로의 침투를 방어하기 위한 것이다. 집의 문이란 누구나 출입할 수 있는 공공기관의 '회전문'과는 달리 누군가가 잡아당길 때는 밀치는 힘으로, 그 반대의 경우는 당김으로써 침입을 방어한다. 그러나 그 어느 것도 가능한 문은 이미 방어 메커니즘으로의 기능을 상실한 것이다. 이렇게 방어벽이 뚫린 방 안에는 이미 선택을 강요하는 이데올로기의 장벽이 쳐져 있다.

지상의 고양이는 "파란 요기의 눈"으로 이탈자를 감시하는 감시자이다. 게다가 감시의 물리적 장치는 거미줄로 표상된 이데올로기적 국가장치이다.

그 눈빛에 내 몸은 숭숭 구멍이 뚫리는 것 같다.(p.327)

二者擇一을 강요하고 있던 그 두 눈의 거리가 좁혀졌다.(p.328)

고양이의 시선은 현실의 동호를 처음부터 끝까지 따라 다닌다. 그 시선은 동호의 선택불가능의 태도를 끊임없이 지켜보고 있다. 동호는 대립적인 이데올로기를 부정하고 있지만, 지금의 대립마저도 "깨어지는 것을 사실상 두려워하고 있기 때문"에, 즉 이것도 저것도 할 수 없는 처지이다. 이것은 동호의 약점이며, 이것을 알고 있는 고양이의 시선은

동호로 하여금 온몸이 뚫린 듯한 느낌을 갖게 함과 동시에 끊임없이
양 이데올로기 중 '이자선택(二者選擇)'을 강요하고 있는 것이다.

3) 아비투스

동호가 누혜를 처음 만난 곳은 거제도 포로수용소이다. 정규 인민군
출신의 누혜 역시 이데올로기에 회의하고 있다. 누혜는 자신의 유서를
통해 이데올로기의 피해자가 되는 과정을 보여주고 있다. 누혜는 자신
의 출생을 밝히면서, "나자마자 한 살이고, 이름이 지어진 것은 닷새
후"이므로 "'이름'으로 이루어진" 세계 속에서 닷새 전에 죽었더라면
자신은 존재하지도 않은 것으로 되었을 것이라고 말을 한다. 이는 앞
에서 동호가 느꼈던 '말'의 힘을 이미 인식하고 있었던 것이다. 이름의
주어짐은 이데올로기의 호출을 뜻하며, 말을 배우게 되면서 "'類化'作
用을 본격화"하게 되었다는 것은 이데올로기적 국가장치라는 대주체에
의해 주체로 불리어졌음을 의미한다. 따라서 그는 그 사회의 한 구성
원이 되었음을 나타낸다.

아홉 살이 되던 해 소학교에 들어간 누혜는 그곳에서 "公民社會의
한 分子가 되는 과정"을 자신도 "모르는 사이에" 익혀간다. 그러던 누
혜는 학교가 罪를 배우는 곳임을 인식한다. 50초 지각과 60초의 지각.
그 단 10초의 차이로 인해 누군가는 질서를 파괴했다는 책임을 물어야
했으며, 10초 먼저 온 자는 질서의 보호 속에서 일상을 누리는 것이다.
이는 경직화된 당대의 제도에 대한 회의로 다가온다.

> 그러는 사이에 중학생이 되었다. 소매 끝에와 모자에는 흰 두 줄이 둘
> 렸다. 그 줄 저쪽으로 나서면 안된다는 것이다. 그 대신 그 이쪽에서는
> 아무 짓을 다 해도 좋다는 것이다. 나는 二重으로 매인 몸이 되었
> 다.(p.324)

이데올로기적 국가장치 중의 하나인 학교는 그 사회의 생산조건을 재생산시키는 물질적 기구이다. 사회질서의 정당화는 행위자로 하여금 사회세계의 객관적 구조에서 발생한 지각과 감상을 적용함으로써 이 세계를 당연한 것으로 보이게 만드는 것이다.[14] 그것은 학교를 중립적이고 이데올로기를 갖지 않는 장소로 표상하는 이데올로기[15] 때문이다.

이데올로기의 경직화는 "자율"의 이름하에 보이지 않는 강요를 요구한다. 소매 끝과 모자에 그려진 두 개의 "흰 줄"은 그들이 존재할 수 있는 최대치의 공간이다. 그들은 그 줄의 안쪽에서만이 정당화되고 합리적인 주체가 된다. 그것은 마치 60초의 지각, 즉 흰 두 줄의 영역 밖의 행위는 처벌의 대상이 되지만, 50초 지각, 즉 줄 안쪽의 영역에서는 어떠한 행위를 하여도 그것은 처벌의 대상에서 면제가 되는 것이다. 이것은 사회의 제도적 조건들의 지속적인 주입방식인 '아비투스(habitus)'[16]이다. 아비투스의 작용인 교육체계는 집단 간 혹은 계급 간의 지배관계들을 재생산할 뿐만이 아니라, 교육체계를 자율적인 것으로 제시하고, 그럼으로써 학벌이 사회적 위계를 만들어낸다는 사실을 은폐함으로써, 그러한 관계들을 정당화한다.[17]

    ……나는 상급생을 보면 신이 나서 모자에 손을 댔다. 그러면 저쪽에서 보통이라는 듯이 간단간단히 끄덕거렸다. 그것이 대견스러워서 나는

---

14) 피에르 부르디외, 정일준(역), 『상징폭력과 문화재생산』, 새물결, 1997, p.27.
15) 루이 알튀세르, 앞의 책, p.101.
16) 피에르 부르디외, 앞의 책, pp.61~62. 참조.
   부르디외는 아비투스를 다음과 같이 설명하고 있다.
   "특정환 환경을 구성하는 구조들은……(중략) 지속적인 성향들의 체계인 아비투스, 구조화하는 구조로 기능하게끔 경향지워져 있는 구조화된 구조를 산출한다. 즉, 관행과 표상을 발생시키고 구조화시키는 원칙으로서, 어떤 식으로든 규칙에 복종하도록 강제하지 않고서도 객관적으로 '규제될 수' 있고 또 '규제되고 있는' 것이며, 목표를 향한 의식적인 의향과 목표를 달성하기 위해 요구되는 작동들을 명확하게 통달하지 않고서도 객관적으로 목표에 부합될 수 있으며, 결국 지휘자의 지휘가 없이도 집단적으로 화음을 낼 수 있다."
17) 위의 책, p.67.

더 신이 나서 팔이 아프도록 경례를 했다.(p.324)

아비투스의 모습은 아침 조회시간에 "천 명이나 되는 학생들의 가슴에 달려 있는 단추가 모두 다섯 개씩"이라는 "무서운 사실투성이"와 무의식적 순종이다. 누혜는 '자율'이라는 모토가 "더 깊은 他律의 바다에 빠져드는 길목"이 됨을 인식한다. 하지만 누혜는 부조리한 현실을 이끄는 근원에 대해서는 아직 미지의 상태에 있다.

革命은 드디어 일어났다. 나는 어느 편에 가담해야 할 것인가. ……(중략) 나는 '革命'과 '外國女子' 사이에 끼여 심히 그 입장이 곤란해졌다.(p.324)

부조리한 현실에 대한 추상적 회의는 누혜로 하여금 선택의 갈등을 일으킨다. "혁명"으로 표상되는 공산주의 이데올로기와 "외국여자"로 표상된 자유주의 이데올로기 간의 갈등은 마치 동호가 그랬던 것처럼 누혜로 하여금 선택을 강요한다. 그러나 양 이데올로기의 본질을 깨닫지 못한 누혜는 "어물어물 하다가 자라목을 내밀어 혁명의 진행을 바라보는" "二律背反"의 행위로 남아있다. 이러한 행위가 그에게는 "편했"으나, "다만 두 개의 細胞로 분열된" 자신의 그림자를 바라보는 것을 느낀다.

5. 이념의 거부와 타살

누혜는 2차대전이 끝나고 재생하기 위해 인민의 벗이 되기로 한다. 그러나 그곳에서 누혜가 본 것은 "人民은 거기에 없고 人民의 敵을 죽임으로써 人民을 만들어"내는 것이다. 누혜의 이러한 발언은 공산주의 이데올로기를 비판하는 것으로, 자신의 자발적 선택에 의해 들어간 그곳도 진정한 자유인이 아닌 또 다른 노예를 양성하고 있었던 것이다. 누혜는 인민의 영웅이 되지만 "인민의 영웅"이라는 것은 그 이름에 맞는 역할들을 끊임없이 요구하고 있었으며, 그것은 다름 아닌 같은 민족을 죽임으로써 유지되고 있었다. 포로가 되어서도 그것은 마찬가지였다. "不自由를 自由意思로 받아들"여야 하는, 그러나 그것은 "한때의 기만"인 것이다. 이로써 누혜는 양 이데올로기 모두를 포기한다.

의용군으로 끌려간 동호는 정규 인민군 출신의 누혜가 자신에 대해 심각한 회의에 빠져 있는 것을 목격한다. 어느 날 '붉은 기와 푸른 기'가 맞서 휘날리고 포로들이 그 두 깃발 밑으로 각기 갈라져 피투성이의 싸움을 벌이게 되었을 때, 누혜는 "반역자", "인민의 적"으로 몰려 몽둥이로 집단 구타를 당하면서도 어느 편에도 가담을 하지 않는다.

> 여전히 대답이 없다. 대답은 두 가지 중에 하나여야 한다. 그런데 그는 그 두 가지가 다 자기의 대답이 되지 않는 것으로 보고 있는 것 같았다.(p.321)

여기서 대답은 대단히 중요한 의미를 지닌다. 그들이 누혜를 구타하는 것은 바로 자신들의 체제 속으로 편입을 강요하는 것이다. 만약 누혜가 그들과 맞서 대항한다면, 이는 그들과 반대편의 이데올로기를 선택하는 것이 될 것이다. 반면 그들과 손을 잡는다면 친공분자임을 증명하는 것이 된다. 따라서 "대답은 두 가지 중에 하나"가 되는 것이다. 그러나 누혜는 어떤 제스처도 취하지 않는다. 양쪽 모두를 포기한 셈이다.

결국 누혜는 철조망에 목매 자살한다. 그러나 누혜의 죽음은 자살이 아닌 타살이다. 이데올로기는 인간을 주체로 불러 세운다. 즉 하나의 호출기제로서 작용하는 이데올로기는 개인으로 하여금 국가의 제도 속에서 합법적으로 기능할 수 있게 해준다. 50년대라는 상황에 비추어 볼 때 공산주의의 선택은 말할 필요도 없으며 반공주의의 거부는 현실 속에서 존재 가능성을 포기하는 것과 같은 것이다. 따라서 죽음은 필연적인 것이 된다. 따라서 그의 죽음은 이데올로기의 압박에서 비롯된 타살인 것이다. 이를 상징적으로 보여주는 것이 바로 철조망이다.

> 그때까지 내 눈에 보인 것은 내가 눈알을 손바닥에 들고 서 있어야 했던 <u>안 세계</u>와 감시병이 鄕愁를 노래하고 있었던 <u>밖 세계</u>, 이 두 개의 세계뿐이었다. <u>세계를 둘로 갈라놓은</u>, 따라서 두 개의 세계를 <u>이어놓고도 있는 철조망</u>은······.(p.323)

포로수용소 안쪽은 미국에 대한 적대세력과 옹호의 포즈를 취하는 두 세력으로 나뉘지만, 엄격한 의미에서 볼 때, 수용소의 안과 밖은 공산주의와 자유주의의 대립이다. 이처럼 공간적 대립을 이루는 철조망은 이데올로기 간의 경계를 표상하며, 철조망에 끼인 누혜의 죽음이야말로 이데올로기 간의 압박으로 인한 비극인 것이다.

누혜는 자신의 죽음 이전에 이데올로기의 세계로부터 탈출하는 방법을 생각했다. 누혜가 파괴해야 할 것은 다름 아닌 "이 섬을 둘러싼 海岸線"이었다. 즉 "나를 둘러싼 모든 시선에서 해방되었을 때" 누혜는 이데올로기의 압박이라는 세계에서 "탈출할 수" 있었던 것이다. 그러나 누혜가 죽고 난 후 그의 적대자들은 그의 눈알을 뽑아 동호에게 "손바닥에 들고 해가 동쪽 바다에서 솟아오를 때까지" 서 있으라고 명령한다. 이것은 여전히 누혜의 시선이 그 해안선을 벗어나지 못함과 동시에 자신이 바라던 '탈출'과 '해방'을 이루지 못함을 나타낸다.

> <u>끝이 안으로 굽어진 철조망 말뚝에 목을 매고 축 늘어진 누혜</u>(p.321)

> 멀고 먼 海岸線을 얼어붙이는 것 같은 싸늘한 울음소리 속에 한때 보이지 않았던 <u>파란 요기는 여전히 숨쉬고 있는 것이었다.</u>
> 내일 아침 해가 떠올라야 저 눈이 꺼지는 것이다.(p.328)

이데올로기의 감시자인 고양이의 시선은 세상 어디에나 감시망을 펴고 있다. 이러한 감시와 압박, 강요의 시선으로부터 해방되는 날은 바로 고양이 시선의 역할이 소멸되는 순간인 것이다. 그러나 감시자의 시선은 여전히 존재하며, 누혜와 동호가 바라는 세상의 해는 '과연 내일 아침에 해는 동산에 떠오를 것인가'라는 미지의 것으로 남아있다. 게다가 '끝이 안으로 굽어진'의 묘사가 보여주는 폐쇄성은 결코 벗어날 수 없는 현실을 보여주는 것이다. 따라서 누혜의 시선이 해안선에 고정되고, 새로운 세상의 해가 여전히 미지로 남아있는 상황에서 누혜의 죽음은 결코 실존주의적 해석에서 논의되는 '자유'를 위한 죽음은 아닌 것이다.

세상의 감시는 보이는 곳, 또는 보이지 않는 곳에서 이루어지고 있었으며, 이러한 현실 속에서 동호의 이데올로기에 대한 거부는 마치 주요섭의 「인력거꾼」에서 성팔이가 아찡의 죽음을 이어가듯, 동일한 과정을 보여준다. 동호가 누혜의 옷을 입는 것은 제2의 누혜가 됨을 암시한다.

6. 우화 혹은 허위의 신화

이로써 우화의 성격은 보다 명백히 드러난다. 토끼의 우화는 바로 누혜의 모습을 그려내는 것이다. 첫 번째 구조인 토끼의 이야기를 통해 우리는 당대의 상황으로 다가왔던 양극의 이데올로기의 강박적 구조를 살펴보게 될 것이다. 특히, 이데올로기의 시선으로 대립항들에 대한 서술을 풀어감으로써 좀더 정확한 의미작용을 밝힐 수 있을 것이다.

토끼에 대한 서술을 따라가다 보면, 불확정적인 서술의 형태를 살펴볼 수 있다. 이러한 서술은 누혜의 언술 속에서도 드러나는데, 알 수 없음의 서술은 대립항의 출현과 그에 대한 인지 속에서 선택을 강요받고, 이는 미지의 서술에서 벗어나 강박적인 언술로 표현되고 있다.

모르고 살았습니다.(p.303), 모르고 자랐습니다.(p.303), 모릅니다.(p.303), ……
된 것인지도 모릅니다.(p.304), ……자기도 모릅니다.(p.305), ……하고 있
는 것 같았습니다.(p.306)

이는 토끼에게 "사춘기"가 찾아왔다는 언술로써 합리화되고 있다. 사
춘기는 이성보다는 감성의 발달로 인해 외적 자극에 대해 민감히 반응
하며, 그만큼 안정감 있는 가치판단을 기대하기에는 어려운 시기이다.

한 옛날 깊고 깊은 산속에 굴이 하나 있었습니다. 토끼 한 마리 살고
있는 그것은 일곱 가지 색으로 꾸며진 꽃 같은 집이었습니다. 토끼는 그
벽이 흰 대리석이라는 것을 모르고 살았습니다. ……(중략) 도무지 불행
이라는 것을 모르고 자랐습니다.(p.303)

"굴"로써 표상되는 세계는 어둠, 밀폐, 폐쇄성을 나타낸다. 세계와의
단절을 나타내는 이 공간은 "어둠"이라는 단일한 이념의 베일을 씌움
으로써 다양한 색깔(이념)의 인식을 허용하지 않는다. 나아가 완벽한
어둠은 무차별성으로 이어져 토끼에게 어둠만이 완전하고도 통일된 세
계로 인식하게끔 한다. 어둠이라는 하나의 세계는 토끼에게 안정감을
주어 무갈등의 생활을 가능케 했다. 하지만 '하나'의 토끼가 '하나'의
굴속에 살고 있다는 상황은 사실 불안정한 형태이다. 하나의 존재와
하나의 이념으로 이루어진, 마치 완결된 세계처럼 보이는 이곳이야말로
이질적인 자극 하나로 붕괴될 수 있는 가장 허약한 세계이기도 하다.
뿐만 아니라 이 공간의 형태는 새로운 자극의 침투를 용이하게 할 뿐
만 아니라 대응의 방식에도 치명적인 약점을 보인다.

나갈 구멍이라곤 없이 얼마나 깊은지도 모르게 땅 속 깊이에 쿡, 박혀
든 그 속으로 바위들이 어떻게 그리 묘하게 엇갈렸는지 용히 한 줄로
틈이 뚫어져 거기로 흘러든 가느다란 햇살이 마치 프리즘을 통과한 것처
럼 방안에다 찬란한 스펙틀의 여울을 쳐 놓았던 것입니다. ……(중략) 자

기도 모르게 어딘지 몸이 간지러워지는 것 같으면서 그저 까닭 모르게 무엇이 그립고 아쉬워만 지는 시절에 들어서였습니다.(p.303)

땅속 깊이 박혀있는 수많은 바위들은 바로 어둠을 유지하고 지켜주는 메커니즘으로 작용하고 있었다. 그러나 바위라는, 즉 규격화되지 못한 형태는 어둠의 질서에 균열을 가져올 가능성을 언제나 내포하고 있었으며, "가느다란 햇살"의 침입이 바로 그것이다. 이제 우리는 어둠과 대립되는 햇살의 이데올로기가 어떻게 토끼를 유혹하는 모습으로 다가가는지를 보게 된다. 흰 대리석으로 되어 있던 동굴의 벽, 즉 흰색으로 대변되는 불안정감은 어둠이라는 이데올로기와는 대립된 것이었음에도 불구하고-비록 색깔을 구분하고 있지 못했지만-동시에 위험성을 내재하고 있었던 것이다. 이렇게 내재된 위험성은 빛이라는 대립물과 밀착력을 지닌 채 "일곱 가지의 고운 빛"으로 화려하게 변신을 시킨 후 토끼를 유혹한다. 본질을 은폐하는 '프리즘'의 작용은 흰색의 대리석을 통해 빛을 일곱 가지의 고운 빛깔로 변화시킨다. 위장된 빛은 정확히 허위의식임에도 불구하고 가치판단이 불안정한 사춘기의 토끼에게 "고운 빛깔"로 다가가서 알 수 없는 간지러움을 일으키며 동경의 대상으로 탈바꿈한다. 안정 속에서의 새로운 동경은 마치 동굴이 어둠과 대비되는 흰색의 대리석을 공유하고 있듯이 토끼에게도, 즉 사춘기라는 것으로 내재되어 있었으며, 이러한 동경은 현재의 위치에 갈등을 일으킨다.

'이렇게 고운 빛을 흘러들게 하는 저 바깥 세계는 얼마나 아름다운 곳일까?' 이를테면 그것은 하나의 개안이라고 할까. 혁명(革命)이었습니다. 이때까지 그렇게 탐스럽고 아름답게 보이던 그 돌집이 그로부터 갑자기 보잘것없는 것으로 비치기 시작했던 것입니다.(p.303)

어둠의 세계와 빛의 세계로 양분되면서 힘의 균형은 새로이 재편되고 있다. 어둠이라는 무차별성으로 동굴의 질서가 유지되고 있었으나 빛의 침입으로 질서에 균열이 생긴다. 이 균열은 곧바로 토끼의 갈등으로 표면화되는데, 어둠에 대한 회의가 그것이다. 안정 즉 어둠을 향한 복종에 회의를 갖는 것은 차이에 대한 인식이자 단일한 세계에 대한 거부의 행위이다. 그렇다면 어둠의 힘은 소멸한 것인가.

　　　손만 가져갔어도 세계는 새까맣게 꺼져 버리지 않았습니까.(p.304)

　어둠에 대한 거부의 대가는 가장 강렬한 것으로 나타난다. 그는 탈출을 생각하고 바위를 밀치지만 그 거대한 메커니즘은 꿈적도 하지 않는다. 그러던 어느 날, 그는 창을 향해 손을 휘젓는다. 아무것도 닿지 않는 창을 향해 손을 뻗어보다 이상한 느낌이 들어 뒤를 돌아본다. 그 순간 방안이 새까매지자 토끼는 놀라 쓰러지고 심한 열병을 앓는다. 열병은 "위험한 사상"의 발상에 대한 경고이다. 토끼는 손만 가져간 것뿐인데도 어둠은 그것을 용납하지 않고 벌을 내리고 있는 것이다. 어둠의 힘은 사라지지 않는다. 동굴이라는 공간이 존재하는 한, 그리고 토끼가 그곳에 존재하는 한 여전히 힘은 작용하고 있는 것이다.

　그러나 사춘기라는 정신적으로 불완전한 시기에 있어 강렬한 자극은 그 한 번의 열병으로는 잠재울 수가 없다. 어둠 속에만 갇혀 있던 토기에게 그 바깥의 세계는 "일곱 가지 색 속에 소리의 리듬이 춤추는 흥겨운" 곳이기 때문이다. 토기는 결정을 내리고 결국 바깥 세계로 나아간다. 이러한 모습은 누혜의 ''革命'과 '外國女子''의 갈등과 '소매 끝과 모자의 흰 두 줄' 영역으로부터의 이탈과 동일시된다.

　　　중학교에서 나는 모범생이었다. ……(중략) 나는 곡괭이를 찾아들고 그 담을 부수어 버렸다. 모범생이라는 <u>璧에 가리워져 빛을 보지 못했던 나는 한 길에 나섰던 것이다.</u>(p.324)

성실한 제도의 구성원이었던 누혜는 담을 부수어 버린다. 담을 부수는 행위는 "흰 두 줄" 영역 밖의 일이다. 즉 모범생이라는 壁은 토끼의 동굴과 동일한 의미를 가지며, 그 벽을 파괴함으로 인해 가려진 "빛"을 보는 행위는 토끼가 동굴 밖의 빛을 맞이함과 동일시된다.

그러나 그토록 갈망하던 바깥세계에 이르자마자 토끼는 죽음을 맞는다. 토끼의 죽음은 두 개의 의미를 나타낸다. 즉, 이데올로기의 압박과 버섯의 탄생이다.

>……그는 가다듬었던 목을 바위 틈 사이로 쑥 내밀며 최초의 일별을 바깥
>세계로 던졌습니다. 그 순간이었습니다. 쿡! 십 년을 두고 벼르고 기다리고 있
>었다는 것처럼 홍두깨가 눈알을 찌르는 것 같은 충격이었다. 그만 자리에 쓰러
>졌다.(p.305)

토끼의 죽음은 일차적으로 햇빛으로 인한 것이다. 그러나 햇빛으로 인한 죽음은 바로 어둠에의 익숙함 때문인 것이다. 즉 토끼는 강한 빛에 대한 저항력이 존재하지 않았던 것이다. 이러한 토끼의 죽음은 동굴 밖으로 머리를 내민 상태로 묘사되고 있는데, 이는 바로 철조망에 끼인 누혜의 죽음과 일치하고 있다. 즉, 토끼 역시 동굴의 이데올로기와 바깥세상의 이데올로기 사이의 경계 속에서 죽어간 것이다.

토끼가 죽은 그곳엔 버섯이 탄생하는데, 사람들은 "무슨 까닭으로인지" 자유의 버섯이라 부른다. 이는 이데올로기의 정당화, 합리화의 모습을 보여준다. 즉, 개념의 자연화이다. 이데올로기가 가지고 있는 이중성은 의미를 왜곡한다. 의미의 왜곡을 위해서는 상황으로 가득 차 있는 개념을 요구한다. 개념은 의미를 왜곡하지만 의미를 제거하지는 않는다. 의미를 소외시키는 것이다. '자유의 버섯'은 자유를 상징하는 것이다. 그러나 작품을 총체적으로 바라볼 때, 그것은 의도된 개념이다. '자유'라는 명칭이 가해짐으로써 그것은 힘을 가지게 되며 각각의 동물들이 '덩달아' 절을 하게끔 자연스러운 것으로 대치되는 것이다. 이는

누혜가 '敵을 죽임으로써 人民을' 만들고, 그리하여 '인민의 영웅'이
되는 모습과 일치한다.

　토끼와 누혜 그리고 동호는 모두 현재의 상황에서 벗어나고자 한다.
그러나 그들의 거부의 태도와는 달리 현실은 구속의 상황으로 이들을
감싸고 있다. 우선 이데올로기를 강요·압박하는 거대한 세계는 추상화
한 동굴로써, 그리고 구체적인 현실의 압박 공간은 하꼬방과 학교, 수
용소로 나타난다.

　결국 「요한시집」에 나타난 누혜의 죽음은 기존의 논의처럼 자유를
위한 죽음이 아니라, 바로 50년대라는 당대의 경직된 양 이데올로기의
압박과 구속의 현실 속에서는 어떠한 거부의 포즈도 취할 수 없음을
보여주는 것이다.

제 3 장
이데올로기적 국가장치와 개인의 대결

1. 공간의 분할과 이념의 은유

「현대의 야」는 동란에서부터 전후의 공간을 경험한 한 청년의 눈을 통해 전쟁과 전후 남한사회의 반공이데올로기의 폭력성 앞에 무기력과 무의미한 개인의 존재론적 의미를 보여주는 작품이다.

이 작품은 크게 3장으로 구성되어 있다. 1장은 전쟁 중의 사건을, 2장은 에피소드 형식을 통해 주인공이 죽을 고비에서 살아나게 된 경위를 보여주며, 3장은 전후 남한 사회의 이데올로기적 국가장치의 하나인 사법제도의 허구성과 폭력성을 고발하고 있다.

1장에서는 한국전쟁 당시의 폐허가 된 국토를 은유화 하고 있다. 그런데 이 작품 속에서 폐허가 된 국토는 항상 이분법적인 공간 분할을 하고 있다.

① <u>전차길 건너편은</u> 길가가 되는 바람벽이 금이 서고 지붕이 허물어져 내린 것이 가끔 눈에 띌 뿐 그런대로 고스란히 原形을 유지하고 있는데 <u>이쪽은</u> 아득하게 텅 비어서 저 끈 鐵路 둑이 엉성하게 배를 드러내고 있는 것이 過去形처럼 멋쩍다.(p.329, 밑줄: 필자, 이하동일)[1]

---

1) 장용학, 「현대의 野」, 『현대한국문학전집』4, 신구문화사, 1971. 이하 작품 인용은 페이지만 표기함.

② 五十미터쯤 떨어진 곳에 끝이 뜯겨 나간 뻘건 벽돌 굴뚝이 <u>저편 폭
격을 면한 언덕배기의 집집을 背景</u>으로 하여 서 있는 것이 보였고
<u>거기서 七, 八미터 南으로 떨어진 곳</u>에 서 있는 老松의 잔가지는 타
버렸는지 밋밋하지만 굴뚝 쪽으로……(p.330)

③ <u>위에는</u> 染色工場이 있는지 불그스름한 물이 흐르고 있는 그 개천을
따라 올라가면서 모두들 시체가 없어 주었으면 하지만 하나씩 찾아들
고 가지 않으면 집에 돌아갈 수 없게 되어 있으니 지금 그들이 바라
보는 것은 되도록 깨끗한 시체를 당하는 일이었다. <u>남쪽이 되는</u> 개천
저쪽은 곧장 비탈진 언덕에 얄팍한 들을 수없이 없어서……(p.336)

폐허가 된 공간은 항상 공간 분할되어 나타난다. 저편과 이쪽, 또는
아래와 위의 공간 묘사는 남과 북의 대치와 더불어 전쟁이라는 것은
남과 북 할 것 없이 모두 황폐화시키는 거대한 물리력을 갖고 있음을
의미한다. 이데올로기의 차이로 인한 민족 간의 대립인식은 단순한 이
방인으로의 소외감이 아니라 커다란 심리적 중압감으로 다가온다.

三년이 긴 것은 아니었다. 전쟁이 斷絶이다. 그 그림자는 無意識의 世
界에까지 스며들어서 過去와의 사이에 帳幕을 쳐 놨고 아까 눈앞에 전
개된 廢墟를 바라보았을 때 저 끝까지 텅 비어 나간 空間이 주는 엄청
난 重壓感은 그의 意識下에서 혹은 머리를 들려고 했을지 모를 回想에
의 속삼임을 그만 문질러 버렸는지도 모른다.(pp.330~331)

3년 동안의 전쟁은 남과 북이라는 공간적 단절뿐만이 아니라 의식의
단절, 한민족이라는 공동체의 단절까지도 불러일으키면서 서로를 적대
시하게 만든다. 더 이상 공동체로서의 민족이 아니라 개별적 체제의
구성인자라는 의식과 그에 반하는 것은 모두 적이라는 인식을 갖게 한
것이다. 이러한 단절 현상을 현우에게 "無意識의 世界에까지 스며들어
서" 예전의 공동체적 사고에 "帳幕"을 칠 뿐만 아니라 눈앞의 폐허를

통해 체제에 대한 자각과 더불어 중압감으로 다가온다. 이러한 중압감의 위력은 과거의 것들을 생각하려는 그의 의식을 "문질러" 버린다. 즉 전쟁이 가져온 그 강력한 충격은 올바른 사고의 연속을 중단시킴과 동시에 전쟁의 엄청난 폭력성과 모든 부조리한 상황을 마치 呪文과도 같이 무의식 속에서 합리화시키고 있는 것이다.

그렇다면 이처럼 강력한 힘을 가진 전쟁은 인간에게 어떠한 방식으로 보여졌는가. 이는 어머니의 부고장을 돌리기 위해 거리를 돌아다니던 현우가 우연히 "민주사업"을 동원하고 있던 감시관에게 붙들려 그 현장을 체험하면서 드러난다.

2. 신성한 민주사업과 인간모독

'민주사업'이라는 것은 다름 아닌 전쟁으로 인해 죽은 시체를 치우는 일이다. 아무런 관련이 없는 일반 민간인인 개인들은 이데올로기를 빙자한 권력자들의 싸움에 죽어 갔으며 그러한 시체를 치우는 것이 "神聖한 民主事業"이라는 명목하에 강제 부역하게 된다. 민주주의는 인간의 존엄성과 개별적 존재의 의의를 보호해주는 것이었다. 그러나 권력자들은 자신들의 이데올로기를 수호하기 위해 아무런 관련이 없는 개인들을 통해 대리전을 치르게 하며 그 속에서 무의미하게 죽어간 자들을 치우는 것을 신성한 사업으로 명명한다. 따라서 "신성한 민주사업"이라는 개념은 대량살육과 그 시체들에 대한 처리를 동시에 합리화하고 있다.

처음 걸렸을 때 애원도 해 보고 뿌리쳐 보기도 했으나, 그런 걸 만들어 가지고 다니면 누가 속을 줄 아느냐는 것이고 지금 洛東江에서는 英勇한 인민의 아들딸들이 새빨간 鮮血을 흘리고 있는데 그따위 늙은이가 하나 둘 죽었다고 神聖한 民主事業을 사보타아지하겠느냐는 것이었다.(p.330)

우리는 앞에서 이데올로기는 개념화한다는 것을 지적했다. 그러나 단지 이러한 상황을 "신성한 민주사업"이라는 개념화를 통해서 모든 것이 해결되는 것은 아니다. 전쟁 중, 특히 대립된 이데올로기로 첨예한 상태에 있는 상황에서 이러한 개념화는 합리화, 또는 정당화의 성격과 더불어 폭력적 성격의 강제력을 띠고 있다. 즉, 엄청난 물리력을 보유하고 있는 권력자들은 "신성한" 사업에 동참하라는 선택권을 개인들에게 제시하지만, 이는 선택이 아니라 살기 위해선 어쩔 수 없이 해야만 하는 잠재된 폭력적 강제인 것이다. 즉, '새로운 질서에 빨리 적응하여 죽지 않고 살아남기 위하여, 사람들은 결사적으로 자신의 가치관에 수정을 가하는 것'[2]이다. 이러한 상황 속에서 현우는 자신을 빼달라고 부탁을 해 보지만 의용군으로 보내겠다는 협박과 문학청년으로서 이러한 일들이 후일에 도움이 될 것이라는 자기 합리화 속에서 결국엔 그 사업에 참여하기로 한다. 그러나 그곳에서 본 것은 인간 "모독(冒瀆)"의 현장이다.

① 첫 번째로 발견한 시체는 까맣게 타 죽은 中年이었다. 개가 그렇게 타 죽은 것인 줄 알았다. 분명히 어른인데 꼬리가 없을 뿐 四肢를 갖고 거기에 쪼그라들어 굴러 있는 모양도 모양이거니와 부피는 개만했다. 直立의 意味. 사람이 네 발로 기어 다닌다면 그저 개만한 動物. 소나 말은 이에 비하면 의젓한 편이고 볼품이 있다 할 것이다. 사람이란 한 번 죽어서 넘어지면 형편이 없다. 지난날이 호기스러웠던 것만큼 末路가 哀傷的이다.(p.330)

② 한쪽 팔은 어깻죽지에서 살점과 함께 뜯겨 나갔고, 뜯겨 나간 팔의 끝에 달려 있는 다섯 개의 손가락은 파란 빛깔의 빗(櫛)을 꼭 싸쥐고 있었다. 그리고 그 팔은 말라들고 있지만, 지각없이 헤벌어진 어깻죽지는 피와 곱이 엉켜 누르스름한 빛을 발하면서 아직도 공기를 빨아들이느라고 축축한 아픔 속에 있었다.(p.331)

---

2) 강인숙, 『박완서 소설에 나타난 도시와 모성』, 둥지, 1997, p.68.

③ 자기와 같은 나이 또래의 靑年이었고 頭蓋骨이 곱게 벗겨져서 누르
   스름한 腦髓가 밖으로 흘러나왔었다.(p.332)

④ 길가의 포플라가 허리에서 끊어져 길을 막으면서 개천에 머리를 박고
   있는데 두 개의 시체가, 하나는 개천에 피를 쏟고 떨어져 있는 지게
   꾼이고, 길 위에 엎어져 있는 것은 여자였다.(p.336)

모든 전쟁의 공통적인 특성은 인간의 대량 살육에 있다. 전쟁은 인간
의 목숨 값을 형편없이 하락시킨다. 레마르크의 말대로 사람의 죽음이
"이상"으로 간주되지 못하는 그 살벌함이 전쟁이 지니는 최대의 악이라
할 수 있다.3) 이처럼 위의 묘사는 현우가 '민주사업'을 하는 과정에서
발견한 시체들이다. 이들은 하나같이 전쟁의 참혹성을 단적으로 보여주
고 있다. 시체들은 온전한 것이 없었으며 사지가 절단되거나 뇌가 머리
밖으로 노출되어 있는 등 전쟁의 집단적 폭력성을 보여준다. 이러한 시
체들 속에서 현우는 인간과 동물의 차이점을 발견하지 못한다.

그것은 타 죽은 시체의 산이었다. 지붕을 했던 양철이라든지 가마니
따위로 대강은 가리어 놓았지만 百具 가까운 시체가 차곡차곡 쌓여져
있었다. 말쑥한 것들이다. 찌꺼기는 현장에 그대로 내버려두고 반반한 것
만 골라다가 거기에 축적해 놓은 것이다. 모두가 뜨거운 물에 삶아 낸
것처럼 벌겋게 딩딩 부운 것이 이만하면 돼지나 소에 비해 그다지 손색
이 없다 할 것이다.(p.333)

전쟁이라는 폭력 앞에 무방비 상태로 노출된 개인들은 권력자들의
헤게모니 수호의 희생양이 되어 시체가 산처럼 쌓여간다. 그나마 멀쩡
한 것만 모았는데도 한 마을에서 백구 이상의 시체가 나온다. 엄청난
살육의 현장 속에서 인간은 그 존재론적 가치를 잃어버린다. 처참하게
죽은 인간의 모습은 마치 돼지와 소에 비해 크게 다를 바가 없기 때문

---

3) 위의 책, p.79.

이다. 대량 살육의 현장 속에서 현우는 "屠殺場"을 연상한다.

> 파리였다. 대여섯 마리가 떼를 지어 더덕더덕 얼굴에만 붙어 앉으려고
> 한다. 주먹만 한 것이 어느 결에 얼굴 아무데나 앉아선 물어뜯는다. 시
> 체에서 끓고 있던 구더기 생각이 번쩍 든다. 찰싹하는 소리와 함께 한
> 마리가 땅에 죽어서 떨어진다. 그 시체를 보면서 자기는 戰爭을 했다는
> 것을 생각한다. (p.334)

무의미하게 죽어나간 시체들을 보면서 현우는 인간과 동물 간의 차
이를 발견하지 못한다. 그러한 정신적 혼란 속에서 파리 떼가 현우의
얼굴을 향해 덤빈다. 현우는 무의식적으로 파리를 죽인다. 그는 파리의
시체를 보면서 마치 자기가 전쟁을 치른 것 같은 착각에 빠진다. 동물
과 별반 차이가 없는 인간의 무의미한 죽음이 마치 파리의 죽음과 다
르지 않기 때문이다. 현우는 더 이상 파리를 죽이지 않는다. 오히려 얼
굴을 파리에게 맡기고, 입술에 앉는 파리에게 입을 열어주기도 한다.
그들의 "自由"에 맡기는 것이다.

무의미한 전쟁과 거대한 살육 속에서 개인의 의지는 아무런 힘을 발
휘할 수 없는 "物"일 뿐이다. 전쟁이라는 상황은 존재이유에 대한 아무
런 답을 주지도 않을 뿐더러 부속품 이상은 아니기 때문이다. 그렇다
면 이러한 살육을 자행한 그들의 이유는 무엇인가.

> "보여 주어야 할 것은 組織이오! 조직이 곧 眞理요. 알겠소? 남한 동
> 무. 진리라는 것은 조직 밖에서 하는 잠꼬대란 말이오."
> "인민을 위한다는 진리두 말이오!"
> ……(중략)
> "그럼 敎養을 한 가지 더 가르쳐 주겠는데 조직 속에서는 알고 싶은
> 것은 알려 하지 말아야 하며, 알고 싶지 않은 것은 이것을 알도록 힘써
> 야 하오."
> "무슨 의밉니까?"

"조직 속에는 意味는 없고 사실뿐이오. 무자비한 사실뿐이오."

"……."

"그래서 지금 우리가 해야 할 것은 다섯時 이십 오分까지 저 시체를 치워버리는 일이오 무슨 수단 방법을 써 서라두 司令官 동무가 순시할 땐 땅 위에 있는 모든 시체는 땅 속에 들어가 있어야 하오! 이것이 지금의 至上命令이오 이것이 五分 늦으면 그만큼 우리 인민군이 美帝 및 그 앞잡이를 玄海灘에 쓸어 넣는 일이 五分 늦어진단 말이오! 그만큼 우리의 世界征服두 五分 늦어진단 말이오!"(pp.335~336)

위의 대화는 북한 체제에 대한 비판의 성격을 담고 있다. 조직으로 대표되는 북한의 체제는 자유와 평등이라는 이름하에 수없는 살육을 자행하였다. 자신들의 이데올로기를 실현시키기 위해 모든 것은 조직 속에 복속해야 하며 그 어떤 진리도 조직 속에서만이 존재이유를 갖는다는 것이다. 하나의 목적의식 하에 구성된 조직은 "意味는 없고 사실뿐"이다. 이는 조직 속에서의 의미라는 것은 오직 실천을 통한 성과물들, 즉 현재 보이는 사실들뿐인 것이다.

따라서 그들이 현재 진행하고 있는 "民主事業"이라는 것도, 비록 단순히 그들의 상급자에게 보이기 위한 하나의 가시적인 무의미한 작업일지라도, 현재 조직 속에서 내려 온 "地上命令"인 이상, 그리고 세계 정복이라는 한 가지의 목적을 위해 그것은 수행되어져야 하는 것이다. 여기서 개인에 대한 의미는 존재하지 않는다. "인민을 위한"다는 전쟁이지만 그 어디에도 인민을 위한 것은 존재하지 않는다. 오직 조직만이 존재하며, 조직의 목적달성이 단지 "五分" 늦는 것을 막기 위해 개인들은 '민주사업'에 매진해야 하는 것이다. 결국 "우리의 世界征服"이란 것은 인민을 위한 것이 아니라 조직을 이끌어 가는 권력자, 즉 그들만의 "世界征服"인 것이며 인간다운 세상을 건설하기 위해 벌인 전쟁이 아니라 끝없는 인간의 권력에의 욕망을 실현하기 위한 것이었다. 이러한 조직의 속성은 시체를 파먹는 구더기를 통해 드러난다.

갈비뼈 아래 되는 데가 손바닥만큼 벌려 있다기보다 뭉쳐진 구더기로
꽉 막혔다. 뚫고 나온 것인가. 퉁퉁 부은 그 뱃속은 그런 구더기로 꽉
찼는지도 모른다. 數十마리가 곰실곰실 순간도 쉬지 않고 움직이고 있
는, 運動이라기보다 舞踊, 구더기들은 거기서 대낮의 舞踊에 흥겨운 것
이었다.(p.331)

인간의 시체를 파먹는 '구더기'의 묘사는 다름 아닌 바로 자신들의
목적을 달성시키는 것에 혈안이 되어 있는 조직의 속성을 표상한다.
자신들의 헤게모니 달성을 위해 무고한 개인들을 통해 대리전을 시킨
그들은, 다름 아닌 개인의 희생을 통해 목적을 달성하는 것과 같이 구
더기들도 인간의 희생을 통해서, 다시 말해 죽은 시체를 통해서 양분
을 얻는다. 이는 바로 국가라는 집단의 폭압적 속성을 말해 준다. 그들
의 만행은 마치 대낮에 시체들의 몸속에서 "舞踊에 흥겨운" 구더기의
모습과 다르지 않다. 이러한 현실에 현우는 "生이란 그저 防腐劑에 지
나지 않는다."라고 느낀다. "人間은 살아있는 동안만 人間"인 것이며
"모든 것은 그 안에서의 일"인 것이다. 이처럼 전쟁 속에서의 존재라는
것은 구더기의 침입을 막기 위한 방부제처럼 아무런 의미를 획득할 수
없는 것이 되고 마는 것이다. 현우는 "산산이 부서져 버린 搖籃" 속에
서 도피하고자 한다.

산처럼 쌓인 시체를 커다란 기중기가 와서 통째로 집어 올린다. 때
로는 기중기에 몸통만 달려 있고 나머지는 밑에 떨어져 있거나 잘못
찍혀서 두 동강이 나기도 한다. 이러한 광경을 본 현우는 "그늘"로 숨
는다.

① '物'이 되어 가는 것 같다. 그렇지만 저기 하늘이 높고 구름이 흐르고 있는
   것처럼 여기 나무 그늘에 평화가 있다. 그의 평화는 주의의 소란으로 깨
   어졌다. ……(중략) 군중들 사이에서 悲鳴이 물결을 이루었다. 玄宇는 魄散
   이 되어 도망친다는 것이 경찰서 구내로 뛰어 들어가서 쓰레기통 그늘에 가
   숨었다.(p.334)

② 公園에 이르니 여기저기서 같은 群像들이 할할거리면서 모여들고 있었고 벌써 일을 끝내고 나무 그늘에 들어앉아서 땀을 씻고 있는 사람도 있었다.(p.339)

합법적 살육이 자행되고 인간이 동물처럼 다루어지고 있는 현실에서 현우는 "그늘"을 향해 몸을 숨긴다. 그늘은 자신도 조직의 구성원들과 공모했다고 하는 죄책감과 '무엇인가를 가려준다는' 안도감이다. 현우는 비록 전쟁의 폭력성 앞에 분노를 느끼지만 폭력의 두려움 때문에 '민주사업'을 도왔으며, 그로 인한 죄의식은 자신을 자꾸만 그늘로 숨게 만든다. 하지만 그곳은 다름 아닌 권력자의 헤게모니를 수호하는 "경찰서"이다.

현우는 계속해서 '민주사업'을 행한다. 그러던 중 그는 한 여인의 시체를 발견하는데, 그 여인이 마치 전쟁 전에 그가 만났던 성희의 모습과 혼동을 일으키면서 시체에 애정을 느낀다. 현우는 사람들과 함께 구덩이 속에 시체를 던져 넣는 일을 하다가 그 여인의 시체와 함께 구덩이 속에 빠진다. 사람들은 "산 사람이니까 제 발로 기어 나오리라 생각"하고 아무도 신경을 쓰지 않는다. 그러다 시간이 지나도 현우가 나오지 않자 사람들은 "북한동무"에게 "그 무덤 속에 산 사람이 끼어 들어 있으니 파보아야 한다."고 요구한다. 그러나 북한동무는 조직의 논리를 앞세운다. 즉 "時間이 없소"라는 간단한 말로, "개인을 위해서 祖國의 時間을 늦출 수 없다."는 이유로 한 개인의 생명은 간단히 사라진다.

3. '움직이는 비품'되기

사실 "아무리 힘 한 방울 남은 것이 없기로 억지로 버티어 서자면 버티어 낼 수도 있을 것 같았"지만 현우는 하지 않았다. 이는 살아있

음과 죽음에 대한 변별력이 없기 때문이다. 평등을 실현하여 인간의
존엄성과 진리를 위해 전쟁을 일으킨 공산주의는 결국 세계제패라는
엄청난 권력의 구조를 위해 인간을 그 도구로 사용하고 있을 뿐만 아
니라 죽음마저 영광스런 희생으로 미화한다. 하지만 개인의 존재는 너
무나 무기력하고 그 가치 또한 동물과 다를 바 없는 이상 살아있는 것
은 죽어있는 시체들과 아무런 차이가 없다.

> 엄살이다. 엄살 부리다가 이 지경이 되었다. 아무리 그때 기진맥진이
> 되어 힘 한 방울 남은 것이 없었다 해도 이 지경이 될 줄 조금이라도
> 알았다면 벌떡 뛰어 일어났을 것이다. 그런데 나는 그것을 하지 않았다.
> 왜? 어리광이다! 심지어 그 여자와 같이 죽어도 좋다 하는 感傷에까지
> 사로잡힌 것이 아니었던가. 그 여자와 같이 죽는 것도 산 다음에 할 일
> 이란 것을 그땐 미처 생각지 못했다. 자업자득이다. 人間自業自得이
> 다!(p.347)

현우는 자신이 마음만 먹었으면 그 "무덤" 속에서 나올 수 있었을
것이라고 생각했다. 그러나 그는 생의 의지를 포기한다. 이데올로기의
대립으로 인한 전쟁의 폭력성과 인간 모독의 현실 속에서 살고자 하는
의지는 무의미하게 죽어간 그들처럼 역시 아무 의미가 없기 때문이다.
이러한 무력감은 여자의 시체와 함께 죽어도 좋다는 '감상'에 젖게까지
한다.

> 부질없는 노릇이었다. 끄덕도 하지 않을뿐더러 움직이자면 움직일수록
> 壓力이 조여 들어 배와 등이 한 장이 되어 숨을 들이쉴 수가 없게 되는
> 것이었다. 절망감만 짙어질 뿐이었다.(p.347)

이미 겹겹이 쌓인 시체 더미에 깔린 이상 살고자 하는 몸부림은 단
지 그러한 몸부림에 지나지 않는다. 전쟁의 무의미 덩어리인 시체들
속에서 현우가 발견하는 것은 절망감과 무의미의 압박이다. 이러한 상

황 속에서 그는 죽음에 대한 생각을 한다. 그것은 바로 "살고 싶다는 생각만 끊어 버리면 죽는다는" 것이다. 그러나 "살고 싶다는 생각과 그 생각을 버리는 생각, 이 두 意識은 영원히 평행선 위에 있어" 살고도 싶고 죽고도 싶은 생각 속에서 자신의 존재와 죽음 사이에서 혼란을 느낀다.

　　나는 지금 化石이 아니면 태어나기 以前이다. ……여기는 몇 萬년 後이고 내 意識은 地層 속에 끼어 있는 化石인지도 모른다. 化石이 살아서 움직인다면 그것은 이 나와 같은 것일 것이다.(p.349)

　현우의 존재론적 허무감은 "화석"과 존재이전의 상황으로 전이되는데, 화석은 전쟁 속에서 죽어간 무의미의 덩어리에 다름 아니다. 거대한 집단적 폭력 속에서 죽어간 희생양의 주검처럼 지금 이렇게 그들과 함께 묻혀있는 자신 역시 살아있으나 그들과 다를 바가 없다는 것이다. 따라서 화석은 바로 전쟁으로 인한 무의미한 죽음과 동격의 성질을 지닌다.

　현우는 존재이전의 상황으로 현재를 인식하는데, 이것 역시 전쟁이 지닌 폭력성과 그로 인한 무의미한 주검들을 잊고자 하는 의식의 전환이다. 현재의 무의미한 삶을 무화시키려는 현우의 의식은 결국엔 삶을 "회상"이라고 단정을 한다. 즉 지금의 자신은 "회상에서 벗어나지 못하고 있는 상태"라고 단정을 지으려 한다. 자신은 아직 태어나기 이전이며, 따라서 현재 '태내(胎內)'에 있다고 생각함으로써 의미들을 알 수 없는 불확실한 현재를 합리화하려 한다.

　　이게 뭘까? 아랫입술이다. 아랫입술이 간지럽다. 윗입술로 거기를 더듬어 보았다. 말랑말랑한 것이 두 입술 사이에서 곰실거린다. 이게 뭘까 하다가 순간 그는 아까 돌대문 집에서 본 그 여자 시체의 입술을 기어 나오던 두 마리가 생각났다.

"아, 구데기!"

그는 발칵 뒤집혔다. 그리하여 그의 손은 자유를 回復한 것이었다. ……손을 찾은 그는 무한한 힘의 소유자가 된 것이다.(pp.349~350)

현재의 무의미함을 회피하려고, 또는 합리화하려던 현우는 불현듯 자신의 입술에 그토록 환멸스럽게 느껴지던 "구데기"가 있음을 느끼고 구토를 시작한다. 현우는 무의미한 덩어리들의 지배자인 구더기를 보는 순간 지금의 상황이 더 이상 "회상"이나 "태내"가 아닌 현재임을 깨닫게 된다.

역전된 현재 속에서 자신을 증명하는 것은 다름 아닌 "부재증명"이다. 그리고 부재증명은 죽음이 아닌 오직 삶을 통해서만 증명할 수 있다.

收復의 혼란은 경찰서를 시장처럼 만들었다. 그 혼잡 속에서 <u>그는 움직이는 備品같은 존재였다. 시일이 흘러감에 따라 그 備品은 主人이 되었다. 그는 거기서 자고 일어나고 세수하고 먹고 일했다. 署長도 경찰의 長이지 집 주인은 아니었다.</u> ……(중략) 그러면서 그가 거기에 있을 수 있는 것은 완전히 셈밖의 존재였기 때문이다. 누구와도 말이 없고, 주위에 무슨 일이 일어나도 그와는 관계없게 되어 있는 것이었다. 목숨을 유지하는 데 필요한 것 이외 그에게는 아무것도 필요 없었다.(pp.350~351)

존재의 의미를 찾지 못하던 그는 무의미의 점령자인 "구데기"를 보는 순간 자유로워진 손과 발을 통해 무덤 속에서 탈출을 시도한다. 그곳에서 빠져 나온 현우는 오늘이 어머님의 장례식 날인 것도 잊어버린 채 무의식중에 보안서로 발길을 옮긴다. 그는 보안서에서 요리 따위의 잡일을 하며 보내다가 유엔군이 오는 바람에 그들의 일을 도와준다. 오직 "목숨을 유지하는 데 필요한 것 외에 그에게는 아무 것도 필요 없었"기에 양편 어디에서든 "셈 밖의 존재"였다. 우선은 살아야 했고, 살아야만 그 다음 일을 할 수 있기 때문이다. 이러기 위해선 그는 철저한 "이방인", "움직이는 비품"이 되어야만 했다. "비품"같은 존재만이 현재를 살아갈 수 있기 때문이다. 이것만이 전쟁 속에서 살아갈 수 있는 방법이다.

그러나 현우는 진정한 주인은 바로, 전쟁 속에서 무의미하게 죽어간 "비품"들이라는 것을 알고 있다. 이는 역사의 주체가 다름 아닌 민중이라는 것에 대한 인식이자, 지배 이데올로기를 수호하는 경찰 서장도 결코 진정한 그들의 주인은 아닌 것이다. 비록 지금은 그들의 지배를 받고 있지만 그 어느 인간도 그들의 영원한 "비품"은 아니다.

그런데 한 아이가 反對方向으로 뛰어나간 것이다. 관중들의 뚱그래해 졌던 눈은 이내 웃음소리와 함께 그 아이의 존재를 잊어버리고 多數者들을 쫓아갔다. 그런데 반바퀴 돈 저쪽에 있는 결승선에 가까워져서이다. 관중들은 그만 땀을 쥐었던 손을 놓아 버리고 함성을 올리면서 일어섰다. 반대방향에서 아까 그 獨走者가 돌진해 오고 있는 것이었다. 多數者의 一等보다 獨走者가 한 걸음 앞질러 테이프를 끊었다. 審判官은 다수자의 일등에게 一等旗를 주었다. 이에 불만을 품은 일부 관중들이 고함을 치면서 경기장 안으로 뛰어들어갔다. 그러나 심판을 지지하는 관중들도 쏟아져 들어왔다. 修羅場을 이루었다. 그러던 것이 언제 어떻게 어울려서 두 패는 하나가 되어 소리소리 지르면서 街頭行進으로 나아간다.

政府를 打倒하자! 市民의 自由를 擁護하자! 人間의 尊嚴性에 눈을 뜨자!(p.348)

사실 위의 글은 작품에서 구조가 주는 긴장감을 떨어뜨리는 구실을 한다. 앞뒤의 문맥과 어울리지 못한 채 갑자기 들어선 이 문장은 작품 속에서 보여 주었던 함축적인 의미들을 직접 토로하고 있다. 일관되게 진행되어 오던 집단적 이데올로기의 폭력성과 이에 대한 폭로가 이 문장으로써 작품의 주제를 드러내고 만 것이다.

여기서 '독주자(獨走者)'는 주인공 현우를 뜻한다. 모든 사람들이 허위적 이데올로기의 포로가 되어 한 민족이라는 것을 망각하고 서로를 죽이고 있었다. 그 "다수자"들과 달리 이데올로기의 싸움을 무의미한

것으로 규정한 현우는 그들과는 "반대방향"의 삶을 걸어오고 있는 것
이다. "관중"들은 현우의 낯선 행동에 잠시 눈을 돌리지만 이내 "다수
자"들을 좇아간다. 이데올로기의 심판관이자 제도의 심판관은 한 발 먼
저 들어온 "독주자"가 아닌 제도의 질서를 지킨 "다수자"에게 "일등기"
를 준다. 이는 다름 아닌 지배층의 이데올로기 질서 속에서만이 의미
를 부여받을 수 있다는 것이다. 그러나 이에 불만을 품은 자들이 반란
을 일으키고, 질서를 옹호하는 자들과 한데 엉켜 아수라장이 된다. 이
분된 그들의 집단은 또 하나가 되어 정부타도와 자유, 인권을 위해 한
목소리를 낸다. 그러나 여기서 중요한 것은 그들의 동질화 현상이 "언
제 어떻게 어울려서" 두 패가 하나가 된 것이라는 점이다. 양편의 이
데올로기 중 어느 하나를 선택한 것과 그들이 동시에 하나의 집단을
이룬다는 것은 차별성이 없다. 이미 체제에 대해 무의미함을 느낀 현
우에게 있어 그들이 한 목소리를 내는 것 역시 또 하나의 이데올로기
라는 것이다. 그래서 현우는 그들이 지나간 후 "운동장에 적막같이 홀
로 서 있는" 것이다.

4. 과장된 세계와 언어

2장에서는 위에서 살펴봤던 무덤에서의 탈출과정과 더불어 전후의
남한사회 속에서의 삶을 그리고 있다. 그는 자신의 이름도 "박만동"으
로 고치고 모든 아는 이와의 관계를 단절한 채 살아가고 있다. 그는
포로시절에 같이 지낸 "미소년"의 도움으로 은행에 취직하게 된다. 그
러나 "왕년의 적", 즉 자신을 죽음으로 몰고 갈 뻔했던 "시간"을 다시
만나게 된다. 그것은 다름 아닌 "지각"이란 이름으로 그에게 다가온 것
이다.

　　처음에는 왜 지각이 그렇게 나쁜 것인지 몰랐다. 지금도 잘 모른다.

……(중략) 業者와 사바사바하는 것은 묵인하지만 <u>遲刻은 묵인할 수 없</u>
<u>는 不道德</u>인 것이다. 월급에서 그만큼 깎아내는 데서도 부족해서 사람을
破廉恥漢으로 치는 것이다. 그런 눈초리를 자꾸 당하면 또 그렇게 되는
것이다. ……(중략) 아니 지각만 하지 않게 된다면 人生 全體가 다짜고짜 훤
해질 것 같았다. 도적이라도 시간을 지켜서 그 시간에만 또박또박 훔치기를 하
면 紳士라고 불러 주는 이 세상이다.(p.351)

여기서 "지각"은 바로 전쟁 이후 남한 사회의 제도적 틀 중의 하나
인 배제의 조건이다. 사회란 일정한 질서와 체계를 통해 유지된다. 암
묵적 동의하에 이루어진 질서와 체계는 준수를 요구하며, 허용된 범위
를 이탈하는 자는 제제를 받게 된다. 알튀세르가 지적한 것처럼 학교
의 역할이란 사회적 규율을 내면화 시키는 이데올로기적 장치이다.

하지만 현우는 "지각"의 이데올로기적 의미를 인식하지 못하고 있다.
"십 분 이십 분 잡담한다든지" 또는 "점심 먹으러 간다고 하고 두 시
간 세 시간 자리를 비워 놓는 것은 당연한" 것으로 받아들임에도 '지
각'만은 "묵인할 수 없는 부도덕"으로 받아들이는 그들을 이해하지 못
한다. 사회는 제도의 틀의 안과 밖이 존재한다. 허용된 자장 안에서는
도둑질도 제 시간에만 맞추어 한다면 "紳士"라고 불러 주는 것이다.
하지만 지각처럼 자장 밖의 행동은 다르다. 마치 공산주의자들이 5분
늦을 때마다 그들의 세계정복이 그만큼 늦어진다고 생각하는 것처럼,
제도의 질서 속에서의 지각은 그만큼 기득권층의 세계 만들기가 늦어
지기 때문이다. 따라서 질서는 지켜져야 하는 것이며, 이에 반하는 행
동에는 반드시 대가가 있다. 그것은 질서를 지켜나가는 다수의 집단에
의해 "파렴치한"으로 몰리는 것이며, 자신의 의지와 관계없이 그렇게
자꾸만 불려지면 정말로 파렴치한이 되어버리는 것이다.

현우는 시간만 잘 지키면 인생이 환해질 것이라는 생각을 갖고 예전
에 사랑했던 성희와 작별을 고한다. 그러나 "시간"에 대한 엄수는 현실
의 틀로의 편입이 아니라 그것은 "목숨을 유지"하기 위한 것이며, 성희

와의 이별은 과거와의 고별이자 "과장된 인간"과의 결별인 것이다.

> 그것은 聖喜와의 마지막 告別이었다. 聖喜에게 보여 준 그의 말에는 誇張이 있었는지도 모른다. 그러나 말에는 과장이 아닌 말이 없고, 입 밖으로 나갈 때는 과장이었는지는 몰라도 한 번 空氣에 닿게 되면 그것은 권리를 지니게 된다. 그리고 人間은 그 권리에 이끌려 다니게 마련이다. 이렇게 해서 人間性이라는 것이 이룩된다. 人間性이란 人間의 誇張이다. '誇張된 人間' 이것이 人間性이다. 처음에는 專賣特許品이던 '誇張된 人間'은 空氣에 오래 묻혀지고 있는 동안에 色이 낡아져서 競賣場의 신세가 되는 것이다. 이리하여 人間性 속에 人間은 忘失되어간다.(pp.345~346)

세계는 과장된 인간들에 의해 지배당하고 있다. 그들의 과장된 언어 안에는 거대한 힘이 들어 있다. 언어는 과장되어 있다는 말은 곧 그 속에 권력을 포함하고 있음을 나타낸다. 베르나르 앙리 레비(B.H. Levy)는 언어를 "권력의 형태 그 자체"[4]로 보고 있다. 모든 이데올로기는 말을 장악하려고 하며, 동시에 말을 몰수하려 한다. 전후 남한 사회의 언어는 반공주의를 내면화하고 있으며, 이것이 곧 공식담화가 된다. 그것은 반공교육, 미디어 등 각종 언론과 매체를 통해 각 개인들에게 유통되며 동시에 내면화한다.

반공주의하의 모든 담론은 일차적으로 언어를 통해 전달된다. 반공주의로 포장된 언어들은 공식담론이 되어 개인들에게 자연스럽게 수용되며, 이를 충실히 지키는 개인들은 존재의미를 부여받을 수 있는 권리를 갖는다. 이러한 권리를 통해 개인들은 그 사회 속에서 온전한 주체로 설 수 있는 것이며, 이것이 바로 알튀세르가 말한 개인들을 주체로 불러 세우는 방식인 것이다.

이제 사회 구성원이 된 그들에게는 제도의 질서 속에서 창출한 도덕

---

4) 올리비에 르블, 홍재성·권오룡(역), 『언어와 이데올로기』, 역사비평사, 1994, p.42.

율의 잣대로 "인간성"을 평가한다. 그들은 자신들이 "자유 민주주의"를 건설했다는 의식 속에서 "전매특허품"과도 같이 인간의 존엄성을 강조하지만 자본주의 사회 속에서 인간은 존경받는 "전매특허품"이 아니라 사물화의 현실 속에서 노동력을 팔아 생계를 유지하는 노동자, 즉 "경매장의 신세"로 전락하여 "인간성 속에 인간은 망실되어" 간다.

그러나 현우의 비판적 인식은 행동으로까지 이어지지 않는다. 우선은 살아야 만이 그 다음에 무슨 일이라도 할 것 아니냐는 이유 때문이다. 그래서 현우는 언제나 약속시간 5분 후에 나타나는 하숙집 딸인 미숙과 결혼을 하려 한다. 그녀라면 적어도 "지각만은 면할 수 있을 것 같았"기 때문이다. 전쟁 전 현우는 결혼에 대한 성희의 질문에 "세상에 제일 못 생긴 여자와 결혼하면 나는 神이 될 것"이라고 대답하였다. 여기에는 전후 자본주의의 교환가치의 모습을 암시적으로 보여주고 있는데, 하숙집 주인은 은행에 다니는 자신에게 딸을 시집 보낸다는 생각에 현관 앞의 방이 안방으로 바뀌고 "모자 끝에서 발끝까지 一新"이 된 것이다. 이는 바로 주인공 현우가 "은행에 취직해 있으니 무슨 수입이 상당히 좋을 것이라고" 믿었기 때문이다. 따라서 "지각과 저녁밥 사이를 열심히 往復"하던 신세에서 "그는 神이 된 것"이다.

5. 거미줄에 걸린 나비

그러던 어느 날 현우는 출근 도중 간첩 혐의로 경찰서로 이끌려 간다. 경찰서에 도착하자마자 그는 물세례와 구타, 감금 등 고문을 당한다.

그는 도장을 찍은 조서를 읽어 보았다. 읽어 내려가면서 그는 처음에는 놀라면서 감탄했고 끝에 가서는 산다는 것이 시시해졌다. "당신들 정말 귀신입니다!" 죄다 알고 있는 것이다. 사변 전의 가정환경이며 六·二五 때의 일이며, 방위군에서 한 일이며, 부두에서 비행장, 거기서 포로수용소에 가서 어떻게 지

　낸 일이며, 심지어 환도 이후의 일은 자기도 잊어버린 날짜 시간까지 알고 있
　는 것이었다.(pp.353~354)

　위의 글을 통해 우리는 반공 이데올로기를 기초로 한 전후사회의 폭
력적, 그리고 감시적 성격을 알 수 있다. 마르크스는 국가를 노동계급
을 통치, 지배하며 그러한 억압을 정당화하고 영속화시키는 것으로 보
고 있으나, 한국의 전후의 상황은 계급 간의 통치와 더불어 반공주의
라는 더욱 확대된 범주 속에서 이해해야 한다. 해방 후 이승만과 한민
당 세력의 극단적 우익의 성향은 철저히 자신들의 기득권을 보장받기
위한 것이었으며, 이는 전쟁을 통해 국민의 체험 속에서 고착화되었다.
따라서 전쟁 후 한국 반공주의는 종교와도 흡사한 성격을 지니게 되었
다. 이처럼 지배 이데올로기에 대한 신성불가침으로 지지를 받은 이승
만 정권은 억압적 국가장치와 이데올로기적 국가장치를 통해 폭력적
성격의 국가권력을 건설한다. 억압적 국가장치에는 군대, 경찰, 재판소
등이 포함되는데, 이러한 장치는 폭력에 의해 기능하는 것이다. 이러한
폭력기능을 위한 제반 요소는 바로 국민에 대한 감시기능의 철저함에
있다.

　전쟁 후 사회정화를 위한다는 명목하에 친공산주의자의 색출 및 대
공사찰의 강화, 불순분자의 봉쇄, 민심동향 등을 통해 이념을 강화시켰
다. 따라서 '멸공의 시대' 속에서 현우의 간첩 혐의는 곧 존재이유를
상실함과도 같다. 그러나 현우가 이름을 바꾸고 외부와의 관계를 끊은
것은 "그러지 않으면 난 살 수 없었"기 때문이었음에도 불구하고 그들
은 계속되는 고문과 구타로 결국 모든 자백을 받아내고 만다. 현우는
이러한 현실에 대해 "答은 틀리지만 그 복잡한 式에는 틀린 데가 없"
다고 생각한다. 자신이 과거에 했던 모든 것은 맞지만 결론, 즉 자신이
간첩이라는 것은 정말로 틀린 答이기 때문이다. 그러나 끝없는 구타에
현우는 '답'에 대한 의심을 버리려 한다.

　　그는 模範答案을 의심해 보았다가 先生님에게 머리를 얻어맞고 찍 소
리도 못하는 學童과 같았다. 그 귀신과도 같은 사람들이 그렇게 많은 시
간과 노력, 기술을 들여서 풀어낸 答이 틀릴 리 있겠는가 하는 생각이
드는 것이었다.(p.357)

　전쟁에서 보았던 거대한 폭력은 전쟁이 끝난 후에도 여전히 그를 괴
롭힌다. 국가기관의 물리력 앞에 하나의 개인은 무기력해 질 수밖에
없는 것이다. 경찰의 끊임없는 고문에 그는 자신을 감시하는 것이 그
림자라고 생각한다.

　　그는 누가 자기를 빤히 쳐다보고 있는 것을 느꼈다. 거기를 내려다보
았다. 방바닥에서 자기의 그림자가 쳐다본다. 이놈이 고해바치지 않았으
면 누가 이렇게 알아 낼 수 있으랴.(p.354)

　　"정말이오! 난 전부터 남들 보기에는 나와 똑같은 놈이 내 뒤를 그림
자처럼 따라다니면서 내 행세를 하고 있다는 것을 알고 있었습니
다!"(p.356)

　억압의 성격이 강한 국가일수록 국민에 대한 감시망은 매우 촘촘하
다. 철저한 감시 속에 그 어느 누구도 벗어날 수 없는 것이다. 현우는
검찰에 넘겨진 후 검사와 단둘이 있게 되는 시간을 갖는다. 현우는 그
자리에서 자신이 이렇게 된 것은 경찰들 때문이라고 말을 하지만 검사
는 그에게 증거를 요구한다. 현실에선 "式에 틀림이 없다면 答도 맞는
다는 것이 이 세상의 약속"이기 때문이다.

　　"그것은 이유가 있어야 하오!"
　　"그러면 저의 자백 외에 내가 그랬다는 증거를 보여 주시오."
　　"안했다는 증거를 대오!"
　　"그건 살고 있다는 증거를 대란 것과 마찬가집니다. 당신이 현재 살아

있다는 증거를 제시해 보십시오."

"그럼 난 죽은 사람이란 말이오?"

"그럼 죽지 않았다는 것만이 살아 있다는 증거가 된단 말입니
까?"(p.358)

검사는 현우의 지난 행동에 대한 '이유'를 강요한다. 경직된 이념의
세계에선 스스로 '이유'를 갖는 것만이 혐의를 벗을 수 있는 유일한 방
법이자 사회 구성원으로서 존재이유가 된다. 그러나 현우에게 그것은
불가능하다. 현실의 "말"은 "과장"된 것이며 그 과장된 현실의 언어와
단절된 현우의 언어는 그 어떤 권력이나 권리를 갖지 못하기 때문이다.
언제나 "말은 밖에 나가 空氣에 닿으면 變質하는 것"이기에 더 이상
현우의 언어는 의미를 갖지 않는다.

과장된 언어란 논리의 상실을 말한다. 논리가 사멸한 언어가 공식담
론이 될 때 사회는 폭력적이며 억압적이 된다. '식'과 '답' 사이엔 그
어떤 유기적 연관성을 발견할 수 없으며 오직 비약과 논리파탄만이 존
재하는 사회가 된다. 따라서 합리적 '식'이 부재한 '답'은 초월적 성격
을 띤다. '답'은 이제 선험적 존재이기에 '식' 또한 선험적인 것을 요구
한다. 하지만 인간의 언어로는 선험적 '식'과 '답'을 만족시킬 수 없다.
따라서 살기 위한 행위를 설명하려는 현우의 언어는 검사의 선험적 언
어를 만족시킬 수 없다. 마치 "不在證明 하는 것이 산다는 것"임을 증
명하는 것과 같기 때문이다. 검사는 이미 완결된 '식'과 '답'을 지니고
있다. 게다가 이곳은 "式에 틀림이 없다면 答도 맞는다는 것이 이 세
상의 약속"이 완벽하게 지켜지고 있는 세계이다. 현우가 선택할 수 있
는 것은 실어증뿐이다.

나만이 人間이다. 그래서 나는 孤獨하다. ……(중략) 斷絶이다. 그래서
나를 재판하고 있는 것이다. 孤獨을 재판하겠다는 것이다. 生에게 有罪
判決을 내리겠다는 것이다. 이것은 中止시켜야 할 것이다! 나는 내가 아

니다! <u>監視</u> 속에서 산 나는 내가 아니다. 내가 내 <u>生命</u>을 가지고 산 것은 <u>監視</u> 밖이다. 이 나를 재판할 <u>權利</u>는 그들에게 없다! ……(중략) <u>舞臺</u> 위에서 무슨 <u>動物劇</u>이라도 하고 있는 줄 알고 있다.(p.360)

현우는 재판 도중 자신을 둘러싸고 있는 자들을 바라본다. 그는 왜 그들이 자신을 가운데에 앉혀 두고 성난 얼굴로 때로는 진지한 모습으로 떠들고 있는 지를 생각한다. 현우는 이러한 상황을 무의미하게 느끼면서, 그곳에 있는 사람들이 동물들로 인식한다. 그동안 자신을 감시해온 것은 다름 아닌 동물들인 것이다. 그들은 "인간"을 잡아다 놓고 그들의 "언어"와 "이유"를 "인간"에게 강요하고 있는 것이다. 현우는 지금 그들이 무엇을 하고 있는지를 알려 줘야겠다고 생각한다. 최후진술에서 "그들에게도 통하는 말을 늘어"놓는다.

……(중략)"너희들 가운데 죄가 없는 자가 이 여자에게 돌을 던져라." 검사의 논고를 보면 <u>間諜罪</u> 이외 네댓 가지의 죄목이 들어있는데 나는 왜 그것이 그런 <u>罪</u>가 되는지 모르겠고 이런 투로 한 번 재판장도 피고석에 세워 놓으면 서너 가지의 여남은 <u>件</u>이 있을 것입니다. 없다면 없다는 것을 증명해 보시지. 절대로 증명 못합니다. 그런데 당신은 피고석에 서 있는 것이 아니고 또 아무도 서라고 하지 않습니다. 왜냐하면 여기는 '<u>世界</u>' 안이기 때문입니다. 당신의 손에 들고 있는 <u>六法全書</u>에는 世界가 다 들어 있지요? 그러나 그 <u>六法全書</u> 밖에 나가 있는 世界가 더 너르지요. 그래서 <u>당신은 거기 편안히 앉아 있을 수 있지요. 이게 모두 '세계' 안에서 일어나고 있는 일이기 때문입니다. 그렇지만 나는 무덤에서 나온 이래 世界 안에서 살지 않았습니다. 나에게 有罪判決을 내릴 수는 없습니다. 그것은 그 '世界'안에서 당신에게 有罪判決을 내릴 수 없는 것과 같습니다.</u>(p.362)

위의 글로써 이 작품의 주제는 모두 드러났다. 다른 세계, 즉 첨예한 이데올로기의 대립과 그로 인한 전쟁, 그리고 합법화 된 수많은 인간의 죽음 등이 얼마나 무의미한 것인가를 체험한 현우의 삶은 현실 속에 살고 있는 그들과는 다른 세계에 속해 있었다. 그러나 현우가 발딛고 있는 공간이 현실이라는 이유로 그에겐 수많은 이유를 강요했다.

그러나 역전된 상태라면 자신을 재판하는 자들 역시 마찬가지일 것이나 그러한 일들은 일어나지 않는다. 여기는 엄연한 현실이며, 현재의 틀 안에서는 "盜賊이라도 시간을 지켜서 그 시간에만 또박또박 훔치기를 하면 紳士라고 불러"주기 때문이다. 이처럼 "사회의 安寧秩序를 위해선" 의심스런 자는 사라져 주어야 하며, 이로써 "世界는 그 貫祿을 더하"여 가며 "世界 안에서는 무엇이든 아물게 마련"인 것이다. 왜냐하면 그 세계를 세운 것은 "귀신", 즉 "專門家"들이며 그들은 "人間을 支配하고 裁判"하기 때문이다. 전문가들의 손에 걸려든 인간은 "거미줄에 걸린 나비"처럼 벗어나려 할수록 감시망이자 억압의 장치인 "거미줄은 생생해지는" 것이다. 결국 이러한 세상에서 인간은 "肥料"에 지나지 않는 것이다.

결국 현우는 재판장으로부터 10년형을 언도 받는다. 이유는 재판장이 아침에 부부싸움을 한 탓에 기분이 나빠졌던 것이다. 현우는 상소를 포기한다. 이는 "어리광"이다. 진실이 통하지 않는 무의미의 덩어리들 속에서 상소를 한다는 것 역시 아무 의미를 갖지 못하기 때문이다. 현우는 감옥으로 들어가는 도중 손가락이 철창문에 끼어 죽고 만다.

> 깜짝 놀라 문을 열었다. 문이 열리자 바로 거기에 피투성이가 된 손을 높이 받쳐 쥐고 祈禱 드리듯 무릎을 꿇고 달려 있던 罪囚가 흘러내리듯 쓰러졌다. 그것은 이미 시체였다. 손가락이 문틈에 집혔던 것이다. ⋯⋯ (중략) 체질이 약해서 죽은 셈이다.(p.364)

현우는 시체 더미에 깔렸을 때 "肉體의 據點"인 손이 자유로워지자 "무한한 힘의 소유자"가 되어 탈출할 수가 있었다. 그러나 위의 상황에서 현우는 문틈에 손가락이 끼이고 만다. 그는 더 이상 아무 힘도 발휘할 수가 없으며 이는 곧 죽음을 의미한다. 기도드리는 모습으로 죽어간 현우의 모습은 예수가 자신의 순결한 피를 흘림으로써 그들의 죄를 사하는 것과 동질의 것이다. 자신을 재판하는 그들은 "자기가 무엇을 하고 무슨 말을 하고 있는지 모르며", 따라서 그러한 그들에게 "가여운 생각"을 가졌다. 그러나 결국 그의 죽음은 "체질이 약해서 죽은", 즉 당대의 이데올로기적 국가기구의 물리력 앞에 무력한 개인의 죽음을 폭로하고 있는 것이다.

제 4 장
「광장」의 계보와 환멸의 구조

1. 「광장」의 존재론적 의미

　정치사적인 측면에서 1960년대는 학생들의 해였지만, 소설사적인 측면에선 「광장」의 해였다는 김현의 평가는 결코 과장이 아니었으며 이는 시간이 흐를수록 더욱 분명해지고 있다. 「광장」에 대해 "출현 자체가 극히 돌올한 현상이자 대담한 항명"[1])이라 한 김병익과, "한 세대를 격한 사유의 흔적이지만, 전혀 시효 만기의 느낌을 주지 않는"[2])다는 한기의 지적이 이를 뒷받침하고 있다. 이처럼 20대 청년이 그려낸 「광장」은 단순한 이야기를 넘어 중대한 소설사적 사건임에 틀림없어 보인다. 「광장」의 의의는 대략 다음과 같이 정리될 수 있다. 분단의 비극을 정면에서 다루고 있다는 점과 우리 문학 풍토에서 장편소설을 소설문학의 주류로 인식케 했다는 점 그리고 이명준으로 대표되는 「광장」의 지적 분위기와 끊임없는 개정을 통한 완성도의 향상 등이다.[3]) 이러한 평가는 「광장」의 위상을 지고한 곳으로 끌어올리고 있지만 동시에 「광장」의 출현을 매우 특이한 현상으로 인식하게 만드는 원인이 되기도 한다.

---

1) 김병익, 『숨은진실과 문학』, 문학과지성사, 1994, p.127.
2) 한기, 『전환기의 사회와 문학』, 문학과지성사, 1991, p.173.
3) 「광장」의 의의에 대해서는 김상태의 논의를 따랐다. 많은 평가들이 엇갈리고 있지만 문제작으로서의 「광장」에 대한 평가는 김상태의 분류와 대동소이하다.

하지만 「광장」이 가지고 있는 무게는 결코 최인훈의 작가적 재능에서 비롯된 우연적 사건은 아니다. 「광장」에 대한 평가 안에는 특이한 현상이라는 '변수', 즉 '보통의' 또는 '규칙적'의 반대라는 돌발적인 의미를 내포하고 있다. 게다가 여기에는 이전의 것들과는 다르다는 '질적 차이'와 과거와의 단절이라는 의미 또한 내재되어 있다. 그간의 호평 안에는 「광장」의 연속적인 측면보다 과거와의 단절과 여기서 오는 비약에 대한 주목이 강하게 내재되어 있었던 것이다.

그동안 한국 문학사에서 주목받아온 작품들은 '단절과 비약'의 잣대에서 크게 벗어나 있지 않다. 문제는 이러한 단절론이 갖는 위험성이다. 물론 단절이란 또 다른 시작이나 '차이'를 생성함으로써 새로운 의미작용을 발생시키는 역할을 한다. 그러나 평가 잣대로서 쓰이는 단절론은 생성의 차원보다는 과거에 대한 종결로서의 의미를 강하게 함축하고 있다는 데 문제점이 있다. 근대소설이나 자유시의 효시 문제들이 대표적인 경우인데, 여기에 해당되는 작품들은 한결같이 과거와의 완벽한 단절이다. 구습의 잔재로부터 가장 확실하게 벗어난 것일수록, 즉 단절의 정도(degree)에 따라 문제작의 성격이 규정되는 것이다.

이러한 단절론의 가장 큰 위험성은 자생성의 부정에 있다. 자생성이란 연속성의 다름 아닌데, 하나의 개체 발생을 시간의 흐름에 축척된 다양한 요소들 간의 인과관계 속에서 바라보는 입장이다. 그렇기 때문에 하나의 문제작을 특이한 현상으로 간주하는 것이야말로 연속성의 부정이자 그토록 비판받아 왔던 임화의 '이식문화론'의 또 다른 재현이다. 사실 「광장」의 평가 기준이었던 '특이성'이란 위에서 언급한 단절의 의미와는 거리가 멀다. 일반적으로 '특이성'은 "어느 순간까지의 흐름에 미루어 아직 나타나지 않은, 또는 나타나게 만들 수 없는 부분을 예측하는 외삽(外揷 / extrapolation)이 더 이상 안 되는 점"[4]을 말한다. 그런데 이 특이성에는 "뻗어감(prolongement)" 또는 이어감이라는 개념

---

4) 이정우, 『시뮬라크르의 시대』, 거름, 1999, pp.131~134.

이 필요한데, 그것은 일정한 연속성에서만이 그 변별성을 가질 수 있기 때문이다. 마치 어둠이 있어야 빛을 알 수 있듯이 연속적인 것과 불연속적인 것은 상보적 개념인 것이다. 단절에서 오는 새로움은 연속성의 기반을 넘어선 '전혀 다른' 그 무엇이 아닌 과거의 축적된 결과물임을 인식해야 한다. 즉 원인과 결과의 어김없는 고리로서의 역사를 관찰하는 연속성의 관점에 설 때만이 우리 문학사에서 자주 만나게 되는 '미학 미달' 현상 또는 '미학 초과' 현상을 조금이나마 극복할 수 있기 때문이다.5)

결국 「광장」의 출현은 작가적 재능 외에 다른 원인들이 결부되어 있으며 그것들과의 연속성 속에서 가능했던 것이다. 연속성의 관점이란 「광장」의 위상에 대한 폄하가 아니다. 그것은 최인훈이 말했듯이 '풍문'의 차원에서 '현장'의 차원으로 「광장」의 위상을 견고히 하는 작업이다. 구체적으로 「광장」의 새로움과 충격은 세 가지에 기대고 있는데, 역사적 측면과 작가의 재능 그리고 소설사적 측면이 그것이다. 이러한 관점은 실증주의적 방법론 중 인과율을 적용한 것으로서 삶과 작품의 통합 및 문학사의 발전 과정을 설명하는 데 도움이 되리라 생각된다.

2. 역사적 연속성과 작가적 재능

최인훈은 「광장」의 첫머리에서 다음과 같이 밝히고 있다.

亞細亞的 專制의 椅子를 타고 앉아서 民衆에겐 西歐的 自由의 풍문만 들려 줄 뿐 그 자유를 「사는 것」을 허락지 않았던 舊政權下에서라면 이런 素材가 아무리 口味에 당기더라도 감히 다루지 못하리라는 걸 생각하면 저 빛나는 四月이 가져온 새 共和國에 사는 作家의 보람을 느낍니다.6)

---

5) 김윤식, 「우리근대문학사의 연속성에 대하여」, 『한국의 전후문학』, 태학사, 1991, p.33. 참조

최인훈이 말한 '빛나는 사월이 가져온 새 공화국에 사는 작가의 보람'이란 무엇인가. 그것은 바로 「광장」의 새로움이다. 「광장」의 새로움이란 50년대 소설에서 볼 수 없었던 또 다른 얼굴이다. 이는 '아세아적 전제의 의자'에 앉아 서구적 자유의 풍문만 들려주던 구정권하에서 양산된 문학과의 차이이다. 사실 50년대 문학은 실존의 외피를 쓴 채 병자와 병신들의 허무주의적 숨소리로 가득 차 있었으며, 분단에 대한 고민은 추상적 무시간성과 반공주의에 갇혀 더 이상 나아갈 수 없는 상태였다. 따라서 아무리 구미가 당겨도 감히 다룰 수 없었던 한계를 넘어서게 해 준 것이 바로 '저 빛나는 사월'이었음을 강조하는 것이야 말로 "자신의 재능이 아니라 시대의 힘이 쓰게 했음을 솔직하게 고백"[7]한 것이다. 최인훈은 시대적 타부를 혁명이라는 사건을 통해 넘어설 수 있었던 것이다. 혁명이란 바흐친의 표현대로라면 카니발의 상태로서 '사회라고 하는 직물에 갈라진 틈'[8]과 같다. 견고했던 구조가 무너지면서 오는 일시적 카오스 상태는 모든 차이를 소멸시키고 무차별의 상태로 몰아간다. 그것은 종교적, 정치사회적 등 모든 공식적 제도나 인습 그리고 권위로부터 완전하게 해방된 순간이다. 아세아적 전제로부터 벗어나는 그 힘이 바로 '빛나는 사월'로 표상된 4·19 혁명이었으며, 그 연장선에서 「광장」은 탄생할 수 있었던 것이다.

그렇다면 「광장」에는 시대적 힘에 의해서만 나올 수 있었는가. 결론부터 말하자면 역사적 맥락과 작가적 재능은 결코 다른 이름이 아니다. 플레하노프는 한 시대의 사회적 정신은 그 시대의 사회적 관계에 의해 조건지어지며 예술사와 문학사에서만큼 이 사실이 명백히 드러나는 곳

---

6) 최인훈, 「광장」, 『현대한국문학전집』10, 신구문화사, 1971, p.11.
   본고는 신구문화사판을 연구대상으로 한다. 「광장」의 개작에 대한 다종의 평가가 있지만, 개작 그 자체가 작품의 완성도를 결정짓는다고는 판단할 수 없다. 따라서 여기서는 다른 이본들 가운데 「광장」의 성격이 가장 잘 드러났다고 판단되는 신구문화사판을 대상으로 함을 밝힌다.
7) 한기, 앞의 책, p.175.
8) 김욱동, 『대화적 상상력』, 문학과지성사, 1994, p.241.

은 없다고 지적한 바 있다. 문학작품은 신비로운 영감을 받아 이루어
지거나 단순히 작가의 심리에 의해서만 설명될 수 있는 것이 아니라는
것이다. 역사적 혹은 사회적 정신이란 지각형태이며 세계를 보는 특별
한 방법인 까닭에 세계를 보는 지배적 방식, 즉 한 시대의 사회적 정
신 혹은 이데올로기와 관계가 있다.9) 골드만은 이것을 작가가 속한 사
회계급 혹은 집단의 사고구조(세계관)으로 보면서, 텍스트가 사회계급
의 '세계관'에 대한 완전하고도 일관성 있는 표현에 가까이 접근할수록
예술작품으로서의 타당성이 크다고 지적한 바 있다. 여기서 사회계급의
세계관을 표현하는 정도가 바로 작가적 재능에 속할진대, 위대한 작가
야말로 "주어진 영역(문학, 그림, 철학, 음악 등) 내에서 하나의 가상적
이면서 체계적인 세계, 또는 거의 완전하게 체계적인 세계를 가진 작
품을 창조하는 데 성공한 예외적인 개인이며, 그 작품의 구조는 그 집
단 전체가 나아가는 구조에 대응하고 있다."10)고 지적하고 있다.

　이런 면에서 「광장」은 3·15 부정 선거와 이승만 정권에 대해 항거
했으며 남북 학생 회담을 추진했던 4·19 세대의 세계관이 이명준을
통해 최대치로 끌어 올려진 작품이며, 이것이 '예외적 개인', 최인훈에
의해 이루어진 것이다. 결국 「광장」은 결코 독자적이거나 과거와의 단
절 속에서 튀어나온 우발적 사건이 아닌 것이다. 「광장」은 과거의 질곡
들을 차곡차곡 쌓아왔던 총체적인 흐름 속에서 발생한 필연적 사건인
것이다. 화가 마티스의 말처럼 모든 예술은 그것이 속한 역사적 시대
의 흔적을 지니지만 위대한 예술은 이 흔적이 가장 깊이 새겨진 예술
이기 때문이다.

---

9) 테리 이글턴, 이경덕(역), 『문학비평: 반영이론과 생산이론』, 까치, 1991, p.15.
10) 루시앙 골드만, 조경숙(역), 『소설사회학을 위하여』, 청하, 1994, p.245.

3. 소설사적 연속성

1) 인 물

「광장」의 이명준은 멀리 30년대 이상의 「날개」에 등장하는 '나', 박태원의 「소설가 구보씨의 일일」의 구보로부터 가깝게는 50년대 장용학의 「요한시집」의 누혜와 동호, 정인영의 「음상」의 '나' 그리고 김동리의 「밀다원시대」의 이중구조에 이르는 관념론자의 계보를 잇고 있다.

① 第二次大戰이 끝났다.
　나는 人民의 벗이 됨으로써 再生하려고 했다. 黨에 들어갔다. 당에 들어가 보니 인민은 거기에 없고 人民의 敵을 죽임으로써 인민을 만들어 내고 있었다. '만들어 내는 것'과 '죽이는' 것. 이어지지 않는 이 間隙. 그것은 生의 乖離이기도 하였다. 生은 意識했을 때 꺼져 버렸다. (「요한시집」, 『현대한국문학전집』4, 신구문화사, 1971, p.324.)

② 나는 이번 전쟁을 겪어서 부활하고 싶어. 아니 탄생하고 싶단 말이야. (……중략) 그래서 범죄인이 되겠어. 또는 인민의 영웅이 되겠어. 마찬가지 말이야 어쩔 수 없이 나를 구속하는 죄를 내 손으로 만들겠다는 거야.(「광장」, p.100.)

「요한시집」의 누혜는 2차대전이 끝나고 재생하기 위해 인민의 벗이 되기로 한다. 인민의 벗이란 누혜가 어린 시절 조회시간에 보았던 "천명이나 되는 학생들의 가슴에 달려 있는 단추가 모두 다섯 개씩"이라는 "무서운 사실투성이", 즉 자동화된 순종인 '아비투스(habitus)'에서 벗어나는 것이다. 그러나 누혜가 본 인민의 벗이란 "人民은 거기에 없고 人民의 敵을 죽임으로써 人民을 만들어"내는 것이다. 누혜는 "인민의 영웅"이 되기 위한 역할들을 수행해야 했는데, 그것은 같은 민족을 죽이는 것이었다. 이는 「광장」의 이명준에게도 동일하게 나타나고 있다. 이명준이 열망하는 인민의 영웅은 증오, 그것도 "인민의 적을 갈아 먹고 싶도록 치열하고 고귀한 증오"[11]가 필요하다. 이명준의 부활이란 '나를 구속하는 죄를 내 손으로 만들'고야 마는 '범죄인'의 모습이었던 것이다. 누혜의 패러독스는 이명준에게 그대로 연결되고 있는 것이다.

김동리의 「밀다원시대」에서 이중구가 보인 운명공동체의 해체 역시 이명준에게서 볼 수 있다.

① 그가 눈을 떴을 때는 벌서 저녁 식사 시간이었다. 식가 때엔 그들 석 방자 일행은 자연 한 곳에 모였고, 그런 후에는 뒤쪽 난간에 모여서 한참씩 시간을 보내다가 어느새 뿔뿔이 흩어지곤 했다. 운명을 같이 하는 그들이 되도록이면 떨어지지 말자고 같이 모이고, 모이면 흩어 지지 않을 같았지만 사실은 그렇지 않았다. 하긴 처음 승선(乘船)했을 땐 그랬다. 항해를 한 지는 사흘 밖에 안 되지만, 대기 기간까지 합쳐 이 배에 승선하기는 열흘이 넘었다. 대기 기간 동안 무라지를 통하 여 전달되는 수속과 절차를 알고 행동을 같이하기 위하여 그들은 '단 체'로 행동했다. 그것은 단체의 사무적인 걸음에서 이탈되지 말자는 개인 측의 본능적인 관심 이상의 것이라곤 할 수 없었다. 정작 모든 수속이 끝나고, 이제 귀착지(歸着地)까지의 항해만 남았을 때는, 그들 은 서로의 체온을 가까이할 필요를 느끼지 않는 것 같았다. 무슨 갑 자기 매정스러웠다는 건 아니었다. 제각기 목적지에 이르는 동안까지 처리해 버릴 문제와 감정의 매듭을 혼자서 소리 없이 풀기 위하여는, 각자에게 할당된 선실로, 더 정확하게는 각자 자신의 가슴 속 밀실(密 室)로 몸을 사려야 했기 때문이다.(「광장」, p.16)

② 포옴에 내렸을 때까지는 아직도 약 이천 명에 가까운 동지들이었다. 적어도 그들은 오십 일년 일월 삼일이라는 최후의 시간까지 자유의 수도를 지킨 같은 겨레의 같은 시민들이요, 같은 시간에 같은 차로 같은 목적지에 내린 같은 '운명체'인 것이다. 그들의 살벌한 두 눈에 도, 위엄 있는 몸집에도, 간사스런 미소에도, 그들이 아직 포옴에서

---

11) 「광장」, p.105.

발을 옮기고 있는 동안까지는 다같이 '동지'로 통해 있었다.

그러나 한 번 출찰구를 빠져 나와 그 넝마천 같은 역 마당에 발을 들여 놓은 순간부터 약속이나 한 것처럼 그들의 얼굴에서 '동지'는 어느덧 다 죽어져 버렸다. 출찰구를 통과함으로써 '동지'는 절로 해산이었다. 그리고 해산은 동시에 새로운 자유를 의미하는 것이기도 했다. 중구는 이 '새로운 자유'를 안고 출찰구 밖으로 던져진 채 한순간 전의 '동지'들이 이제는 모두 남이 되어 돌아가는 광경을 물끄러미 바라보고 있었다.(「밀다원시대」, 『한국현대문학전집』, 삼성출판사,1978, pp.246~247.)

「광장」의 이명준이 제3국으로 가는 타고르호에서 본 것과 「밀다원시대」의 이중구가 부산행 기차에서 본 것 사이의 공통점이란 운명공동체의 분열이다. 타고르호와 부산행 기차란 무엇인가. 하나는 어느 한편으로도 기댈 수 없는 분단된 조국의 극한 상황이 밀어낸 망명객의 배이며, 또 하나는 사선을 도망쳐 나온 피난민들을 실은 마지막 열차이다. 이 둘 간에는 극한상황, 이중구의 표현대로라면 '땅끝의식'이 함께 하고 있다.

땅끝의식이란 "끝의 끝, 막다른 끝, 거기서는 한 걸음도 더 나갈 수 없는, 한 걸음만 더 내어 디디면 '허무의 공간'으로 떨어지고 마는, 그러한 최후의 점"[12]이다. 타고르호에 타고 있는 포로들의 제3국으로의 망명과 폭격을 피해 부산으로의 피난 모두 땅 끝 의식의 소산인 것이다. 기차마저도 "바다로 미끄러지지 않기 위하여 몸을 뒤로 뻗대"게 하는 땅끝의식의 긴장감은 서울에서부터 함께 출발한 피난승객들을 모두 공동운명체로서의 동지의식을 발생, 견고케 한다.

그러나 우연스러운 이 동지의식 혹은 공동체의식은 부산역의 출찰구를 기준으로 해체된다. 출찰구란 무엇인가. 바로 공동운명체에서 너와 나로 분리되는 경계인 것이다. 그들의 공동운명체 의식은 기차 '안'에

---

12)「밀다원시대」, p.246.

서만 가능하며, 기차 '밖'에선 연대의식이 부재한 개별화된 개인일 뿐이다. 그 견고한 동지의식이 출찰구를 나오자마자 소멸되고 대신 공동체라는 집단적 개념이 해체된 그 자리에 '새로운 자유'가 채워지는 '기적' 같은 상황에 이중구는 실존적 포즈를 취한다. 그것은 "'새로운 자유'를 안고 출찰구 밖으로 던져진 채"에서 드러나듯이 세상에 던져진 존재이다. 이제 「광장」에서 「밀다원시대」의 중첩된 모습을 찾는 것은 좀더 쉬운 문제가 된다. 타고르호 안의 포로들이 스스로를 운명공동체라 부르며 "되도록이면 떨어지지 말자고 같이" 모이는 것은, 부산발 기차에서 이중구가 느꼈던 동지의식 혹은 운명공동체 의식에 다름 아니다. 그러나 타고르호의 망명객들은 부산역에 도착해 출찰구를 경계로 소멸되던 「밀다원시대」의 운명공동체 의식처럼, 귀착지에 다가갈수록 "서로의 체온을 가까이할 필요를 느끼지 않"는다. 그들은 '새로운 자유'를 가지고 출찰구를 나오던 피난민처럼 "가슴 속 밀실"을 품고 몸을 사리는 기적 같은 모습을 재현하고 있는 것이다.

「광장」의 또 다른 전신으로는 역시 박영준의 「빨치산」을 들 수 있다. 이 작품은 현재 국군의 포로가 된 빨치산 부대장 김추일의 과거 행적에 대한 고백체 형식의 작품이다. 특히 김추일이 공산주의야말로 "대다수의 인류를 행복하게 할 수 있는 것이라 믿고"[13] 서울대 법과대학 2년을 중퇴하고 월북하는 모습과 그 후 북한의 모습에 실망하고 있는 점, 빨치산 활동을 하는 점 그리고 그 와중에 윤귀향을 만나 사랑을 하는 장면에서 훗날 태어날 이명준의 얼굴을 볼 수 있다. 게다가 전투 도중 전사하는 윤귀향의 모습에서는 「광장」의 은혜의 얼굴을 볼 수 있다.

2) 죽음의 방식

조남현은 「광장」의 전형(前型을) 두 가지 측면에서 지적하고 있는데,

---

13) 박영준, 「빨치산」, 『신천지』3호, 1952. 5, p.131.

최인훈 자신의 작품과 다른 작가의 작품의 영향이 그것이다. 최인훈 자신의 작품의 경우, 「광장」 이전의 작품들인 「GREY 구락부 전말기」(『자유문학』, 1959.10.), 「라울전」(『자유문학』, 1959.12.), 「우상의 집」(『자유문학』, 1960.2.), 「가면고」(『자유문학』, 1960.7.) 등이 그것이다. 현이 한때나마 자기 몰입을 할 수 있었고 위안과 평화를 느낄 수 있었던 그레이 구락부나, 민이 온몸으로 기대했던 무용극·최면술·사랑 등의 기제는 '밀실'의 형식이라고 할 수 있다. 한마디로 '밀실'에서의 현이나 민은 이제막 '광장'을 향해 달려 나갈 태세인 이명준을 예고하고 있었다는 것이다.14) 이러한 방식 즉 동일 작가의 작품 안에서의 연속성을 찾는 것은 지극히 자연스럽고도 타당한 방법이라 할 수 있다. 두 번째로 다른 작가의 영향관계이다. 조남현은 박영준의 「용초도근해」(『전선문학』, 1953.12.)를 「광장」의 '예고 지표'로 볼 만큼 그 유사성에 주목하고 있다.

> 「용초도근해」는 한 국군포로가 판문점을 거쳐 용초도로 수송되는 도중, 과거 포로수용소에서 자기 목숨을 건지기 위해 전우를 무고했던 것에 괴로워하고 또 북에 두고 온 여인 때문에 가슴 아파한 나머지 용초도에 막 들어가기 직전 바다에 뛰어들고 만다는 내용의 이야기를 들려준 것이다. 주인공이 포로의 신세라는 점, 한 여인에 대한 이루지 못한 사랑이 자살의 한 원인이 되고 있다는 점, 주인공이 자의식이 강한 인물로 설정된 점, 주인공이 바다에 몸을 던져 자살하는 것으로 소설의 끝을 맺는 점 등에서 「용초도근해」는 비록 최인훈의 작품은 아니지만 「광장」의 예고지표로 볼 수 있을 것이다.15)

조남현은 최인훈이 「용초도근해」를 읽은 적이 있는가의 여부는 헤아릴 길이 없다고 조심스럽게 접근하면서도 「광장」의 '예고 지표' 가능성에 대해서는 쉽게 포기하지 않고 있다. 이러한 믿음은 "선행된 작가의 작품들에서 해명이 가해질 작가의 작품으로의 진행을 제시"16)할 수

---

14) 조남현, 『현대소설의 해부』, 문예출판사, 1994, p.240.
15) 위의 책, pp.241~242.

있다는 실증주의적 방법론에 기대고 있음을 알 수 있게 해준다. 그만
큼 박영준의 작품은 「광장」과 닮아 있다. 특히 「용초도근해」의 용수가
자살하는 상황은 「광장」의 그것과 매우 흡사하다. 먼저 「용초도근해」
와 「광장」의 배 위에서의 상황이다.

① 그러나 용수는 배에 오를 때부터 가슴이 섬찍해지는 것이 사람들의
    얼굴을 제대로 쳐다 볼 수도 없었다. (……중략) 그것은 그 배 안에
    김정갑이가 타지나 않았을까 하는 생각에 마음이 걸렸기 때문이었다.
    꼭 탔을 것만 같았다. 그렇게만 생각이 들었다. 그리고 김정갑은 이북
    에서 가졌던 원한을 복수하고야 말 것 같기도 했다. (……중략) 낯모
    를 사람이 자기를 힐긋 쳐다보고 지나가도 김정갑이가 자기를 찾아
    다니는 것이 아닌가 하는 생각이 들었으며 아는 사람이 자기 이름을
    불러두 김정갑이가 배 안에 있다는 사실을 알으켜 주려는 것처럼만
    생각되었다. (「용초도근해」, 『박영준전집』2, 동연, 2002, p.182)

② 한 걸음 한 걸음 다가서는 누군가의 기척에 온 신경을 기울이고 있었
    다. 아까 어둠 속에서 그 인물은 명준의 어깨에 손을 얹기까지 했었
    다. 명준이 타고르호를 탔을 때 그 인물도 같이 탔음이 분명했다. 그
    는 그 인물이 누군지 알고 있었다. 명준은 마스트를 올려다봤다. 그들은
    보이지 않았다.(「광장」, p.73.)

③ 갈매기가 몇 마리 나르고 있었다. 자유의 표본인 것처럼 위로 오르다
    가는 아래로 곤두박질해서 내려온다. 기다란 지축지를 까불거리다가
    죽은 듯이 날개를 뻗은 채 움직이지도 않는다. 의젓하게 날아다니다가
    는 갑자기 깩깩 소리를 지르기도 한다.(「용초도근해」, pp.186~187.)

④ 명준은 오른편 창으로 내다보았다. 거기 원반의 나머지 반쪽 위에 아
    침부터 이 배를 호위하는 전투기처럼 멀어지고 가까와지고 때로 마스
    트에 와 앉기도 하면서 줄 곧 따라오고 있는 두 마리의 갈매기가, 마

---

16) M. 마렌그리제바하; 장영태(역), 『문학연구의 방법론』, 기리원, 1994, p.24.

치 맵시있게 오려내서 팔매질한 나무 조각인 양 좌측방으로 원심성
(遠心性)의 포물선을 그으며 날고 있다.(「광장」, pp.11~12.)

①은 「용초도근해」에서 자신으로 인해 더 큰 고생을 한 김정갑에 대
한 용수의 죄의식은 강박증으로까지 확대되어 환청과 환영을 일으킨다.
이러한 상황은 「광장」 이명준에게서도 나타나고 있다. ②에서 이명준
역시 두 여인에 대한 죄의식 때문에 환청과 환영에 시달리고 있는 것
이다. 배 위라는 공간적 배경과 피해자에 대한 죄의식과 강박적 모습
그리고 여인을 표상하는 갈매기 등은 두 작품 간의 유사성을 말해주고
있다. 그런데 무엇보다도 가장 닮은 점은 자살의 방식이다. 이명준은
두 여인을 표상하는 갈매기가 날고 있는 배 위에서 바다로 투신자살
한다. 「용초도근해」의 용수 역시 갈매기가 날고 있는 배 위에서 바다에
몸을 던진다. 우연일 수 있으나 최인훈의 「광장」이 유달리 박영준의 작
품(「용초도근해」, 「빨치산」)과 유사한 구조를 보인다는 점에서 이들 간
의 영향관계에 대한 본격적인 고구가 요구된다 하겠다.

3) 탈주 모티프

「광장」에는 두 개의 중요한 모티프가 등장하는데, 탈주와 고문 모티
프가 그것이다. 탈주 모티프는 그 방식에 따라 '월북'과 '망명' 그리고
'죽음'으로 나타나고 있다. 이 중 망명의 경우 50년대 소설의 탈주 방
식과 계보를 형성한다는 점에서 주목을 요한다.

먼저 탈주 모티프 중 월북의 경우이다. 「광장」의 이명준이 월북하게
된 동기는 내적인 것과 외적인 것에서 찾을 수 있다. 먼저 내적 원인
으로는 실체에 대한 욕망이다. 관념론자로서의 이명준의 모습은 쉽게
발견할 수가 있다. 특히 이명준이 철학과 3학년이라는 점은 그가 사유
하는 것에 매우 친숙했음을 알려준다. 창을 내다보면서 "공상하는 것을
가장 즐거운 시간으로 알고" 있으며, 마지막 장까지 빠짐없이 읽은 "마

음의 순례"이자 "이정표"인 4백여 권의 장서 속에서 단 한 권의 월간
잡지도 끼어있지 않은 것을 자랑스러워하는 이명준이야말로 전형적인
관념론자의 모습이다. 철학이 관념을 향한 지적 모험의 표상이라면, 이
명준 사유는 플라톤주의에 가깝다. 이명준이 '희랍 고대 일군의 자연
철학자들'에 관심이 많다는 점에서 힌트를 얻을 수 있지만, 무엇보다도
형상과 현상으로 대별하는 사유방식에서 찾을 수 있다.

> 눈에 보이지 않는 신을 보아 보자는 소원이 우상(偶像)을 만들었다면,
> 보고 만질 수 없는 '사랑'을 볼 수 있고 만질 수 있게 하고 싶은 고독이
> 인간의 육체를 만들어 낸 것인지도 모른다. 인간의 육체란 허무의 공간
> 에 투영된 고독의 그림자일 거다. 그렇게 보면 햇빛에 반짝이는 구름과
> 바다와 산, 하늘, 항구에 들락날락하는 배들이며 기차와 궤도, 국가와 빌
> 딩, 모조리 그 어떤 우람한 고독이 던지는 그림자가 아닐까.(p.58)

모든 것을 눈에 보이는 것과 보이지 않는 것, 만질 수 있는 것과 없
는 것으로의 구분하는 것이야말로 플라톤의 세계관이다. 눈에 보이지
않는 세계란 오직 이성에 의해서만 파악되는 본질, 형상의 세계(이데
아)이다. 반면 눈에 보이는 세계란 감각기관에 의해 인식되는 현상의
세계이다. 현상의 세계는 언제나 형상의 세계인 이데아를 모방하고 있
으며, 그래서 현상 세계의 모든 것은 이데아의 세계의 복사물이거나
그림자(icon)에 불과하다. 따라서 현상의 존재론적 위상은 형상에 대한
재현 정도에 따라 좌우된다는 것이 플라톤주의의 기본 구도이다. 이처
럼 이명준의 사유 방식은 플라톤주의에 닿아있다. 이는 위의 인용에서
'고독'이란 단어를 '형상'(관념의 세계)으로 대치시키면 그대로 플라톤
의 사유에 일치함을 알 수 있다. 다시 말해 현실의 세계를 구성하는
햇빛, 구름, 산, 배, 기차, 빌딩들이란 형상(고독)이 던지는 그림자, 즉
복사물에 불과하다는 것이다. 이러한 까닭에 이명준의 행복은 관념 속
에서만 가능하다. 그것은 "극심한 마이너스의 세계"와 "플러스의 세계"

의 양 극단을 "쉴 새 없이 활동하는" 속에서 "순수한 감격 속에 젖어 가며 살 수 있는 생활"이기 때문이다. 이명준의 쉴 새 없는 활동이란 곧 진리 찾기의 여정이다. 이명준의 사유란 진정한 관념, 즉 "당돌하고 단적이면서 설명되지 않는 것이 설명된 듯이 느껴지는" 진리(이데아)의 "마술"을 찾는 것이다.

그러나 "알몸뚱이를 보호하는 갑옷 혹은 피부" 혹은 그의 "육체 속에 신선한 세포 한방씩 늘어"가게 하는 관념과의 "행복한 함수 관계"는 관념(이데아)과 현실 간에 등가적일 때만 가능하다. 즉 이명준이 발 딛고 있는 현실의 모습이 관념의 세계에 가장 닮아있을 때, 그래서 "자기와 환경 사이에 아무 갈등도 없는 미분화(未分化)의 세계에 사는 시절"[17]만이 그 "행복한 함수관계"는 유지되는 것이다. 그러나 관념의 세계와 현실 간의 동일성 유지란 불가능한 일이다. 그것은 오직 대학 신문 문예란에 실린 시 「아카시아가 있는 풍경」 속이나 "공상하는 것을 가장 즐거운 시간으로 알고" 있는 때에만 가능하기 때문이다. "행복한 함수관계"의 최초의 균열은 남한사회의 모습과 관념적 세계의 불일치에서 시작한다. 이 최초의 균열은 두 가지 사건을 발생 시키는데, 더 이상 공허한 몽상(사유)이 아닌 현실 속에서 이데아를 찾고자 하는 열정과 월북의 감행이다.

남성의 육체는 잘 알고 있었다. 자기의 육체이기 때문이었다. 그 속에서 타는 불길의 온도도 잘 알고 있었다. 금방 피부 밑에서 타는 불이었으므로. 그러나 그녀들의 육체와 그녀들의 불은 알 수 없었다. (……중략) 그리고 보면 이성(異姓)의 욕정을 안다는 건 죽어 보지 않고 죽음을 알아보자는 일이나 매한가지였고, 그러나 그것을 알지 못하는 한 그의 손은 그녀들에게 대해서는 엉거주춤하니 양편 호주머니에 찔린 채 빠질 줄 모르는 창피한 잉여품(剩餘品)에 지나지 않았다. 육(肉)의 행위. 그것이 문제인 건 아니었다. 혼자서 도시 참을 수 없는 고독이, 제가 살고 있는

17) 「광장」, p.24.

증거를 손으로 몸으로 느끼기 위하여, 다른 육체에게 제 살을 얽어 보는 데서 빚어지는 작업이 육체의 행위일 것이다. 그것은 일종의 확인행위(確認行爲)였다.(pp.32~33)

위의 인용은 여자와의 관계가 "번잡스러운 작업"이나 "엉거주춤"한 것이 되는 이유를 보여주고 있다. 그러나 표면적 이유의 이면에는 진리의 확인 방법에 변화가 일어남을 알 수 있다. 그동안 이명준이 행해 왔던 진리의 확인 방식인 몽상을 버리고 체험을 통한 확인으로의 변화가 그것이다. 진리를 찾기 위한 사유의 여정이 현실 앞에 부딪치자 이명준이 택한 방식이 바로 '행위'를 통한 확인이다. 즉 몽상이 아니라 현실의 대상을 통해 직접 실체를 경험하는 것이다. 이는 최인훈이 서문에서 말한 "인생을 풍문 듣듯 산다는 건 슬픈 일입니다. 풍문에 만족치 않고 현장을 찾아갈 때 우리는 운명을 만납니다. 운명을 만나는 자리를 廣場이라 합시다. 광장에 대한 풍문도 구구합니다. 제가 여기 전하는 것은 풍문에 만족치 못하고 현장에 있으려고 한 우리 친구의 얘깁니다"야말로 지적모험의 여정이 '풍문(몽상)'에서 현장(실체)의 경험이라는 '행위'의 차원으로 옮아감을 보여주는 것이다. 이를 통해 이명준은 "갈빗대가 버그러지도록 뿌듯한 보람"을 느끼고 싶었으며, 이의 실천이 육체의 확인이자, 갑작스레 태식의 오토바이를 훔쳐 윤애를 만나러 가는 행위이며, 급기야는 첫 번째 탈주인 월북의 감행인 것이다.

외적 원인으로는 남한 사회에 대한 환멸 때문이다. 남한 사회의 환멸은 이명준의 행복한 함수관계에 균열을 가져온 근본적 원인에 해당한다.

추악한 밤의 광장. 탐욕과 배신과 살인의 광장. 이게 한국의 정치의 광장이 아닙니까? 선량한 시민은 오히려 도어에 자물쇠를 잠그고 창을 닫고 있어요. 아사(餓死)를 면하기 위해서 시장으로 가는 때만 할 수없이 그는 자기 방문을 엽니다. (……중략) 경제의 광장에는 장물(臟物)이

범람하고 있습니다. 모조리 도둑질한 물건. 안 놓겠다고 앙탈하는 말라빠
진 손목을 도끼로 쳐 떼어 버리고, 빼앗아 온 한 자루의 감자가 거기 있
습니다. (……중략) 문학의 광장 말입니까? 무정견(無定見)의 꽃이 만발합
니다. 또 그곳에서는 아편 꽃 재배가 한창입니다.(p.37)

이명준의 눈에 비친 남한의 모습이란 정치, 경제, 문화 등 모든 것이
부패해버린 사회이자 환멸의 세계이다. 그곳은 "비루한 욕망과, 탈을
쓴 권세욕과 그리고 섹스뿐"이며 서양의 민주주의를 배운 자들은 오히
려 "인민의 등에 올라타 외국에서 맞춘 알른거리는 구둣발로 그들의
배를 걷어차며", 친일을 했던 자들이 호의호식하는 세상이다. 이처럼
"개인만 있고 국민은 없는"즉, "밀실만 풍성하고 광장이 사멸"했다는
이명준의 시각은 남한의 체제비판에 다름 아니다. 「광장」은 처음부터
이명준을 통해 "현실의 가장 민감한 부분인 사회 운영 방식의 요체,
이데올로기적 핵심을 비판"[18]하고 있었던 것이다. 그런데 이명준이 비
판하고 있는 남한 사회의 모습은 추상적 차원을 넘지 못하고 있다. 사
회 운영 방식이나 이데올로기에 대한 비판은 철학과 3년생의 체험이
아닌 논리에 속하는 문제이기 때문이다. 그런데 유일하게 현장을 체험
하는 사건이 발생하는데, 형사로부터의 고문이 그것이다.

아버지가 북한에서 관직에 있다는 이유에서 비롯된 고문 장면은 「광
장」이 가지고 있는 비판의식의 강도를 보여준다. 고문 모티프를 소재로
하는 50년대 작품들로는 박연희의 「증인」(1955)가 유일하며, 1960년 5월
에 발표된 서기원의 「사지연습」과 같은 해 7월에 발표된 강용준의 「철
조망」에서 나타나고 있다. 여기에 소개된 고문 소재의 작품들은 주로 남
한 사회에 대한 비판을 목적으로 하고 있다. 박연희는 「증인」의 창작배
경을 소개하는 자리에서 "반공이라는 미명하에 나치즘적인 경찰정치하
에서 모든 인간의 자유가 짓밟히는 암흑을 광명으로 이끌려는 것이 이
작품의 초점"이라고 밝히면서 이를 위해 "검열관의 눈에 띄지 않고, 독

---

18) 한기, 앞의 책, p.202.

자가 고문당하는 장면을 느낄 수 있도록"[19] 했다는 것이다. 그러나 박
연희의 이러한 목적의식에도 불구하고 「중인」을 비롯한 「광장」이전의
작품들은 남한 사회가 아닌 경찰의 폭력성만을 비판하고 있을 뿐이었
다. 당시 남한 사회의 구조적 혹은 반공이데올로기에 대한 문제의식보
다는 고문 기술의 다양함과 폭력성에 초점을 맞추었기 때문이다. 이러
한 한계가 「광장」의 남한 사회 및 이데올로기의 문제의식으로까지 확대
되면서 극복되고 있는 것이다. 결국 관념과 현실 간의 괴리에서서 비롯
된 행복한 함수관계의 균열과 그로인한 실체 통한 확인 욕구 그리고 이
모든 것을 유발시킨 남한사회의 환멸이 월북이라는 탈주를 형성시켰던
것이다.

그렇다면 광장을 찾기 위해 밀실의 남한을 탈주하여 간 북한은 어떠
한가.

> 도대체 어디에 혁명이 있단 말인가. 일류 코뮤니스트의 집안에 중류
> 부르조아의 그것 같은 차분한 평화가 도사리고 있는 바에야 혁명의 청신
> 한 흥분이 어디 있단 말일까.(……중략)
>
> 제가 월북해서 본 건 대체 뭡니까? 이 무거운 공기, 어디서 이 공기가
> 이토록 무겁게 압착돼 나옵니까? 인민이라구요? 인민이 어디 있습니까?
> 자기정권을 세운 기쁨으로 넘치는 웃음을 얼굴에 지닌 그런 인민이 어디
> 있습니까?(……중략)
>
> 붉은 심장의 흥분 그것이야말로 모든 것입니다. 그것이야말로 우리와
> 자본주의들을 구별하는 단 하나의 것입니다. 퍼센티지가 문제인 게 아닙
> 니다. 생산지수가 문제인 게 아닙니다. 우리 가슴 속에서 불타야 할 자
> 랑스러운 정열, 그것만이 문젭니다.(pp.78~79)

이명준이 북한에서 발견한 것이란 혁명에의 흥분과 열정이 소멸해버
린 "잿빛공화국"이었다. 북한의 혁명은 "전 세계 약소민족의 해방자이
며 영원한 벗인 붉은 군대의 선물"일 뿐이었다. 레닌과 스탈린이 이룩

---

19) 박연희, 「생명의 발언을」, 『한국전후문제작품집』, 신구문화사, 1992, pp.403~404.

한 혁명의 아류인 그런 곳에서 혁명의 흥분을 가장하는 것은 위선이며 오직 "혁명을 팔고 월급을 타는 혁명쟁이"가 있을 뿐이다. 게다가 모든 것은 인민이 아닌 당이 주인공이다. 당은 "영웅주의적인 감정" 대신에 "강철과 같이 철저한 실천자"를 요구한다. 개인적 언어를 소멸시키고 "완전한 집단의 언어"를 만드는 북한이야말로 "혁명의 풍문"일 뿐이며, 혁명의 광장이 아닌 "따분한 매스게임에 파묻힌 운동장"인 것이다.

사실 이명준의 여정이란 붕괴된 함수관계를 복원하기 위해 탐색의 과정이었다. 관념으로만 존재하는 총체성을 현실에서 찾는 것이야말로 진리의 발견이자 행복한 함수관계를 복원하는 것이기 때문이다. 이명준이 찾는 관념의 모델이란 무엇인가. 그것은 광장과 밀실로서, 플라톤주의자가 생각해낸 총체성의 모습인 것이다. 광장은 소통의 세계이다. 광장은 공공의식, 신뢰, 양심, 정의 등이 존재하는 합리적 의사소통의 세계인 것이다. 그것을 현실의 세계인 남과 북에서 찾고자 떠난 여정이 지금의 모습인 것이다. 이는 마치 밀실은 남한에, 광장은 북한에 대응되는 구도처럼 보이게 하는데, 이러한 이항대립은 표면적인 것에 불과할 뿐 실제로는 모두 등가적 관계를 갖는다. 최인훈의 언급처럼 "광장은 대중의 밀실이며 밀실은 개인의 광장"이다. 즉 밀실의 집합체가 곧 광장인 것이다. 이러한 등가성은 남과 북에도 동일하게 나타난다. 남한이란 '광장 부재의 밀실'이라는 점 그리고 북한은 '밀실 부재의 광장'이라는 점에서 이 둘은 서로 보완적 관계처럼 보인다. 그러나 사실 남한의 밀실이나 북한의 광장 역시도 불완전한 형태를 띤다는 점에서, 남과 북은 광장과 밀실 그 어느 것도 존재하지 않는 부재의 세계이다. 그런 점에서 이 둘은 동일한 세계이다.

여기에 이명준이 찾는 또 하나의 관념의 세계가 있는데 바로 '사랑'이 그것이다. 이명준이 집착하는 세계란 광장, 밀실 그리고 사랑과 같은 추상명사이다. 이들 추상명사야말로 관념의 축에서 총체성의 모습을 띠고 있는 것들이다. 반면 남과 북 그리고 윤애와 은혜야말로 현실에서 찾고자 하는 추상명사의 실체들이다. 특히 윤애와 은혜는 단지 이명준의 사랑의 파트너를 떠나 중요한 상징성을 지니고 있다. 윤애는 남한의 '결여태(缺如態인)' 광장을, 반대로 은혜는 북한의 결여태인 밀실의 상징이 그것이다. 윤애의 "순결 콤플렉스"20)란 정신분석학을 빌리면 초자아에 해당한다. 이명준의 욕망을 거부하는 윤애의 모습이야말로 초자아의 모습에 다름아니기 때문이다. 그런데 초자아가 사회적 성격을 띤다는 것은 대중의 밀실인 광장의 집단적이며 사회적 성격과 맥을 같이 함을 보여주는 것이다. 반면 언제든지 이명준을 받아들이는 은혜는 리비도를 표상한다. 리비도가 철저히 개인적 성격을 띤다는 점에서 역시 밀실의 개인적 성격에 일치한다. 결국 이 두 여인은 남한과 북한이 결여한 광장과 밀실을 표상하며, 이명준으로 하여금 찾아야할 총체성의 모습을 암시해주는 역할을 하고 있는 것이다.

그러나 이명준이 딛고 있는 현실에서는 총체성의 모습을 발견할 수가 없다. 남과 북에서 총체성을 발견할 수 없음은 곧 관념의 붕괴를 의미한다.

> 그는 가슴에서 울리는 붕괴음(崩壞音)을 들었다. 그 옛날 그는 S서 뒷동산에서 퉁퉁 부어오른 입 언저리를 혓바닥으로 핥으면서 이 붕괴음을 들었다. 그의 에고의 방 도어가 붕괴하는 소리였다. 이번 것은 더 큰 음향이었다. 그러나 먼 소리였다. 둔탁하게 울리는 소리, 광장에서 동상이 넘어지는 소리 같았다. (……중략) 눈에 보이건 안 보이건 인간은 우상(偶像) 앞에서만 운다. 아무도 관객이 없는 데서 연기할 만큼 강한 인간은 아무 곳에도 없다. 이제 명준에게 남은 우상은 부드러운 가슴과 젖은 입술을 가진 인간의 마지막 우상이었다.(pp.87~88)

이명준의 가슴 속에서 울린 붕괴음이란 바로 관념의 붕괴 소리이다. 남한에서 광장을 찾지 못했을 때 들었던 최초의 붕괴음이 북한에서마저 찾지 못하자 더 큰 붕괴음, 즉 총체성의 소멸로서 다가온다. 모든

---

20) 「광장」, p.90.

"우상은 보이지 않는 걸 믿지 못하는 인간의 습성 때문에 탄생한 것"
임에도 인간은 우상 없이 살 수 없는 존재이다. 그래서 이명준은 가슴
과 젖은 입술을 가진 은혜에게 집착하게 되는 것이다.

그러나 그 은혜마저도 죽어버린 이상 이명준의 손에 남겨진 "패"는
단 두장 뿐이다. 하나는 총체성의 붕괴 이후 배운 "요령"의 삶이요 다
른 하나는 진리가 부재한 남과 북 모두로부터의 탈주인 '망명'이다. 이
명준은 요령의 삶을 거부한다. 왜냐하면 남한이란 "게으른 '즉자태(卽
自態)'이자 '이상(理想)'의 결여태(缺如態)요, 키에르케고으르 선생 식
으로 말하지만 '실존하지 않는 사람들'의 광장 아닌 광장"21)이기 때문
이다. 남과 북의 등가성을 고려할 때 남한에 대한 인식은 그대로 북한
에 적용된다. 이제 남은 패는 중립국으로의 망명뿐이다. 그러나 이명준
은 깊은 밤 중립국으로 가는 타고르 호에서 투신자살로 거대한 여정을
맺는다. 남한으로부터의 탈주(월북)를 거쳐 북한으로부터의 탈주 그리
고 남과 북 모두로부터의 탈주인 망명은 끝이 아니었다. 마지막에 기
다리고 있던 것은 바로 죽음이었던 것이다. 그렇다면 이 죽음은 무엇
을 말하는 것일까. 삶과 죽음의 선택 기로에서 자살로까지 몰아간 그
운명의 추동력은 한갓 부패한 사회에의 반항의 의미로서가 아니라, 이
분단 현실 자체가 과연 살 만한 것인가 아닌가에 대한 물음이다. 분단
현실 어느 쪽도 나는 선택할 수 없고, 그래서 중립국행을 결정했지만,
그렇다고 중립국에서 살 수는 없다. 배반하지 않고 정직할 수 있는 유
일한 길은 결국 자살 밖에 없기 때문이다.22) 결국 이데올로기로 세워
진 세계로부터 벗어나서는 그 누구도 존재할 수 없음을 말하고 있는
것이다.

---

21) 「광장」, p.114.
22) 한기, 앞의 책, p.207. 참조.

4. 결 론

「광장」안에는 수많은 50년대 소설의 얼굴들이 보이고 있는데, 인민군 포로, 고문 모티프 등이 많은 전대의 얼굴들이 「광장」의 곳곳에 스며들어 있는 것이다. 이러한 현상은 「광장」이 50년대 소설의 중요한 테마였던 '미아의식'의 연장선상에 놓여있음을 보여주는 것이다. 1950년대는 고은의 지적처럼 '아'[23]라는 감탄사 없이는 명명할 수 없던 '주어 없는 비극'[24]의 시대였다. 불연속성의 세계에서 '주어'를 찾아 헤매는 인간들의 모습이란 길을 잃고 헤매는 미아의 모습에 다름 아니다. 50년대 미아의식은 피난민의 '거처 찾기', 제대(상이)군인의 '직업' 찾기에서부터 실존의 의미 찾기 그리고 이데올로기 사이에서 방황하는 개인의 모습 등에서 찾을 수 있다.

「광장」은 이명준을 통해 총체성을 찾아 떠나는 탐색의 여정을 다룬 서사이다. 그런데 이 탐색의 여정은 탈주의 여정에 다름 아닌데, 이는 환멸에서 시작된 여정이기 때문이다. 총체성을 찾아 나선 세계가 환멸의 모습을 띠는 순간 그것은 탐색에서 탈주로 성격이 달라지는 것이다. 따라서 이 환멸의 구조는 루카치가 말한 '여행이 시작되자 길이 끝나버린' 소설의 운명과 일치한다. 그런 면에서 「광장」은 50년대 미아의식의 결정판이라 할 수 있다.

---

23) 고은, 『1950년대』, 민음사, 1973, p.22.
24) 이어령, 『저항의 문학』, 예문관, 1965, p.21.

한국 현대소설과
이념의 좌표

제 3 부

이념의 진공상태와 현실인식의 양상

제1장
니힐리즘을 넘어 휴머니즘의 세계로

1. 서 론

석향(石香) 김성한[1]은 손창섭, 장용학 등과 함께 50년대 전후문단에서 주목받은 신세대 작가이다. 김성한에 대한 연구는 크게 몇 가지로 유형화 할 수 있는데, 인물연구, 주제연구 그리고 풍자, 알레고리 등 기법연구 등이 그것이다. 그런데 김성한을 바라보는 관점은 크게 두 가지―긍정적 평가와 부정적 평가―로 집약할 수 있다. 긍정적 평가의 내용은 풍자나 알레고리 등의 기법을 통해 전후 부조리한 현실 비판을 주지주의적 입장에서 형상화했다[2]는 것이다. 반면 부정적 평가의 내용

---

[1] '石香'은 김성한의 호이다. 그동안 김성한의 호가 '석향'임이 지적된 바는 단한 번도 없었다. 이는 김성한이 자신의 호를 직접 언급한 적이 없었기 때문이다. 그런데 석향이 김성한의 호임을 알 수 있는 단서가 『사상계』에 처음으로 나타났다. 『사상계』 1956년 4월호 269쪽에 잭크런던의 「이교도」가 번역 소개되는데, 역자의 이름은 없고 단지 127쪽에 "石香譯"이라고만 적혀있는 것이다. 목차와 편집후기 어디에도 역자 석향의 구체적인 정보는 보이지 않았다. 그런데 308쪽 하단에 하나의 광고가 실려있는데, 내용인 즉 "近刊 金聲翰 譯 美國短篇集 『異敎徒』 乙酉文化社"라는 책 광고이다. 이를 통해 김성한의 호가 석향임을 알 수 있는데, 김성한은 잭크 런던의 소설집 『이교도』를 단행본으로 내기 위해 번역했었고, 그 중의 한 작품인 「이교도」를 '석향'이라는 호로 번역 소개했던 것이다.

[2] 이유식, 「평면적 인물」, 『현대문학』, 1964.6.
김영화, 「김성한론」, 『현대문학』, 1980.11.
김상선, 『신세대작가론』, 일신사, 1964.

은 냉소주의와 허무주의에의 침잠[3]이다. 좀처럼 화해의 기미가 보이지 않는 이 두 입장은 80년대 이후로는 허무주의 평가가 주를 이루고 있다. 이러한 현상은 전후문학에 대한 객관적 거리의 정도(degree)에서 기인하는 것으로 보인다.

그러나 양가적인 평가에도 불구하고 김성한은 자신의 문학적 목표를 '비판과 저항'이라는 좌표하에 설정[4]하고 있으며 작품에서도 현실에 대한 강한 비판과 부정의 포즈가 뚜렷하게 보이고 있다. 그렇다면 왜 김성한에 대한 평가는 작가의 문학관과 다르게 나타나는 것일까. 이 말은 작가의 의식(관념)과 의식의 表現(형상화) 사이에 좁힐 수 없는 거리가 존재함을 스스로 증명하는 것이다. 이 거리란 김성한의 작품세계를 허무주의로 이끄는 요소들의 다른 말이다. 작품 깊숙이 퍼져있는 이 요소들은 표면상에 보이는 강한 비판의식을 허무적 절망감으로 전환시키고 있는 것이다. 따라서 의식과 형상화 사이의 '거리'를 규명하는 것은 김성한의 허무주의가 어디에서 기인하는지를 밝히는 일이 될 것이다.

천이두, 『한국현대소설론』, 형성출판사, 1983.
조건상, 『한국현대골계소설연구』, 문학예술사, 1985.
김우종, 『한국현대소설사』, 범우사, 1982.
3) 김 현, 「신념과 체념의 인간상」, 『사회와 윤리』, 일지사, 1972.
신경득, 「한국전후소설연구」, 건국대 박사, 1982.
전영태, 「김성한문학과 몰의식의 세계」, 전광용(외), 『한국현대문학사연구』, 민음사, 1984.
최혜실, 「김성한 소설에 나타나는 현실인식과 작품기법과의 관계」, 『국어교육』 93, 1997.2.
김진기, 「김성한론-理 지향성의 세계」, 김진기(외), 『한국현대작가론』, 건대출판부, 2002.
4) "우리는 스스로 自身을 세우고 自體를 整備해야 하겠다. 여기서 가장 근본 문제는 작가로서의 사명감이라고 믿는 文學이라는 것이 大衆에게 즐거움을 주는 娛樂에 그치지 않고 惡을 除去하고 美를 鼓吹하는 한 개 힘(power)으로서 보다 나은 세계에 참여하는 지중한 사명을 지닉 있을진대 문학인은 이 길을 정진할 의무감이 있다고 하겠다." (김성한, 「書生의 獨白」, 『서울신문』, 1956.8.24.)

2. 니힐리즘의 기원 - 인간으로 태어나기

1) 의미에의 조작

김성한 작품에 등장하는 인물들이 맨 처음 마주치는 것은 현실의 거대한 힘이다. 이때의 힘이란 단순한 물리적 폭력만을 뜻하지 않는다. 개인의 폭력으로부터 국가라는 거대한 폭력 그리고 의식의 조작(이데올로기)를 통한 상징폭력에 이르기까지 다양한 모습으로 등장한다.

먼저 물리적 폭력의 양상을 살펴보자.

> 힘이다! 힘을 모아 죄다 쳐버리구 천하를 잡았다. 그 애는 힘을 정의라고 했겠다. (「로오자(선인장의 항의)」, p.72)[5]

> 때릴 권리가 있고 맞아야만 하게 하는 것은 무엇일까……?
> 장식(裝飾), 그렇다, 장식이다.
> 선생의 신사복과 학생복 위에는 장식이 있었다. 장식은 뛰어넘을 수 없었다. 한빈은 주위를 돌아보았다.(「암야행」, p.81)

> -힘이다! 너희들이 가진 것도 힘이요, 내게 없는 것도 힘이다. 옳고 그른 것이 문제가 아니라 세고 약한 것이 문제다. 힘은 진리를 창조하고 변경하고 이것을 자기 집 문지기 개로 이용한다. 힘이여 저주를 받아라! (「바비도」, p.234.)

> 간악도 힘이다. 힘있는 자가 없는 자에게 이기는 것은 대자연의 철칙이다. (「개구리(제우스의 자살)」, p.121.)

「선인장의 항의」의 로오자는 아들(히틀러)의 모습을 통해 세계를 움

---

5) 『김성한 중단편전집』, 책세상, 1996. 이하 모든 작품은 여기에서 인용하며 각주는 생략함.

직이는 근본이 '힘'임을 자각한다. 이 힘은 인류로 하여금 "한결같이 땅에 엎드리고 초목도 허리를 굽히게" 할 수 있다. 이 '힘' 덕에 히틀러는 신(神)의 위치로 승격된다. 그것은 "몇 천 년에 한 사람 날까말까 한 특수한 존재"이자 "보통사람과는 별과 두더지의 차"이인 "인간의 허울을 쓴 신"이 되는 것이다. 더불어 로오자 자신도 "지상을 지배하는 인간신 히틀러"를 낳은 또 다른 신이 된다.

「암야행」의 한빈은 자신의 그토록 매진했던 교육에 대해 회의를 느끼고 있다. 그러던 중 조회시간에 "절대로 옳은 훈육주임의 때리는 자세와 절대로 옳지 못한 학생의 얻어맞는 자세에서 산 교훈"을 얻는다. 산 교훈이란 바로 사회적 위치를 가름해주는 힘, 즉 "장식(裝飾)"이다. '장식'이란 권력의 유무(有無) 혹은 강약(强弱)을 표상한다. 따라서 장식에서 나오는 힘은 바로 '절대적 옳음'과 '절대적 옳지 못함'을 구분지어줌과 동시에 때릴 권리와 맞아야만 하는 의무를 부여한다. 이 거대한 힘은 "구령에 맞춰 천을 넘는 백골"을 "상하좌우로 굽신거"리게 함과 동시에 "한빈이라는 백골도 함께 움직"이게 만드는 것이다.6)

「바비도」에서 힘은 "진리"를 창조함과 동시에 변경시킬 수 있다. 로마 교황으로부터 사제에 이르는 "거창한 조직체"에서 나오는 이 힘은 "자기 말을 안 듣는다고 도끼질을 할 권리"와 "자기에게 이익이 되는 것을 창을 들고 남에게 강요할 권리"를 갖는다. 이러한 힘은 사람들을 단지 영역복음서를 읽었다는 이유로 스미스피일드 사형장에서 이단분형령(異端焚形令)에 처할 수 있는 정당성을 부여한다. 이 거대한 힘 앞에 주인공들은 회의와 저항을 해보지만 결국엔 무기력한 자신을 만날 뿐이다. 로오자는 어느 날 아돌프의 힘에 대해 의문을 갖기 시작한다. 왜냐하면 다른 아이들과 다를 바 없이 히틀러도 어릴 적 "오줌두 싸고

---

6) 이러한 전체주의적인 모습은 "천명이나 되는 학생들의 가슴에 달려 있는 단추가 모두 다섯 개씩"이라는 "무서운 사실 투성이"이라는 장용학의 「요한시집」에서도 볼 수 있다. 전체주의에 대한 인식은 전후소설의 보편적 주제이자 극복대상으로 나타나고 있다.

똥두 싸구, 나헌테 종아리두 맞으면서 자라"났기 때문이다. 그러나 단지 이런 의문으로는 아무런 변화를 가져오지 못하기에 로오자의 고민은 일회성으로 끝을 맺는다. 「암야행」의 한빈은 세계가 "장식(裝飾)"으로 지배되는 것을 인식한 후부터 깊은 허무에 빠진다. 세상만사가 "다 시시해졌"고 "될 대로 돼라"식으로 하루하루를 보내던 중 예전에 자신을 고문하였던 오광식 형사를 만난다. 국회의원이 된 오광식은 '정의의 칼'을 외치는 한빈에게 "정의의 칼이 녹슨 줄 모르시우? 아니, 원래 정의의 칼이란 것이 없을지두 모르지요. 어떻소, 대결을 결심이신가요? 국회의원과 교사루는 좀 어렵잖을까요?"라며 빈정댄다. 그러나 한빈이 할 수 있는 것이라고는 "교장을 앞세우고 나가는 오광식을 바라보고 서 있"는 것뿐인 것이다.

바비도 역시 힘 앞에 할 수 있는 것이라고는 자신의 작업실 도구를 부수는 무의미한 폭력과 "다 흥미가 없어졌다"는 것은 허무에의 표현일 뿐이다.

두 번째 힘의 행사방식으로는 의식의 조작이 그것이다. 이데올로기 또는 미시권력의 행사방식인 의식의 조작은 가시적인 물리적 폭력과는 매우 상이한 방식이다. 이데올로기는 매우 자명한 것으로 다가오는데, "사회 행위자로 하여금 사회세계의 객관적 구조에서 발생한 지각과 감상을 적용함으로써 이 세계를 당연한 것으로 보이게 만드는 것"[7]이다. 이데올로기는 의식을 생산하고, 이 의식은 의미를 생산해낸다. 하지만 생산된 의미는 거대한 조직체가 만들어 낸 힘(이데올로기)의 논리에 따라 조작된다.

> "아아, 의식(意識)의 비극이여! 너는 조작을 쉬지 못하고, 조작하면서 반드시 이루어지나니 낸들 어찌하랴! 의식에는 이미 불행의 씨가 깃들었거든……"(「개구리」, p.113.)

---

7) P. 부르디외, 정일준(역), 『상징폭력과 문화재생산』, 새물결, 1997, p.27.

배부른 작자들은 인간이라는 것을 창조해 냈겠다. 그리하여 인간을 동물이라는 생물과 구별하였겠다. 자기네는 동물이 아니고 인간이라고. 잘났다고. 배는 부르고 할 일은 없으니 머릿속에서 갖은 요물을 조작해 낸 것이다. 이따위 조작꾼들은 예로부터 철학자라 하여 떠받들어 왔다. 이자들을 떠받들어 배불리 먹여 놓으면 별에 별 색동저고리가 다 터져 나왔다. 그리하여 인간이라는 요물 위에다가 가지각색 색동저고리를 입혔겠다. 도덕이다, 정의다, 의리다, 인간애다, 애국이다, 애족이다, 가치다, 세월이 흘러감에 따라 색동저고리에다 또 가지각색 노리개를 붙임으로써 교수도 되고 박사도 되고 권력 있는 인간 동물의 총애를 받아서 고깃점이나 더 얻어먹고 못나도 잘난 척하다가 땅 속에 들어가서 구데기 밥이 되었겠다. 인간아, 네가 언제 네 먹을 것을 남에게 주고 굶어죽은 일이 있느냐? 그렇게 애족을 잘하는 인간들이 왜 굶어서 헤매는 나 한사람에게 따뜻한 말 한마디 못 던지느냐? 요놈의 인간연극을 뒤집어엎어야겠다.(「방황」, pp.270~271.)

비극의 근원이 "의식"인 이유는 의미를 조작한다는 차원에 머무르지 않는다. 더욱 중요한 것은 의미를 조작할 수 있는 의식의 소유자 때문이다. 의미의 조작은 누구나 할 수 있는 것이 아니다. 그것은 권력을 부여받았거나 부여하는 자만이 할 수 있다. 김성한은 그것을 "거창한 조직체"로 보고 있다. 거창한 조직체가 행하는 의미의 조작은 물리적 폭력을 통한 권력행사 방식이 아니다. 그것은 히틀러를 위한 죽음을 최고의 영예라고 '믿게' 하거나(「선인장의 항의」), 바비도를 "이단"이라고 '명명' 할 수 있는 것이며(「바비도」), 단지 하나의 나무에서 '김삿갓'과 '십자가'의 거대한 의미를 만들어 내는 것(「암야행」)처럼 불합리한 것을 '자명한 것'으로 믿게 하는 힘이다. 이렇게 의미의 조작으로 이루어진 인생이란 결국 "연극"에 불과한 것이 된다. 연극으로의 삶이란 무엇인가. 그것은 개인의 의지를 요구하지 않는다. 오로지 대주체 즉 거대한 조직체에 의해 조작된 각본에 따라 움직이는 것이다. 그 각본이란 사회라는 하나의 구조를 형성하고 질서를 유지시키는 제도, 규범,

윤리, 도덕, 문화 등이다. 각본대로의 삶이란 곧 그 사회의 가치체계를 받아들이는 삶이자 동시에 개인에게 '주체'라는 명명을 부여하는 조건이 된다. 그러나 그동안 옳다고 믿어왔던 것이 그른 것이 되고 사실이 거짓임을 인식하게 될 때, 그래서 모든 것이 "인간연극"임을 깨달았을 때 다가오는 것은 허무에의 확인인 것이다. 인간의 연극에 "저주"를 내리거나 "요놈의 인간연극을 뒤집어엎어야겠다"라고 마음은 단지 거대한 조직체 앞에서 무기력한 개인이 펼치는 한탄에 지나지 않는다. 이처럼 거대한 힘과 개인의 무력함에 대한 인식은 허무주의의 한 축을 작용하고 있는 것이다.

2) 필연성의 부재

허무주의의 두 번째 기원은 필연성의 부재이다. 하나의 개인이 세계와 연결되는 지점엔 반드시 필연성이 존재한다. 세계와의 필연성이란 개인으로 하여금 그 세계가 속한 사회 혹은 현실과의 공존에 필수적인 요소이다. 이러한 필연성은 알튀세르에겐 주체의 호출기제인 이데올로기로, 프로이트에게는 외디푸스 콤플렉스로, 라캉에게는 허위에의 동일시 등 많은 개념들이 있다. 이러한 개념들의 공통점은 이 '필연성(정체성)'을 통해 개인은 사회의 구성원이 될 수 있다는 것이다. 즉 사회구조의 한 위치를 차지하는 주체가 되기 위해서는 반드시 개인은 필연성이라 불리는 제도, 문화, 종교, 가치관 등에 동일화 과정을 거쳐야 하는 것이다.

그러나 김성한 작품의 인물들은 이러한 필연성이 결여된 상태로 나타난다. 이들은 선험적으로 필연성이 결여된 것은 아니다. 세계의 근원인 '힘'에 대한 불인정 혹은 힘으로 만들어진 사회 속에서의 소외의식이 필연성에 대한 의심과 부정에 이르게 만든 것이다.

필연성의 부재를 가장 뚜렷하게 보여주는 것은「암야행」이다. 한빈은 이 나라의 급선무는 교육이라 생각하고 해방 후부터 교육에 매진했으나 7년이 지난 지금 회의에 빠져있다. 지난 7년이란 "직장과 하숙을 내왕하는 운동, 기계의 상하운동이나 전후운동"과 다를 바가 없기 때문이다. 교육이란 한빈의 정체성에 다름 아니다. 한빈에게 있어 교육이란 나라를 위한 일을 하는 것이자 동시에 자신이 사회 속에서 일정한 위치를 차지하고 있다는 소속감을 불러주기 때문이다. 그러나 7년의 세월이 한빈에게 가져다 준 것은 "모든 것이 어쩔 수 없는 평범 그 자체"라는 허무감이다. 이 허무감이란 바로 필연성에의 결여 즉 정체성 혼란의 다른 이름이다.

> 만일 내가 없었다면 다른 어떤 사람이 내 자리에 앉아 내가 한 일을 적어도 나만큼은 했을 것이다. 교육이 이 나라의 급선무요 내 사명이라 생각한 것은 지금 생각하면 희극 중에서도 막간극에 지나지 않는다.
> 나-그것은 얼마든지 갈아댈 수 있는 부분품에 지나지 않는다. 있으나 없으나 마찬가지 존재, 구태여 살려고 움직이는 것은 무엇 때문일까?(「암야행」, p.78.)

필연성의 결여에서 파생된 정체성의 혼란은 자신의 존재론적 의미의 혼란으로 이어진다. 세계와의 연결점이자 "이 나라의 급선무요 내 사명"인 교육에의 활동은 이제 희극의 "막간극"에 지나지 않는다. 그 정도의 막간극이라면 다른 사람도 "나만큼은 했을 것"이다. 이제 막간극의 단역배우이자 "얼마든지 갈아댈 수 있는 부분품"으로의 인식은 결국 세계와의 마지막 연결점을 포기한다는 것을 의미한다. 이처럼 필연성의 부재는 결국 우연이 지배하는 즉 허무주의로 침잠하게 된다.

> 생각하면 모든 것이 우연이다. 소위 교육자가 되겠다고 마음먹은 것도 우연이요, 몇 해 동안 열심히 하노라 하다가 결국 쫓겨난 것도 우연이다. 전쟁통에 살아난 것도 어찌어찌하다가 산 것이요, 꼭 살려고 마음먹어서 그리된 것도 아니다. 폭격이나 총알을 피하는 데 방법이 있는 것이 아니요, 다행히 폭탄이 떨어지는 자리에 없었고 총알이 날아가는 길에 있지

않았기 때문에 죽지 않은 것이다. 이 집 주인은 공교롭게 폭탄이 떨어지는 자리에 있었기 때문에 목숨이 날아간 데 지나지 않았다. <u>세상은 될 대로밖에 되지 않는데 안달하는 것은 공연한 헛수고다.</u> (『암야행』, p.88, 밑줄: 인용자)

세계는 물론 개인의 존재조차 우연에 지배된다는 논리는 허무주의의 극단적 모습이다. 왜냐하면 우연의 지배 속에는 그동안 세계를 지배했던 필연성의 요소들-도덕, 윤리, 가치판단, 의미-등이 무화되기 때문이다. 우연성이 지배하는 세계에서 개인의 의지는 필요 없을 뿐더러 존재하지도 않는다. 교육자가 되겠다는 마음이나 전쟁통에 살아난 것 등 등 이 모든 것들은 의지가 아닌 "어찌어찌하다가 산 것"처럼 개인의 생을 결정짓는 것도 또는 생의 방향을 결정짓는 것은 의지와 무관한 우연성에 의해 지배되기 때문이다.

> 지나가는 자동차가 흙물을 뿌리고 달아났다. 그는 발을 멈추고 손수건을 꺼내 이리저리 훔쳤다.
> "왜 이것을 훔쳐야만 하느냐?"
> 훔치던 손을 멈추고 흙물에 젖은 손수건을 불끈 쥐었다. 손수건이 비위에 거슬렸다. 팽개칠까 하다가 싱거운 생각이 들어 바지 호주머니에 넣고 다시 걷기 시작했다.(『암야행』, p.78.)

자동차에 튄 흙물을 보며 "왜 이것을 훔쳐야만 하느냐?"라는 질문은 우연성의 지배라는 인식이 가져다 준 극단적인 허무주의이다. 이러한 허무주의는 다른 작품에서도 공통적으로 드러난다.

> 내가 위대한 총통의 어머니? 위대한 인간이 만들어 낸 가장 서투른 광대놀음이 아닐까?(『선인장의 항의』, p.73.)

> 유난히 고요한 밤이었다. 세상은 모두 밤이요, 자기의 지각만이 살아

서 이렇게 수다를 떠는 것만 같았다. 근거 없는 수다였다. 허공에 뜬 수다였다. 그렇다, 내 자신 허공에 뜬 존재다.(「극한」, p.244.)

자신을 위대한 '여신'이라 믿었던 로오자는 어느 날 눈앞에서 총살직전의 여인을 바라보게 된다. 이 사건은 그녀로 하여금 내면의 소리를 접하게 하는 중요한 계기, 즉 화분에 심은 선인장이 갑자기 "너는 누구냐"라는 질문을 던진다. 이 같은 질문은 "꺾으면 꺾이고 밟으면 밟히는 존재"인 선인장과 "하는 일 없이 잘 먹고 잘 쓰고, 배때기에 비계가 겹겹이" 들어앉아 "사람이건 무엇이건 마구 짓밟는 위대한 총통의 어머니"인 로오자가 서로 다르지 않음을 말하는 것이다. 이제 그녀는 그동안의 모든 신념―자신은 "인간의 허울을 쓴" 신이며 "다같이 사람이라고 불리는 것이 불만"이었던―이 한낱 "서투른 광대놀음"이 아닐까 회의한다. 로오자에게 회의란 바로 자신과 세계를 이어주던 필연성에 대한 회의이자 의심인 것이다.

「극한」의 야마모토 다쯔코는 농부의 딸로 태어났으나 "고아의 신세가 되어 목사의 손에서 동양천지를 굴러다니다가, 아재 사십객이 다 되어서 서울 변두리 하꼬방에 과부 신세로 구공탄을 바라보고 있는 존재"이다. 풀 한포기도 "뿌리를 박는 땅"이 있고 산돼지도 굴이 무너지면 다른 굴을 장만할 수 있는 것처럼 "생명 있는 모든 것은 거점이 있"음에도 그녀에겐 "요 하꼬방이 유일절대의 거점"이다. 세계와 연결해주는 유일한 필연성이 바로 이 하꼬방이다. 그러나 그녀는 자신을 "내장을 세계로 삼는 거시(蛔虫)"와 동일시한다. 거시란 내장의 찌꺼기 영양분을 먹고사는 회충이다. 이는 그녀의 세계와의 연결 의미가 겨우 내장에 기생하는 회충과 다르지 않음을 뜻한다. 회충의 삶이란 세계 속에서 일정한 위치와 역할을 담당한 주체로서의 삶이 아닌, 기생적·종속적인 삶 즉 필연성(정체성)이 결여된 삶인 것이다.

  3) 모멸의 인간군

  김성한의 작품에는 크게 3가지의 인물군이 등장한다. 상층의 지도자
와 중간층의 지도자 그리고 일반 백성이 그것이다. 김성한 작품의 인
물에 대한 연구는 여러 논자들에 의해 지적되어 왔다. 이유식의 경우
인사이더와 아웃사이더로, 김영화는 A∼D형으로 구분한 바 있다.8) 널
리 알려진 바대로 '지도자'형의 인물들은 대부분 지식인이거나 사회의
상류층에 속하는 자들이며 동시에 김성한의 비판의식이 집중된 인물들
이기도 하다. 많은 논자들도 의견을 일치하고 있는 부분이다. 지도자형
에 대한 김성한의 강박적인 성토는 단지 그들에 대해 비판의식을 드러
내거나 사회악의 일부로서 언급하기 위해 이루어지는 것은 아니다. 더
욱 중요한 것은 이러한 인물에 대한 김성한의 인식이 비판뿐만 아니라
니힐리즘의 근간이 되고 있다는 것이다. 지도자형의 인물들은 세계의
근원을 '힘'으로 규정하고 온갖 위선, 위악으로 세상을 부조리와 비합
리로 만들어 간다. 따라서 이들은 집중적인 비판대상이 된다. 그러나
이 경우 비판의식과 함께 극복의 모델이 제시되어야 한다. 다른 작가
들의 경우 새로운 인물유형, 예를 들면 선량한 일반 서민 등을 통해
극복의 모델을 설정한다. 그러나 김성한의 경우에는 그 나머지 인물군
인 일반 백성들마저도 모멸과 혐오의 대상으로 등장한다. 그들은 배신

---

8) 김성한의 인물들은 단조로운 모습을 띠고 있다. 이는 관념지향적 작품들이 보
   이는 공통적인 현상인데, 관념지향적이 되기 위해서는 특정 개인의 관념에 집
   중해야 하며, 이러한 인물에게서 성격의 빈번한 변화는 기대하기 어렵기 때문
   이다. 장용학과 손창섭의 경우 매 작품마다 다른 주인공이 등장하지만 동일인
   물로 느껴지는 것은 바로 이러한 이유 때문이다. 또 특정 개인의 사유를 중심
   으로 그리는 경우 다른 다양한 인물의 등장을 기대하기 어렵게 된다. 관념지
   향적 작품의 또 다른 특징으로는 서사의 약화현상을 들 수 있다. 사건보다는
   사유를 따라가는데 중점을 둠으로써 서사는 자연히 약화될 수밖에 없다. 중요
   한 메시지가 사건을 통해 암시되거나 함축함으로써 긴장감 혹은 절정을 향한
   지연의 효과를 가져오는 것이 아니라 한 순간에 인물의 입을 통해 모두 말해
   지기 때문에 앞서의 사건들이란 단지 '말(관념)'을 하기 위한 상황 제시에 지
   나지 않는 것이 되고 마는 것이다.

과 기회주의로 세상을 견디는 자들이다. 결국 지도자와 그를 따르는 일반 백성 즉, 모든 인간군은 불신의 대상이 되고 만다. 전쟁과 폐허 그 속에서 이루어지는 온갖 배신과 허위, 이렇게 부조리한 세상에 믿고 의지할 인간이 없음은 곧 니힐리즘를 지향하는 필연적 계기가 되는 것이다. 이로 인해 김성한의 인간에 대한 불신은 '인간악'으로 심화되며 급기야는 인간에의 '흥미 없음'으로 절정에 이른다.

많은 논자들의 연구가 있으나, 김성한의 인물을 다시 분류한다면, 상층부의 지도자·중간층의 지도자·일반 백성 이렇게 세 유형으로 나눌 수 있다. 이러한 분류의 기준은 주인공의 관점에 의한다. 첫째 상층부의 지도자형에 속하는 인물로는 「선인장의 항거」의 아돌프 히틀러, 「암야행」의 오광식, 「제우스의 자살」의 독수리와 황새, 「바비도」의 태자 등이다. 이들은 주인공의 시선 속에서 혐오의 대상으로 나타난다. 그들은 각 시대를 대표하는 지도자들로서 상당한 교육을 받은 지식인이거나 혹은 국가나 종족의 우두머리이다. 그러나 주인공의 시선에 비친 그들의 모습은 위선, 허세, 가식, 공격성, 잔인성 등 악의 상징이다. 히틀러는 무수한 사람들은 사형대에 올렸으며, 예전 고문형사였던 오광식은 현재 국회의원이 되어 교회에서 "우리나라 기독교의 믿음직한 뒷받침"으로 알려져 있으며, 독수리와 황새 그리고 태자는 권력을 이용해 무수한 사람들은 죽음으로 몰아간다.

중간층 지도자로는 「선인장의 항거」의 오토대위, 「암야행」의 교장, 「제우스의 자살」의 얼룩이, 「극한」의 중절모 남자, 「바비도」의 사제, 「달팽이」의 원달호 등이다. 이들 역시 상층부의 지도자와 유사하지만 특이한 점은 권력에의 욕망이 유달리 강하게 표출되고 있다. 권력에의 강한 욕망은 자연스럽게 상층부의 지도자에게 지나친 충성심과 굴종을 보인다는 것이다. 히틀러의 영광을 주장하며 사람들은 죽음으로 내몰고 있는 오토대위, 국회의원인 오광식에게 굴종하는 교장, 왕인 황새의 신임을 얻기 위해 동족을 먹이로 바치거나 스스로도 동족을 잡아먹는 얼룩이, 지식에의 허세를 부리며 성적욕망을 가득 찬 중절모 남자, 자신의 양심과는 관계없이 오로지 교황청의 명령만을 받드는 사제, 끝없이 권력을 지향하는 원달호가 바로 그들이다. 지도자층에 대한 신랄한 비판은 김성한의 작품이 강한 현실 비판적 성격을 갖고 있음을 보여주는 근거에 해당한다. 지도자층에 대한 비판은 당대 현실 속에서뿐만이 아니라 풍자 우화 소설 속에서도 쉼 없이 이루어지고 있다.

그러나 소설사 측면에서 볼 때, 지식인에 대한 비판적 시각은 그리 특별한 것이 되지 못한다. 그만큼 지도자나 지식인에 대한 비판이 많이 다루어져 왔다. 따라서 김성한의 경우도 비판의 강렬함은 보일지언정 그 비판대상에 있어서는 다른 작가와 크게 변별력을 갖지 못한다. 그럼에도 김성한이 다른 작가와 구별되는 특별한 요인은 무엇인가. 이는 바로 일반 백성마저도 혐오의 시선으로 바라본다는 것이다.

> 소위 청이라는 것이 수없이 튀어나오고 그때마다 박수가 터졌다. 땅에 붙은 듯하던 군중들도, 이때만은 기계같이 틀림없이 손을 들어 박수에 호응했다.(「로오자」, p.71)

> 백발이 성성한 꼬부랑 할머니가 장작을 산더미같이 쌓아올린 현장을 중심으로 빽빽이 둘러선 친구들을 지팽이로 이리저리 헤치고 맨 앞에 나서면서 이렇게 중얼거렸다.
> "……이제 보일 만하군, 자네들은 몇 번이나 구경했나?"
> 옆에 서서 떠들썩하는 젊은 친구들을 보고 이렇게 묻는다.
> "열 번은 더 되죠, 연극은 문제두 안 되니까요. 볼 만합니다."
> "그래두 목을 졸라 죽여버리는 거에 대면 어림이나 있을라구? 눈깔이 툭 튀어나오구 혓바닥이 길쭉한 것이 볼 만허이."
> "목을 졸라 죽이는 건 보지 못했소이다만 불에 태우는 것두 통쾌합니다. 꽁꽁 묶여 가지구두 꼬푸라질을 하는 꼴이란 별맛이건던요."(「바비도」, pp.238~239.)

「바비도」에 등장하는 백성들은 모멸과 배신의 전형이다. 영역복음서

의 정당성을 주장하던 자들도 사제 앞에선 모두 맹세를 깨뜨리고 회개
함으로써 목숨을 구걸하는 "구차한 생명"들이다. 또 스미스피일드 사형
장에 사형집행이 있는 날이면 "멀리 시골에서조차도 사람을 태워 죽이
는 구경을 하러 보따리를 짊어지고" 오며, 심지어는 어린아이를 등에
업고 온 아낙네들도 있다. 그들은 가장 잔인한 사형을 주제로 이야기
하며 즐거워한다. 여기서 백성들은 죄인의 무고함 따위는 관심이 없는
존재로 표현된다. 그들은 자신들의 행동을 통해 거대한 조직체를 향한
"두터운 신앙과 충성"을 증명할 뿐이다. 그래서 "기회를 놓칠까 애써
침을 뱉고", 돌멩이를 던지며, 바비도 얼굴에 진흙을 던진 사람은 "용
사"가 된다. 게다가 마차에 뛰어올라 바비도에게 침과 발길질을 하고
춤추듯이 내려온 자는 "가장 용감한 친구"로 불리는 것이다. 이 밖에도
미군 비행기가 뿌리고 간 삐라를 봤다는 이유로 총살형을 선동하는 장
교의 말에 아무 반성 없이 열광하는 군중들(「선인장의 항의」), 전쟁의
참상이 채 가시기도 전에 "유사 이래 가장 호화로운 잔치"를 연 무도
회장에서 "쌍쌍이 춤추는 선남선녀들", 운전기사와 눈이 맞아 박경석의
돈을 빼돌린 기생 혜란(「창세기」), 현재의 행복을 망각한 채 "억센 힘
으로 가련한 이 무질서, 군중을 꽉 틀어쥐고 질서와 단계를 세워 빛나
는 통치를 할 군주를 갈망"하는 개구리들(「제우스의 자살」), 만주에서
고아원을 경영하지만 일제의 패망 소식이 알려지자 밤낮으로 돌봐주었
던 고아들에 의해 맞아죽는 다쯔꼬의 남편(「극한」) 등 모두들 모멸의
대상이자 배신을 일삼는 기회주의자들이다. 이처럼 김성한에게 있어 인
간은 혐오, 모멸의 대상인 것이다. 특히 「오분간」은 그야말로 인간악의
총체를 보여준다. 괴상한 곡에 맞춰서 룸바를 추고 있는 "프로메테우스
의 아들딸들", 교회에서 룸바곡이 그리운 아이들, 가톨릭의 정통성을
주장하는 비오 12세, "파계하구, 술먹구, 계집질하구, 감투운동하는" 중
들, 신을 부정하는 사르트르, 첩과 놀아나는 바오다이, 히토아먀가 죽
기를 바라는 길전무, 기생과 희롱하는 김국장, 증산에만 관심있는 허사
장, 자신의 성기 크기를 재고 있는 히로히도, 교회 여인과 간통하는 김

목사, 성격분열증의 이정민, 교도소에서 빠져 나올 생각만 하는 뇌물 먹은 법관, 비밀 댄스홀에서 춤추는 대학생들 등 "교지와 폭력과 간악"이 판치는 세계이다. 그러나 이러한 세상이 바뀔 가능성은 보이지 않는다. 그것은 "관성의 법칙" 때문이다. 역사 이래로 끊임없이 이어진 인간악의 관성은 결코 쉽게 그칠 것이 아니기 때문이다.

인간은 이제 악의 근원이 된다. 악의 근원이 될 수밖에 없는 인간의 속성이란 무엇일까.

섬기지 않고는, 굽실거리지 않고는 배기지 못하는 노예근성이여, 헤브라이의 신을 섬기다가 섬기는 데 지친 의식은 이십세기 후에 이즘이란 것을 꾸며내 가지고 그 밑에 굽실거리고, 이 있지도 않은 허깨비 같은 새로운 신의 명령이라 하여 피를, 많은 피를 흘리고 쓰러지리라.(「제우스의 자살」, p.122.)

인간악의 근원은 다름 아닌 "노예근성"이다. 인간은 늘 새로운 지배자를 원했고 그를 신이라 불러왔다. 그리곤 그 "허깨비 같은 새로운 신에 대한 "두터운 신앙과 충성"을 보이기 위해 배신과 모멸의 행위를 서슴지 않는다. 이처럼 "인간에 대한 불신, 세상에 대한 저주"는 김성한 작품이 허무주의로 귀결되는 결정적인 원인이 된다. 인간과 인간이 만든 세계에 대한 모멸과 혐오는 곧 허무주의의 태생적 근본이 되기 때문이다.

반면 노예근성이 인간의 본질적인 측면이라면 한국전쟁은 허무주의의 상황적 요인에 해당한다.

그러나 <u>사변은 가치의 전도를 가져왔다.</u> 기아와 생사의 백척간두에 선 사람은 사람이 아니었다. 우리가 보통 사람이라고 하는 것은 관념이지 사실은 아니었다. 내가 본 남도 그러하였거니와 총부리가 내 자신을 향했을 때 나는 나를 똑바로 보았다. 허망한 공중에 너펄거리다가 무심한 어린아이의 두 손바닥에 치어서 순식간에 없어지는 하루살이였다.

모든 것이 이 하루살이의 구슬픈 운명을 위무하는 속임수밖에 안 되었다. 위대한 철학세계나, 과학이나, 심지어는 종교까지도 이 엄연한 사실 앞에서는 어린애 앞에 던져진 노리개에 불과하였다.

다행히 목숨을 건진 나는 정반대 방향을 걷기 시작했다. 언젠가 한번은 닥쳐올 하루살이 운명의 위협을 잊을 아편이 필요하였다. 치부를 생각하였던 것이다.(「창세기」, pp.94~95.)

역사 앞에 자유로울 수 없는 것이 인간이다. 인간악의 속성인 노예 근성이 가장 예리하게 드러나는 때란 바로 인간의 한계상황이다. 그런데 전쟁이야말로 인간이 느낄 수 있는 한계상황의 극한적 조건을 가장 잘 갖추고 있다. 이에 김성한은 인간악의 또 다른 요인으로 전쟁을 들고 있는 것이다. 전쟁은 인간을 "하루살이의 운명"으로 만든다. 하루살이 생의 공포를 잊기 위해서는 "아편" 즉 "치부"가 필요한 것이다. 아편은 생에 열망을 갖는 자들이 선택하는 것이 아니다. 아편의 종국은 죽음이다. 그것은 전쟁이 만든 운명 즉 벗어날 수 없는 하루살이의 운명인 것이다. 따라서 모든 인간은 결국엔 하루살이의 운명을 따라야 한다. 그렇다면 인간이 할 수 있는 일이란 운명의 공포를 잊는 것 즉, 아편을 찾는 것이며 그것은 "치부"이다. 치부만이 공포를 잊는 방법인 "잘 먹고 잘 쓰고 뚱땅거리"는 것을 제공할 수 있기 때문이다. 그런데 이러한 삶은 주로 지도자층의 삶과 일치한다. 그들은 비판의 대상이기도 하지만 동시에 그들 역시 "잘 먹고 잘 쓰고 뚱땅거리다가 쓰러지는 순간, 쓰러지면 만사는 끝나는" 하루살이의 운명이다. 여기에는 지도자 혹은 지식인들에 대한 비판의식과 더불어 연민의식도 함께 묻어나고 있다.

김성한 작품의 이같은 공통적인 요소-의식에의 조작, 필연성의 부재, 모멸의 인간-들은 점층적인 관계를 지니고 있다. 즉 세계를 움직이는 것은 힘이라는 점, 이 힘은 의식을 생산하며 동시에 의미를 조작한다는 점, 그러나 조작된 것을 깨닫는 순간 세계와의 필연성은 의심되고 단절

되며 결국엔 그동안의 모든 행위는 '인간연극'에 불과하다는 점, 이 모든 것은 인간 모멸과 혐오로 확장되는 것이다. 그런데 이 모든 저주의 근원에는 인간으로 태어남이 있다. 왜냐하면 의식을 조작해서 필연성을 해체하고 인간을 모멸하는 주체는 바로 인간이기 때문이다.

3. 허무에의 확인으로서의 죽음

김성한 작품에는 많은 '죽음'들이 존재한다. 「바비도」를 비롯하여 「극한」, 「창세기」, 「제우스의 자살」, 「귀환」 등이 그것이다. 죽음에의 경도는 비단 김성한만의 특이성이 아닌 50년대의 보편적 현상이다. 역사적 관점에서 볼 때 1950년대는 전쟁이라는 거대한 사건이 중심부에 놓여있는 시기이다. 50년대는 삶과 죽음의 갈림길로 인간들을 몰아가는 카오스의 시대이자 마르즈(Mars)의 시대이다. 전쟁 속에서의 죽음은 예측할 수 있는 자연사가 아니다. 전쟁 속의 죽음은 언제나 '갑자기' 다가오며 대량학살의 형태를 띤다. 그래서 박완서가 말했듯이 사람들은 '곡성이 없는, 죽음을 삼키는 죽음'처럼 울음조차 제대로 울 수 없는 공포와 불안의 극한을 보여준다. 삶처럼 일상이 된 죽음은 더 이상 타자의 죽음이 아닌 나의 죽음에 밀착되어 있다. 이러한 삶과 죽음의 절박한 갈림길에서 비켜갈 수 없었던 전후 작가들은 "가혹하고도 압도적인 이 객관상황에 대처해나가기 위해서는 누구나 고도의 심리적 긴장감에 사로잡히지 않을 수 없었고, 그것은 그대로 당대의 한국 작가들의 작가적 자세를 결정짓는 절대적 요인이 되게 하였"[9]던 것이다. 50년대 문학에서 죽음은 도처에서 발견된다. 그것은 은밀히 다가오는 것이 아니다. 거의 모든 작품에 죽음이 등장하는 이른바 '죽음의 카니발' 혹은 '죽음의 펼침' 상태이다. 죽음은 50년대를 표상하는 '공통분모'가 된 것이다. 이 한 가운데

---

9) 천이두, 「50년대 문학의 재조명」, 『현대문학』, 1985. 1, p.46.

김성한의 '죽음'이 자리하고 있는 것이다. 여기서는 「바비도」를 중심으로 김성한의 죽음의식을 논하고자 한다.

> 일찍이 위대한 것들은 이제 부패하였다.
> 사제는 토끼 사냥에 바쁘고 사교는 회개와 순례를 팔아 별장을 샀다.
> 살찐 수도사들을 외면하고 위클리프의 영역 복음서를 몰래 읽는 백성들은 성서의 진리를 성직자의 독점에서 뺏고 독단과 위선의 껍데기를 벗기니 교회의종소리는 헛되이 울리고 김빠진 찬송가는 먼지 낀 공기의 진동에 불과하였다. 불신과 냉소의집중공격으로 송두리째 뒤흔들리는 교회를 지킬 우일한 방패는 이단분형령(異端焚刑令)과 스미스피일드의 사형장뿐이었다.(p.232)

위의 서두는 「바비도」의 주제를 선명히 보여주고 있다. 진정한 하나님의 말씀을 직접 알고자 하는 개인의 진실과 그것을 통제하려는 교회지상주의 간의 대립·갈등을 통해 전체주의적이고 비인간적인 이데올로기의 경직성의 비판을 출발로 하고 있는 것이다.

바비도의 죽음에 대한 제반 평가는 저항과 허무적 성격으로 대별된다. 저항적인 측면에서 바라보는 이유로는 바비도의 힘으로 지배되는 세계 속에서 '양심의 고수'[10]를 그 근거로 들고 있다. 권영민 교수는 바비도가 갈등-저항-죽음의 단계를 통해 보편적인 인간의 신념을 보여주고 있다고 지적하고 있으며[11] 천이두 교수는 바비도와 교회조직의 모습이 "부패한 자유당 독재정권을 풍자"[12]로, 이유식은 "메커니즘에의 반항"[13]이라고 지적하고 있다. 그러나 이같은 분석은 작품의 줄거리에 집착한 결과가 아닌가 생각된다. 실상 바비도의 죽음이란 거대한 조직

---

10) 한용환, 「한국소설에 표현된 죽음의 사상」, 『한국소설론의 반성』, 이우출판사, 1984, 279.
11) 권영민, 「김성한의 「바비도」: 역사적 상상력의 문제」, 이재선·조동일(편), 『한국현대소설작품론』, 문장, 1981, pp.319~321.
12) 천이두, 앞의 글, p.53.
13) 이유식, 앞의 글, p.203.

앞에 나약하고도 무기력한 개인의 발견에서 오는 허무의 몸짓에 다름 아니기 때문이다. 사실 바비도의 죽음이 앙가주망이 되기 위해선 바비도의 심리는-비록 진폭은 보일지언정-상승작용을 해야 한다. 동시에 상승된 심리적 상태는 그대로 바비도의 언술과 일치되어 저항의 대상을 폭로해야 하는 것이다. 그러나 문제는 바비도의 심리 상태가 매우 불안정하며 변덕스럽다는 것이다. 이러한 심리적 변동은 독백적 서술과 함께 하강적 의미로 진행되면서 저항이라는 주제를 희석화시키고 있는 것이다. 따라서 바비도의 죽음을 규명하기 위해서는 바비도의 독백적 서술과 함께 심리적 변화에 초점이 맞추어져야 한다.

바비도의 심리적 변화는 3단계로 나누어진다. 첫째 부조리한 현실에 대한 막연한 의문과 분노-힘에의 인식-무기력한 개인의 발견이 그것이다.

> 가난한 자, 괴로워하는 자를 구하는 것이 그리스도의 본의일진대, 선천적으로 결정된 운명의 밧줄에 묶여서 라틴말을 배우지 못한 그들이, 쉬운 자기 말로 복음의 혜택을 받는 것이 어째서 사형을 받아야만 하는 극악무도한 것이란 말이냐? 성찬의 빵과 포도주는 그리스도의 분신이니 신성하다지마는 아무리 보아도 빵이요 먹어도 빵이다. 포도주 역시 다를 것이 없다. 말짱한 정신으로는 거짓이 아니고야 어찌 인정할 도리가 있을 것이냐? 무슨 까닭에 벽을 문이라고 내미는 것이냐? 절대적으로 보면, 같은 수평선상에 서 있는 사람이 제멋대로 꾸며낸 것을 다른 사람에게 강요할 근거가 어디 있단 말이냐?
> 바비도는 울화가 치밀었다.(p.233.)

바비도는 위클리프의 영역 복음서를 읽었다는 이유로 이단의 멍에를 써야하는 것에 의문을 갖는다. 바비도는 자신의 타고난 신분 때문에 라틴어를 배울 수 없다. 따라서 복음의 혜택을 받기 위해선 바비도가 읽을 수 있는 즉 영역된 성경이 필요하다. 너무나 당연한 것임에도 이 세계는 이를 "사형을 받아야만 하는 극악무도한" 이단으로 규정한다.

게다가 토기 사냥에 바쁜 사제와 회개와 순례를 팔아 별장을 사고 있는 사교들을 향해 "열변을 토하던 경애하는 지도자들도 재판장에서는 영역을 읽는 것이 잘못"이라고 인정하고 있다. 자기와 같이 목숨을 걸고 지키기로 맹세했던 동료들도 "죽음의 공포 앞에서 구차한 생명들"로 변하고 있는 것이다. 바비도에게 "울화"를 치밀게 하는 것이란 바로 "비위에 맞으면 옳고 비위에 거슬리면 그르"게 만드는, 즉 "같은 수평선상에 서있는 사람이 제멋대로 꾸며낸 것을 다른 사람에게 강요"하는 것이다.

그러나 막연한 현실에의 불만은 "거창한 조직체"에 대한 인식과 함께 구체화된다.

그러나 다음 순간, 위로 로마 교황부터 아래는 사제에 이르기까지 거창한 조직체가 자기를 억누르고 목을 졸라매는 위압을 느꼈다. 전체 로마 교회와 일개 재봉직과는 너무나 어처구니없는 대조였다. 선택의 자유는 있을 수 없었다. 죽음이냐, 굴복이냐 두 갈래 길밖에는 없다.(p.233)

로마 교황을 정점으로 한 거대한 조직체에 대한 인식은 무기력한 개인을 인식하는 계기가 된다. 목을 졸라매는 위압감을 주는 거대한 조직체 앞에서 바비도가 선택할 수 있는 것은 두 가지 즉 죽음 아니면 굴복이다. 죽음이란 무엇인가. 이는 거대한 조직체를 상대로 한 저항의 몸짓에 다름 아니다. 바비도 스스로 "자기의 똑바른 마음을 속이지 않을 권리"를 실현시키는 방법인 것이다. 그러나 바비도는 죽음의 실체 앞에서 좌절한다.

죽음!······소름이 끼친다. 등불에 비친 손을 어루만지고, 다시 손으로 얼굴을 만져 보았다. 이 손, 이 얼굴이 타서 재가 되어 버린다! 이렇게 생각하고 있는 내 자체가 없어진다!
아무것도 없이, 생각이라는 것도 없어진다!
그는 공포에 떨었다.(p.233)

자신의 "똑바른 마음을 속이지 않을 권리"로서의 죽음은 현실 속에
선 막연한 "망상"에 불과하다. 왜냐하면 "전체 로마 교회와 일개 재봉
직과는 너무나 어처구니없는 대조"이기 때문이다. 그러나 죽음의 실체
는 너무나 구체적으로 다가온다. 그것은 바비도 자신의 육체와 의식의
완전한 소멸을 뜻하기 때문이다. 이제 바비도의 심리는 현실에 대한
울분에서 죽음에의 공포로 전환된다.

이제 바비도에게 남은 것은 "굴복"의 생이다. 그러나 이것도 그리
간단치 않다. 굴복의 생이란 바비도가 그토록 혐오하였던 삶이자 현실
에 대한 문제의식의 출발점이기 때문이다. 바비도에게 있어 굴복의 삶
이란 "생명의 보존이라는 동물의 본능"에 지나지 않기에 이것 역시 불
가능한 선택이다. 유일하게 주어진 두 개의 삶, 그러나 어떤 것도 선택
할 수 없을 때 인간이 마련할 수 있는 방안이란 무엇일까? 그것은 바
로 허무에의 추구인 것이다.

> 불행의 시초는 도대체 인간세상에 태어났다는 사실에 있다. 누가 이
> 세상에 나고 싶다고 했더냐?(p.234)

저항도 굴복도 할 수 없는 바비도에게 유일한 방법은 이 두 가지 모
두를 부정하는 것이다. 그래야만 죽음의 공포로부터도 굴욕의 삶으로부
터도 벗어날 수 있기 때문이다. 그러기 위해서는 단순히 부정만 해서
는 안 된다. 다른 무언가에게 책임을 전가시켜야 한다. 바비도에게 있
어 그것은 바로 '생의 우연성'이다. 바비도는 모든 고통의 원인을 '생
의 우연성'에 전가시키고 있다. 저항이나 굴복이냐를 비롯해서 이 모든
고민들의 근원을 인간 세상에 태어난 자신에게 돌림으로써 현재의 상
황을 벗어나고자 한다.

> ─가래침아, 너는 영원히 남아서 바비도의 모멸을 기념하여라!
> 쳐다보니 일전에 주문을 받아 어저께 완성한 무에라고 하는 귀족의

옷이 걸려있다. 그놈의 옷이 공연히 사람의 부아를 돋운다. 번개같이 일어나서 잡아채었다. 힘껏 마룻바닥에 내동댕이치고 짓밟았다. 그래도 시원치 않다. 옷을 겨누고 오줌을 쌌다.

이번에는 구석에 있는 궤짝이 밉살스럽다. 발길로 쟁겨찼다. 문짝이 부서졌다. 잡아서 모로 쓰러드리고 두 발로 힘껏 구르고 문질러서 조각조각 부숴버렸다. 사람이 꾸며낸 것은 무엇이든지 눈에 불이 나듯 원수 같았다. 닥치는 대로 찢고 물어뜯고 짓밟았다. 깜박이는 등불이 얄밉다. 문을 열어젖히고 힘자라는 대로 멀리 냅다 던졌다.

숨을 허덕이면서 자리에 쓰러졌다. 사람 허울을 쓴 놈이 눈앞에 나타나기만 하면 단번에 모가지를 비틀어서 쑥 잡아 빼어버리고 싶었다. 큼직한 빗자루가 있으면 영국에 사는 놈을 모조리 쓸어다가 테임즈 강에 처박고 침을 뱉어 주고 싶었다.(pp.234~235)

바비도는 작업장의 물건들을 향해 분노를 표출한다. 바비도는 "불의의 추구"인 힘 앞에 "자신이 정의 자체인 양" 온갖 울분을 토해내고 있다. 그러나 바비도의 폭력적 행위는 저항의 것이라기보다는 나약한 개인이라는 인식에서 나오는 무의미한 몸짓에 다름 아니다. 폭력의 정도가 강해질수록 그것은 허무와 무의미의 정도를 말해주는 것이다. 가래침을 뱉거나 귀족의 옷을 찢고 빗자루로 영국에 사는 모든 놈을 쓸어버리고 싶다는 것은 바로 바비도 자신의 무기력함을 반증하는 것에 지나지 않기 때문이다. 이제 바비도의 관념의 여정은 종착지에 도착한다. 그것은 "생각하면 할수록 못된 세상에 태어난 것"에서 오는 회의와 분노에서부터 생의 우연성 그리고 무의미한 폭력의 분출까지의 여정이다. 그 여정의 끝에 놓인 것은 바비도가 할 수 있는 마지막 저항 즉 인간의 연극에 저주를 내리는 "바비도의 모멸"이다. 진리가 통하지 않는 현실에 대한 혐오와 모멸의 극단은 결국 무의미에의 발견뿐이다. 따라서 세상을 향한 바비도의 모멸과 저주는 결국은 자신을 향한 모멸과 저주가 된다.

"옳다고도 그르다고도 생각지 않습니다."
"옳으면 옳고 그르면 그르지 그런 법이 어딨단 말이냐? 똑바루 말해!"
"전에는 옳다구 생각했습니다."……(중략)
"다 흥미가 없어졌다는 말입니다."(p.235)

종교재판정에 끌려온 바비도는 자신의 행위에 대한 가치 판단을 내려야 한다. 즉 영역복음서 읽기에 대한 옳고 그름의 선택을 해야 하는 것이다. 옳고 그름에 대한 판단이란 무엇인가. 그것은 가치와 의미에 대한 인정이다. 그러나 세계에 대한 흥미 없음은 곧 판단 정지의 이유가 된다. 바비도에게 판단정지란 선택행위의 무의미 즉 "이렇게도 저렇게도 생각지 않습니다."라는 결론에 이르게 된다. 이러한 무의미에의 지향은 생의 우연성을 넘어 인간 부정으로 이어진다.

"교회뿐만 아니라 온 인간세상, 나 자신에 대해서까지 흥미가 없어졌습니다."(p.235)

바비도가 도달한 허무의 끝은 바로 인간에 대한 무의미이다. 인간에 대한 무의미는 생의 우연성을 넘어서는 것이다. 이 무의미 앞에서는 저항의 삶과 굴복의 삶은 물론 인간 세상에 태어나는 것도 상대가 되지 않는다. 그것은 스스로 "인간을 폐업"하는 것이자 "인간사를 뛰어넘은 길을 가야"하는 것이다. 인간임을 폐업한다는 것 그래서 인간사를 뛰어넘겠다는 것은 인간에 대한 의미없음이자 곧 생의 의미없음에 대응한다. 이는 그토록 바비도를 공포로 몰아넣었던 죽음에 대한 두려움도 소멸시킨다.

"너두 사람인 이상 죽고 싶지는 않을 테지?"
"구태여 죽고 싶은 것도 아니지만 악착같이 살고 싶지두 않습니다."
……(중략)
"바비도, 누가 옳고 그른 것은 논하지 말자, 하여간 네 목숨이 아깝구나."

　　"감사합니다."

　　"마음을 돌렸느냐?"

　　"그 뜻을 잘 알겠습니다마는 내 스스로 이 방에서 저 방으로 가는 심사로 떠나는 길이니 염려할 건 없습니다."(pp.240~241.)

　처음 바비도가 죽음에 공포를 느낀 이유는 육체와 "생각하고 있는 내 자체"의 소멸 때문이었다. 그러나 무기력한 개인의 발견과 거기에서 오는 허무의식은 인간에 대한 무의미로 진행된다. 인간에 대한 무의미는 생에 대한 무의미이기에 죽음도 의미를 갖지 못한다. 따라서 죽음에 대한 공포란 있을 수 없게 된다. 바비도에게 죽음이란 그냥 "하루살이가 등불에 뛰어들어 씩 하고 죽는" 수준이거나 아니면 "이 방에서 저 방으로 가는 심사" 이상은 아닌 것이다. 이부순은 바비도의 죽음을 '선택'의 관점에서 보고 있다. 즉 "감상주의적 충동이 아니라 절망과 허무의 반전으로서의 의지적 선택"[14]으로 평가하고 있다. 그러나 선택이라는 행위는 반드시 선택 대상에 가치(의미)를 함의하고 의지(의식)적 표현이다. 그러나 바비도의 언술-"구태여 죽고 싶은 것도 아니지만 악착같이 살고 싶지두 않습니다."-은 죽음을 택하는 '가치(의미)'나 '의식(의미)'가 결여되어 있음을 명확히 보여준다. 바비도의 허무주의적 죽음은 다른 작품에서도 볼 수 있다.

　　아무것도 아니로구나. 사실 백성의 모가지란 아무것도 아니었다. 파리보다 나을 것이 있다면 체중이 무겁다 뿐이 아니냐? 발가숭이 인간이란 차라리 파리보다도 더 더러운 존재였다. 전진하는 아돌프의 씩씩한 발밑에 짓밟힌 잡초의 한 포기에 지나지 않았다.(「로오자」, p.71)

　　삶 자체가 잿더미같이 후퇴도 전진도 없이 싱거웠다. 자기가 없어졌다고 세상에 큰 구멍이 날리도 없고 땅을 치고 울어줄 사람도 그다지 있음직하지 않았다. 구태여 살겠다는 것은 죽음을 두려워하는 생물적 본능이

────────────

14) 이부순, 「한국전후소설에 나타난 죽음 고찰」, 『서강어문』12, 1996.12, p.195.

아닐까?(「암야행」, p.77)

　악착같이 살 생각도 없는 반면에 구태여 죽는다고 수다를 떨 맛도 없어서……(「극한」, p.247.)

　내가 본 남도 그러하였거니와 총부리가 내 자신을 향했을 때 나는 나를 똑바로 보았다. 허망한 공중에 너펄거리다가 무심한 어린아이의 두 손바닥에 치어서 순식간에 없어지는 하루살이였다.(「창세기」, p.94.)

　죽음이라는 것을 생각해 보았다. 전쟁에 나가서 얼마든지 뒹구는 시체를 보았었다. 죽음이란 그따윌 것이다. 그것은 물론 사람이 아니었다. 그렇다고 무슨 물건도 아니었다. 물건이란 하여튼 어떤 존재 이유가 뚜렷이 있는 것이다. 그런데 시체에 무슨 존재 이유가 있느냐? 없기에 썩어서 없어지는 것이 아니냐? ……(중략) 궤짝이나 돌멩이가 더 잘났는지도 모른다, 아니 단연코 잘났다.(「방황」, p.264.)

　이상에서 보듯 김성한의 인물들은 공통적으로 존재 혹은 생에 대해 의미를 갖고 있지 못하다. 죽음이 두려운 것은 생에 대한 의미 때문이다. 그러나 현 세계는 "간악도 힘"이며 "힘 있는 자가 없는 자에게 이기는 것은 대자연의 철칙"이 지배하는 곳이다. 이러한 현실인식은 결코 개인의 의지나 행동, 선택이 의미없음이라는 인식을 낳게 한다. 그래서 인물들은 한결같이 "세상만사가 다 시시해졌단 이거야"라는 즉 세계와 인간에 대해 흥미를 잃어버리는 허무적 포즈를 취하게 된다. 그렇다면 이 모든 죄의 근원은 어디에서 기인하는가. 김성한에게 있어 죄악의 근원은 바로 '인간 세상에 태어났다는 사실'에 있다. 이것은 불행의 시초이자 불행의 근원이다. 허무주의의 요소들은 바로 인간에 의해 만들어지기 때문이다. 때문에 김성한의 작품에는 긍정적 인물이 매우 드물다.[15] 결국 생의 무의미는 곧 죽음마저도 무의미로 만든다. 무의미 속

---

15) 주인공의 경우도 결코 긍정적인 모델로 규정하기는 매우 어렵다. 그들은 바비

에서는 생이나 죽음이 모두 등가의 세계이기 때문이다. 무의미 속에서 공포나 두려움은 찾을 수 없다. 그래서 인간의 죽음은 피리보다도 못한 것이거나 "발밑에 짓밟힌 잡초의 한 포기에 지나지 않"는 정도의 수준에 불과한 것이다.

4. 관념의 성격과 확장의 방식

1) 논리 비약과 관념의 추상화

김성한 작품의 주인공들은 돈키호테형보다는 햄릿형에 가깝다. 즉 행동지향적이라기 보다는 사유지향적이라는 것이다. 이러한 면은 김진기의 지적처럼 "의식의 강조"16)에서 기인한다. 「선인장의 항의」의 로오자 부인, 「암야행」의 한빈, 「창세기」의 박경석, 「바비도」의 바비도, 「극한」의 과부 야마모토 다쯔꼬, 「방황」의 홍만식, 「귀환」의 김경석이 그들이다. 이러한 모습 때문인지 김영화는 김성한을 '두뇌가 차가운 작가'17)로 부르고 있으며 많은 논자들도 '주지적 작가'라는데 의견을 함께 하고 있다. 이러한 표현은 김성한 작품이 관념지향적임을 표나게

도처럼 현실에 대해 강한 비판적 포즈를 취하고 있지만 현실에의 응전방식은 매우 회의적이거나 무기력한 울분의 표현 이상은 아니기 때문이다. 경멸했던 오광식의 삶 속으로 편입하려는 듯한 뉘앙스를 남기는 한빈(「암야행」), 치부를 위해 수단방법을 가리지 않는 박경석(「창세기」), 노예근성에 사로잡힌 초록이(「개구리」), 지상의 혼돈과 무질서를 제어할 보편적 기준을 갖고 있지 못해 제 3의 존재를 기다리는 제우스와 프로메테우스(「오분간」), 삶의 허무 때문에 살인을 저지르는 다쯔꼬(「극한」), 근자식지라며 사회적 규범을 무시하는 홍만식(「방황」), 기회주의적 지식인인 원달호(「달팽이」) 등이 그들이다. 그러나 김성한의 허무주의는 1957년 「귀환」을 기점으로 막을 내린다. 같은 해 발표작인 「방황」에서 보여 준 인간혐오의 절정은 「귀환」의 김경석의 "사람은 모두 형제다"라는 범인간애를 통해 극복되면서 휴머니즘으로 전환되고 있다.

16) 김진기, 앞의 책, p.230.
17) 김영화, 앞의 글, p.36.

강조하는 것에 다름 아니다. 작품의 주제가 신 혹은 진리에 맞추어져 있다는 점에서 더욱 그러하다. 그런데 김성한이 보여주는 관념의 내용이란 사실 추상적이며 동시에 비약의 구조를 가지고 있다.

일어서다가 쓰러질 듯해서 소나무를 얼싸안았다. 장안의 불빛이 하늘의 별같이 눈에 들어왔다. 쳐다보니 소나무 가지가 활짝 퍼졌다. 이때 그는 대오 각성한 것이다. 후에 그는 사고 구축 과정에서 이때의 경험을 '生의 章典'이라 명명하고 그 진리를 근자식지(近者食之)라 표현하였다. 이것이 우주의 기본철칙이라는 것이었다. 우선 이 소나무는 뿌리 근처의 자양분을 들어다 먹고 산다. 그랬다고 소나무는 지옥으로 가야 하나? 옛날 남산에서 울었다는 호랑이는 이 산에서 뛰노는 토끼를 들어다 먹었겠다. 그랬다고 호랑이는 지옥으로 갔을까? 저 아래 월급 이만 환 받으면서 양담배·자동차·고기가 그립지 않은 양반들도 필시 주위에서 들어다 먹을 것이 빤하다. 이 대목에서 그는 회심의 미소를 띠웠다. 하나님이란 작자는 원래 꽁생원이어서 자기 것만 다치지 않으면 그만이다. 제 동산에서 열매를 하나 따먹었다고 자자손손 쫓아다니면서 못살게 굴지마는, 천하의 물건들이 자기끼리 들어다 먹는 것은 오불관언(吾不關焉)이다. 그것을 일일이 관계했다가는 하루에도 몇 십만 개씩 벼락을 떨어뜨려야 할 것이 아니냐? 시끄러워서 못할 노릇이다.(「방황」, p.265.)

「방황」의 홍만식이 깨달은 관념 내용이다. 홍만식은 "군인으로만 오개 년 복무하면서 훈장을 두 번이나 타도록 용감히 싸웠으나 움직일 수 없는 신념이라는 것은 느껴보지도 못"한 인물이었다. 그러나 지금은 정거장에서 석탄을 훔치다 경비원에게 발각되어도 되레 "이건 내 생명이다! 건드리다간 대가릴 까준다. 알았어?"라고 큰소리를 친다. 이러한 신념은 "사고 구축 작업의 한 개의 소산" 속에서 발생한 것이다. 그러나 홍만식이 진리로서 깨달은 관념이란 매우 추상적이자 비약의 구조에 지나지 않는다. 홍만식의 관념을 따라가 보자. 그의 관념은 근처의 자양분을 먹고 자라는 소나무에서 출발한다. 호랑이도 근처의 토끼를 먹고산다. 이러한 자연의 먹이사슬을 이제는 인간의 삶에 대입한다. 양담배, 자동차, 고기가 그립지 않은 '양반'들도 "필시 주위에서 들어다 먹을 것이 뻔"하다. 홍만식은 "근자식지"의 논리에 가치판단을 부여한다. 즉 동식물의 근자식지가 죄가 될 수 없듯이 자신의 근자식지도 역시 죄가 될 것이 없다는 것이다.

독수리가 꿩을 잡아먹고 때로는 사람이라는 짐승들이 기르는 닭을 잡아먹었다고 해서 독수리를 탓할 것이 무엇이냐? 그것은 생물의 본능이다. 본능은 권리를 요구한다. 그렇다, 권리다. 나는 원래 생물이다. 내 권리를 행사해야겠다. 이것은 하늘의 명령이다.(「방황」, p.270.)

'생의 장전'이라 명명한 '근자지식'의 진리는 결국 자신은 인간 이전에 '생물'이라는 결론에 이르게 된다. 생물이기에 가치판단의 대상이 되지 않는다는 결론은 이제 신념으로 굳어진다. 이에 홍만식은 석탄 절도행위를 "석탄반출작업"이라는 노동행위로 간주하며 경찰에게 취조를 받을 때도 "내게는 법률이 들지 않습니다. 나는 생물입니다."라고 말하기에 이른다.

이러한 논리의 비약은 「암야행」에서도 다르지 않다.

사람마다 장식이 있었다. 제각기 다른 장식이다.
장식은 인간의 가정(假定)이었다.
장식은 서로 자기를 주장하고 싸운다.
인간의 역사는 장식의 쟁탈전이다.
—그것을 깎아 버린다면?
—가령 신사복과 학생복을 벗겨 버린다면? 두 개의 야성이 있을 뿐이다. 야성은 이콜이고 지배적인 것은 중력(重力)이다.
—한 걸음 나아가 살점을 죄다 깎아버린다면?
하얀 백골의 괴뢰연기(傀儡演技)가 벌어질 것이다. 그렇다, 인간은 가정의 괴뢰였다.(「암야행」, p.81)

한빈이 연역적 추론을 통해 얻은 "인간은 가정의 괴뢰"라는 결론이란 홍만식의 경우처럼 지나친 단순화와 비약에 기댄 결과이다. 생물의 근자식지의 행위에 자신의 행위를 대입하고 생물들의 행위가 무죄라면 생물인 자신도 무죄가 된다는 홍만식의 단순화와 비약을 한빈 또한 동일하게 보여주고 있다.

2) 추상적 관념내용의 근거—대오각성과 심리적 불안

김성한의 관념은 매우 추상적이면서 논리의 비약을 보이고 있다. 그러나 관념의 추상성은 관념소설의 한계로서 자주 지적되어온 바이다. 그런데 문제는 왜 추상적인 관념이 될 수밖에 없는가 하는 연구에는 소홀한 바가 없지 않다. 대부분의 평자들은 추상화의 원인을 사상의 수용과정 및 인식결여에서 그 원인을 찾고 있다. 그러나 그 같은 객관적인 원인 외에도 작가 개개인의 사유방식에도 그 원인을 둘 수 있다. 작가 개개인의 독특한 사유방식에 대한 논의는 일반화의 오류도 막을 수 있을 뿐만 아니라 동시에 정확한 원인을 진단할 수 있는 것이다.

그렇다면 김성한의 작품에서 관념의 단순화와 비약 그리고 추상적인 모습은 어디에서 기인하는가. 이는 관념 확장의 방식에 그 원인이 있다. 주지한 바 김성한 작품의 인물들은 허무주의적 세계관을 가지고 있으며 그들의 죽음 역시 허무주의적 절망감의 표현이라 말할 수 있다. 그런데 이 같은 허무주의적 인식의 공통점은 깊은 사유의 결과물이 아니라는데 있다. 그들은 항상 어느 순간 '갑자기' 모든 것을 깨닫는 '대오각성'의 방식을 취하고 있는 것이다.

군인으로 만 오개 년 복무하면서 훈장을 두 번이나 타도록 용감히 싸웠으나 움직일 수 없는 신념이라는 것은 느껴도 보지 못하였다. 지금 같은 마음의 태세는 실로 제대 후 일 년 동안 서울 장안의 으리으리한 사무실에 고두(叩頭)하고 고급 자동차에서 흙물을 얻어맞는 사이에 자라,

남산의 소나무를 얼싸안은 순간에 대성(大成)된 것이었다.(「방황」, p.264.)

일어서다가 쓰러질 듯해서 소나무를 얼싸안았다. 장안의 불빛이 하늘의 별같이 눈에 들어왔다. 쳐다보니 소나무 가지가 활짝 퍼졌다. 이때 그는 대오 각성한 것이다.(「방황」, p.265.)

바비도는 울화가 치밀었다.
그러나 다음 순간, 위로 로마 교황부터 아래는 사제에 이르기까지 거창한 조직체가 자기를 억누르고 목을 졸라매는 위압을 느꼈다.(「바비도」, p.223.)

"너는 무엇이냐?
번개가 스치는 듯 충격에 눈을 떴으나 화분에 심은 선인장의 멀쑥한 모양이 눈에 뜨일 뿐 방안에는 아무도 없었다.
─너는 무엇이냐?
선인장이 비웃는 듯했다.(「선인장의 항의」, p.73.)

─때릴 권리가 있고 맞아야만 하게 하는 것은 무엇일까……?
─장식(裝飾). 그렇다, 장식이다.(「암야행」, p.81.)

유난히 고요한 밤이었다. 세상은 모두 밤이요, 자기의 지각만이 살아서 이렇게 수다를 떠는 것만 같았다. 근거 없는 수다였다. 허공에 뜬 수다였다. 그렇다, 내 자신 허공에 뜬 존재다.(「극한」, p.244.)

「방황」의 홍만식이 "近者食之"라는 진리를 깨달을 때는 "시장기가 한꺼번에 쏟아져서 머리가 아찔해"져서 "소나무를 얼싸앉는 순간"이며, 바비도, 로오자, 한빈, 야마모토 다쯔꼬 모두 갑작스러운 '순간'에 각성을 하게 된다. 이를 「방황」의 홍만식은 "대오각성"이라 불렀다. 이러한 대오각성의 방식은 깊은 사유의 지속 속에서 얻어진 것이 아니라는데 문제가 있다. 사유(관념)의 시작 역시 어느 순간 갑자기 발생한다. 「방황」의 홍만식은 남산으로 "어슬렁어슬렁" 올라가다가 사유가 시작되고, 바비도는 "일하던 손을 멈추고 멍하니 생각"에 잠기기 시작한다. 「선인장의 항의」의 로오자는 갑작스런 선인장의 외침으로, 「암야행」의 한빈은 조회시간에 훈육주임에게 매맞는 학생을 보다가, 「극한」의 다쯔꼬는 중절모 사나이의 등장에서 관념이 시작된다. 이렇게 갑작스러운 관념의 시작과 갑작스럽게 대오각성에서 오는 진리란 불완전할 수밖에 없으며, 논리적 비약과 추상화의 원인이 된다.

또 하나의 이유는 바로 불안한 심리상태에 있다. 김성한 작품 속의 인물들은 모두 흥분과 불안 상태에서 관념을 시작함과 동시에 지속시킨다.

> 가끔 무서운 소름이 온몸을 스쳐 지나갔다. ……바비도는 울화가 치밀었다. ……소름이 끼친다. ……그는 공포에 떨었다. ……전신에 힘이 일시에 풀렸다. ……식은땀이 온몸을 적셨다. ……증오심을 내뿜고 싶었다. ……(「바비도」, pp.232~234.)

위의 예문은 바비도가 세계를 지배하는 것이 '힘'이라는 결론에 이르기까지의 심리적 상황이다. 예문에서 드러나는 바, 바비도의 심리상태는 매우 불안정하다. 영역복음서 비밀독회를 다녀온 후 일을 하다 갑자기 시작된 생각은 계속 확장된다. 안정된 심리상태에서 지속되는 사유와 달리 바비도의 사유는 심리적 불안상태에서 이루어진다. 그것은 '소름'-'울화'-'증오심'으로 발달하여 끝내는 '폭력적 행위'로 폭발하고 만다. 즉 바비도의 사유는 차분하게 진행되는 것이 아니라 극도의 심리적 불안 상태 속에서 진행된 것이다. 이처럼 심리적 불안 상태에서 대오각성으로 얻은 결론들은 필연적으로 비약과 추상화를 수반할 수밖에 없다. 그러나 대오각성의 특징인 갑작스러운 강렬한 충격은 거기서 얻은 신념(허무주의)을 확고하게 만든다.

바비도를 비롯한 인물들의 분노와 살인의 경우 마치 20년대 신경향

파에서 보이는 도식적인 살인과 방화를 떠올린다. 신경향파 작품의 도
식구조가 현실의 추상적 인식에서 나온 것처럼 김성한 역시 다른 전후
작가들과 마찬가지로 현실에 대한 추상적 인식에서 비롯된 것으로 보
인다. 그것은 현실을 객관적으로 바라볼 수 있는 거리의 결여에서 오
는 것이라 볼 수 있다.

5. 허무주의의 극복과 휴머니즘의 회복

김성한의 「귀환」은 두 가지 면에서 주목을 요하는 작품이다. 첫째로
는 김성한의 작품 성향으로서, 허무주의적 세계에서 휴머니즘의 세계로
의 전환이 그것이다. 주지한바 이전 작품의 주조음은 극단적 허무주의
였다. 김성한의 허무주의는 모멸과 혐오로서의 인간관과 그러한 인간들
이 만든 세계에 대한 부정에서 출발한다. 김성한의 인물들은 긍정적
모델을 찾을 수 없다. 심지어 세상을 비판적으로 바라보는 화자 역시
도 허무주의에 경도되어 있다. 세상의 모든 인간은 '죄의 근원'이자
'인간악'인 것이다. 인간에 대한 모멸과 혐오는 허무주의로 내모는 결
과를 가져오게 한다. 세계를 움직이는 거대한 '힘'은 의미와 의식을 조
작하고 인간을 조정하고 이를 인식한 개인은 너무나 무력하다. 무력함
은 허무의 '아버지'다. 이러한 허무주의는 죽음의식에도 그대로 연결되
어 나타나고 있다. 그들은 죽음에 대한 공포를 느끼진 않는다. 이미 세
상은 가치의 대상이 되지 못하기 때문이다.

그러나 1957년 「귀환」을 기점으로 김성한은 허무주의를 극복한다. 비
록 소박한 차원이지만 '형제애(인간애)'를 통해 휴머니즘의 차원으로 이
동하고 있는 것이다. 이것이 바로 「귀환」을 중요한 작품으로 만드는 두
번째 이유에 해당한다. 그간의 전후소설에서 보여지는 휴머니즘은 我(아
군)와 彼(적군)의 분명한 대립 속에서 '인간애'라는 보편적인 인본주의
개념에 도달함으로써 갈등을 극복하는 모습을 보여왔다. 그러나 「귀환」

의 경우 남(아군)과 북(적군)이라는 이데올로기적 대립구도 속에서의 갈
등이 아닌 계층적 갈등을 해소하기 위한 방법으로서 휴머니즘을 선택하
고 있다는 점이다. 게다가 「귀환」이 말하는 휴머니즘의 초점은 보편적인
'인간'에 대한 존엄을 말하는 것이라기보다는 공간적으로는 남한이며,
계층적으로 남한 내에 존재하는 지식인 대 비지식인 간의 갈등 해소에
집약되어 있다. 먼저 「귀환」에서 보이는 특징으로는 겹치기 수법, 즉 오
버랩의 반복적 사용에 있다. 「귀환」은 오버랩의 반복을 통해 전장터와
후방의 모습을 주인공 경석과 아내 혜란을 통해 대비시키고 있다.

① 이십 미터도 못 가서 전방에서는 모든 화기가 불을 토하였다. 소총,
중기-빗발치는 일제사격이었다. 아홉 명은 자동적으로 푹 엎드렸다.
측면으로 돈 옆 분대원의 비명이 들려왔다. 엎드렸던 분대장은 후퇴
를 명령하였다. 이번에는 뒤에서도 일제사격이 왔다. 땅에 딱 붙었다.
없던 적이 나타난 것이다. 이제 마지막이로구나! 경석은 아무 생각도
없었다.[18]

② 미쓰 황, 얼마나 적적하시우. 가히 짐작이 가지요. 그런데 우물은 파
야 있구 행복은 찾아야 있답니다. 어디나 있는 것이 행복이죠. 사람이
보지 못한다뿐이지, 그건 그렇구우, 미쓰 황이 들어오면서부터 왜 그
렇게 일이 술술 되는지 몰라. 이번 고철만 하더라두 여간 아니거던요.
……얼마 재미 봤느냐구? 줄잡아두 일억 환. ……뭐 고철을 어떻게 가
져가느냐구? 거 다 수가 있죠. 되는 일이 없는 반면에 안 되는 일이
없는 것이 대한민국인 줄 모르쇼?(p.314)

①은 주인공 경석이 적군과 전투를 벌이고 있는 전장터를, ②는 아내
혜란이 하루하루 살아가고 있는 후방의 사회를 그리고 있다. ①과 ②는
공간적 차이 외에도 그 안의 삶의 방식에 있어서도 많은 차이를 보이
고 있다. 전장터의 모습은 생과 사의 경계, 생명에 대한 욕망, 개인적

18) 『김성한중단편전집』, 책세상, 1996, p.307.

차원이 아닌 국가라는 대의 우선주의으로 집약할 수 있다. 우선 ①의 전장터는 생과 사가 서로 끊임없이 교차되는 사선(死線)에 해당한다. 전장터란 항상 알 수 없는 적의 기습에 대한 긴장과 죽음의 공포가 '마련된 죽음의 장소'이기 때문이다. 경석이 포함된 분대원들은 53고지를 점령하라는 임무 수행 중이다. 한밤중에 수행되는 작전이라 "모래를 뿌리면서 조심성 있게 전진하는 제 2분대원들은 온 신경을 두 발에 쏟으면서 숨을" 죽이며 전진하고 있다. 그러나 적지에 아무도 없음에 안도의 한숨을 쉬는 순간 갑자기 적의 일제사격이 시작되고, 갑작스런 적의 공격에 무수한 대원들이 목숨을 잃는다. 적의 총공격 하에 오로지 "아홉 명의 젊은 생명은 적진을 향해 필사의 포복을" 할 뿐이다. 이처럼 전장터는 마련된 죽음의 공간임과 동시에 무엇보다도 생에 대한 강렬한 욕망이 존재하는 곳이다. 그들의 모든 행위는 존재하기 위한 것이다. 따라서 그들은 부지런히 움직여야 한다. "죽는 것이 무서워서 움직이기 싫어하는 놈은 백에 아흔 아홉은 죽게 마련"이며 "총알이 사람을 피하지 사람이 총알을 피하"는 것이 아니기 때문이다. 그러나 생과 사가 엉켜있는 공포의 공간임에도 그들을 움직이는 또 하나의 축은 국가라는 대의(大義)이다. 생에 대한 욕망이 개인적 차원이라면 국가를 위한 것은 집단적·대승적 차원의 것이다. 전쟁이란 이기적 성격보다는 이타적 성격에 의해 움직이기 때문이다. 그들은 두 차례나 후퇴를 반복함에도 "어떠한 희생이 있더라도 반드시 이 고지를 점령하라는 엄명을 받고 태세를 갖추어 다시 진격을" 하는 이유는 바로 개인의 이익을 떠나 국가적 대의 앞에 서 있기 때문이다.

반면 ②에서 보이는 후방의 모습은 ①과는 대조적이다. 전장터가 국가를 위해 무수한 젊은 생명들이 스러져가는 죽음의 공간이라면, 후방은 오로지 욕망의 낭비와 생의 과잉으로 가득 차 있다. 그곳엔 "기름이 돌았"고 "돈을 물 쓰듯 하는 족속들"은 전쟁 상황을 틈타 고철 장사를 하여 "일억 환"이라는 "재미"를 보고 있다. 그들에게 전쟁은 오로지 개인의 욕망을 채우기 위한 호기(好機)에 불과하며, 이러한 대한민

국은 "되는 일이 없는 반면에 안 되는 일도 없는" "전연 딴 세계"인
것이다. 일본에 가족이 있음에도 혜란을 유혹하는 무역회사의 전무야말
로 이처럼 부조리한 현실을 표상하는 인물이다. 그러나 "시국이 어떻게
될지" 모르는 형국에 "막다른 대목"에 이르면 누구나 "마지막 준빌 단
단히 해둬야"하는 이 때에 무역회사 전무야말로 "모두 붙잡으려는 황
금새"이다. 그래서 혜란도 전무의 유혹을 잠시 "구미가 당기는 얘기"로
받아들였던 것이다. 전장터와 후방의 차이점에도 불구하고 이 두 공간
사이에는 공통점이 존재하는데, 바로 '생존'의 문제이다. 전쟁을 부의
기회로 삼는 이들과 달리 소외된 군상들에게 하루하루의 삶이란 일종
의 생존을 위한 전쟁과도 같다. 특히 홀로 생을 꾸려야하는 여인들은
생존과 함께 윤리적 선택이라는 이중의 문제에 직면한다. 혜란은 전무
의 유혹을 뿌리치지만 삶이란 여전히 "현재도 미래도 없고, 오직 과거
가 희미한 환영으로 남아" 있는 "무의미한 공간"일 뿐이다. 회사를 그
만둔 후 그녀는 담배와 껌 장사를 하지만 몰매와 수모가 전부였다. 그
녀는 "수치의 중압을 느끼면서" 다시 무역회사에 들어간다. 혜란이 전
무의 유혹을 거절한 것이나 재입사 한 것은 단지 윤리적 선택에 불과
하다. '생존'의 문제는 모든 행위에 앞서기 때문이다.

> 혜란은 목덜미가 아팠다. 상하운동을 하려고 쳐들다가 전무와 눈이 마
> 주치자 도로 숙였다. 또 웃는다. 잔등이 서늘해지는 웃음이다. 천막에서
> 나올 때 각오가 부족한 것은 아니었다. 여러 밤과 여러 낮을 두고 갈고
> 닦은 각오였다. 그이가 돌아올 때까지 무슨 짓을 하든 간에 모숨만은 부
> 지하자. 죽더라도 이 가슴에 맺힌 것을 확 풀어놓고 죽으리라.(p.318)

다시 입사한 혜란에게 다시 치근대기 시작하는 전무의 태도란 "인간
의 것이 아닌 그 무엇"이자 "발바닥으로 인간의 머리를 짓밟는 존재의
그림자"이다. 이처럼 후방이란 마치 전장터처럼 죽음을 강요하는 공간
이자 동시에 모든 선택과 행위는 '생존'만을 위해 존재하는 곳이다. 그

러나 주지한바 「귀환」의 휴머니즘은 결코 전장터나 후방의 상황에 의해 확보되는 것은 않는다. 사실 전·후방의 대비는 주제의 선명성을 강조하기 위한 일종의 배경 역할을 할 뿐이다. 즉 지식인의 사회적 역할의 문제와 대중 간의 괴리의 극복하기 위한 상황 제시인 것이다. 이러한 모습은 군대 지원의 문제에 대한 경석과 아내의 논쟁 속에서 분명하게 제시되고 있다. 먼저 지식인에 대한 일반인의 인식부터 살펴보면 다음과 같다.

> ① "나갈 사람두 빠지느라 야단인데 당신은 삼십두 넘잖았수? 게다가 당신은 개죽음을 할 사람이 아니에요. 나라의 인재예요."(……중략)
> "당신은 철학자예요. 최고의 인테리예요, 바보짓 마세요. 개죽음하는 건 국가적으루두……당신은 나라의 보배예요. 공연스리 수선을 떨지 말구……."(p.310)

> ② "우리 같은 거야 아깝지 않은 농군이니까 무더기루 쓸어내다가 무더기루 죽어두 괜찮지만, 네가 나온 건 좀 이상하단 말이다. 대학에 댕기는 아이덜두 나라에 쓸 사람이라구 빼놓는데 대학 선생님이 나올 턱이 없잖아? 그게 이상해서 묻는 거다."(p.321)

①과 ②는 지식인에 대한 당시 대중들의 인식을 단적으로 보여주고 있다. 보편적으로 지식인에 대한 정의는 "자기 지식 기타의 두뇌적 재능으로서 생계의 길을 걷는 사회군으로 다른 사회군과 다른 점은 지식과 재능이라는 정신적 두뇌적 노동력을 가진 자"[19], "구체적인 목표를 추구하는 사람이라기보다도, 일반적인 의미에서는 예술이나 과학 또는 형이상학적인 사상의 실천 등, 다시 말하면 비물질적인 성격에서 기쁨을 찾고 있는 사람들로서 '우리의 왕국은 현재가 아니라'고 스스로 자위하는 사람들을 총칭"[20], "정신의 광범한 기능을 창출하고 상징화하는

---

19) 임헌영, 「해방직후 지식인의 민족현실 인식」, 『해방 전후사의 인식』, 한길사, 1985, p.408.

관념 조작인이며, 그 사회의 본질적이고 핵심적인 가치관을 활성화시킨다. 따라서 그는 문화의 형태를 부여하는 사회적 요람의 창조자요 평가자요 응용자"[21] 등이 있다. 이러한 입장들을 정리하면 지식인이란 인간, 사회, 자연, 우주에 대한 일반적 법칙과 추상적 원칙을 그 어느 사회구성원보다도 더 빈번하게 또 깊게 생각하는 존재이다. 게다가 일정한 의식세계를 창조, 분배, 보존하는 역능을 맡는 존재이다. 이처럼 지식층은 어떤 사람들보다도 한 시대와 사회의 문제들에 대해 보다 본질적인 관심을 보이며 또 한 시대와 사회의 인식체계와 도덕적 문제에 더욱 민감한 반응을 보이고 있다.[22] 이러한 정의들과 달리 대중들의 인식 속에 있는 지식인은 권력적이며 반윤리적인 모습으로 나타나고 있다. 그들은 사회의 권력과 소통하는 기득권자이자 우월의식에 사로잡혀 있는 무리이다. "최고의 인테리"라는 우월의식은 스스로를 특별한 종족으로 인식토록 하여 국가적 재난상황에도 복지부동의 논리적 근거가 된다. 즉 그들의 죽음은 "무더기루 쓸어다가 무더기루 죽어두 괜찮"은 비식자층과는 다르다. 사회적 참여로 인해 "나라의 보배"이자 "인재"인 그들의 죽음으로 몰아가는 것은 "국가적으루두" 손해이자 "개죽음"이 되기 때문이라는 것이다.

  여기서 혜란의 언술은 지식인에 대한 왜곡된 인식의 표출 및 경석의 휴머니즘을 극대화시키는 이중적 효과를 보인다. 혜란은 자신을 버리고 전장에 나가겠다는 경석을 원망한다. 경석은 "이런 사람이 아니었"기 때문이다. 그는 "조금이라도 어려운 일은 도맡아하여 주던 사람"이며, 배급나온 보리쌀 자루를 메는 것을 "교수 체면에 보기가 안 되었다고 하니, 체면이란 말은 그런데 쓰는 것이 아니라고"하던 사람이다. 게다가 "추운 날 아침이면 먼저 일어나 물을 길어다 데워 놓고 자기를 깨우던" 사람이라는 것이다. 이런 그가 아내를 버리고 전장에 나간다는

20) 줄리앙 방다, 『지식인의 반역』, 백제, 1979, p.11.
21) 알렉산더 겔라, 『인텔리겐챠와 지식인』, 학민사, 1983, p.103.
22) 조남현, 『한국지식인소설연구』, 일지사, 1984, pp.8~9.참조

것에 대해 "남편은 변하였다"라고 말하는 혜란의 언술이야말로 김성한의 의도를 강화하는 것이다. 즉 혜란과 명룡의 언술의 본질은 비판이 아니다. 특히 혜란의 언술은 남편이자 지식인 경석의 인간적인 면모를 강조함으로써 결국엔 "이 땅의 가장 의로운 사람"으로 규정하고 있는 것이다. 휴머니즘을 지향하는 경석의 모습은 김성한이 설정한 대안으로서의 지식인의 정당성을 강화하고 있는 것이다.

그렇다면 김성한이 니힐리즘을 극복하게 된 계기와 대안 계층으로 지식인을 내세운 이유는 무엇인가.

> "당신한테는 미안하오. 무책임두 하죠. 무너지는 태산을 향해서 달리는 어리석음도 잘 알구요. 그러나 사람이란 때로는 그래야만 하는 경우도 있어. 거름이 좋아야 싹두 좋답니다. 거름은 싫구 꽃만 생각한 것이 오랜 실수였죠. 이름은 무어라도 좋소. 시비도 모르겠소. 하여튼 온 백성이 홍수에 빠져 아우성칠 때 돌 등에 앉은 개구리 행세는 못하겠소."(p.311)

경석이 깨달음을 요약하면 "거름"에 대한 중요성이다. 사실 경석의 깨달음이란 곧 김성한의 깨달음인데, 이는 "거름 ─ 싹 ─ 꽃"이라는 인과론적 구조 속에서 설명될 수 있다. 그동안 김성한의 작품에서는 '거름과 싹'을 배제한 "꽃"만이 의식되었을 뿐 그 꽃이 필 수 있는 토양과 거름의 부재에 관해서는 거론된 바가 없었다. 뿌리 없는 꽃이 있을 수 없듯이, 김성한의 니힐리즘은 바로 꽃(관념적 이상)이 피기만을 기다릴 뿐, 현실적으로 꽃이 필 수 없는 토양(역사적 상황)과 거름(고민과 행동)에 대한 인식부재에서 비롯된 것이다. 그래서 「귀환」이전의 인물들은 이상적 사회의 부재에 대한 모멸과 혐오만 강조할 뿐, 이상적 현실이 존재할 수 없는 것에 대한 본질적 고민과 행동, 그리고 대안이 부재했던 것이다. 따라서 "거름"에 대한 새로운 인식은 관념적 대안이 갖는 한계의 인식이자, 구체적이며 현실적인 대안으로서 '행동'이라는 윤리적 문제를 제기한다. 이러한 일련의 각성은 통렬한 반성적 사고 속에서 가능한 것인데 이는 경석을 통해 보여주고 있다. 경석이 스스로를 통해 바라본 지식인의 모습이란 한마디로 "인간의 고향을 떠나서 행패를 일삼는 탕아(蕩兒)"에 불과했다. 지식인들은 "봉사를 요구하는 족속"임에도 "부모의 덕분으로 근대합리주의 건축의 한 조각"인 '지식'으로 "온 세상을 재고 잘났노라"하면서도, 역사 앞에서는 "이방인으로 행세하며 고토(故土)의 원시(原始)에 침을 뱉는 일당"이자 "약탈을 자행하는 파렴치한의 앞잡이"였던 것이다. 그러나 반성적 사고는 지식인의 윤리적 태도를 "백성이 홍수에 빠져 아우성칠 때 동 등에 앉은 개구리 행세"가 아닌 "무너지는 태산을 향해서 달리는 어리석음"의 '행동'으로 전환시킨다. 그렇다면 반성적 사고를 통해 얻은 윤리적 명제는 무엇인가.

"……사람은 모두 형제다."(p.321)

김성한이 제시한 지식인의 윤리적 명제는 인정적 휴머니즘에 기초한 사회참여이다. 이를 통해 지식인은 대중과의 괴리를 극복할 수 있다는 것이다. 그렇다면 왜 김성한은 계층간의 화해의 주체로 지식인을 내세웠는가이다. 사실 김성한 만큼 강하게 지식인을 비판한 작가도 드물기 때문이다. 여타의 지적처럼 김성한은 주지주의적 작가이다. 이러한 주지적 태도는 현실에 대한 강한 논리를 갖고 있음을 반증하는 것이기에 비판적 태도는 냉철할 수 있었던 것이다. 이렇게 볼 때 김성한이 니힐리즘을 극복해야 하는 이유와 그 대안으로서의 휴머니즘을 논리적으로 설명해 줄 수 있는 인물은 자명해진다. 왜냐하면 김성한에게 대중들이란 비논리적이며 상황적 변화에 몸을 맡기는 기회주의자이기 때문이다. 반면 지식인 역시 기회주의적 성향이 있지만 상황적 논리를 갖고 있으며, 그것이 긍정적인 방향으로 각성되는 경우에는 시너지 효과를 갖기 때문이다. 뿐만 아니라 50년대라는 허무적 상황에서 극복의 방향을 설득할 수 있는 인물은 지식인이어야 한다는 계몽주의적 태도와도 연결된다.

그러나 이러한 논리에도 불구하고 한계를 노출하고 있는데, 바로 추상적 인간관이 그것이다. 인간은 모두 '형제'라는 가족주의적 세계관은 만민평등주의와 인본주의에서 비롯되는 개념이다. 그러나 '형제애'로서의 인간관은 위에서 언급한 보편적인 인간관에 미치지 못한 채 아내를 향한 사랑과 그리움에 그치는 듯한 모습을 보이기 때문이다. 그럼에도 「귀환」이 휴머니즘 작품의 계보를 잇는 것은 죽음 앞에서도 끝까지 휴머니즘을 포기하지 않는 경석의 희생 때문이다. 결론적으로 경석의 죽음이야말로 행동적 지식인을 통해 "역사적 허무주의의 극복"[23]이라는 상징적 의미를 띤다.

6. 결 론

본 고에서는 김성한 작품의 허무주의의 원인과 죽음의식 그리고 관념확장의 방식을 중심으로 살펴보았다. 김성한은 저항과 비판을 모토로 내세웠으며 작품 속에서도 강한 부정의 포즈를 취하고 있다. 부정의 대상은 전후의 총제적 사회를 향해 있으며 주로 지식인들 혹은 지배계층에 대한 강한 비판을 보이고 있다. 그러나 김성한의 비판의식은 건강함을 상실한 채 병적인 허무주의로 이어진다. 이는 김성한 작품에서 보이는 '인간에 대한 혐오' 때문이다. 김성한의 인물들은 긍정적 모델을 찾을 수 없다. 심지어 세상을 비판적으로 바라보는 화자 역시도 허무주의에 경도되어 있다. 세상의 모든 인간은 '죄의 근원'이자 '인간악'인 것이다. 인간에 대한 모멸과 혐오는 허무주의로 내모는 결과를 가져오게 한다. 세계를 움직이는 거대한 '힘'은 의미와 의식을 조작하고 인간을 조정하고 이를 인식한 개인은 너무나 무력하다. 무력함은 허무

---

23) 하정일, 「1950년대 단편소설연구」, 연세대 석사논문, 1989, p.105.

의 '아버지'다. 이러한 허무주의는 죽음의식에도 그대로 연결되어 나타
나고 있다. 그들은 죽음에 대한 공포를 느끼진 않는다. 이미 세상은 가
치의 대상이 되지 못하기 때문이다.

　그러나 1957년 「귀환」을 기점으로 김성한은 허무주의를 극복한다.
비록 소박한 차원이지만 '형제애(인간애)'를 통해 휴머니즘의 차원으로
이동하고 있는 것이다. 김성한은 50년대를 가장 잘 보여주는 작가 중
의 하나이다. 그의 인간에의 모멸과 부조리에의 비판 그리고 논리의
비약과 허무주의는 바로 전후의 상을 비춰주는 거울인 것이다. 치열한
작가정신과 다양한 기법 등을 통해 50년대의 문학을 성숙시키는 결과
를 가져온 작가가 바로 김성한인 것이다.

제 2 장
퇴행과 성장의 변증법

1. 서 론

익히 알려진 바와 같이 1950년대 작가(작품)연구는 지극히 한쪽으로 치우친 바가 적지 않다. 장용학, 손창섭, 선우휘 등을 위시한 몇몇 중심작가를 제외한 전체적인 작가(작품)론은 영성한 편이다. 따라서 작가(작품)에 대한 총체적인 접근은 1950년대 문학의 온전한 지형도를 완성하기 위해 무엇보다 시급히 요청되는 작업이라 할 수 있다. 그 가운데 주목을 요하는 작가로 손창섭과 좋은 비교가 되는 최상규를 들 수 있다. 최상규는 1956년 등단 이후 지속적인 활동에도 불구하고 크게 주목받지 못하였다. 초기에는 문체와 서사적 측면을 강조한 글들[1]로 최상규를 문단에 추천한 황순원, 곽종원 등이 여기에 속한다. 실존주의 관점에서 바라본 논의로는 이정윤과 이대영을 찾을 수 있다. 이들은 최상규 작품에 나타난 인간소외와 본성의 문제를 존재론적 입장에서 살피면서 전후세대의 실존적 경향의 하나로 보고 있다.[2] 대부분의 연

---

1) 황순원, 「小說薦記」, 『문학예술』, 1956.9. pp.160~161.
   곽종원, 「노작이 없는 저조」, 『현대문학』, 1966.2. pp.127~129.
   차범석, 「인간의 긍정」, 『현대문학』, 1966.4, pp.231~232.
   천이두, 「인간과 대지의 유대」, 『현대한국문학전집』14, 신구문화사, 1971, pp.507~510.
2) 이정윤, 「최상규 소설연구」, 경원대 박사, 1997.
   이대영, 「한국 전후 실존주의 소설 연구」, 충남대 박사, 1998.

구가 후기 작품에 치우쳐 있는 반면 최상규 작품의 출발점이라 할 수 있는 1950년대 소설에 대한 본격적인 연구는 3편 정도로 매우 영성한 편이다.[3] 여기의 논의들은 1950년대 최상규 소설의 특징으로 인물의 '퇴행'을 지적하고 있다. 뿐만 아니라 다른 연구자들에게서도 확인되듯이, '퇴행'은 최상규 초기작의 특징으로 합의가 이루어진 듯하다. 하지만 이러한 합의는 그 타당성에도 불구하고 몇 가지의 한계를 노정하고 있는데, 첫째 퇴행의 현상적 의미에서 나아가지 못하고 있다는 점, 둘째 '퇴행'과 이후 작품들과의 영향 관계에 대한 논의 부재, 셋째 최상규 초기작의 핵심인 '퇴행에서 성장으로'라는 변화의 관점 부재가 그것이다. 사실 초기작에서 퇴행은 결코 정체되거나 고정된 현상이 아니라 '성장'을 향한 통과제의의 모습을 하고 있기 때문이다.

1950~60년대의 최상규는 두 가지 측면에서 매우 집요함을 보이고 있는 작가이다. 첫째는 끊임없이 "하나는 사내고 하나는 계집"[4]의 구도를 고집한다는 점이고, 둘째는 '아이에서 어른으로'의 성장에 초점을 맞추고 있다는 점이다. 사내와 계집의 구도는 부부 계열과 연인 계열을 취한 것으로 대별되어 나타나는데, 흥미로운 것은 부부에서 연인 계열로의 전환에 일정한 규칙성과 내적 필연성을 갖고 있다는 것이다. 규칙성은 부부를 중심으로 한 일련의 작품들(「포인트」(1956.5.), 「단면」(1956.9.), 「제일장」(1957.3.), 「창을 열자」(1957.10.), 「사각」(1958.8.))에서 한결같이 유아기로의 퇴행을 보이고 있으며, 연인 중심의 작품들(「비창조자」(1958.9.),

---

3) 1950년대 최상규에 대한 논의는 다음과 같다.
　　이경재, 「1950년대 최상규 소설 연구」, 한국문학연구학회, 『현대문학의 연구』 26, pp.109~138.
　　강윤희, 「한국전후소설의 그로테스크 연구」, 서강대 석사, 2001.
　　강경화, 「고립된 주체의 자의식에 대한 탐구」, 『한국현대문학의 이면과 탐색』, 푸른사상, 2005. pp.123~164.
　　강경화는 최상규의 작품이 고립된 주체의 내면화된 의식을 통해 좌표를 잃은 전후 세대의 민감한 자의식과 고립감을 드러내려는 작가의식의 반영이라고 지적하고 있다 이경재는 "동시대 작가들에게서 볼 수 없는 고유한 심리적 메커니즘과 주체 구성 양식"이 보이고 있다고 지적하고 있다.
4) 최상규, 「제일장」, 문학예술, 1957.3, p.96.

「질서」(1959.9.), 「광장과 삼각」(1960.9.), 「손의 의미」(1960.10.), 「생명관리」(1960.12.))에서는 동일하게 퇴행의 극복 이후를 보여주고 있는 것이다. 이러한 규칙성은 안과 밖이라는 공간의 변화와도 관련을 맺고 있다.5)

이러한 변화에는 작품들 간의 엄밀한 내적 필연성을 보이고 있다. 이렇게 볼 때 1950년대 최상규의 작품은 일종의 연작 형식을 띤 성장소설의 모습을 띠고 있다고 할 수 있다. 이는 손창섭 등 몇몇 작가에게서만 파편적으로 나타났던 것과 달리, 1950년대에 대한 새롭고도 일관된 응전방식을 제시하는 것이다. 이렇게 볼 때 본 연구는 1950년대 문학에 초점을 맞춘다는 점에서 최상규 문학의 모태를 밝힐 수 있으며, 더불어 1950년대의 새로운 응전방식을 모색한다는 의의를 지닌다. 이에 본고는 최상규의 소설의 퇴행과 성장의 변화에 초점을 맞추어 그것이 갖는 시대사적 의미를 논하고자 한다.

2. 유아기로의 퇴행과 기원

정신분석에서 퇴행은 "지금까지 발달을 가능케 했던 충동이 거센 외부의 장애물에 직면하여 전 단계중의 한 단계로 되돌아가는 것"6)으로 정의하고 있다. 프로이트는 이 퇴행을 리비도가 최초로 집중된 성적 대상들로 퇴행하는 근친상간적인 것과 성의 모든 체계가 과거의 단계들로 퇴행하는 것으로 구별하였다. 반드시 성적인 것과 연결시키지 않는다 하더라도 프로이트의 정의는 시사하는 바가 크다. 즉 퇴행의 속성이 그것인데, 퇴행의 조건에는 반드시 연속적 진행을 가로막는 외부의 장애물이 존재하며, 이 장애물은 강한 충격으로 개인의 삶과 충돌

---

5) 유종호는 "하나의 목표로 집약화되지 못하고 동에 번쩍 서에 번쩍 섬광을 던지고 있는 것은 상당한 허비"(유종호, 「침체성의 지양」, 『사상계』, 1961, pp.364~365)라는 지적을 통해 최상규 소설이 일정한 주제의식이나 경향을 드러내지 못하고 있음을 비판한 바 있지만, 이는 재고를 요한다.

6) G. 프로이트, 『정신분석강의(하)』, 열린책들, 1997, p.485.

하여 갈등을 유발시켜 이후의 삶의 방식에 영향을 미치게 한다. 여기서 외적 장애물을 말 그대로 사회·역사적인 것에서 찾는다면, 정신분석의 한계로 일컬어지는 개인주의로의 환원을 극복할 수 있을 뿐만 아니라, 심리적 반응인 퇴행이 삶에 대한 또 다른 형태의 응전방식으로도 고민될 수 있는 계기가 될 것이다.[7]

최상규 작품에서 유아기로의 퇴행 문제는 1950년대 작품에서 자주 발견되며, 몇몇의 논자에 의해 지적되어 온 사항이다.[8] 특히 유아기의 모습은 「포인트」, 「단면」, 「제일장」, 「창을 열자」등에서 집중되고 있는데, 먼저 「포인트」에서 아내는 집안의 살림을 책임지고 있는 경제적 주체이자, "밥을 먹여주고 살려 주면 좋은 어머니"이다. 뿐만 아니라 "오늘의 군주" 앞에서 "조금도 장난이 섞이지 않은" 채 "참다랗게 심각"할 줄 아는 어른이다. 따라서 아내는 세계로부터 그를 보호해 줄 든든한 보호막이 된다. 이제 그의 역할이란 아내가 사주는 것을 먹고, 이불을 덮고 누워서 "어린애처럼" 놀거나 아내에게 "연애"를 조르는 "굴욕을 모르는 철부지"로 돌아가는 것이다. 왜냐하면 "아내는 어른이니까 복종하는 게 좋"기 때문이다. 이러한 퇴행의 모습은 엄마를 찾아 헤매고 오줌을 싸며(「단면」), 혼자 남겨진 방안에서 아내의 브래지어 안감인 "빠스트 패드"를 "새로운 장난감"으로 삼아 "질겅질겅 껌을 씹듯이 씹어"대며 노는 모습(「제일장」) 등으로 나타나고 있으며, 작가 스스로도 자신을 놀기 좋아하는 "어린애"라고 밝히고 있다.[9]

그렇다면 그들이 이처럼 퇴행을 벌이는 이유와 그것이 의미하는 바

---

7) 응전의 양상에는 적극적인 행동과 전망을 담보하는 긍정적인 면도 있지만 자살, 도피, 초월처럼 부정적 측면도 포함하고 있다. 따라서 여기서 언급하고 있는 응전양상은 좀 더 포괄적인 측면에서 다루었다. 이러한 관점은 J. 레에나르트, 허경은(역), 『소설의 정치적 읽기』(한길사, 1995)에 나타나 있다.

8) 이에 관한 집중적인 논의로는 이경재, 「최상규 소설의 환상성 연구」(서울대 석사, 2000)와 강윤희, 「한국전후소설의 그로테스크 연구」(서강대 석사, 2001)가 있다.

9) "나는 이모저모로 어린애다. 가만히 생각해보니 그렇다. 어린애는 놀기를 좋아하고 놀기밖엔 못한다. 그런데 내가 놀기를 좋아하고 놀 줄밖에 모르는 까닭이다."(최상규, 「당선소감」, 『문학예술』, 1956.9, p.159.)

는 무엇인가. 최상규에게서 유아기로의 퇴행은 첫 추천작인 「포인트」에
서부터 시작하고 있다. 처녀작은 작가의 작품세계에 모태를 이룬다는
점에서 중요한 의미를 지닌다. 그만큼 그곳엔 작가 스스로 "읽고 생각
하고 그리고 내가 하고 싶은 말을 비근한 사실을 통해 성실하게 쏟
아"[10])놓았기 때문이다.

① 무한히 뻗친 겨울이다. 영 한이 없을 것만 같다. 죽어라 하고 달음박
질을 쳐도 막다른 골목이란 없을 것 같다. 왜 지금이 하필 겨울이냐.
그는 의문을 품는다. 여름이어도 좋지 아니하냐. 가을이라도 좋지 아
니하냐. 그렇지만 선사 봄인들 어떠랴. 그런데 나는 왜 지금 이 지금
을 져(負)야 하고 또 지금은 겨울이냐. 망녕이다. 터무니없는 망발이
다. 발이 미끄러진다. 구둣바닥이 얇다. 겨울은 자꾸 발을 죄어든다.[11])

② 겨울이 그들 앞에 무사히 뻗쳐 있었다. 아무리 헤어나가도 끝이 없을
것만 같았다. 이렇게 해서 그들에게 그날의 「오늘」은 무럭무럭 효력을
내어주기 시작하였다.[12])

①과 ②는 각각 작품의 서두와 결미에 묘사된 겨울의 모습이다. 소설
의 "서두와 끝의 상응은 이야기의 구성에 일관성이 있다는 증거인 동
시에 소설가에게 있어서는 자기의 생각, 나아가서는 자기의 세계관을
표현하는데 적절한 수단"[13])이 될 수 있다. 따라서 이러한 구조는 겨울

---

10) 최상규, 「포인트는 나의 첫 포인트」, 『한국전후문제작품집』, 신구문화사, 1992,
pp.407~408. 최상규는 이를 "앞으로의 途程에서 두고두고 캐고 쪼개고 생각해
보아야 할 나의 중요한 명제 중의 하나"(최상규, 「포인트는 나의 첫 포인트」,
앞의 책, p.408.)라고 지적함으로써 퇴행의 문제가 작가의 일관된 문제의식임을
예고한 바 있다.
11) 최상규, 「포인트」, 『문학예술』, 1956.5, p.78.
12) 「포인트」, p.85.
13) 롤랑 바르트도 "앞쪽 가장자리와 뒤쪽 가장자리라는 두 개의 단위를 우선 설
정해 놓고 다음으로는 어떤 변형을 거쳐서, 어떤 동적 수단을 통해서 뒤쪽 가
장자리가 앞쪽 것과 일치하게 되거나 달라지는가를 검토한다."고 구조분석 방
법을 제시한 바 있다. (롤랑부르뇌프·레알웰레, 김화영(역), 『현대소설론』, 문

의 상징적 의미가 작품의 전체적인 구조에 연결되어 있음을 암시한다. 서두는 작품이 제기하는 질문을, 결미는 제기된 질문에 대한 대답이 되는 것이다.

여기서 겨울은 계절적 의미 이상의 것으로 다가온다. '겨울'에 대한 강박증은 작품 전체에 걸쳐 불안의 원인이 되고 있다. 불안의 근원은 "죽어라하고 달음박질을 쳐도" 벗어날 수 없도록 "자꾸 발을 죄어"오는 공포 때문이다. 그 힘은 작품의 결미에서도 그대로 작용하고 있다. 여전히 그들 앞에 서있는 겨울은 "오늘"의 시간 속에서 "무럭무럭 효력을" 내고 있는 것이다. 결국 겨울은 그를 둘러싸고 있는 알 수 없는 불안의 원천이자 거대한 힘을 표상하는 현실의 메타포이다. 이렇게 볼 때 이 작품의 세계는 겨울로 표상된 현실의 힘이 '오늘의 시간' 속에 계속 죄여오는 상황임을 보여준다. 그 막연한 현실에의 공포는 "영장" 이라는 실체를 통해 구체화된다.

> "영장이로군!"
> 기다리지 않던 것은 의외가 아닌 법이다. 그는 거만스럽게 일어나 앉았다. 찬바람이 오싹 등골을 스쳤다. 물이라도 털어 버리듯이 부르르 몸을 떨고 벌떡 일어서서 옷을 주워 입기 시작했다.[14]

위의 묘사는 두 가지 사실을 가리킨다. 하나는 사건이 존재한다는 것이고, 다른 하나는 감추어졌지만 중요한 것을 함의하고 있다는 것이다. 여기서 남편이 찬바람에 오싹했다는 서술은 단순히 겨울의 추위에 떠는 모습만을 의미하지 않는다. 그는 최대한 현실 앞에서 거드름을 편다. 하지만 그것은 오래가지 않는다. "찬바람"이라는 은유화 된 현실의 참모습인 '영장'은 당장 등골을 오싹하게 만들고 옷을 입게 만듦으로서 복종을 강요한다.

학사상사, 1994, p.74.)
14) 「포인트」, p.74.

텍스트를 지배하는 논리가 환유라고 할 때[15], '어제의 시간' 속에서만이 자신의 존재론적 동일성을 유지했던 그에게 '영장'은 냉혹한 '오늘의 시간'인 현실을 표상한다. 따라서 위의 장면은 그가 영장과의 만남, 즉 현실과의 첫 대면인 것이다. 영장이란 무엇인가. 그것은 1950년대 전쟁의 폭력성을 대표하는 억압적 국가기구인 군대의 표상이자 동시에 알튀세르가 주창한 '주체로의 호출기제'에 해당한다. 인간은 세계와의 관계 속에서 어떠한 표상 없이는 존재할 수 없으며, 이 표상은 각 주체에 관련하여 주어진다. 즉 표상은 하나의 이데올로기로서 인간의 존재 조건을 그리고 다른 사람을 연결시켜 주는 것이다.[16]

이처럼 1950년대 속에서 영장이란 개인의 선택의지를 벗어난 영역이자, 국가권력에 의해 개인의 삶을 무자비하게 규정하는 이데올로기적 국가장치의 표상인 것이다. 국가의 무차별적인 호출은 개인의 선택을 배제한 거대한 폭력이다. 그는 이러한 국가기관의 폭력성을 책을 대하는 자신의 행동 속에 투사시켜 보여준다.

> 그는 책을 골라낸다. 될 수록 몸값이 많이 나갈 책만 골라낸다. 크고 작고 무겁고 검고 붉고. 그러나 그것들은 떨지 않는다. 정말 그것들은 아무 다름이 없는 것 같다. 그가 조금 전에 무릎을 꾸부리는 찰나에 그것들의 운명은 전환된 것이다. 위대한 명령을 받은 것이다.(밑줄: 인용자) 그것으로 해서 대회전(大廻轉)을 해야 된 것이다. 그러나 그것들은 태연하다. 그러나, 흥 제물(祭物)이다. 이것들아 제물이야. 그는 사납게 그것들을 보자기에 싼다. 그리고 책상 밑에 밀쳐놓았다.[17]

---

15) 롤랑 바르트, 김희영(역), 『텍스트의 즐거움』, 동문선, 1997, p.41.
16) "사실상 사람들은 이데올로기 속에서 자신들이 존재조건에 대한 자신들의 관계를 표현하는 것이 아니라, 자신들의 존재 조건에 대한 자신들의 관계를 체험하는 방식으로 표현되며, 이러한 사실은 실재적 관계와 상상적인 체험된 관계를 동시에 전제한다."(L.알튀세르, 이진수(역), 『맑스를 위하여』, 백의, 1997, p.280.)
17) 「포인트」, p.77.

그는 자신의 모습을 거대한 물리력을 행사하는 국가와 그 앞에 무기력한 개인의 모습으로 번갈아 투영시키고 있다. 첫째, 그가 팔아야 할 책들을 고르는 행위는 영장의 폭력성을 그대로 재현하고 있다. 그가 무차별적으로 책을 선택하듯이, 영장 역시 개인의 의사와 무관하게 그를 호출한다. 마치 "그가 조금 전에 무릎을 꾸부리는 찰나에" 팔릴 책과 그렇지 않을 책들의 "운명이 전환"되듯이, 그도 국가로부터 "위대한 명령"을 받음으로써 운명의 "대회전"을 겪게 되는 것이다. 둘째, 그는 책들과 자신을 동일시함으로써 국가의 폭력 앞에 무기력한 개인의 모습을 보여준다. 책들은 태연하다. 마치 그가 영장을 처음 받았을 때 "거만스럽게" 행동했던 것처럼. 하지만 책들과 마찬가지로 그 역시 "제물"일 뿐이다. 이 거대한 폭력 앞에서 제물의 역할이란 팔리기를 기다리고 있는 "보자기 속의 역군들"(p.77)이자 "젊은이로서 훌륭히 싸우"(p.81)다가 죽는 것이다.

> 현실이란다. 그러나 오늘은 너무나 어마어마하게 내 앞에 군림한다. 좀더 친근하게 찾아 줄 수 도 있지 아니하냐? 어쨌든 나는 오늘을 믿게 마련이란다. 이 오늘이란 군주에 복종해야만 하게 마련이란다.[18]

국가권력은 개인을 아무렇지도 않게 사지로 몰아넣을 수 있는 "너무나 어마어마하게" 큰 폭력이다. 이러한 현실은 어제의 시간을 무화시킬 수 있는 "오늘이란 군주"의 모습으로 복종을 요구하고 있다. 이제 '어제의 세계' 속에서만 살고자 하는 그에게 '오늘의 세계'인 현실은 공포 그 자체이다. 이 공포는 시간의 자연스러운 진행을 방해하여 '어제'와 '오늘'의 단절을 강화시킬 뿐만 아니라 그로 하여금 어제의 시간에 더욱 고착하도록 작용한다.

그에게 있어 시간의 진행이란 "어제와 같은 나"의 반복과 순환이다. 그의 일상이 어제의 시간으로 이루어졌다는 점에서 그는 현실로부터 가장 멀리 떨어져 있었다. 그러나 "오늘의 군주"는 '어제'의 시간적 질서

---

18) 「포인트」, p.84.

에 단절을 가져온다. 이 시간적 진행의 방해는 그의 존재론적 동일성마저 붕괴시킴으로서, '어제'의 나와 '오늘'의 나 사이에 "천만리나 떨어진 것"같은 심연을 형성한다. 그 심연이 깊으면 깊을수록 그가 '어제'의 시간에 고착하는 원인이 된다. 영장을 받은 '오늘'의 시간이 그의 동일성을 붕괴시켰다면, 그 소집영장을 가지고 전쟁터에 있을 '내일'은 곧 죽음을 의미하기 때문이다. 이처럼 「포인트」는 "개인의 힘으론 옴짝달싹도 못할 폭력을 입은 한 시민이 개인적 의지와 욕구는 여지없이 무시당하고 오늘과 내일이 엉뚱히 달라져야 할"[19] 상황에 집중함으로써, "인간에게 어떤 폭력이 가해졌을 때 발생하는 상황에서 인간은 얼마나 무력하며 한편 그것이 안이하게 처분되는가"[20]를 보여주고 있는 것이다. 이처럼 현실에의 공포는 바로 국가권력에의 공포이자 죽음에의 공포이다. 이 죽음에의 공포란 바로 50년대를 지배하는 공포였다.

전쟁의 폭력성은 최상규의 작품 전체에 걸쳐 지속적으로 나타나고 있다. 그러나 논자들 가운데는 전쟁이 "일종의 배경음"[21]처럼 기능한다고 지적하고 있지만, 사실은 공포의 근원에 해당한다. 「포인트」의 '영장'이란 바로 죽음의 초대장이며, 그 덕분에 6년간 아이를 가질 수 없었으며(「단면」), 또 친형의 납북(「창을 열자」)과 아내의 죽음(「뚫어진 하늘 아래」) 등 전쟁은 일관되게 공포의 근원이자 퇴행의 결정적 원인으로 작용하고 있다. 전쟁과 더불어 퇴행의 또 다른 원인은 전쟁의 광풍이 일고 간 전후 현실에 대한 환멸에 있다. 전후의 풍경은 자신의 육체에 모멸을 가하고(「단면」), 자신의 젖꼭지를 자르며(「단면」) 페니실린병에 낙태아를 선물로 주는(「제일장」) "미친. 배반, 거짓말과 불신"[22]의

---

19) 최상규, 「포인트는 나의 첫 포인트」, 앞의 책, p.408.
20) 위의 책, p.408.
21) 이 용어는 이경재와 강윤희에 의해 사용되었다. 이경재는 배경음 역할을 하는 전쟁이 인물들로 하여금 자기동일성의 파괴 및 자기분열증을 일으켜 온전한 성인으로 살 수 없게 만든다고 지적하면서, 이러한 인물들의 모습을 현실에 대한 강력한 저항으로 보고 있다. (이경재, 앞의 글, p.13) 강윤희는 전쟁이 정체성을 상실한 거세된 주체로 만들게 되는 원인이 되고 있다고 지적하고 있다. (강윤희, 앞의 글, p.69.)

세계이다.

이러한 전후현실은 개인을 이념, 경제, 윤리 등 모든 주체의 영역으로부터 소외시키는데, 최상규는 이를 '거세'로 표상하고 있다. 특히 「제일장」에서는 성기능의 장애가 퇴행의 원인으로 작용하는데, 외도로 인한 성병 때문에 "사내는 여지없이 오그라들고 말았"음은 단순한 성적 장애에 그치지 않는다. "놈의 구실"을 할 수 없는 성적 장애는 그대로 "어린애"로 살 수밖에 없는, 심리학적으로 거세된 남근이자 사회학적으로 거세된 주체이다. 전쟁과 이데올로기가 압도하며 개인을 죽음으로 몰아가는 공포의 현실로부터 벗어나는 방식은 두 가지이다. 하나는 '어제'의 시간으로 돌아가거나 아니면 '오늘'의 시간과 마주서는 것이다. 어제의 시간에 고착한다는 것은 바로 퇴행을 의미하는데, 특히 고착이 강한 곳일수록 퇴행 지점이 될 가능성이 높다.

퇴행의 가장 큰 목적은 바로 방어기능이다. 주체를 용납하지 않는 공포와 환멸의 세계 속에서 그는 성장을 거부한다. 어른의 세계란 책임을 요구하기 때문이다. 책임을 회피하는 방법은 당선소감에 밝힌 것처럼 "무엇을 잘못해도 얼른 용서를 빌 수가 있고 쉽사리 용서를 받을 수"[23] 있는 유아기로의 퇴행이다. 결국 이러한 퇴행을 통해 세계의 연속성과 존재론적 동일성을 보장받고 있는 것이다.[24]

여기서 또 하나 주목해야 하는 점은 아내의 의미인데, 아내는 고정된 실체라기보다는 유아기로 퇴행한 그에게 이중적인 모습으로 다가온

---

22) 「단면」, p.100.
23) 최상규, 「당선소감」, 앞의 책, p.159.
24) 퇴행의 목적에 대해 강경화는 "전후 현실의 무기력하고 무미건조한 일상으로부터 벗어나려는 자의식적인 노력이며 저항"(강경화, 앞의 책, p.137)으로, 이경재는 "어머니와 분리되지 않은 합일의 상태, 주체성 형성 이전의 상태로 다시 돌아가는 것"(이경재, 앞의 책, p.116)으로, 강윤희는 "쾌락의 대상인 여성 인물들을 결코 포기하고 싶지 않은 하나의 욕망의 발현"으로 보고 있다. 강경화의 논지는 퇴행의 목적과 저항 간의 연결이 부족해 보이며, 이경재와 강윤희의 논지는 방법론의 도식적 적용에 그친 것으로 보인다. 특히 라캉의 이론적 틀에 도식화하려는 시도는 최상규의 독자적 의미망뿐만 아니라 역사적 의미망의 공동화로 이어져 최상규 문학을 추상화시킬 수 있는 위험을 안고 있다.

다. 그 첫 번째는 어른이자 어머니의 모습이다. 아내는 「포인트」를 비롯한 작품들에서 공통적으로 집안의 살림을 책임지는 경제적 주체이다. 아내의 경제적 활동으로 그의 퇴행적 삶은 유지되고 있다. 동시에 그녀는 집안을 책임지는 어머니의 모습도 함께 한다. 그것은 특히 그가 심리적으로 불안할 때 요청되는 아내의 모습이다. 두 번째의 모습은 현실의 세계를 인식시켜주는 매개자로서의 아내이다. 「단면」에서 아내는 이불에 오줌을 싼 남편 앞에서 자신의 젖꼭지를 자른다. 오줌싸기는 "어떤 아득한 옛날에 겪은 것 같은 싫다할 수 없는 쾌감을 기억"하게 한다. 그것은 유아기 시절 배설을 통해 기억하던 쾌감이자 동시에 오로지 쾌락원칙만을 추구하는 아이의 모습이다. 그는 이 오줌싸기를 통해 완벽하게 유아의 상태로 퇴행하고 있으며, 동시에 현실의 공포로부터 도피하고 있는 것이다. 그러나 아내는 이를 허용하지 않는다. 젖꼭지를 자르는 행위는 남편에게 퇴행을 용납하지 않는 공포스러운 현실의 표상이며, 더 이상 아내도 안식처가 될 수 없음을 보여준다. 이는 「제일장」에서 결혼 삼주년 선물로 낙태시킨 태아를 선물하는 것으로 이어진다. 그녀들은 끊임없이 그에게 공포스러운 현실을 자신의 자학적 행위를 통해 보여준다. 그녀의 자학은 그에겐 공포스러운 가학으로 전환되면서 폭력적 현실을 대변한다. 이는 아내의 역할이 안식처가 아닌 현실의 중개자임을 드러내는 것이다. 남편들은 도피의 메커니즘으로 방안의 세계를 고집한다. 그것만이 현실을 벗어나는 길이라 믿고 있다. 하지만 그들은 자신만의 세계인 방안에서 어머니이자 아내인 그녀들을 통해 현실의 공포를 만난 것이다. 이는 폭력과 죽음으로 대표되는 50년대로부터 결코 벗어날 수 없음과 퇴행의 한계를 의미하는 것이다.

3. 성장을 향한 통과제의의 서사

「포인트」, 「단면」, 「제일장」으로 이어지던 퇴행은 「창을 열자」와 「사각」을 통해 새로운 전환의 계기로 나아간다. 그리고 그 전환의 모습은 바로 유아기로부터 탈주하고자 하는 '의지'로 나타난다. 여기서 '의지'는 도피가 아닌 '현실 맞서기'라는 새로운 응전방식으로 이어진다. 「창을 열자」는 형수와 시동생 간의 불륜이라는 근친상간을 모티프로 하고 있다.[25] 여기서 근친상간의 모티프는 일반적으로 다루어지는 윤리·도덕의 차원이 아닌 '아이에서 성숙으로'의 계기를 마련한다는 점에서 독창적인 모습을 보인다. 이 작품의 구조는 종속적 관계에서 대등적 관계, 즉 아이에서 성숙으로의 과정을 그리고 있다. 그는 전쟁 때 죽은 형을 대신해 형수의 남편이자 형의 자식들의 아버지 역할을 하고 있다. 그러나 그에게 '가장'이란 이름은 형식적인 수사에 불과하다. 그가 부모의 반대를 무릅쓰고 형수와 살림을 차린 것이 마치 독립적인 어른의 모습을 하고 있지만, 여전히 그는 형수의 경제적 힘에 의존하고 있다. 게다가 「포인트」, 「단면」, 「제일장」에서 그랬듯이 여기서도 형수에 대한 강박증을 보이고 있다.

　① 오늘은 형수의 퇴근이 몹시 늦다. 웬일일까?[26]

　② 그는 또 방안에 들어와 누웠다. 올 때가 되었는데 웬일일까?[27]

　③ 그는 가만히 한숨을 쉬어본다. 그때 대문 소리가 났다. 발자국 소리. 왔다. 드디어 왔다. 그는 기뻐진다.[28]

아이가 엄마를 기다리듯, 그의 모든 신경은 형수의 등장을 알리는

---

25) 형수와 시동생의 불륜을 그린 이 작품은 표면상 부부 계열의 작품과 구별되는 것처럼 보이지만, 사실 그들의 관계란 부부의 그것과 전혀 다르지 않다. 또 부부 계열에서 다루고 있는 주제-현실에의 공포와 퇴행의 문제-와 정확히 연결되어 있다는 점에서 그렇다.
26) 최상규, 「창을 열자」, 『문학예술』, 1957.10, p.83.
27) 위의 책, p.86.
28) 위의 책, p.86.

대문에 집중되어 있다. 형수에 대한 강박증은 그의 사고와 시선에서 두드러진다. 형수가 퇴근하기까지 그를 지배하는 것은 형수와의 기억이다. 특히 그가 부모와 의절하고 형수와 살림을 차리게 된 과정에 초점이 모아져 있다. 그러나 과정에 대한 추억은 매우 기능적일뿐 본질적 의미를 지니지 못한다. 즉 과정에 대한 기억이란 형수가 보이지 않음으로 인한 불안감을 해소하려는 일종의 방어기제이기 때문이다. 과정에 대한 기억의 연속성에 단절을 가져오는 것은 형수의 늦은 퇴근으로 인한 불안이다. 기억의 중간 중간에 반복적으로 끼어드는 "올 때가 되었는데 웬일일까?"는 그의 모든 행동과 사고가 불안으로부터 벗어나고자 하는 의식적 노력임을 보여준다. 불안의 해소는 형수의 등장으로 이뤄진다. 형수의 등장 과정은 그의 강박적 불안의 강도를 보여준다. 여기서 형수의 등장은 매우 극적인 모습으로 형상화되는데, 대문을 향한 시선과 소리에의 집중 그리고 연속적으로 터지는 "드디어 왔다"라는 희열이 그것이다. 이러한 감정 상태야말로 방안에 갇혀 하루 종일 엄마를 기다리던 아이의 그것과 다르지 않다. 이는 그의 경제적, 정신적 보호자가 단지 부모에서 형수로 대상의 변화만이 이루어 졌음을 의미하며 동시에 여전히 유아기적 종속성(의존성)에서 벗어나지 못함을 보여주는 것이다. 그러나 이러한 종속성은 "가짜"에 대한 인식을 계기로 전환점에 이르게 된다.

'가짜'란 무엇인가. 형수는 "형과 얼굴이 닮았다는 점" 때문에 그를 좋아하게 되었고, 이에 그는 형의 '가짜' 노릇을 하게 된 것이다. 그러나 이 가짜의 삶이야말로 그가 타자로서의 삶이 아닌 주체이자 퇴행을 벗어날 수 있는 '성숙'의 과정에 해당한다. 왜냐하면 '진짜'의 삶이란 여전히 시동생과 형수의 구도를 유지하는 것이자 퇴행의 지속을 의미하기 때문이다. 형수와의 불륜관계를 유지시키는 것은 '가짜'임에도 불구하고 스스로를 '진짜', 즉 나=형이며 형수=아내라는 인식이다. 그러나 이는 스스로 타자의 삶을 살면서도 스스로 타자임을 인정하지 않는 것으로, 라캉식으로 말한다면 '허위에의 동일시'가 지속되고 있는 것이다. 따라서 불안정한 삶의 근본 원인이 바로 왜곡된 '가짜'인 "진짜"의 지속에 있다. '진짜'의 축은 그에게 종속적이자 타자의 삶을 강요한다. 이는 "흔한 놈의 가짜"가 주체이자 대등한 삶을 살 수 있는 "귀한 가짜"가 되는 이유이다.

> 어쩌자고 저이들만 자꾸 크는 거냐? 나를 버려두고 저이들만 날고 싶다. 나도 날고 싶다.[29]

이제 '가짜'에 대한 인식은 그동안의 삶에 갈등을 야기하고 탈주에 대한 욕망을 불러일으킨다. 날고 싶은 욕망이란 곧 유아기적 퇴행으로부터의 탈주에 다름 아니다. 종속과 타자로서 벗어나 대등과 주체로서의 삶을 희구하고 있는 것이다. 형수 역시도 "지금의 생활을 지속하기엔 너무나 무서운 결말이 입을 벌리고 있는 것이어서" 지금의 현실로부터 "솟아나고 싶은 것"이다. 그렇다면 탈주의 방법이란 무엇인가. 그것은 바로 현실을 직시하는 것이다.

> "그냥 사는 거야 그냥 살아 보는 거야 그렇지 않으면 또 별 수는 있고? 하나 밖에 없는 목숨이니까 그게 아깝지? 남들 보다 더 잘 살고 싶지? 그래야지 물론 그렇지만 그 생각에 쫓겨서는 안돼 앞을 내다보지 말아요. 어차피 올 것은 오는 것 괜히 억지를 쓰려고 하면 손해야 그저 살아 보는 거야. 어떤 놈이 우리 삶을 마련해 주었는지는 모르지만 하여튼 그 놈의 솜씨를 두고 보는 거야 응?"[30]

위의 말은 그가 형수에게 하고 있지만 사실은 자기 자신이자 「포인트」, 「단면」, 「제일장」으로 이어지던 '그'를 향한 선언에 해당한다. 현실이란 나의 의지와 무관한 "어떤 놈"에 의해 세워진 세계이자, 「포인트」의 '영장'처럼, "어차피 올 것은 오는 것"이기에 유아기로의 도피처럼

---

29) 위의 책, p.89.
30) 위의 책, p.90.

"괜히 억지를 쓰려고 하면 손해"일 뿐이다. 따라서 그에게 "살아보는 것"이란 자신이 타자임을 인정하며 현실을 직시하는 것이다. '그냥 살아보는 거야'라는 말은 앞의 작품들과의 연계 속에서 볼 때 매우 중요한 의미를 갖는다. 「포인트」를 위시한 작품들에서 보였던 현실도피와 그 방법으로서의 퇴행이 중단되고 새로운 전환을 예고하기 때문이다. 즉 더 이상 유아의 모습이 아닌 현실을 직시하며 그 앞에 당당히 맞서는 '문제적 개인'의 등장을 암시하고 있는 것이다. 이러한 문제적 개인의 등장을 예고하는 마지막 통과제의가 바로 「사각」이다.

'그냥 살아보는' 방법으로 「사각」에서 그는 버스 "드라이버"라는 취업을 선택한다. 취업이란 그동안 아내에 의존해 살았던 유아기적 삶을 벗어나 하나의 사회적 주체로 태어남을 의미한다. 그래서 그는 "직업을 얻음으로서 인권을 도로 찾았고, 아내는 인권을 회복한 사내를 남편으로 가지게" 된다. 그러나 처음으로 현실에 발을 디디는 과정은 결코 순탄치 않다. 어느 날 아침 출근 버스를 몰던 그는 개 한 마리를 치어 죽인다. 여기서 개의 죽음은 그가 사회적 주체이자 문제적 개인으로 재생하는 중요한 역할을 한다. 그것은 "사각(死角)"으로서의 현실에 대한 인식과 재생의 이니시에이션(initiation) 의미를 지니기 때문이다. 어느 날 우연히 만난 옛 친구가 들려준 전쟁터의 경험은 적군의 총알 세례로부터 안전한 사각 안에서 머물 것인가, 아니면 밖으로 나가 싸울 것인가 하는 실존적 선택의 문제이자, 동시에 죽음의 공포에 대한 일종의 해답이다. 친구는 자신이 죽인 개미들이 "소란스러움 없이 죽은 개미를 끌고 갔고 다른 놈들은 계속해서 행진"하는 모습을 통해 "세계의 무의미한 의미", 즉 생의 초월이라는 "번득임"을 깨닫는다. 그는 자신의 버스에 치이던 개의 모습에서 그 번득임을 느낀다. 즉 "이미 죽음과 삶을 초월해 사각 밖으로 뛰쳐나가던 그 친구의 영상"과 버스를 향해 다가오던 개의 모습이 동일하게 느껴지는 것이다.

그는 다시 개울물을 굽어보았다. 무슨 동물의 것인지 모르는 허연 뼈

다귀 한 개가 시궁창 물과 함께 굴러가고 있었다. 그걸 보며 그는 잠잠히 마음먹었다. 다시 출발하자고-다시 사각(死角)안으로 뛰어 들어가 거기에서부터 다시 끊어진 모든 것들, 착한 남편이기 위한 노력, 착실한 사회인이기 위한 노력, 친구가 말해준 번득임이 없이 고요히 성자처럼 살아보자고 한 노력, 이러한 것들을 다시 시작하자고.31)

이제까지 그의 삶이란 "왕관을 뒤집어씌운 어린왕자"와 다르지 않다. 어린 왕자의 세계란 '어제'의 시간이자, 유아기의 퇴행적 삶에 지나지 않았다. 그러나 죽음의 공포로 이루어진 사각의 세계에서 다시 성장하는 방법은 다시 "사각 안으로 뛰어 들어가 거기에서부터 다시 끊어진 모든 것들"을 연결시키는 것이다. 단절된 어제의 시간을 오늘의 시간에 연결하기 위해서는 결혼 이전의 상태로 돌아가야 한다. 이는 세계에 대한 탐색의 여정이 시작되는 것이자 루카치가 말한 '문제적 개인'으로 재생하게 되는 이유가 되는 것이다.

4. 성장의 서사

1958년 「사각」을 전환점으로 유아기로의 퇴행은 막을 내리고, 곧이어 한 달 후에 발표된 「비창조자」(1958.9) 이후로는 현실과 마주서는 새로운 응전방식을 보여준다. 이러한 모습이 최상규와 여타의 50년대 작가 간의 차이를 낳은 지점이다. 손창섭을 위시한 많은 작가들이 허무주의의 포즈로 일관한 반면 최상규는 새로운 서사를 준비하고 있었고, 그것은 곧 1950년대의 새로운 응전방식이기도 하다.

새로운 응전방식은 곧 세계에 대한 새로운 탐색이 시작되었음을 알리는 것이자 문제적 개인의 등장을 예고하는 것이기도 하다. 「비창조자」에서는 매춘부와의 사랑을 통해 세계에 대한 탐색을 시작한다. 훈련병인

---

31) 최상규, 「사각」, 『사상계』, 1958.8, p.401.

윤지수는 부대 앞 창부인 소영을 만나게 되면서 사랑의 갈등에 휩싸인다. 소영의 "몸둥이엔 얼마씩이라는 값이 붙은"[32] 매춘부이며, 윤지수의 마음에는 사랑이란 "서로 응하고 보답해야"한다는 세상의 "철저한 타산"이 굳게 자리하고 있었기 때문이다. 하지만 갈등의 또 다른 원인은 윤지수가 '타산'의 논리를 넘어 순수를 지향한다는 점이며, 소영은 창부이면서도 "심청이처럼 연꽃에서 부활"한 순수한 영혼의 소유자라는 점이다. 순수는 "사람에게 바쳐보고 싶은 가장 고귀한 휴-매니티"이기에 윤지수는 "불안과 의혹과 호기심으로 그것을 받기 시작"한다. 이제 윤지수의 갈등은 순수와 타산 중 하나를 선택해야 하는 것으로 좁혀진다.

> 나는 인간과 인간의 중간에 놓여 있는 사람이야. 잘 모르겠지. 다시 말하지. 결국 나는 아무것도 아냐. 평범한 사람도 아니고 그렇다고 소영이가 지금 가진 직업 때문에 수없이 만났을 그 숱한 '용감한 젊은이'도 아닌 훈련병이란 말이야.[33]

순수와 타산의 한가운데 서서 선택을 요구받는 것이란 무엇인가. 그것은 곧 아직 주체의 영역에 이르지 못한 채 이루어지고 있는 탐색의 지속을 의미한다. 게다가 탐색의 지속은 "인간과 인간의 중간에 놓여 있는 사람", 다시 말해 아직 어른이 되지 못한 "어린애"(퇴행)와 "착실한 사회인"(성장) 사이의 과도기임을 표상한다. 즉 온전한 주체가 되기 위한 "훈련병"인 것이다. 이제 탐색의 첫 발을 디딘 윤지수를 통해 작가 최상규는 성장의 원칙을 천명한다.

> "한 줌의 흙이 되기 위해 역사를 만들어보려 애쓸 필요는 없다. 또한 역사와 무관한 '윤'가 자손을 만들기 위해서 지구상 어느 꽃보다도 아름다웠을지도 모르는 꽃에 모진 비바람을 내리워 주어선 안 된다. (중략)

---

32) 「비창조자」, 『현대문학』, 1958.9, p.117.
33) 「비창조자」, p.122.

그러나 후회는 하지 마라. 과도기엔 무수한 지사가 죽기도 한단다. 그리고 너의 아버지보다 낫지도 못하지도 못한 사람이라는 것을 잊지 말아라. 다만 아들과 딸을 낳는데 충실하라. 불만과 불평으로 귀한 생명에게 생채기를 주지 마라. 파리의 「쎄-느」강물과 신사 숙녀의 박수갈채를 생각하느라고 생애를 허송하지 마라. 그리고 우주선(宇宙船)에 탈 때라도 꽃씨와 벼이삭만은 잊지 않는 덕을 길러라!……마지막으로, 너는 술이 취하지 않았다."34)

성장을 향한 탐색의 대원칙은 휴머니즘이다. 그 "가장 고귀한 휴-매니티"의 얼굴은 아름다운 꽃에 폭력을 가해서는 안 되며, '제일장'에서 낙태아를 실린더 병에 담는 것처럼 "귀한 생명에 생채기"를 주지 말며, 어떤 일이 있더라도 꽃씨와 벼이삭만은 잊지 않는 덕을 가지는 것으로, 이 모든 것은 술에 취하지 않은 깨어있는 의식의 행동이어야 하는 것이다. 여기서 최상규는 역사의 무의미성을 이야기 한다. 역사를 향한 모든 노력은 "한 줌의 흙" 이상은 아니기 때문이다.35)

이처럼 젊은 엘리트 훈련병과 창부와의 사랑을 그린 「비창조자」는 「광장과 三脚」(1960.9.)에서도 동일하게 재현되고 있다. 「질서」(1959.9.)에서는 OEC의 직원인 돈수를 통해 체계와 의미를 생산해내는 동력으로서 '질서'의 의미와 욕망을 그리고 있다. 이들 작품의 공통점은 「창을 열자」와 「사각」을 기점으로 변화된 서사의 구조를 보여주고 있는데, 바로 현실에 대한 '탐색의 여정'이다. 즉 퇴행의 미로를 빠져나온 작가에게 현실은 다시 해답을 찾아야 하는 물음의 공간이고, 이는 끊임없는 탐색의 과정으로 이어지는 것이다. 그 과정에서 작가가 주요 의제로 삼은 것은 50

---

34) 「비창조자」, p.128.
35) 역사에 대한 이러한 회의적인 태도는 「포인트」나 「뚫어진 하늘 아래」에서 보였던 전쟁과 국가 권력의 폭력성에 대한 진지한 천착을 약화시키는 원인으로 작용한다. 그래서 작품이 진행될수록 역사의식보다는 전후사회의 소외의식으로 문제의식의 변화가 일어나며, 이는 성장의 중심 서사가 나와 가족 혹은 사회와의 비연대성으로 형상화로 나타난다. 그래서 성장의 최종 목표인 "착한 남편"과 "착실한 사회인"이 되기 위해선 이러한 비연대을 극복하고 세계와의 필연성을 회복해야 하기에 새로운 응전방식과 탐색의 여정이 요구되는 것이다.

년대라는 공간 속에서 '사랑'의 의미이다. 이때의 사랑은 결코 추상적이
지 않다. 「비창조자」의 '나'와 창부 '소영', 「광장과 삼각」의 '나'와 술집
여인 '정옥', 「질서」의 돈수 그리고 「손의 의미」의 나와 아내 등 이들 모
두에게 사랑은 가족과의 비유대성으로부터 출발하여 사회구조적 문제로
까지 확대되어 가기 때문이다. 게다가 이들 작품 모두 '떠남'의 종결법을
보이고 있는데, 이는 "하나의 탐색이며 자기완성의 실천"[36]임을 보여주
는 것이다.

이러한 변화의 모습은 특히 공간의 분할과 인물 구도의 변화에서 크
게 나타나고 있으며, 이러한 양상은 1960년 12월에 발표된 「생명관리」
까지 지속된다. 퇴행기와 극복 이후의 공간적 변화는 매우 뚜렷하게
나타나는데, 바로 '안'에서 '밖'으로의 변화가 그것이다. 퇴행을 보이던
「포인트」, 「단면」, 「제일장」 그리고 「창을 열자」까지는 '방 안'의 세계
가 중심으로 이루고 있다.

문을 열자 겨울이다. 진짜 겨울이다.[37]

그 '문안'에를 가고 싶다. 그는 방으로 들어갔다. 아내는 다름이 없다.
난들 다름이야 있나. 그는 아내를 안았다. 꼭 안았다.[38]

「포인트」에서 보이듯이, 안과 밖의 문제는 단순한 공간성을 넘어 지
향하는 세계를 표상한다. 주지한 바처럼 '문 밖'의 겨울이란 "오늘이란
군주에 복종"케 하는 냉혹한 '진짜' 현실이자, 죽음의 초대장인 '소집
영장'을 강요하는 공포의 세계이다. 그러나 「문안」의 세계는 다르다. 즉
방안은 유아기로 퇴행한 그가 현실로부터 벗어날 수 있는 유일한 공간
이자 동일성이 유지되는 공간이다. 그곳에서만큼은 아내와 나 모두 "다

---

36) 김병욱, 「탐색과 자기완성」, 『한국문학전집』, 삼성출판사, 1985, p.379.
37) 「포인트」, p.74.
38) 「포인트」, p.76.

름이 없다". 다름이 없는 세계란 현실의 시간적 지배를 받지 않는, 즉 지금 여기(here and now)의 원리가 통하지 않는 세계이다. 오직 '어제'라는 시간의 반복과 순환이 존재할 뿐이며, 여기서 만이 그는 존재론적 동일성을 유지할 수 있다.[39] 동일성의 유지는 그에게 안정감을 주는 원천이자 동시에 지속적으로 방안이라는 폐쇄적 공간을 고집하는 원인으로 작용한다. 그래서 이후의 작품에서는 공간적 구조가 '밖에서 안으로' 진행되는 결과를 가져온다. 「단면」의 그는 첫 월급을 가지고 배회하는 모습으로 나타난다. 그가 배회한 장소는 '회사 → 백화점 → 금방 → 술집 → 집'으로 진행되고 있어 표면상 방 밖의 세계가 지배적인 것처럼 보이지만, 사실은 길 잃은 아이가 엄마가 있는 집을 찾아오는 과정에 다름 아니다. 게다가 밖에서 겪은 모든 사건은 방안의 사건을 위한 장치에 불과한 것이다. 「제일장」 역시 모든 서사가 방안을 중심으로 이루어져 있으며, 결코 방 밖을 벗어나지 않는다.

그런데 흥미로운 것은 「창을 열자」에서 보인 퇴행의 탈주 징후와 방안으로부터 탈주 징후가 정확하게 일치한다는 것이다. 앞의 지적처럼 「창을 열자」에서는 퇴행을 극복하고 현실과 마주서고자 하는 의지를 표명하고 있다. 이러한 의지는 공간의 확대를 통해서도 드러나는데, 최고조의 갈등 상태에서 그가 행한 것은 "창밖을 본" 것이다. 여기서 '창'이란 안과 밖의 경계이자 그것이 갖는 투명성은 방 밖의 세계를 향한 유혹의 장치이다. 따라서 "창을 열자 활짝 열어 재껴 보자!"(p.90)라는 그의 외침은 제목의 아펠레이션(appellation)이 갖는 상징성처럼 탈주의 의지를 표상한다.

이제 본격적인 밖으로의 공간적 이동은 「비창조자」에서 시작된다. 「비창조자」의 공간은 철저히 전후 현실에 고정되어 있다. 윤지수는 군대의 훈련병으로 있으며, 그가 소영과 마주 앉아 있는 곳은 어느 요리집의 '방 안'이다. 그러나 이 '방 안'은 앞에서 보았던 퇴행의 공간이 아니다. 그 방 안은 성장을 향한 고민과 문제의식의 공간이며 동시에 세속

---

39) 폐쇄 혹은 유폐의식의 표상이라는 점에서 이상의 「날개」와 손창섭 소설의 방의 의미와 일치하고 있다.

적 원리인 "타산"이 지배하는 현실의 세계이다. 「질서」는 중심 공간이 집안이지만 이는 폐쇄적 방안이 아닌 사회의 축소판으로 형상화되고 있다. 집안의 구성원인 아버지와 어머니, 경순, 영옥, 식모는 각각 '폐물', '순수', '환멸', '관능'을 표상하는데 이는 주인공 '돈수'가 인식하는 현실의 모습과 동일하다. 돈수는 혼란과 불안 그리고 무의미의 연속인 집안에서 질서를 찾고자 했으나 실패하고 새로운 탐색의 여정을 떠나며 이는 「광장과 삼각」으로 이어진다. 「광장과 삼각」에서 밖의 세계란 아무런 연대의식 없이 모였다 흩어지는 이합집산의 현실이다. 공원 분수대 → 기차역 → 아버지의 사무실 → 아버지 정부의 집 → 정옥의 술집 등으로 연속되는 무의미한 공간 이동은 정체성을 잃은 '나'의 고아의식을 반영한다. 결국 이 작품은 가족과 연인 모두로부터의 소외의식을 통해 나와 타자는 영원히 동일시 될 수 없는가라는 근원적인 물음과 해답을 '방 밖'의 세계에서 찾고 있는 것이다. 이처럼 최상규의 소설은 안과 밖이라는 공간적 설정을 통해 현실에 대한 응전방식의 차이를 보여주고 있다.

퇴행의 극복 과정은 공간적 변화와 함께 인물 구도의 변화 속에서도 나타난다. 퇴행을 보여줬던 작품들은 주로 부부 중심의 구도를 보여주었다. 그러나 퇴행을 극복한 이후부터는 부부가 아닌 연인 중심으로 인물의 구도가 설정되고 있다. 그렇다면 이렇게 부부에서 연인으로 변모한 이유는 무엇인가. 이는 마지막으로 부부 중심을 보여줬던 「사각」에서 해답을 찾을 수 있다. 작품에서 보여준, '사각 안으로 다시 들어가 끊어진 모든 것들에서 다시 시작하겠다.'는 것은 새로운 출발에 다름 아니다. 그 새로운 출발이란 타자에서 주체로, 종속에서 대등의 인물이자 50년대 현실 속에서 정체성을 확보하는 것이다.

새롭게 태어나기 위해서는 다시 출발점으로 돌아가야 한다. 그 출발점이란 바로 '착한 남편'과 '착실한 사회인' 이전의 지점이다. 그것만이 지금의 퇴행적 모습을 털어버리고 새롭게 재생할 수 있기 때문이다. 그래서 그는 결혼 이전의 지점인 '청년'의 모습으로 돌아간다. 청년의 모습이란 새로운 가능성의 상징이자 현실과 타협 없이 마주설 수 있는 시기이다. 그래서 「비창조자」 이후에서는 공통적으로 문제적 개인으로 청년이 등장하는 것이다. 그 문제적 개인의 눈에 비친 현실은 사회와 가족 그리고 사랑으로부터 소외되고 있는 세계이다. 그 소외된 세계는 그가 사랑하는 여인들을 통해 표상되고 있는데, 그녀들의 직업이 주로 창부(술집 여인)인 것도 여기서 기인한다. 아내가 현실의 매개자였다면 여인은 구체적 현실 그 자체이다. 그래서 문제적 개인인 청년은 끊임 없는 선택의 기로에 맞닥뜨리면서 진정한 '착한 남편'과 '착실한 사회 인'40)이 되기 위한 또 하나의 통과제의를 겪고 있는 것이다.

5. 결 론

한국 현대사의 트라우마(trauma)에 해당하는 한국전쟁의 경험은 1950 년대의 작가들에게도 그대로 이어져 문단적 트라우마로 작용하였다. 공 통된 정신적 외상의 경험은 그들에게 현실에 대한 응전방식의 고민을 요구했고, 그것은 작가들의 현실인식의 관점에 따라 다양한 얼굴로 나 타났다.

1950년대 최상규의 소설은 성장소설의 모습을 하고 있다. 성장의 주

---

40) 최상규가 추구하고자 하는 '착한 남편', '착실한 사회인'은 더 이상 전후 현실 에 공포와 두려움을 갖지 않는 건강한 사회의 구성원에 해당한다. '현실에 향 한 편입에의 욕망'이라 할 수 있는 이런 현상은 1950년대 소설에서 흔히 볼 수 있는 모습이다. 1950년대 소설의 키워드라 할 수 있는 살인, 자살과 같은 폭력적 상황은 현실과의 불협화음 즉, 편입에 대한 욕망과 그에 반하는 현실 적 조건과의 부조화 때문이다. 그들이 현실에 안착하기 위해선 통과제의의 시 험을 무사히 마쳐야 한다. 하지만 많은 경우 그것은 실패로 돌아가며, 이는 1950년대 소설의 허무적 경향에 일조한다. 「포인트」에서부터 나타난 국가의 폭력성에 대한 트라우마는 어떠한 형식이든 극복해야 하며, 이는 현실과의 조 화를 위한 '세계와의 필연성 찾기'의 여정이다. 그런 면에서 최상규의 '성장을 향한 변화'는 1950년대 소설의 허무적 경향을 벗어나 건강성을 회복하는 새로 운 응전방식이라 할 수 있다.

인공은 현실에 대한 반응에 따라 퇴행과 성장을 각각 경험한다. 퇴행의 과정은 부부관계 속에서 일관되게 나타나고 있으며 동시에 시·공간적으로는 '어제'의 시간과 '방안'이라는 유폐된 세계를 고집한다. 그들에게 한결같이 현실은 두려움의 존재였기 때문이다. 그들의 두려움은 철저하게 50년대의 공포로부터 야기된 것이다. 50년대의 공포란 폭력적 국가와 이데올로기에 의해 개인의 시·공간을 변화시키거나 파괴시켜 죽음으로 몰고 가는 것이다. 그들은 이러한 폭력적인 세계로부터 벗어나는 방법으로 먼저 퇴행을 택했던 것이다. 이런 면에서 볼 때 퇴행은 단순한 도피라기보다는 쇼펜하우어가 말한 '생에 대한 맹목적 의지'에 가깝다.

그러나 "어린애"의 세계 역시 견고하지 못하다. "사각"의 그것처럼 "언제까지나 안전지대일 수가 없"기 때문이다. 이는 응전방식에 대한 새로운 고민을 요구하게 되는 원천이 된다. 그렇다면 남은 한 장의 카드는 도피가 아닌 현실과 마주보기이다. 현실을 마주보는 것은 퇴행의 종식과 함께 스스로 문제적 개인으로 다시 태어남을 의미한다. 문제적 개인이 되는 것은 현실의 진정한 모습을 직시하는 것이자, 주체가 되기 위한 정체성을 찾아가는 새로운 여정의 출발을 의미한다. 이러한 건강성은 1950대 소설의 한계로 지어지는 병약한 허무주의를 극복하는 대안으로서의 의미를 지니는 것이다.

제 3 장
일상의 유혹과 거부

1. 서 론

장용학과 더불어 1950년대 신세대 작가의 기수인 손창섭은 전후의 남한사회 속에서 살아가는 자들의 모습을 그리고 있다. 전후의 파괴된 인간과 환경 사이에서 메마른 생명을 유지해야 했던 손창섭은 자신의 시대를 소설의 틀 속에 담아내고 있는 것이다.

손창섭의 작품을 해독하려는 노력은 인물연구에 있다고 하여도 지나침이 없을 정도이다.[1] 그만큼 손창섭의 작품에는 충분히 호기심을 가질 만한 독특한 인물들로 가득 차 있기 때문이다. 기존의 연구들은 대동소이하게 '황폐함'과 '비극성'이라는 현실의 추상성에 기대어 인물의 불구성이 갖는 의미에 초점을 맞추었다. 그러나 손창섭의 작품에 대해

---

1) 조연현, 「病者의 노래 - 손창섭의 작품세계」, 『현대문학』, 1955.4.
　　유종호, 「侮蔑과 憐憫」, 『현대문학』, 1959.9.
　　송기숙, 「창작과정을 통해 본 손창섭」, 『현대문학』, 1964.9.
　　정창범, 「손창섭론」, 『문학춘추』, 1965.2.
　　김윤식·김현, 「손창섭 혹은 자기부정의 미학」, 『한국문학사』, 민음사, 1973.
　　신경득, 「반항과 좌절의 미학」, 『월간문학』, 1978.2.
　　김화영, 「손창섭론 - 권태형 인간상과 그 소설사적 의미」, 『월간문학』, 1978.4.
　　하정일, 「1950년대 단편소설연구」, 연세대, 석사논문, 1989.
　　조남현, 「손창섭의 소설세계」, 『한국현대소설의 해부』, 문예출판사, 1993.
　　박동규, 「50년대 삶의 무력, 그것의 근거 - 손창섭론」, 『전후한국소설의연구』, 서울대출판부, 1996.

'불구적 시대'라는 추상적인 적용은 말 그대로 손창섭의 세계를 추상화
시키는 위험을 내포하고 있다.

손창섭 작품세계는 "세계와의 필연성 찾기의 여정"으로 요약될 수
있다. 그 세계란 구체적으로 '전후의 일상'을 가리킨다. 그에게 있어 일
상성이란 "기성의 의미"이며 동시에 그것을 "분산시켜 무의미한 면에
새로운 가치를 부여"[2]하려는 무의미의 대상이다. 이는 "세계와의 필연
성"을 찾지 못한데 그 원인을 두고 있다. 반면에 일상은 질서와 통제
의 메커니즘을 통해 끊임없이 개인에게 편입을 요구한다.

「공휴일」은 손창섭이 데뷔작에서부터 일상에 대한 모색과 세계와의 필
연성 찾기의 기원을 보여준다는 점에서 주목할 만하다. 특히 「공휴일」에
나타나는 일상을 향한 유인 장치와 주인공의 거부 그리고 "세계와의 필
연성 찾기"에 대한 강박증 등에 주목할 필요가 있다.

2. 공간의 분할과 기능

「공휴일」은 일상이라는 메커니즘이 어떻게 개인을 호출하는 가를 보
여준다. 작품의 서두와 끝을 통해 이 작품의 서술의 근원을 찾아보자.

오랜만에 맞이하는 휴일(休日)이라서 별로 좋을 일도 없지만, 그렇다
고 또한 안 좋을 것도 없었다.(p.117)[3]

「공휴일」의 서두는 다음의 두 가지를 보여준다. 우선 시간적 배경인
'공휴일'은 위의 서술에서도 나타나듯이 좋을 것도 나쁠 것도 없는 느
슨한 분위기인 반면 공간은 폐쇄된 방안으로 설정되어 있다.

---

2) 손창섭, 「作業餘滴」, 『한국전후문제작품집』, 신구문화사, 1960, p.406.
3) 『현대한국문학전집』3권, 신구문화사, 1971. 이하 작품은 동일 자료에서 인용하
   며 각주는 생략한다.

> 그런 날이면 도일은 대개로 사방 여섯 자 몇 치밖에 더 안 되는 자기
> 의 자유스러운 생활의 영토 안에서……(p.117)

'도일'의 세계로 표상되는 방안은 사방 여섯 자가 채 안 되는 공간
으로 설정되어 있다. 그에게 방안은 현실의 일상적 삶을 모두 거부할
수 있는 자유로운 세계이다. 하지만 공휴일이라는 느슨함의 시간과 방
안의 자유스러운 생활은 조화되지 못한다. 경계가 구분되지 않은 느슨
한 공휴일의 분위기가 도리어 자신만의 자유스러운 세계를 침범 당하
기 쉬운 상황으로 몰아가게 만들기 때문이다. 즉 외부 세계와의 경계
인 방안은 경계의 긴장감이 약화되어 외부의 침입이 더욱 용이해진 것
이다. 이러한 상황적 모순은 그의 "머뭇거리는" 성격과 더불어 갈등의
원인이 된다.

> 그동안은 속으로만 다짐해 오던 것이나 오늘이야말로 제 딴에는 자신
> 하고 집을 나선 道一이었기 때문이다.(p.126)

이 소설의 마지막 문장은 서두의 분위기와는 전혀 다른 모습을 띠고
있다. 시간적 배경은 여전히 휴일임에도 불구하고 인물의 의식은 "결
단"이라는 의지를 포함하고 있다. 공휴일의 느슨한 분위기와 방안에서
의 폐쇄적인 자유로움은 외면화되지 못한 채, 내면 속에서 머뭇거리던
상황은 소설의 마지막에서 폐쇄적인 방안에서 "결단"이라는 의지를 통
해 방밖으로 확장되고 있다. 따라서 이 작품의 서술의 근원은 방안과
방밖이라는 이원적 구조 속에서 인물의 폐쇄적인 "머뭇거림"이 결단성
으로 진행되어 가는 과정에 있는 것이다.

우선 이 작품은 방안과 방밖이라는 이원적 구조로서 방안은 비일상
의 세계를, 방밖은 일상의 세계를 표상한다. 일상의 세계란 하나의 규
범적이고도 체계적인 형식에 의해 반복되는 세계이다. 일상의 존재 조
건은 안정성과 이를 바탕으로 한 반복과 지속에 있다. 이러한 일상의

메커니즘을 유지시키는 것은 다름 아닌 이데올로기이다. 정치, 경제, 문화, 도덕, 종교 등 이데올로기 기제에 의해 일상은 유지되고 있다. 따라서 방밖은 일상의 메커니즘이 작동하는 세계이며, 방안의 세계는 일상의 힘이 미치지 않는 탈질서의 공간이다.

이 작품에서 주인공 도일은 끊임없이 자신의 영역인 방안에 고정되어 있기를 갈구하는 반면에, 바깥 세계는 질서와 체제의 재생산의 장치인 결혼을 통해 탈질서의 방안의 세계 및 도일을 흡수, 편입하려 하고 있다.

> ……조반상을 물리고 나면 옷을 바꾸어 입기가 바쁘게 가방을 들고 은행으로 나가는 틀에 박은 듯한 생활을 기계처럼 움직여 오는 지 근 십년-이제는 완전히 습관화 되어버린 일과에서……(p.117)

도일의 일상생활에 대한 단적인 서술이다. 도일은 자신의 일상을 의미 없고 습관적인 행위로 인식하며, 적극성이 제거되어 있다. 즉, "기계처럼" 움직이는 그의 일상은 전후의 자본주의 사회 속에서 사물화의 논리를 그대로 대변한다. 이러한 일상성의 특징을 르페브르(H. Lefebvre)는 "양식(style)의 부재"[4]로 들고 있다. 대중사회가 도래하면서 대량생산은 개성적인 양식보다는 획일적인 것과 기능적인 것을 강조하며, 생활양식이나 행동양식에 있어서도 도시화의 진행과 노동의 자본주의적 분업화로 인해 그들의 삶은 나사와 톱니바퀴 같이 획일화되어 가는 것이다.

이렇게 볼 때 그의 삶은 형태적으론 이미 일상 속에서 하나의 주체로 위치하고 있음을 보여 준다. 왜냐하면 도일은 50년대의 합법적으로 마련된 공간 속에서 하나의 위치를 점유하고 있으며, 그곳에서 자신의 역할들을 해나가고 있기 때문이다. 습관화 되어버린 일상은 하루만 쉬어도 "어딘가 허수한 맥 빠진" 것으로 인식할 만큼 그는 자동화되어 있는 것이다.[5] 이처럼 일상의 질서는 합리적이라는 이데올로기를 통해

4) H. 르페브르, 박정자(역), 『현대세계의 일상성』, 『세계일보』, 1990, p.74.

개인들을 기계처럼 반복, 습관화시키는 거대한 힘을 지니고 있다. 그렇다면 한 달에 두 번 꼴로 다가오는 공휴일은 도일에게 어떠한 의미로 다가오는가.

> 언제고 같은 박자로만 움직이고 있던 시계추가 잠시 정지되어 있는 상태와 흡사한 것이다.(p117.)

> 오늘은 제멋대로 하루를 살 수 있는 오랜만의 공휴일……(p.122)

도일에게 공휴일은 '의무적인 시간(직업적인 일을 하는 시간)'과 일상의 거대한 질서의 힘이 정지되어 있는 시간이다. 언제나 같은 박자로 움직이는 자동화된 삶이 마치 시계추가 잠시 멈추듯, '제멋대로' 살 수 있는 시간이다. 이는 도일의 일상적 세계의 질서에 대한 거부감을 표현한다. 도일은 형식적으로는 한 사회의 구성원이지만 그것은 생존을 위한 하나의 습관화, 자동화된 행위에 지나지 않는다. 따라서 "기계처럼", "같은 박자로 움직이고 있던 시계추" 등의 서술은 오히려 자본주의하의 일상성에 대한 폭로적 성격을 지닌다.

도일은 방안에서 "어린애"처럼 별별 책을 꺼내어 그림이랑 사진이랑 실컷 구경하거나, 어항 속의 물고기들을 향해 "무엄한 희롱"을 걸기도 한다. 그의 신분의식이나 나이와는 부합되지 않는 어린아이 같은 행위는 일상적, 합리적 세계로의 편입을 거부하고자 하는 탈이데올로기적 성향이다.

> 미닫이를 꼭 닫아 둔 채로 종일을 안에서만 지낼 수 있는 것이 더욱

---

5) 이데올로기는 인간을 사회적 주체로 계속해서 구성하는 특정한 기호적 관행의 조직이며, 이는 그러한 주체가 이를 통해 어떤 사회의 지배적 생산 관계에 관련되는 체험적 관계를 산출한다. 이러한 이데올로기는 주로 세계에 대한 우리의 정서적이며, 무의식적인 관계에 대해, 우리가 전(前)-반성적으로 사회현실에 연류되는 방식을 암유한다. 테리 이글턴, 여홍상(역), 『이데올로기 개론』, 한신문화사, 1995, p.26. 참조)

다행스러웠다.(p.117)

바깥세계와의 경계인 방문은 일종의 방어기제 역할을 한다. 미닫이를 굳게 닫아둠으로 인해 그는 일상의 이데올로기 침투를 방어한다. 폐쇄적 상황 속에서만 심리적 안정을 갖는 도일에게 문제는 방어기제인 미닫이문의 견고성이다. 실상 그가 안심을 하고 있는 집안에서도 일상의 힘은 여전히 존재한다. 그것은 가족으로 대표되는데, 자신만의 세계를 가질 수 있는 휴일에도 "언제나처럼" 아버지와 겸상을 치른다. 가족과의 대면은 사회적 대면의 출발점이다. 일상적 힘을 거부하는 도일이지만 자신만의 공간 안에서도 아버지와 함께 식사를 해야 하는 일상의 윤리적, 관습적 힘이 여전히 존재하는 것이다. 그러나 도일의 거부는 곧 행동으로 나타난다. 이는 "식사를 치르자 제 방으로" 돌아오는 행위이다.

3. 일상으로의 유인 장치

1) 청첩장

현실의 힘은 그러한 개인을 내버려두지 않는다. 그 힘은 단계적으로 그리고 적극적으로 도일을 향해 침투 및 유인한다.

> 문득 파란 공중에 연이 날듯, 밤 색깔 책상 위의 한편 구석에 놓여져 있는 새하얀 종이 조각이 어항을 드려다 보고 있는 道一의 시신경을 자극하였다. 그는 슬며시 그쪽으로 눈을 이동시키자 엽서만한 그 종이를 무심히 한 손으로 집어 본다. (p.118)

위의 서술은 일상적 세계의 질서, 즉 일상의 힘인 이데올로기가 어뎧게 침투하는지를 보여주고 있다. 도일이 청첩장을 발견하는 위의 서술은 긴장감과 이데올로기 침투의 은밀함이라는 묘사의 이중성을 보여준다.

아버지와 겸상을 마친 도일이 자기 방에 돌아와 휴일의 느슨함을 느끼는 동안 청첩장이 어느새 자기 방에 있음을 보게 된다. 청첩장은 다름 아닌 한때 도일과 혼담이 오갔던 娥美의 결혼 청첩장이다. 여기서 청첩장은 일상적, 합리적 세계로 도일을 끌어들이기 위한 첫 번째 단계의 이데올로기 장치로 역할을 한다. 그 청첩장은 '시계추'가 정지되기 하루 전, 즉 일상의 힘이 지배하는 평일에 여동생 도숙이가 가져다 놓은 것이다.

도일은 자신만의 공간 속에서 휴일을 만끽하고 있는 도중 침입자를 발견한다. 그것은 마치 무심코 파란 연이 공중에 나는 것을 보듯이, 제대로 신경이 가지 않는 "한편 구석"에 그냥 그렇게 놓여 있다. 그러나 짙은 "밤 색깔 책상"과 "새하얀 종이 조각"이라는 대조적인 색채는 도일로 하여금 매우 자극적이고도 신경질적인 반응을 유발시킨다. 짙은 어둠과 대비되는 밝음의 이미지, 그리고 흰색으로 상징되는 그 불안감, 이 색감의 확연한 선명성은 도일의 안정된 상태를 흔든다. 그것은 바로 도일의 "시신경을 자극"하는 것이다. 이때 도일은 불안감을 제거하기 위해 방어본능의 하나인 치환의 서술을 보인다. 즉, 위협적 대상인 청첩장을 "엽서만 한" 크기라고 하는 형태의 왜소화, 또는 "조각"이라는 불구적 기능으로의 치환을 통해 위협적인 대상의 힘을 감소시키면서 자신의 불안감을 제거하려고 한다. 그러나 불안감은 여전히 존재한다. 그 "새하얀 종이"에 대한 경계심은 서서히 시선만을 돌리는 묘사와 함께 "한 손으로" 잡았다가 아닌 "집어본다"라는 현재형의 서술을 통해 더욱 긴장감을 상승시킨다.

右兩人華燭之典擧行 玆敢奉激
尊駕幸賜 光臨之榮專比敬望

主禮者 ○ ○ ○
請牒人 ○ ○ ○(p.118)

청첩장은 남녀가 서로 결혼함을 정중히 알리는 글이다. 그러나 이 글 속에는 알림, 즉 보고의 차원을 넘어서 그들이 사회의 기본단위인 가정을 만들 것이며 이를 위해 사회적 재생산의 제도적 결합인 결혼을 하겠다고 만인들에게 선포하는 것이다. 즉, 결혼이란 현재의 일상의 질서에 충실히 수행하는 사회의 구성원이 되겠다는 선포인 것이다. 결혼 역시도 알튀세르가 말한 호출기제로의 역할을 한다. 국가의 기본단위인 가정을 이루는 것은 노동력의 재생산을 위한 기본적인 절차이며, 결혼은 문서화되어 이데올로기적 국가장치의 속으로 편입되는 것이다. 그들은 이데올로기적 국가장치인 결혼이라는 합법적인 제도적 절차를 통해 일상의 주체로 호출된다.

어제 저녁때와 다름이 없이 공식적인 구식문구가 가져다주는 권태에 한가히 관심을 기울여 보는 것이다.(p.118)

일상을 향한 거대한 유혹을 담고 있는 청첩장에 대한 도일의 태도는 의외로 담담하다. 어제 저녁, 일상의 기계 같은 반복적 권태에 대한 느낌이 청첩장에 대해서도 동일하게 나타나는 것이다. 틀에 박힌 공식적인 생활과 다름없이 규격화되고 정형화된 문구는 '공식적인 구식문구'처럼 여전히 권태로운 것이다. 도일에게 일상의 세계란 "초라한 생활의 무덤"이기 때문이다. 언제나 같은 박자로 움직이는 시계추에 맞춰 완전히 습관화되어 버리는 그러한 일상이기에, 결혼을 통해 본격적인 일상인의 모습이 되어 갈 그들의 삶을 예고하는 청첩장은 "청춘을 묻어버리는 한 구절의 장송문(葬送文)"이자 "청춘의 비문(碑文)으로 인식한다. 이처럼 공식적인 구식문구는 처음에 느꼈던 그러한 긴장감이나 위협대상이 아닌 그냥 '한가히 관심을 기울여' 보는 또 하나의 일상적 권태인 것이다.

> 부고장과 같은 착각을 일으키게 하는 이 결혼 청첩장에다가 道一은
> 흑색 테두리를 진하게 그려 놓고 주례자니, 청첩인이니 하는 글자 옆에
> 다 사자(嗣子)니, 친척 대표니 하는 글자까지 끼워 넣은 다음 의미 없이
> 여백에다가 물방울 같은 동그라미를 무수히 그려나가다 말고 그는 뜻하
> 지 않게 가느다란 숨을 토해내는 것이었다. ……(중략) 도리어 娥美에게
> 미련을 가질 수 없는 데서 오는 삭막한 기분에서일지도 모른다.(p.118)

도일은 주례자와 청첩인을 '사자(嗣子)'로 표기한다. '사자(嗣子)'는
'잇다', 또는 '상속자', '후원자'의 의미를 담고 있다. 이는 질서의 세계
에서 살아가는 방식을 알려주는 후원자격인 주례자와 그러한 제도적
결속을 이끌어내고 다시 재생산하여 현 질서를 이어가는 상속자의 역
할인 양쪽 가족에 대한 명명화이다. 그들에 대해 도일이 청첩장의 문
구에 흑색의 테두리를 그리는 묘사는 바깥세계의 이데올로기적 침투가
무위로 돌아갔음을 알리는 것이다.

일상의 첫 번째 이데올로기 장치인 청첩장의 역할은 폐쇄적인 방안
에서 방밖으로 도일을 유인하는 것이었으나 별다른 위력을 발휘하지
못한다. 도일은 청첩장을 무화시킴으로서 일상적 세계에 대한 거부의
포즈를 취함과 동시에 자신의 세계를 고수한다.

그러나 도일은 한숨을 내쉰다. 그것은 의무로서 대하는 삶의 태도
때문이다. 도일이 아미에게 미련을 가질 수 없는 것은 '의무' 때문이다.
이는 아미뿐만이 아니라 직장생활, 부모와의 관계 모두 '의무'이다. 자
신의 모든 행동이 '의무'라는 인식은 내면적 갈등을 유발시키는 요인이
된다. '의무'로서의 삶이란 곧 '머뭇거림'의 삶이기 때문이다.

2) 여성과 관능성

거대한 일상의 힘은 이렇게 내면적 분열이 일어나는 때를 결코 놓치
지 않는다. 좀더 강한 장치를 통해 끊임없이 개인을 주체로 불러 세우

려 한다.

> 안방에서 마루를 거쳐 오는 발소리가 점점 가까이 오더니 도일의 방 앞에서 멎어졌다.(p.118)

두 번째의 이데올로기 공세는 더 이상 간접화 형식이 아닌 직접적 형태로 시작된다. 바로 여인들의 등장이 그것이다. 그녀들의 등장은 청첩장과 마찬가지로 여전히 긴장감과 불안을 내포하고 있다. 도일이 느끼는 불안의 시작은 바로 형체는 보이지 않은 채 소리만의 접근이다. 방안은 도일에게 유일한 안식의 공간이다. 또한 오늘은 자신만의 영역을 지킬 수 있고, 제멋대로 생활할 수 있는 공휴일인 것이다. 이러한 때에 자신의 세계를 향해 발소리가 들린다. 형체를 알 수 없는 발소리는 마룻바닥을 울리며 자신의 영역을 향해 더욱 커다란 소리를 내며 다가온다. 위의 서술이 보여주는 불안감은 청첩장의 때와는 강도가 다르다. 형체를 알 수 없음에서 오는 그것은 청첩장처럼 무화시킬 아무런 대책이 없는 것이다. 그것은 점점 가까이 오더니 방 앞에서 소리가 멎었다.

> 동시에 미닫이가 열리며 道淑의 얼굴이 나타났다. 짙은 화장을 베푼 얼굴에 차림도 외출복이었다.(p.118)

"동시에"라는 단어를 통해 순간적인 긴장감은 확장되지만 그것은 곧 대상을 밝혀줌으로 인해 불안감은 사라진다. 불안감의 사라짐은 도일의 시선이 차분하게 도숙의 얼굴에 짙은 화장을 한 것과 더불어 외출복 차림이라는 관찰을 가능하게 한다. 도숙은 아미의 결혼식에 갈 것을 종용한다. 이는 공간적으로 대립된 방안에서 방밖으로, 즉 바깥세계로의 유인이다. 유인의 형태는 도숙의 모습에서도 나타난다. "짙은 화장"과 "외출복"은 일반적 옷차림에서 한 걸음 더 나아가 바깥 세계를 표

상한다. 도숙의 화려함과 발랄함은 일상세계의 표준처럼 묘사되고 선망
의 대상으로 비추어진다. 따라서 "짙은 화장"을 통해 그녀가 밖으로 나
가려던 참임을, 그리고 "외출복"을 입고 나타남으로써 도일을 방밖으로
유혹하려는 의도가 명백해진다.

그러나 도일은 여전히 한 발자국도 허락하지 않은 채 지금까지 자신
의 영역을 지키고 있다. 더 이상 문은 방안과 방밖, 즉 탈질서와 질서
의 경계로서의 기능을 상실한다. 방어기제로서의 역할보다는 안과 밖의
매개체로 전락한다.

> 아까 道淑이가 그랬듯이 마루에 발소리를 내며 도일이 방 앞에까지 걸
> 어와 섰다.(p.119)

이번엔 도일의 약혼녀인 금순이가 방어기제로는 무용지물이 된 방문
앞에 섰다. 그녀의 출현도 도숙이와 마찬가지로 형체는 보이지 않는
채 소리만을 통해 묘사된다. 이러한 모습은 이데올로기의 전파가 폭로
적 성격이 아닌 은폐적임을 알 수 있다. 이데올로기는 스스로 오류인
것을 감추며, 적대자들의 합당한 이유를 감추고, 또 무엇보다도 자신의
본질을 감추어야만 하는 것이기에 항상 자신의 모습이 아닌 다른 것,
예를 들어 과학, 양식, 자명성, 도덕, 사실 등의 모습을 지닌다. 이러한
모습은 금순의 모습을 통해 드러난다.

> 道一의 방에 들어올 때의 태도 그것 한 가지만 두고 보더라도 오랫동
> 안 이웃에서 살아오면서 가까이 지냈건만 道淑이 없을 때는, 무슨 볼일
> 이 있거나 놀러 왔다가도 결코 道一의 방에 들어와 앉는 법이 없었다.
> 어쩌다 道淑이를 따라 들어오는 경우라도 숨듯이 道淑의 뒤에 절반쯤
> 몸을 가리고 앉거나 모로 앉아 시선을 피해 가며, 묻는 말에나, 그것도
> 곧잘 얼굴을 붉히고 대답하다가는, 道淑이만 일어서면 뒤에서 누가 붙잡
> 기라도 하는 듯이 질겁을 해 일어나 분주히 따라 나가 버리던 琴順이었
> 다.(p.119)

위의 상황은 금순이가 도일과 약혼하기 전의 모습이다. 약혼하기 전의 금순은 전형적인 여인의 모습이다. 도일과는 꽤 오래된 이웃임에도 불구하고 도일이 남자라는 이유로 항상 경계하고 조심한다. 이러한 모습 때문에 도일은 금순이를 여인의 표본으로 인식하며, 여성에 대한 경계심을 벗어버리고 오히려 연민을 느낀다. 이러한 심리적 이동은 이데올로기의 속성인 은폐성 즉, 이데올로기란 두려움의 존재가 아님을 보여준다. 침투 대상으로 하여금 안정감을 갖게 하여, 온전하게 접할 수 있도록 유인하는 것이다.

> 알고 있는 남자의 앞에서도 저럴 제야, 어떻게 모르는 남자의 아내가 될 수 있을까 하고 道一은 객쩍은 걱정을 다 해보는 것이었다.(p.119)

금순으로 표상된 일상이라는 이데올로기의 침투는 일단 성공적이다. 그녀의 정숙함과 순종적인 모습은 도일로 하여금 아무런 저항감도 느끼게 하지 않으며, 게다가 모든 것을 "의무"로써 행하는 그가 금순의 앞날까지 "걱정"하게 된다. 이처럼 성공적인 이데올로기는 자주 그 신념을 자연스럽고 자명한 것으로, 즉 그것을 사회의 상식과 동일시하도록 함으로써, 어느 누구도 그것이 어떻게 달라질 수 있을까를 상상조차 할 수 없도록 만든다.[6] 따라서 성공적인 이데올로기는 실제적으로나 이론적으로 모두 작용해야 하며, 이 두 가지의 차원을 연결하는 어떤 방법을 발견해야 한다. 금순의 모습은 약혼한 이후로 전혀 다른 모습으로 급변한다.

> 금순은 가라스 양말이라나 뭐라나 그 살이 몽땅 드러나 보이는 양말을 신은 발을 스커트 밑으로 감추려는 노력조차 가져 보지 않고, 될 수 있는 대로 도일에게 바싹 다가앉아 분 냄새인지 향수 냄새인지, 혹은 여자의 살 냄새인지 하여간 말하자면 그것들이 혼합된, 젊은 여자만의 전용 냄새

---

6) 테리 이글턴, 위의 책, p.80.

를 보자기로 뒤집어씌우듯, 머리가 다 아찔할 정도로 풍겨 주어, 도일의
그 어떤 감정을 자극시켜 놓는 것이 이제 머지않아 부부가 될 수 있는 저
희들끼리만의 오붓한 비밀이라고 믿고 있는 모양이었다.(p.120)

금순의 정숙성과 순종적인 모습은 더 이상 찾아볼 수 없다. 그녀의
태도는 매우 적극적이며 관능적이기까지 하다. 금순은 정숙함으로 표상
되던 경직성에서 벗어나 살이 드러나 보이는 양말을 신고 도일을 유혹
한다. 게다가 그녀에게선 분 냄새, 향수 냄새 그리고 여자의 살 냄새가
짙게 난다. 앞의 도숙의 침투 방식과 비교해 볼 때, 도숙은 형체를 가
린 소리였으나 곧 형체를 드러냄으로써 불안감이 해소되었지만, 금순의
경우는 소리가 아닌 시각적, 후각적인 에로티시즘으로 도일을 유인한
다. 사실상 에로틱한 묘사는 불안을 제거하기 위해 위험한 대상을 성
적 대상으로 변화시키는 정신적인 과정이다. 그러나 여기서는 도일이
아닌, 위험한 대상 그 자체인 이데올로기가 자신의 모습을 변화시킨다.
금순의 직선적인 태도(조심스러움, 정숙함, 수줍음)는 도리어 금순을
걱정하게 만든 요소였다. 그래서 금순과 약혼을 했던 것인데, 약혼 이
후 금순의 직선적인 모습은 사라진 것이다. 금순은 도일이 일상의 질
서 속으로 한 발 가까이 들어왔음을 깨닫자, 좀더 자극적인 방법을 동
원하는데, 바로 관능성이다. 그녀는 경직성을 나타내는 직선적인 태도
를 지양하고 곡선적인 태도, 즉 부드러움을 취한다. 이는 바로 이데올
로기가 갖는 은폐성이다. 바깥세계로 유인하기 위해 본질을 숨긴 이데
올로기는 시각과 후각을 자극시켜 도일을 혼란스럽게 하고 있다. 금순
은 이러한 혼란을 통해 도일이 바깥 세계로 나가도록 강요 또는 유인
하고 있는 것이다.

저엉 결혼식 구경 갈 마음이 내키지 않으면, 데리고 거리라도 혹은 바
닷가라도 좀 거닐어줘야 인사가 아니냐고.(p.122)

금순의 위와 같은 발언은 매우 합리적이다. 사랑하는 여인으로서, 미래를 약속한 관계로서 금순의 발언은 정당성을 확보한다. 그러나 도일의 태도는 "밀린 사무를 겨우 시간 내에 정리하고 났을 때처럼 일시에 전신의 피로를"느낀다. 금순의 요구란 도일이 거부하고 있는 일상의 요구이기 때문이다. 합리적인 금순의 발언이지만 도일에게 그것은 어디까지나 일상의 생활처럼, 기계적인 것 이상은 아니다.

그러나 금순은 "부부가 될 수 있는 저희들끼리만의 오붓한 비밀"이라고 합리화한다. 이데올로기는 은폐적 성격을 통해 합리화된다. 이는 세련된 합리화로써, 비이성적인 감정과 견해를 이성적 신념으로 대체하는 것이다. 따라서 합리화의 구조는 은유적이다.[7] 만일 도일이 이러한 상황에서 금순과 성 관계를 맺는 경우, 전통적 뿐만이 아니라 당대의 윤리적으로 보아 금순과 결혼할 수밖에 없는 요인을 제공하는 격이 된다. 즉 일상의 세계로 편입할 수밖에 없음을 뜻한다.

> 그렇게 조심스럽고 수줍어할 줄 밖에 모르던 이 소녀가 어느새 자기 방에 기척도 없이 드나들게 되고, 이렇게 또한 다리를 꼬집고 눈을 흘기게까지 되었은즉 앞으로 한 이불 속에서 밤을 지내야 될 때가 오면 이 여인은 아마도 솔가지 꺾어 때듯 우적우적 자기의 신경을 분질러 버릴지도 모른다고 도일은 생각하는 것이었다.(p.121)

도일은 금순의 육체적 공세에 대한 거부라는 극도의 강박적인 의식을 갖는다. 도일에게 성적 환상은 정상인이 갖는 즐거움이 아니라 자신을 소멸시키는 방식이다. 이처럼 성적인 환상은 불안을 필요조건으로 가지는 만큼 강박적 의식을 드러낸다. 게다가 직선적인 태도의 조심성이 약혼이라는 매개로 스스럼없이 도일이 세계를 넘나든다. 이러한 행위는 시간적 제약을 전혀 고려치 않은 상황에서 발생한다.

---

7) 위의 책, p.71.

> 방 앞에 와서도 처음엔 기침을 하고 문을 두드려 대답이 있어야만 살며시 열고 들어오던 것이, 그냥 기침만 하고 문을 열게 되다가 요새 와서는 기침 소리도 안 내고 그냥 방긋이 문을 열고는 들어서게까지 되었던 것이다.(p.119)

도일은 "제멋대로 살 수 있는 오랜만의 공휴일"임에도 불구하고 여러 번의 자신의 영역을 침범 당했다. 평화로운 자신의 세계를 흔들어 버릴 정도로 금순의 육체적 공세는 갈수록 강도를 더해 이제는 강박적 증세를 일으킬 정도가 되자 도일은 무화시키기 시작한다.

> 그때 도일이 허연 돼지비계만을 배가 불룩하도록 먹고 난 것처럼 메슥메슥하고 닝닝해서 종시 다시는 젓가락을 들지 못하고 말았었다. 그 뒤로는 <u>여자와 가까이 있게 될 적마다 살찐 돼지의 허연 비곗덩이가 눈앞에 어른거려 입 안이 다 텁텁해지기도 했다. ……금순의 온 몸뚱어리가 번지르르한 비계 투성이만 같아…</u>(p.121)

여기서는 불안을 소멸하기 위해 위험한 성적 대상을 변화시키는 정신적인 과정에 주목할 필요가 있다. 도일은 여기서 여성의 관능을 동물성으로 치환하고 있는데, 이는 적대적인 세계의 위협적인 대변인을 가능한 한 변질시킴으로써 불안을 소멸시키는 방법이다. 금순의 관능적 표현의 목적은 도일을 일상의 질서 속으로 끌어들이기 위한 하나의 장치이다. 관능적 태도는 도일의 심리를 "감당하지 못 할 정도로 압박"하는 힘을 가지고 있기 때문이다. 그래서 도일은 여성의 육체를 관능성이 거세된 무능력한 것으로 치환을 시킨 것이다. 마치 청첩장을 온전한 기능을 할 수 없는 "종이조각"으로 치환했던 것과 동일한 방식으로, 여성의 육체를 "비계"라는 혐오의 대상으로 변질시킨다. 이러한 모습은 도숙에 대한 의식에서도 드러난다.

> 간혹 가다가 道淑이가 웃통을 벗어부치고 화장을 하느라고 야단치는

현장을 구경할 때가 있다. 그럴 때마다 道一은 그 피둥피둥 살찐 어깨에서, 전에 동물원에서 본 기억이 있는 하마(河馬)의 등덜미나 엉덩짝을 연상하며 현기증을 일으킬 뻔 하는 것이었다.(p.120)

낯선 여성만이 아닌 가족의 경우에도 방어기제로서의 치환작용은 일어난다. 도숙의 경우 금순의 경우와는 달리 처음부터 곡선적 태도를 취한다. 그것은 "짙은 화장"과 "외출복"을 한 채 "헤죽이 미소를 띠"는 모습으로 도일을 바깥세계로 유인한다. 게다가 도숙의 위와 같은 행위는 도일에게 경계대상이 됨과 동시에 불안의 원인이 되기도 하는 것이다. 따라서 금순과 마찬가지로 그녀의 관능적 표현도 불구적 성격의 것으로 치환된다. 관능성의 불구로의 치환은 불안에 대한 공격적인 방어기제이다.

3) 어머니 혹은 윤리적 장치

대문 소리가 들리더니 琴順일 따라나갔던 어머니가 들어오는 기척이 났다. 부엌 쪽으로 사라졌던 모친의 발소리가 이번에는 마루를 돌아 도일의 방 앞으로 다가왔다.(p.123)

어머니의 출현 방식 역시 다른 여인들과 다르지 않다. 그것은 기척으로 시작되고 발소리로 이어져 마루를 돌아 도일의 방 앞에서 멎는다. 도일의 긴장과 불안은 어머니의 출현에 있어서도 예외가 아니다. 어머니는 도일이 좋아하는 "인절미"를 "그가 집에 있는 날이면 으레" 사가지고 오신다. 어머니의 이러한 행위는 역시 일상의 행위이다. 일상의 기계처럼 습관화된 반복적 행위는 어머니의 "으레"라는 단어를 통해 나타난다. 그러고는 도일에게 일상의 질서를 강요한다.

"금순일, 섭섭하게 저 혼자 돌려보내 되겠니 어디. 이렇게 노는 날일

랑 저이 집에꺼정 좀 바래다주고, 그 어른들도 찾아뵙구 그래야지."

"남들은 너보다 훨씬 늦게 정혼허구두, 다들 성례를 하는데 너두 얼른 식을 지내야 허지 않겠니."

……어서 부부생활의 재미를 맛보게 해 주시고 싶은 모양이었다.……(중략) 남들처럼 어서 며느리의 공대도 받아 보고 싶고 손자도 보고 싶으리라.(이상 p.123)

어머니의 이데올로기적 강요는 출현방식과는 달리 차별성을 갖는다. 그것은 바로 혈족에서 유발되는 윤리적, 도덕적 순종이라는 힘을 갖고 있는 것이다.

자본주의 사회에서 가족은 중요한 이데올로기적 성격을 지닌다. 보편적인 제도로서의 성격을 부여받는 가족은 일반적으로 혼인을 통해 자녀를 출산하고 양육하는 등 주요 기능을 수행하며, 이를 위해 가족 성원들이 함께 거주하고 하나의 공간을 근거로 일상적인 일들을 꾸려가기 위한 생산과 소비를 공동으로 하는 결합체이다. 그러나 이렇게 자연적 상태인 가족은 사회의 지배와 종속이라는 관계 속에서 그 성격이 변질되고 왜곡되어져 왔다. 자본주의 제도하의 가족은 사유재산에 대한 희망을 보존하고 이를 통해 자본주의의 기본전제를 지탱해 주는 이데올로기적 단위로 강조점이 변화되었다. 이러한 가족 이데올로기는 가족에 대한 법률적이고 정책적인 조건들을 구비하고, 정치적이고 경제적인 상황에 따라 가족구성 및 구성원들 간의 관계에 대한 실질적인 국가의 개입, 조정을 확대시키면서도, 가족은 보편적인 인간의 고유한 제도이며 그 사적영역은 영구히 침해될 수 없다는 가족관을 조성한다.[8] 이처럼 이데올로기는 "신념과 불신, 도덕적 기준, 사실적 증거와

---

8) 이러한 모습은 오늘날 한국사회에서도 찾을 수 있다. 조선시대의 통치집단은 부모에 대한 자식의 도리인 효(孝)를 가장 이상적인 덕목으로 규정하고, 부모 -자식 간의 자연스러운 복종관계를 친족, 문벌, 국가 등으로 확대 적용하여 조선시대의 통치 이데올로기의 기반으로 하였다. 이러한 논리는 전후의 반공 주의하에서도 그대로 이어진다. 효에 대한 전통적인 인식을 바탕으로 충(忠)의 대중화를 꾀했던 것이다. 물질만능과 혼탁해진 사회 상황에서 "경천애인정신에

일련의 기술적 처방을 혼합한 것이며, 이 모든 것들은 주어진 사회 질 서의 유지나 재구성을 위한 구체적인 행동을 보장"9)한다.

어머니가 발화한 내용들은 지극히 평범하면서도 강제적으로 나타난 다. 약혼자 금순에 대한 당연한 태도와 일반적인 관례로써의 결혼과 그 생활들을 "그래야지", "허지 않겠니", "남들처럼"이라는 어휘를 통 해 합리화 및 강제화하고 있다. 이는 "공휴일마다 팥고물 묻은 인절미 의 대가로 으레 어머니에게서 듣는 말"로써 어머니의 발화는 일상으로 의 편입을 강요하는 것이다.

도일은 '대상의 타자화'라는 방어기제를 통해 불안의 근원을 제거한다.

    "어머니가 정말 저를 낳으셨수?"
    언젠가는 도숙을 가만히 보고 있자니까, 암만해도 자기의 여동생으로 믿어지질 않았다. 그래서 도일은 "도숙씨?"하고, 한 번 불러 본 것이었 다.(이상 p.124)

도일은 계속되는 일상의 침투에도 불구하고 여전히 방안에서만 존재

바탕을 둔 충효사상이야말로 인간 존엄성의 전락에 대한 치료제, 물질 만능주 의의 사고에 대한 진정제, 이기적 개인주의에 대한 각성제의 역할을 할 수 있 다는 점에서 그 현대적 가치가 대두"된다는 이데올로기 선전을 통해 군사정권 은 파시즘적인 지배체제를 확립시켜 나갔다. 게다가 이는 전통적인 가족주의 와 도덕성을 계승하고 있다는 남한사회의 이론을 새벽별 보기 운동 등 단란한 가족생활이 불가능한 북한공산당의 비도덕성과 대조시킴으로써 남한 사회의 우월성과 정당성을 선전하며, 이를 다시 반공, 멸공, 승공은 남한의 군사정권 에 의한 철통같은 국방과 독점 기업을 통한 조속한 경제성장을 뒷받침하는 충 효사상을 중심으로 한 국민정신 개조와 사상무장에 의한 총화단결에 의해서만 가능하다는 지배이데올로기로 정당화되었다. 혼인의 경우도 오늘날은 애정을 최우선의 조건으로 성립되고, 남녀가 모두 동등하게 개인적인 선택의 자유를 누리고 있다는 판단은 혼인의 당위성과 가능성을 혼동하는 것이다. 사회는 자 기유지 메커니즘의 기본단위인 가족을 구성하는 의식으로서의 혼인에 대한 신 성하고 애착이 가는 이미지를 조성해야만 하는 것이다. (박명선·신경아, 「이데 올로기적 통제-가족과 성」, 한국산업사회연구회(편), 『한국사회와 지배이데올 로기』, 녹두, 1991, pp.111~150.)
9) 테리 이글턴, 앞의 책, p.66.

하려는 강박관념자로 표현되고 있다. 그는 가장 강력한 제거대상인 가족에 대한 표현을 대상의 타자화를 통해 무화시킨다. 이는 그들을 하나의 익명적 존재로서 치환시키는 것만이 가족이라는 인연을 제거할 수 있기 때문이다. 이는 마치 직장에서 부장이나 과장이 새로운 사람으로 바뀌는 것과 같이 가족적 인연이라는 것을 타자화 시키는 것이다.

강박관념자에게 사람과 사물은 이미지만을 갖고 있으므로 감정적인 반향을 불러일으키지 않는다. 서술의 이러한 특징은 고립이라는 전형적인 태도와 연결된다. 사실과 표상 사이의 논리적인 연결의 부재는 화자의 고립적인 태도라는 결과로 나타난다. 존재들과 그것들이 활동하는 세계는 완전히 격리되어 있으며 전자는 사물처럼 묘사되고, 후자는 인물의 심리적인 감정이입의 표시를 통해서만 나타날 뿐이다.10) 금순의 경우도 대상의 타자화가 이루어지고 있다. 그녀가 비록 약혼자이기는 하나 그것은 어디까지나 잠정적 약속이며 언제든지 그 약속은 파기될 가능성을 지니고 있기 때문이다. 도일이 가족에 대한 불안을 제거하려는 원인은 "가정적 인연이 거추장스러워 견딜 수가 없었"기 때문이다. 가정적 인연에 대한 거부는 혈연에 대한 거부라기보다는 '가족이니까'라는 '의무감'의 거부이며, 결국 기계적인 일상세계에 대한 거부를 표상한다. 이러한 대상의 타자화를 통해 도일은 그들과의 대화를 단절시킨다.

소처럼 멋없이 씩 웃어 보였을 뿐이다.(p.119)

히죽 웃어 보이고만 마는 道一이……(p.120)

쓸쓸히 웃어 보일 뿐이었다.(p.124)

도일은 그와 관련된 인물들과의 대화 속에서 유일한 표현 수단은

---

10) 자크 레엔나르트 · 허경은(역), 『소설의 정치적 읽기』, 한길사, 1995, p.163.

'웃음' 뿐이다. 도숙과, 금순, 어머니가 도일에게 표현하는 언어는 제도화된 언어이기 때문이다. 사실 그들은 해방 이후 새롭게 형성된 계층이다. 특히 도일의 가족은 "생활 걱정은 없는" 상태로 매우 안정적인 경제력을 가지고 있다. 새롭게 형성된 사회 세력은 조직화된 공식적 이데올로기의 지배 영역 속에서 성공하기 전에, 상층부의 이데올로기 속에서 그들의 표현을 발견하고 모방하는 형태를 취한다. 그리고 새로운 이데올로기의 조류가 기존 신념 체계 속에 스며듦에 따라, 그들은 자신의 형태와 색채를 취하고, 이미 저장되어 있는 것을 자신 속에 병합시키는 경향이 있다. 따라서 그들의 언술은 매우 합리적이며 일상적 규칙의 준수를 요구하는 강제력을 띠고 있다. 일상적 질서의 지배를 받고 있는 그러한 대화에 동참을 한다는 것은 도일에게 있어서는 있을 수 없는 일이다. 따라서 이를 무화시키는 방식은 '대화'가 아닌 '독백'으로 전환하는, 즉 일상적 의사소통의 단절을 표상하는 '웃음'인 것이다. 그 웃음도 풍부한 의미를 담고 있는 것이 아닌, 대화를 무화시키는 "멋없이 씩" 웃는 웃음이다.

4. 세계와의 필연성 찾아가기

그렇다면 도일에게 있어 거부의 구체적인 원인을 무엇인가.

> 그에게는 의무만이 있을 뿐이었다. 아들로서, 친구로서, 은행원으로서, 국민으로서의 의무만을 감당해 나갈 뿐이었다.(p.122)

> 그저 부모에게 대한 자식으로의 의무만을 다하는 것으로써 끝나지 아니하고 그 이상의 깊은 사랑으로 보답해야 된다는 것이 그로서는 마음에 부담이기도 했다. (pp.123~124)

도일은 근 십 년을 기계처럼 살아왔으며, 그로 인해 습관화되어 버린 삶은 하루만 걸러도 맥빠진 듯한 기분이 들 정도로 현대사회의 일상에 자동화되어 있다. 도일은 여전히 형식적으론 사회의 주체이다. 그러나 알튀세르가 말한 대로 온전한 이데올로기의 주체로 서기 위해서는 그와 이데올로기적 국가기구 간의 상상적 관계가 성립되어야만 한다. 하지만 도일은 대주체와의 상상적 관계를 거부하고 있다. 상상적 관계는-알튀세르의 말을 빌자면-무의식적 관계로도 설명할 수 있는데, 도일은 무의식이 아닌, 의식적으로 '의무'로써의 형식적 일상을 거부하고 있다. 따라서 도일은 아직까지 온전한 주체로 설정되지 못한 인물이다. 그는 끊임없이 간접화되고 매개화 된 대주체의 호명을 거부하고 있으며 자신의 탈 이데올로기적 공간을 유지하고 있다.

도일은 일상을 형식적으로 받아들이면서 동시에 거부하는 이중성을 보인다. 이러한 불투명성은 "머뭇거림"의 삶에서 연유한다.

> 혼담이 오고가게 되자……(중략) 도일은 별로 구미가 당기는 것도 아니었지만 그렇다고 꼬집어 거절할 조건도 용기도 미처 발견하지 못하고 <u>우물쭈물하는 사이에</u>-이를테면 전차 같은 것을 타고 가다가 사소한 일로 이 정류장에서 내릴까 말까 <u>머뭇거리는 동안</u> 전차는 그만 떠나 버리고 말듯이, <u>그 본새로 약혼이랍시고 이루어졌던 것이다.</u>(p.122)

주지한바, 이 작품의 서사구조는 '결혼'이라는 사회적 결속 장치를 통해 도일을 그 방안에서 일상의 세계인 방밖으로의 유인이다. 그만큼 이 작품에서 결혼은 가장 큰 이데올로기적 장치인 것이다. 그런데 거대한 일상의 편입장치인 결혼이 도일이 "우물쭈물하는 사이에", "머뭇거리는 동안"에 결정 난 것이다. 도일의 이러한 상황은 어항 속의 '어족(魚族)'들과 동일화된 상태로 나타난다.

> 유리그릇 속 어족의 자기와 같이 단조로워 보이기만 한 생활을 관찰

하는 것이었다.(p.118)

　"사방 여섯 자 몇 치밖에 더 안 되는" 공간 속에 갇혀있는 도일은 자신을 어항 속의 어족과 동질화시키고 있다. 이러한 동질화는 삶의 부정성을 더욱 증가시키면서 "하루"라는 공휴일의 시간적 제약에 강박 증세를 보인다.

　　　벌써 한나절 이상이 낭비되었다……(p.122)

　도일에게 공휴일은 "유일하게 하루를 제멋대로 보낼 수 있는" 날임에도 불구하고 부고장 같은 청첩장과 도숙, 금숙으로 인해 벌써 반나절이 지나가 버렸다. 이에 대한 분노는 물고기를 향한 폭력으로 나타난다.

　　　혼자만의 세계와 시간을 침범 당했는데 어찌 너희들만이 무사해서 될 법이냐고……(중략) 도일은 펜대 꼭지로 어항 속에서 공격을 가해 보는 것이었다. 그러나 미꾸라지와 붕어 새끼는……(중략)날쌔게 몸을 뒤채, 상하 좌우로 용하게 펜대 끝을 피해 버리는 것이었다. 도일은 더욱 고놈들의 재빠른 동작이 얄밉기까지 하여 무도한 폭군처럼 펜대를 물속에서 마구 휘저어 보는 것이었다. 난데없는 재난에 부닥친 요 조그만 생명체들은, 과연 당황해서 연방 흰 배때기를 뒤집어 보이며, 유리벽에 대가리를 들이받을 뻔도 하는 것이었다.(p.123)

　여기서 어족과 도일은 동질화의 대상이면서 동시에 역전된 관계로 설정된다. 도일은 어족이자 동시에 가해자인 이데올로기의 모습을 동시에 표상한다. "혼자만의 시간을 침범"당한 도일의 모습은 바로 현재 도일에게 공격을 당하는 물고기에 다름 아니다. "펜대 꼭지"를 가진 '무도한 폭군'인 도일은 일상을 유지시키는 이데올로기의 모습이다. 개인들은 거대한 일상의 체제 앞에서는 "조그만 생명체"에 불과할 뿐이다.

질서에 순종하지 않는 개인들은 국가라는 커다란 감시 틀 속에서 어항처럼 갇힌 존재들인 것이다. 이렇게 갇힌 상황에서 국가기구의 폭력은 개인들로 하여금 "흰 배때기를 뒤집어" 보이게 만든다.

도일은 안과 밖 사이의 균형감을 상실한 자의식의 분열상태에 이른다. 균형감의 상실은 "의무"적인 삶에 대한 회의와 그것이 바로 '머뭇거림'의 삶이었다는 인식에서 출발한다. 이는 거대한 일상의 힘 앞에서 개인의 왜소함을 인식하게 하며, 이것이 바로 자신에게 있어 모든 불안의 근원이었음을 깨닫게 한다. 결국 자신에 대한 총체적인 회의는 스스로를 객관화시켜 '머뭇거림'에서 '결단성'으로 나아가는 중요한 계기를 형성한다.

아미의 결혼식에 다녀온 도숙은 그곳에서 벌어진 사건을 도일에게 이야기 해준다. 결혼식 도중 신랑의 전처가 아이를 안고 들어오는 바람에 결혼이 무산됐다는 것이다. 도일은 전처를 두고도 버젓이 장가를 가려던 청년의 결단성에 현기증을 느낀다. "무슨 일에도 결단성이 없는" 도일의 눈이 "여느 때 없이 빛나는" 것이다. 그는 어항 속의 물고기를 바라본다.

> 그러자 무심히 책상 위로 향해져 있던 도일의 눈이 전에 없이 동그랗게 확장되었다. 확실히 <u>경이에 빛나는 눈으로 어항을 노려보기 시작하는 것이었다.</u> 유리 그릇 속으로 미꾸라지 한 놈이 배때기를 위로 하고 떠 있다. 도일은 얼른 펜대 끝으로 그 놈을 건드려 보았다. 그것은 이미 완전히 주검의 흔적이었을 뿐이었다. ……(중략) 고요한 그 <u>주검은 자기의 생명의 한 토막이 잘리어 떨어진 것같이</u> 느껴지기도 했다.(pp.125~126)

도일의 "확장"되고 "경이에 빛나는 눈"빛은 결단성에 대한 인식이다. 결단성은 '머뭇거림'으로 인한 불안한 삶이 아닌 청년처럼 어떠한 상황에서도 살아남을 수 있는 힘이다. 또 그것은 방안이 아닌 방밖의 세계에서 얻을 수 있음을 도일은 인식한다. 이렇게 바깥세계에 대한 수용

의 태도는 자신과 동일한 어항을 "노려보기 시작하는" 것에서 출발한
다. 도일은 거대한 일상의 힘에 저항하던 자신이 마치 펜대 끝을 요리
조리 피하는 물고기와 같으며, 만일 그러한 저항이 계속된다면 그 결
과는 배때기를 위로하는 죽음 밖에 없음을 인식하게 된다.

> 몇 분 뒤에 도일은 옷걸이에서 <u>양복을 벗기어 갈아입고 마루로 나와
> 구두끈을 매고 있었다.</u> 어머니가 내다보고 어디 가느냐고 물었다. "잠깐
> 금순이에게 다녀올까 해서요."……(중략) "곧 다녀오겠습니다."(p.126)

앞에서 도일을 방밖으로 유인하기 위한 여러 장치들-외출복, 짙은
화장, 관능적 표현 등-을 보아왔다. 그러나 도일을 치환이라는 방어기
제를 통해 이데올로기적 장치들을 무화시켰다. 그러나 위의 서술은 스
스로 '외출복'인 '양복'을 꺼내어 입으며 "구두끈을 매고" 있는 모습을
통해 방안의 세계와 결별에 대한 의지를 나타내고 있다. 그리고 대상
의 타자화나 제도적 언어와의 단절을 위한 "웃음"이 아닌, 어머니와의
의사소통은 그가 일상적 질서의 세계로 편입하려는 '결단성'을 보여준
다. 도일은 금순과의 파혼을 선언하기 위해 길을 나서려 하고 있다. 결
단성은 의지적인 선택을 포함하고 있는 것이다. 따라서 금순과의 파혼
은 도일의 '머뭇거림'으로 인한 흔적을 종식하는 의미를 갖는다.

그러나 이는 일상을 향한 일방적 편입이 아닌 "세계와의 필연성"이
라는 매개를 전제로 한다. 무의미와 의무로 채워진 현실을 인정하기
위해선 자신과 세계와의 연결점을 발견해야 한다는 것이다. 결말부분의
행동지향적 태도는 여전히 모호한 상태로 남는 열린 구조를 가지고 있
는데, 도일에게 있어서 행동의 의미는 「미해결의 장」에서 뚜렷해진다.
「미해결의 장」에서 주인공 '지상'은 "주위와 나를 필연성 밑에 연결시
키지 못하는"[11]이유로 소외되어 있다. 이러한 소외의식은 '지상'으로
하여금 "재생"을 위한 행동의 욕구를 불러일으키는 것이다. 손창섭 작

---

11) 손창섭, 「미해결의 장」, 앞의 책, p.194.

품세계에서 편재하는 '배회'의 동기 역시도 이곳에 연결된다.

5. 결 론

손창섭의 작품에 있어서는 전쟁이 등장하기는 하나 대부분이 단편적이며 오히려 전후 현실의 부정 또는 부적응에 있다. 일상의 시간으로부터 단절된 공휴일, 도일은 자신만의 공간인 방안에서 하루를 보내려한다. 방안은 탈질서를 표상함과 동시에 방밖이라는 질서의 공간과 대립된 구조를 갖는다. 그러나 현실은 끊임없이 그를 이끌어내려 하는데, 이는 사회적 결속 도구인 "결혼"을 통해서이다. 일상의 질서라는 이데올로기의 침투 방식은 서술 방식 속에서 확인되어진다. "시신경을 자극"하는 청첩장의 묘사방식, 그리고 "제멋대로 살 수 있는" 방안이지만 "사방 여섯 자 몇 치밖에 안되는" 제한된 자유로운 공간은 불안감을 내포하고 있다. 이러한 서술방식은 자신만의 공간에 다가서는 여인들의 발소리를 통해 폐쇄성에 대한 불안감을 증폭시킴과 동시에 밖으로의 유인을 자극하고 있다. 하지만 도일은 치환과 대상의 타자화 등을 통해 방어를 하고 있다. 그러나 도일이 원하는 것은 방어가 아니라 세상과의 필연성을 찾는 것이다. 의무로 가득 찬 세계로의 일방적 편입은 진정한 주체가 소멸된, 즉 상상적이자 기만적인 의미로서의 주체일 뿐이기 때문이다.

따라서 "머뭇거림"의 종식은 필연성을 찾기 위한 "결단성"의 표현이자 행동에의 시작인 것이다.

도일은 금순과 약혼을 한 사이다. 그러나 그 약혼은 마치 "정류장에서 내릴까 말까 머뭇거리는 동안에 전차가 떠나버리고 말듯이" 그렇게 이루어진 것이다. 도일에게도 해결은 필요했고, 그 시작은 바로 "결단"인 것이다. 그는 약혼녀인 금순에게 파혼을 선언하기 위해 탈이데올로기의 공간인 방안을 나온다. 이는 원치 않은, 그리고 "의무감"으로 살

아온 삶에서 스스로 하나의 주체가 되기 위한 것이다. 이러한 인물은
폐쇄(M. Pecheux)의 분류양상에 적용시켜 볼 수 있는데, 그는 이데올로
기에 대응하는 양상에 따라 3가지의 유형을 말하고 있다.[12) 동일화, 반
동일화, 비동일화로 의 구분이 그것인데, 반동일화는 이데올로기의 은
폐된 부분들을 폭로하며 거부한다. 반면에 손창섭의 작품에 나오는 도
일의 경우는 비동일화에 속한다. 비동일화는 대립적으로 존재하고 있는
전혀 다른 입장에서 출발한다. 즉, 비동일화는 지배적 이데올로기 안에
서 만들어지는 정체성과 동일화가 비록 완전히 거기로부터 빠져 나올
수는 없지만, 변형되고 치환된 결과에서 비롯된 것이다. 그러나 지배적
이데올로기의 테두리를 벗어날 수는 없다. 도일이 거부의 포즈를 취하
다가 현실과의 연결점을 찾기 위해 행동지향적으로 나아가는 모습 속
에서 이를 확인할 수 있다.

---

12) D. 맥도넬, 임상훈(역), 『담론이란 무엇인가』, 한울, 1992, pp.53~56. 참조.

서 동 수

「약력」
　건국대학교 국어국문학과 졸업
　동대학원 졸업(문학박사)
　현재 건국대 출강

「주요논저」
『성담론과 한국문학』(박미정)
『전쟁과 죽음의식의 미학적 탐구』(새문사)
「시뮬라크르와 미시권력의 세계-이청준론」
「북한아동문학의 장르인식과 형상화 원리」
「한국전쟁기 반공텍스트와 고백의 정치학」
「숭고의 수사학과 환멸의 기억-한국전쟁기 문학담론과 집단기억의 재구성」

한국 현대소설과 이념의 좌표

• 초판 인쇄　2007년 5월 2일
• 초판 발행　2007년 5월 2일

• 지 은 이　서동수
• 펴 낸 이　채종준
• 펴 낸 곳　한국학술정보㈜
　　　　　　경기도 파주시 교하읍 문발리 526-2
　　　　　　파주출판문화정보산업단지
　　　　　　전화　031) 908-3181(대표) · 팩스　031) 908-3189
　　　　　　홈페이지　http://www.kstudy.com
　　　　　　e-mail(출판사업팀사업부)　publish@kstudy.com
• 등　　록　제일산-115호(2000. 6. 19)
• 가　　격　16,000원

ISBN　　978-89-534-6036-2 93810 (Paper Book)
　　　　　978-89-534-6037-9 98810 (e-Book)